W0015391

BASTEI
LÜBBE

JUDITH McNAUGHT

LASS MICH DEINE LIEBE SPÜREN

Aus dem Englischen
von Hedda Pänke

BASTEI-LÜBBE-TASCHENBUCH
Band 12 462

1.–2. Auflage 1996
3. Auflage 1997

Deutsche Erstveröffentlichung
Titel der englischen Originalausgabe:
Something Wonderful

Printed in Germany
Einbandgestaltung: K.K.K.
Titelfoto: Agentur Schlück
Satz: Fotosatz Manfred Schöning, Wiehl
Druck und Bindung: Elsnerdruck, Berlin
ISBN 3-404-12462-6

Der Preis dieses Bandes versteht sich
einschließlich der gesetzlichen Mehrwertsteuer

Für Jeffrey Clark, der die beachtliche Klugheit und Weitsicht bewies, die großartigste junge Frau, die ich kenne, zu fragen, ob sie seine Frau werden wolle,
und
für meine Tochter Whitney, die weise genug war, »Ja« zu sagen.

Mein besonderer Dank gilt Melinda Helfer für ihre unablässige Ermutigung und Unterstützung während des Entstehens dieses Romans
und Robert A. Wulff, dessen Liebenswürdigkeit und Kompetenz es mir ermöglichten, mich auf meine Arbeit zu konzentrieren und andere Dinge ihm zu überlassen.

Kapitel 1

Die sinnliche blonde Frau stützte sich auf einen Ellbogen und zog die Bettdecke über die Brüste. Stirnrunzelnd sah sie zu dem gutaussehenden Achtzehnjährigen hinüber, der mit der Schulter am Fensterrahmen seines Schlafgemachs lehnte und auf die weiten Rasenflächen hinausblickte, auf denen gerade eine Gesellschaft anläßlich des Geburtstages seiner Mutter stattfand. »Was ist denn da draußen zu sehen, das dich mehr interessiert als ich?« fragte Lady Catherine Harrington, stand auf, wickelte die Decke um sich und trat neben ihn ans Fenster.

Jordan Addison Matthew Townsende, der künftige Duke of Hawthorne, schien sie gar nicht zu hören, als er auf das Gelände des herrschaftlichen Besitzes hinausschaute, der nach dem Tod seines Vaters ihm zufallen würde. In diesem Moment sah er, wie seine Mutter das Heckengewirr des Irrgartens verließ. Sie sah sich fast ängstlich um, strich sich das Mieder glatt und fuhr mit der Hand ordnend durch die dunklen Haare. Einen Augenblick später tauchte Lord Harrington auf und richtete sich das Halstuch. Er bot ihr höflich den Arm, und ihr Lachen drang zu Jordan herauf.

Ein leicht zynisches Lächeln lag um Jordans Lippen, als er zusah, wie seine Mutter und ihr neuester Liebhaber über den Rasen schlenderten und in einer Laube verschwanden. Wenige Augenblicke später tauchte sein Vater aus demselben Heckenlabyrinth auf, blickte sich sichernd um und holte dann Lady Milborne, seine augenblickliche Mätresse, aus dem Versteck des grünen Gebüschs.

»Offenbar hat meine Mutter eine neue Eroberung gemacht«, näselte er ironisch.

»Tatsächlich?« fragte Lady Harrington und spähte aus dem Fenster. »Wer ist es?«

»Dein Mann.« Er wandte sich ihr zu und suchte in ihrem hübschen Gesicht nach irgendeinem Anzeichen von Überraschung. Als er nichts dergleichen entdekken konnte, erstarrte seine Miene zu einer sarkastischen Maske. »Du wußtest, daß die beiden in den Irrgarten gegangen sind. Und das erklärt auch dein plötzliches Interesse an meinem Bett. Ist es nicht so?«

Der beharrliche Blick seiner kühlen, grauen Augen ließ sie sich unbehaglich fühlen. Sie nickte. »Ich dachte«, begann sie und strich mit der Hand über seinen muskulösen Oberkörper, »ich dachte, es könnte ganz amüsant sein, wenn auch wir... einander näherkommen. Aber mein Interesse an deinem Bett kam keineswegs plötzlich, Jordan. Ich wollte dich schon sehr lange. Und nun, da sich deine Mutter und mein Mann miteinander vergnügen, konnte ich nicht erkennen, warum ich mir nicht das nehmen sollte, was ich mir wünschte.«

Er schwieg, seine Miene verriet nichts. »Bist du schockiert?« fragte sie mit einem scheuen Lächeln.

»Kaum«, entgegnete er. »Die Affären meiner Mutter sind mir seit meinem achten Lebensjahr bekannt. Ich glaube nicht, daß mich irgendeine Frau mit ihrem Verhalten noch schockieren könnte. Wenn mich etwas überrascht, dann eher die Tatsache, daß du kein ›familiäres‹ Zusammensein zu sechst im Irrgarten vorgeschlagen hast«, fügte er bewußt verletzend hinzu.

Sie lachte empört auf. »Jetzt bin ich über dich schokkiert.«

Sehr langsam streckte er die Hand aus, griff ihr unters Kinn und musterte sie mit Augen, die für seine Jahre zu alt waren und zuviel wußten. »Das kann ich beim besten Willen nicht glauben.«

Verlegen nahm Catherine ihre Hand von Jordans Brust und zog sich die Decke enger um den nackten Körper. »Ich weiß wirklich nicht, warum du mich so verächtlich ansiehst, Jordan«, erklärte sie aufrichtig verwirrt und eine Spur beleidigt. »Du bist schließlich nicht verheiratet, und so weißt du nicht, wie unerträglich eintönig das Leben für uns alle ist. Ohne unsere kleinen amourösen Abenteuer müßten wir doch alle verrückt werden.«

Seine gutgeschnittenen, sinnlichen Lippen verzogen sich zu einem abfälligen Lächeln. »Arme kleine Catherine«, meinte er trocken und fuhr mit den Fingerspitzen flüchtig über ihre Wange. »Was für ein schreckliches Los ihr Frauen doch habt. Von dem Tag an, an dem ihr zur Welt kommt, braucht ihr nur zu sagen, was ihr wollt – und schon bekommt ihr es, ohne den kleinsten Finger dafür rühren zu müssen. Selbst wenn ihr arbeiten wolltet, würden wir es euch nicht gestatten. Wir erlauben euch nicht, zu lernen und zu studieren, ihr dürft keinen Sport treiben. Also gibt es für euch gar keine Möglichkeiten, Geist und Körper zu trainieren. Und ihr habt nicht einmal so etwas wie Ehre, an die ihr euch halten könntet... Denn während ein Mann seine Ehre behält, so lange es ihm gefällt, befindet sich eure zwischen euren Beinen, und ihr verliert sie an den ersten Mann, der mit euch schläft. Wie ungerecht das Leben doch zu euch ist!« fügte er hinzu. »Kein Wunder, daß ihr alle so gelangweilt, unmoralisch und frivol seid.«

Catherine zögerte, wußte nicht, ob er sich über sie lustig machte. Schließlich hob sie gleichmütig die Schultern. »Du hast absolut recht.«

Er sah sie fast neugierig an. »Hast du denn noch nie den Wunsch verspürt, daran etwas zu verändern?«

»Nein«, erwiderte sie schlicht.

»Ich bewundere deine Offenheit. Diese Tugend ist unter deinen Geschlechtsgenossinnen nicht allzu verbreitet.«

Jordan Townsende war zwar erst achtzehn Jahre alt, aber seine Anziehungskraft auf Frauen gab bereits zu ausführlichen weiblichen Gesprächen Anlaß, und als Catherine jetzt in seine zynischen grauen Augen blickte, fühlte sie sich wie von einer unwiderstehlichen Macht zu ihm hingezogen. Verständnis stand in diesen Augen, aber auch ein gewisser Humor und ein Wissen, das über seine Jahre hinausging. Diese Dinge waren es, noch mehr als sein gutes Aussehen und seine unübersehbare Männlichkeit, die Frauen anzogen. Jordan verstand die Frauen, er verstand sie – Catherine –, und auch wenn er an ihr offenkundig einiges auszusetzen hatte und sie kaum bewunderte, akzeptierte er sie doch so, wie sie war, mit allen ihren Schwächen.

»Kommst du ins Bett, Mylord?«

»Nein«, sagte er.

»Warum nicht?«

»Weil ich nicht gelangweilt genug bin, um mit der Frau des Liebhabers meiner Mutter zu schlafen.«

»Du... du hast wohl keine besonders hohe Meinung von Frauen, oder?« fragte Catherine spontan.

»Gibt es denn irgendeinen Grund, weshalb ich sie schätzen sollte?«

»Ich...« Sie brach ab, biß sich auf die Lippe und schüttelte zögernd den Kopf. »Nein, vermutlich nicht. Aber eines Tages wirst selbst du heiraten müssen, um Kinder zu bekommen.«

Seine Augen blitzten unvermittelt amüsiert auf. Er lehnte sich wieder gegen den Fensterrahmen und verschränkte die Arme über der Brust. »Heiraten? Tatsächlich? So kommt man also zu Kindern? Und ich dachte die ganze Zeit...«

»Jordan, ich bitte dich!« rief sie lachend, erleichtert über seinen Stimmungsumschwung. »Du brauchst einen Erben.«

»Wenn ich genötigt bin, meine Hand zur Produktion eines Erben zu verpfänden«, entgegnete er sarkastisch, »werde ich mir ein naives Püppchen direkt aus dem Schulzimmer suchen, das bereit ist, mir alle Wünsche von den Augen abzulesen.«

»Und was machst du, wenn auch sie sich mit der Zeit langweilt und nach Zerstreuungen sucht?«

»Wird sie sich mit mir langweilen?« fragte er mit harter Stimme zurück.

Catherine betrachtete seine breiten Schultern, den muskulösen Oberkörper und die schmalen Hüften. Dann wanderte ihr Blick zu seinen gutgeschnittenen, sehr männlichen Gesichtszügen. In seinem Leinenhemd und den knapp sitzenden Reithosen strahlte Jordan Townsende mit jedem Quadratzentimeter seiner hochgewachsenen Gestalt geballte Kraft und gezügelte Sinnlichkeit aus. Ihre Brauen über den grünen, wissenden Augen hoben sich. »Vermutlich nicht.«

Alexandra Lawrence stützte das Kinn auf ihre schmalen Fäuste und beobachtete den gelben Schmetterling, der sich außen an der Fensterscheibe des Cottages ihres Großvaters niedergelassen hatte. Dann wandte sie ihre Aufmerksamkeit wieder dem weißhaarigen Mann zu, der ihr gegenüber hinter dem Schreibtisch saß. »Was hast du gerade gesagt, Großvater? Ich habe nicht richtig zugehört.«

»Ich hatte dich gefragt, warum du heute einen Schmetterling so viel interessanter findest als Sokrates«, wiederholte der alte Mann und lächelte die zierliche Dreizehnjährige mit den kastanienbraunen Locken ihrer Mutter und seinen eigenen blaugrauen Augen liebevoll an. Nachsichtig tippte er auf den Band des griechischen Dichters, mit dem sie sich gerade befaßt hatten.

Alexandra schenkte ihm ein entschuldigendes Lächeln und leugnete nicht, abgelenkt gewesen zu sein. »Eine Lüge ist eine Beleidigung der Intelligenz – für die des Lügners ebenso wie für die desjenigen, dem sie aufgetischt wird«, sagte ihr Großvater stets, und Alexandra könnte den klugen, liebevollen Mann nie beleidigen, der sie mit seiner eigenen Lebensphilosophie genauso vertraut machte wie mit Mathematik, Literatur, Geschichte und Latein.

»Ich habe mich gefragt«, räumte sie ein und seufzte fast kläglich auf, »ob es vielleicht doch möglich ist, daß ich mich im Augenblick nur im Raupenzustand befinde, um mich eines Tages in einen wunderschönen Schmetterling zu verwandeln.«

»Was ist denn so schlecht daran, eine Raupe zu sein? Schließlich«, fügte er neckend hinzu, »›gibt es kein vollkommenes Glück‹.« Zwinkernd wartete er darauf, ob sie wußte, von wem das Zitat stammte.

»Horaz«, antwortete Alexandra prompt.

Er nickte erfreut. »Du brauchst dir keine Gedanken über dein Äußeres zu machen, liebes Kind, denn wahre Schönheit entspringt im Herzen und verweilt in den Augen.«

Alexandra neigte den Kopf zur Seite und dachte angestrengt nach. Aber ihr fiel kein Philosoph ein, von dem dieser Satz stammen könnte. »Wer hat das gesagt?«

Ihr Großvater gluckste in sich hinein. »Ich.«

Sie lachte hell auf, wurde dann aber schnell wieder ernst. »Papa ist enttäuscht darüber, daß ich nicht hübsch bin. Das merke ich jedesmal, wenn er zu Besuch kommt. Und er hat allen Grund, in dieser Hinsicht auf Besserung zu hoffen, denn Mama ist wunderschön, und abgesehen davon, daß auch er sehr gut aussieht, ist Papa durch Heirat der entfernte Cousin eines Earl.«

Nur schwer in der Lage, sein Mißfallen über seinen Schwiegersohn und dessen dubiosen Anspruch auf eine zweifelhafte familiäre Beziehung zu einem obskuren Earl zu verbergen, zitierte Mr. Gimble: »›Geburt zählt nichts, wo nicht auch Tugend ist‹.«

»Molière.« Ganz automatisch nannte Alexandra den Urheber des Zitats. »Aber«, kehrte sie düster zu ihren eigentlichen Sorgen zurück, »du mußt doch zugeben, daß es vom Schicksal extrem ungerecht ist, ihm eine so unscheinbare Tochter zu schenken. Warum«, fuhr sie trübsinnig fort, »bin ich nur nicht groß und blond? Das wäre doch sehr viel hübscher, als wie eine kleine Zigeunerin auszusehen, wie Papa immer sagt.«

Sie wandte den Blick wieder dem Schmetterling zu, und in Mr. Gimbles Augen schimmerte zärtliche Zuneigung auf, denn seine Enkeltochter war alles andere als unscheinbar. Als Alexandra vier Jahre alt war, hatte er damit begonnen, ihr die Anfangsgründe des Lesens und Schreibens ebenso beizubringen wie den

Dorfkindern, die seinem Unterricht anvertraut waren. Aber Alexandras Geist erwies sich als wacher, ihre Auffassungsgabe als schneller und ihr Verständnis für Zusammenhänge als größer. Die Kinder der Dorfbewohner waren eher gleichgültige Schüler, die ein paar Jahre lang seinen Unterricht besuchten, um danach auf den Feldern ihrer Väter zu arbeiten, zu heiraten, Kinder zu bekommen und den Lebenszyklus damit von neuem zu beginnen. Aber Alex hatte seine Begeisterung für das Lernen geerbt.

Der alte Mann lächelte seine Enkelin an. So schlecht ist »der Zyklus« eigentlich gar nicht, dachte er.

Wäre er seinen jugendlichen Neigungen gefolgt und ein Junggeselle geblieben, der sein Leben ausschließlich seinen Studien widmete, hätte es Alexandra Lawrence nie gegeben. Aber Alex war ein Geschenk an die Welt. Sein Geschenk. Diese Vorstellung war zunächst erhebend, machte ihn dann aber verlegen, weil sie verdächtig nach Stolz klang. Dennoch konnte er die tiefe Freude nicht unterdrücken, die ihn beim Anblick des lockigen Mädchens durchströmte. Sie war alles, was er sich von ihr erhofft hatte – und mehr als das. Sie besaß Sanftmut, Frohsinn, Intelligenz und einen unbezwingbaren Willen. Vielleicht war sie ein wenig zu unbezwingbar, wie andererseits auch ein bißchen zu sensitiv, denn immer wieder machte sie sich bewußt klein und unternahm alles, um ihrem oberflächlichen Vater während dessen gelegentlichen Besuchen zu gefallen.

Er fragte sich, was für einen Mann sie wohl einmal heiraten würde. Nicht so einen, wie ihre Mutter, hoffte er inständig. Seiner Tochter fehlte Alexandras Charakterstärke. Ich habe sie verwöhnt, dachte Mr. Gimble bekümmert. Alexandras Mutter war schwach und egoistisch. Und sie hatte einen Mann geheiratet, der genauso war wie sie selbst. Aber Alex brauchte – und verdiente – einen weit besseren Mann.

Mit dem für sie typischen Feingefühl spürte Alexandra die plötzliche Verdüsterung in der Stimmung ihres Großvaters und ging unverzüglich daran, sie wieder zu verbessern. »Fühlst du dich nicht gut, Grandpa? Hast du wieder Kopfschmerzen? Soll ich dir den Nacken massieren?«

»Ich habe keine Spur von Kopfschmerzen«, entgegnete Mr. Gimble, und als er seine Feder ins Tintenfaß tunkte, um mit den Formulierungen fortzufahren, die eines Tages »Eine umfassende Abhandlung über das Leben Voltaires« werden sollten, trat sie um den Schreibtisch herum und begann, mit ihren Fingern die Spannung aus seinen Schulter- und Nackenmuskeln zu massieren.

Unvermittelt ließ sie das Geräusch einer näherkommenden Kutsche innehalten und zum offenstehenden Fenster laufen. »Es ist Papa«, jubelte sie auf. »Endlich ist Papa aus London gekommen!«

»Es wurde ja auch höchste Zeit«, murmelte Mr. Gimble grimmig, aber Alex hörte ihn schon nicht mehr. Sie rannte zur Tür hinaus und warf sich in die nur zögerlich ausgebreiteten Arme ihres Vaters.

»Na, wie geht es dir, kleine Zigeunerin?« fragte er ohne wirkliche Anteilnahme.

Mr. Gimble stand auf und beobachtete stirnrunzelnd durch das Fenster, wie der gutaussehende Londoner seiner Tochter aus seiner eleganten neuen Kutsche half. Elegante Kutsche, elegante Kleidung, aber eine Moral, die alles andere als elegant ist, dachte Mr. Gimble verärgert und erinnerte sich daran, wie sich seine Tochter Felicia vom ersten Augenblick an von dem Aussehen und den glatten Manieren des Mannes hatte blenden lassen, als er eines Nachmittags vor ihrem Cottage gestanden hatte, nachdem seine Kutsche in der Nähe zusammengebrochen war. Mr. Gimble hatte ihm angeboten, über Nacht zu bleiben, und am frühen Abend wider besseres Wissen Felicias Bitten entsprochen, mit ihm einen Spaziergang unternehmen zu dürfen, »damit ich ihm den schönen Anblick vom Hügel über dem Fluß aus zeigen kann«.

Als sie auch nach Einbruch der Dunkelheit noch nicht zurückgekehrt waren, hatte sich Mr. Gimble auf die Suche gemacht und sie schließlich am Fuße des Hügels gefunden: nackt und in inniger Umarmung. George Lawrence hatte weniger als vier Stunden dazu gebraucht, Felicia ihre ganze Erziehung vergessen zu lassen und sie zu verführen.

In Mr. Gimble war eine nie gekannte Wut hochgekocht, und er hatte der Szene ohne ein Wort den Rükken gekehrt. Als er zwei Stunden später zu seinem Cottage zurückkehrte, befand er sich in der Begleitung seines guten Freundes, des örtlichen Pfarrers.

Der Pfarrer griff zur Bibel, um der Zeremonie den passenden Rahmen zu geben, und Mr. Gimble zu einer Flinte, um dafür zu sorgen, daß der Verführer seiner Tochter an der Trauung auch teilnahm.

Es war das erste Mal in seinem Leben gewesen, daß er eine Waffe in der Hand hielt.

Aber was hatte sein gerechter Zorn Felicia gebracht? Diese Frage verdüsterte Mr. Gimbles Züge. George Lawrence hatte ihr ein großes, heruntergekommenes Haus gekauft, das ein Jahrzehnt unbewohnt gewesen war, für Dienerschaft gesorgt und für die ersten neun Monate nach ihrer Eheschließung hier in der abgelegenen Grafschaft mit ihr zusammengelebt. Dann war Alexandra geboren worden, und bald danach fuhr George Lawrence nach London, wo er auch blieb, um lediglich zweimal im Jahr für zwei oder drei Wochen nach Morsham zurückzukehren.

»Er verdient seinen Lebensunterhalt auf die bestmögliche Weise«, hatte Felicia ihrem Vater erklärt und damit ganz offensichtlich die Worte ihres Mannes wiederholt. »Er ist ein Gentleman, daher kann man von ihm nicht erwarten, daß er so arbeitet wie gewöhnliche Menschen. In London versetzen ihn sein Herkommen und seine Beziehungen in die Lage, sich mit den richtigen Leuten zu treffen, die ihm Hinweise auf gute Investitionsmöglichkeiten an der Börse oder Tips fürs Pferderennen geben. Das ist für ihn die einzige Art und Weise, uns zu unterhalten. Natürlich hätte er es gern, daß wir bei ihm in London wohnten, aber das Leben in der City ist erschreckend teuer, und nie im Leben würde er uns die schäbigen, beengten Wohnverhältnisse zumuten, in denen er zu leben gezwungen ist. Er besucht uns, so oft er kann.«

Mr. Gimble war überaus skeptisch im Hinblick auf George Lawrences wahre Motive, in London zu bleiben, hatte aber keinerlei Zweifel an den Motiven, die den Mann dann und wann nach Morsham zurückkehren ließen. Er tat es, weil Mr. Gimble angedroht hatte, ihn – mit seiner geliehenen Flinte – in London ausfindig zu machen, falls er seine Frau und Tochter nicht wenigstens zweimal jährlich besuchte. Es hätte jedoch keinerlei Sinn gehabt, Felicia mit dieser Wahrheit das Herz schwerzumachen, denn sie war verblüffenderweise glücklich. Im Gegensatz zu den anderen Frauen in der winzigen Grafschaft war Felicia mit einem »echten Gentleman« verheiratet, und das war offenbar alles, was für sie zählte. Es gab ihr ein Flair der Überlegenheit, und sie begegnete ihren Nachbarn mit einer fast königlichen Herablassung.

Genau wie Felicia betete ihre Tochter George Lawrence buchstäblich an, und er sonnte sich während seiner kurzen Besuche in ihrer grenzenlosen Bewunderung. Felicia las ihm jeden Wunsch von den Augen ab, und Alex bemühte sich nach Kräften, ihm gleichzeitig Sohn und Tochter zu sein: Sie sorgte sich um ihr Aussehen, während sie andererseits am liebsten in Reithosen und Hemden herumlief, um einem Jungen so ähnlich wie möglich zu sehen.

Mit gerunzelten Brauen musterte Mr. Gimble die glänzende, von vier tänzelnden Pferden gezogene Kutsche. Für einen Mann, der für seine Frau und Tochter kaum Geld übrig hatte, leistete sich George Lawrence ein überaus kostspieliges Gefährt.

»Wie lange kannst du denn diesmal bleiben, Papa?« erkundigte sich Alexandra, die sich schon jetzt vor dem Zeitpunkt des Abschieds zu fürchten begann.

»Nur eine Woche. Ich muß zu den Landsdownes nach Kent.«

»Warum bist du nur so häufig von uns fort?« fragte Alexandra enttäuscht.

»Weil es nicht zu vermeiden ist«, sagte er. Und als sie protestieren wollte, schüttelte er den Kopf, griff in die Tasche und zog eine kleine Schachtel heraus. »Hier, ich habe dir ein kleines Geschenk zu deinem Geburtstag mitgebracht, Alex.«

Alexandra strahlte ihn geradezu hingerissen an, obwohl sie ihren Geburtstag schon vor einigen Monaten gefeiert hatte, ohne daß er diese Tatsache auch nur mit einem Brief gewürdigt hätte. Mit leuchtenden Augen öffnete sie die Schachtel und entnahm ihr ein kleines, silberfarbenes Medaillon, das wie ein Herz geformt war. Sie hielt das nicht einmal besonders hübsche, aus Blech gefertigte Mitbringsel fast ehrfürchtig in der

Hand wie eine große Kostbarkeit. »Ich werde es an jedem Tag meines Lebens tragen, Papa«, hauchte sie und umarmte ihn zärtlich. »Ich liebe dich ja so sehr!«

Als sie durch das kleine verschlafene Dorf fuhren, wirbelten die Pferdehufe kleine Staubwolken auf, und Alexandra winkte allen Leuten zu, die sie kannte, damit sie auch wußten, daß ihr wundervoller, gutaussehender Papa zurückgekehrt war.

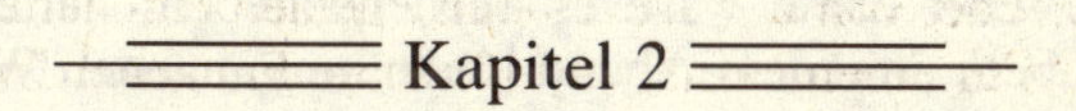

Kapitel 2

Der Duke of Hawthorne ließ langsam die Hand mit der noch rauchenden Pistole sinken und blickte gleichgültig auf den reglosen Lord Grangerfield, der zusammengekrümmt auf dem Boden lag. Eifersüchtige Ehemänner sind ausgesprochen lästig, dachte Jordan, fast so lästig wie ihre eitlen und frivolen Frauen. Sie zogen nicht nur häufig absolut ungerechtfertigte Schlüsse, sondern bestanden auch darauf, ihre Wahnvorstellungen im Morgengrauen mit Pistolen zu realisieren. Während sein Blick noch immer an dem älteren, verletzten Gegner hing, um den sich der Arzt und die Sekundanten kümmerten, verwünschte er die schöne, intrigante junge Frau, deren beharrliche Nachstellungen ihn in diese mißliche Lage gebracht hatten.

Mit siebenundzwanzig Jahren wußte Jordan längst, daß Amouren mit den Frauen anderer Männer häufig mehr Komplikationen mit sich brachten, als die sexuelle Befriedigung wert war. Daher hatte er sich schon vor langer Zeit entschlossen, seine erotischen Abenteuer auf jene weiblichen Wesen zu beschränken, die von Ehemännern unbelastet waren. Und an denen herrschte, weiß Gott, kein Mangel. Die meisten waren mehr als bereit, sein Lager mit ihm zu teilen. Aber Flirts gehörten absolut zum guten Ton, und seine Beziehung zu Elizabeth Grangerfield, die er seit Kindertagen kannte, war nicht viel mehr als ein Flirt gewesen – ein harmloser Flirt, der wieder aufgeflammt war, als sie nach einer ausgedehnten Reise nach England zurückkehrte. Begonnen hatte das ganze mit ein paar spaßigen Bemerkungen zwischen alten Freunden, wenn auch zugegebenermaßen mit erotischen Untertönen. Aber dabei wäre es auch geblieben, hätte sich Elizabeth an jenem Abend in der vergangenen Woche nicht an seinem Butler vorbeigestohlen und ihn bei seiner Heimkehr in seinem Bett erwartet: nackt wie Gott sie geschaffen hatte und unübersehbar reizvoll. Normalerweise hätte er sie aus dem Bett geholt und nach Hause geschickt, aber an diesem Abend war er ziemlich benebelt von dem Brandy, den er mit Freunden getrunken hatte, und während er noch darüber nachdachte, was er mit ihr anfangen sollte, hatte sein Körper seinen trägen Geist überrumpelt und darauf bestanden, daß er das unwiderstehliche Angebot annahm.

Jordan schritt auf sein Pferd zu, das an einem nahestehenden Baum angebunden war, und blickte in die ersten schwachen Sonnenstrahlen des neuen Morgens. Es war noch genug Zeit, ein paar Stunden zu schlafen, bevor er seinen langen Tag voller Arbeit und sozialer Verpflichtungen begann, die ihren Höhepunkt am späten Abend mit einem glanzvollen Ball bei den Bildrups finden würden.

»Es ist eine Schande!« sagte Miss Leticia Bildrup zu ihrem engeren Kreis, einer Reihe eleganter junger Männer und Frauen. Und nach einem verächtlichen, aber nicht ganz neidlosen Blick zur Tür, durch die gerade ein Paar verschwunden war, fügte sie hinzu: »Elizabeth Grangerfield benimmt sich wie eine Hure. Stellt ganz unverfroren Hawthorne nach, obwohl ihr Mann heute früh von ihm im Duell verwundet wurde!«

Sir Roderick Carstairs betrachtete die verärgerte Miss Bildrup mit jenem ätzenden Lächeln, für das er bekannt – und gefürchtet – war. »Du hast selbstverständlich recht, meine Schöne. Elizabeth hätte an deinem Beispiel lernen müssen, daß es besser ist, Hawthorne in aller Heimlichkeit nachzustellen und nicht in der Öffentlichkeit.«

Leticia quittierte die Bemerkung mit hochmütigem Schweigen, aber eine verräterische Röte überzog ihre Wangen. »Vorsicht, Roddy. Du scheinst nicht mehr zwischen dem unterscheiden zu können, was amüsant und was anstößig ist.«

»Ganz und gar nicht, meine Liebe. Ich errege liebend gern Anstoß!«

»Vergleiche mich nicht mit Elizabeth Grangerfield«, zischte Leticia wütend. »Wir haben absolut nichts gemein.«

»Aber selbstverständlich. Ihr beide seid auf Hawthorne aus. Und damit habt ihr sehr viel mit sechs Dutzend anderer Frauen gemein, die ich dir aufzählen könnte, insbesondere...«, er nickte zu einer rothaarigen Schönheit hinüber, die gerade mit einem russischen Prinzen über das Tanzparkett glitt, »mit Elise Grandeaux. Allerdings scheint Miss Grandeaux euch allen etwas voraus zu haben, denn sie ist Hawthornes neueste Geliebte.«

»Das glaube ich dir nicht!« platzte Letty heraus, und ihre blauen Augen schossen zu der Rothaarigen, die angeblich den spanischen König und einen russischen Prinzen bezaubert hatte. »Hawthorne ist ungebunden.«

»Worüber sprecht ihr gerade, Letty?« erkundigte sich eine der jungen Damen angelegentlich und entzog damit ihrem Verehrer kurzfristig ihre Aufmerksamkeit.

»Wir sprechen über die Tatsache, daß er gerade mit Elizabeth Grangerfield auf den Balkon hinausgetreten ist«, fauchte Letty. Eine Erläuterung war nicht vonnöten. In diesen Kreisen wußte jedermann, daß »er« Jordan Addison Matthew Townsende war, Marquess of Landsdowne, Viscount Leeds, Viscount Reynolds, Earl Townsende of Marlow, Baron Townsende of Stroleigh, Richfield und Monmart – sowie der zwölfte Duke of Hawthorne.

»Roddy sagte, daß Elise Grandeaux seine Geliebte geworden ist«, fuhr Letty fort und nickte zu der hinreißenden tizianroten Schönheit hinüber, der das Verschwinden des Herzogs mit Lady Elizabeth Grangerfield offenbar völlig entgangen war.

»Unsinn«, erklärte eine siebzehnjährige Debütantin, die eine ausgeprägte Neigung für Schicklichkeit hatte. »Wenn es so wäre, hätte er sie nicht mitgebracht. Das hätte er nicht tun können.«

»Er könnte und würde«, meinte eine andere junge Lady und sah unverwandt auf die hohen Doppeltüren, durch die der Herzog und Lady Grangerfield verschwunden waren, um einen weiteren Blick auf den legendären Duke zu erhaschen. »Meine Mama sagt, Hawthorne tut, was er will und schert sich den Teufel um die öffentliche Meinung.«

In diesem Moment lehnte das Objekt dieser Unterhaltung und Dutzender ähnlicher Gespräche in dem großen Ballsaal an der Balkonbrüstung und blickte unverhüllt gereizt in Elizabeths schimmernde blaue Augen. »Dein guter Ruf wird da drinnen zuschanden geredet, Elizabeth. Wenn du noch einen Funken Verstand hast, ziehst du dich mit deinem ›leidenden‹ Mann ein paar Wochen aufs Land zurück, bis sich der Klatsch über das Duell gelegt hat.«

»Klatsch kann mich nicht verletzen, Jordan«, entgegnete sie und hob betont unbeschwert die Schultern. »Ich bin jetzt eine Countess.« Die Bitterkeit in ihrer Stimme war unüberhörbar. »Dabei ist es völlig unerheblich, daß mein Mann dreißig Jahre älter ist als ich. Meine Eltern haben nun noch einen weiteren Titel in der Familie, und das allein ist für sie wichtig.«

»Es hat keinen Sinn, vergangene Fehler zu bereuen«, sagte Jordan und zügelte seine Ungeduld nur mühsam. »Was geschehen ist, ist geschehen.«

»Warum hast du dich mir nicht erklärt, bevor du losgezogen bist, um in diesem dummen Krieg in Spanien zu kämpfen?« fragte sie mit halberstickter Stimme.

»Weil ich dich nicht heiraten wollte«, erwiderte er brutal offen.

Fünf Jahre zuvor hatte Jordan eine ferne, vage Zukunft mit Elizabeth erwogen, aber ihm war damals an einer Ehefrau ebensowenig gelegen wie heute, daher war zwischen ihnen vor seinem Aufbruch nach Spanien nichts Entscheidendes besprochen worden. Ein Jahr nach seiner Abreise hatte Elizabeths titelsüchtiger Vater darauf bestanden, daß seine Tochter Grangerfield heiratete. Als Jordan den Brief las, in dem sie ihm ihre Eheschließung mitteilte, hatte er keinerlei Gefühl von Verlust verspürt. Andererseits kannte er Elizabeth seit Kindertagen und hegte eine gewisse Zuneigung zu ihr. Wäre er damals in England gewesen, hätte er sie vielleicht dazu überredet, sich gegen den Willen ihres Vaters zu stellen und Grangerfields Antrag abzulehnen. Vielleicht auch nicht. Wie fast alle Frauen ihrer Klasse wußte Elizabeth von Kindesbeinen an, daß es ihre Pflicht als Tochter war, den Wünschen ihrer Eltern entsprechend zu heiraten.

Wie auch immer: Zum entscheidenden Zeitpunkt hielt sich Jordan nicht in England auf. Zwei Jahre nach dem Tod seines Vaters war er trotz der Tatsache, daß er noch keinen Erben hatte, der Armee beigetreten, um gegen die napoleonischen Truppen zu kämpfen. Anfangs war sein Wagemut angesichts des Feindes schlicht das Ergebnis einer unbewußten Unzufriedenheit mit seinem Lebensstil. Und später, mit zunehmender Reife, hielten ihn die Fähigkeiten und das Wissen, die er in zahllosen blutigen Schlachten erworben hatte, am Leben und trugen viel zu seinem Ruf als kluger Stratege und unüberwindbarer Gegner bei.

»Kannst du denn vergessen, was wir einander bedeutet haben?« Elizabeth hob den Kopf, reckte sich auf die Zehenspitzen, küßte ihn und drängte sich leidenschaftlich an ihn.

Seine Hände umspannten ihre Arme mit hartem Griff und schoben sie von sich. »Sei nicht so töricht!« zischte er. »Wir waren lediglich befreundet, mehr nicht. Was in der letzten Woche zwischen uns vorgefallen ist, war ein Fehler. Es ist vorbei.«

Elizabeth versuchte, sich wieder an ihn zu drängen. »Ich kann dich dazu bringen, daß du mich liebst, Jordan. Ich weiß, daß ich es kann. Vor ein paar Jahren hättest du mich fast schon geliebt. Und in der vergangenen Woche hast du Verlangen nach mir gehabt...«

»Mich hat es nach deinem köstlichen Körper verlangt, meine Liebe«, spottete er absichtlich verletzend.

»Nach nichts anderem. Dein Körper war das einzige an dir, nach dem mich je verlangt hat. Ich werde deinen Mann nicht im Duell töten, daher kannst du deine Bemühungen einstellen. Du mußt dir schon einen anderen Dummen suchen, der für dich deine Freiheit mit der Waffe erficht.«

Sie erblaßte, verdrängte die Tränen, leugnete aber auch nicht ab, daß sie insgeheim gehofft hatte, er würde ihren Mann im Duell töten. »Ich will keineswegs meine Freiheit, Jordan. Ich will dich«, sagte sie mit tränenschwerer Stimme. »Du hast in mir vielleicht nichts anderes als eine Freundin gesehen, aber ich liebe dich seit meinem fünfzehnten Lebensjahr.«

Dieses Geständnis wurde so demütig und hoffnungslos vorgebracht, daß jeder andere als Jordan Townsende die Wahrheit ihrer Worte erkannt und zumindest Mitgefühl für sie empfunden hätte. Aber was Frauen betraf, war Jordan seit langem zu einem verhärteten Skeptiker geworden. Seine Reaktion bestand in einem Griff in die Tasche. Er reichte ihr ein schneeweißes Taschentuch und meinte lakonisch: »Wisch dir die Tränen ab.«

Den vielen Gästen, die wenig später die Rückkehr des Paares in den Ballsaal beobachteten, entging keineswegs, daß Lady Grangerfield äußerst angespannt wirkte und fast unverzüglich aufbrach.

Der Herzog jedoch wirkte so unbeschwert und gelassen wie immer. Als er einige Augenblicke später mit der schönen rothaarigen Tänzerin das Parkett betrat, schien von dem charismatischen Paar eine geradezu unwiderstehliche Energie und Anziehungskraft auszugehen. Elise Grandeaux' geschmeidige, zierliche Anmut ergänzte seine elegante Männlichkeit. Ihr zarter Teint stand in höchst reizvollem Kontrast zu seinen dunklen Haaren und der gebräunten Haut. Und als die beiden über das Parkett schwebten, wirkten sie wie füreinander geschaffen.

»Aber so ist es doch immer«, bemerkte Miss Bildrup zu ihren Freunden, während sie das Paar fasziniert beobachteten. »Hawthorne bringt die Frau, mit der er gerade zusammen ist, buchstäblich zum Leuchten.«

»Nun, er würde nie eine gewöhnliche Tänzerin heiraten, ganz gleich, wie gut sie auch aussieht«, entgegnete Miss Morrison. »Und mein Bruder hat versprochen, ihn in der nächsten Woche zu einer Morgenvisite in unser Haus zu laden«, fügte sie fast triumphierend hinzu.

Ihre Vorfreude wurde von Miss Bildrups nächsten Worten jäh zerstört. »Meine Mama sagte, er würde morgen nach Rosemeade aufbrechen.«

»Rosemeade?« wiederholte die andere junge Lady und ließ betroffen die Schultern sinken.

»Er fährt auf den Besitz seiner Großmutter«, erläuterte Miss Bildrup. »Er liegt oben im Norden, hinter irgendeinem gottverlassenen kleinen Nest namens Morsham.«

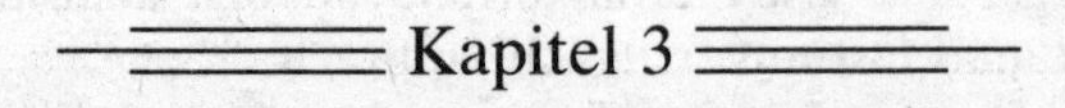

Kapitel 3

»Alexandra... Alexandra!« Der verärgerte Ton in der schwachen Stimme ihrer Mutter ließ Alexandra innehalten, als sie an Felicias Schlafzimmer vorbeikam. Sie straffte die schmalen Schultern, bereitete sich auf eine weitere unerfreuliche Unterhaltung über Will Helmsley vor und betrat den Raum. Mrs. Lawrence saß in einem alten, mehrmals geflickten Morgenrock vor dem

Ankleidetisch und betrachtete sich stirnrunzelnd im Spiegel. Die drei Jahre seit Vaters Tod haben ihr früher so schönes Gesicht um Jahrzehnte altern lassen, dachte Alex traurig. Das lebhafte Funkeln in den Augen ihrer Mutter war längst ebenso verschwunden wie die Lebenslust in ihrer Stimme und der Mahagoniton ihrer Haare. Aber Alex wußte, daß es nicht nur die Trauer war, die die Schönheit ihrer Mutter aufgezehrt hatte. Es war auch Zorn.

Drei Wochen nach George Lawrences Tod war eine prachtvolle Kutsche vor ihrem Haus vorgefahren. In ihr saß die »andere Familie« ihres geliebten Vaters: die Frau und die Tochter, mit denen er in den letzten mehr als zwölf Jahren in London zusammengelebt hatte. Seine legitime Familie hatte er im fernen Morsham am Rande der Armut gehalten, während er mit seiner illegitimen in der Hauptstadt ein glanzvolles Leben führte. Noch heute konnte sich Alex sehr genau an die Qual erinnern, die sie empfand, als sie sich völlig unerwartet ihrer Halbschwester gegenübersah. Das Mädchen hieß Rose und war außerordentlich hübsch. Aber noch mehr als ihr Aussehen schmerzte Alex das herrliche Goldmedaillon, das Rose um den schlanken weißen Hals trug. Sie hatte es von George Lawrence erhalten, genau wie sie das ihre. Aber Alexandras war aus Blech.

Nur in einer Hinsicht hatte er seine beiden Familien gleichrangig behandelt: Er starb absolut mittellos und ließ beide finanziell unversorgt zurück.

Um ihrer Mutter willen hatte sich Alex bemüht, den Schmerz über seinen Verrat ebenso zu verdrängen wie ihre Trauer über den Verlust ihres geliebten Großvaters, der kurze Zeit vor George Lawrence gestorben war, und so normal wie möglich weiterzuleben. Aber die Trauer ihrer Mutter verwandelte sich in heillosen Zorn. Mrs. Lawrence zog sich in ihre Räume zurück und überließ alles andere Alexandra. Zweieinhalb Jahre lang zeigte sie nicht das geringste Interesse am Ablauf des Haushalts oder an ihrer Tochter. Und wenn sie den Mund öffnete, dann nur, um über die Ungerechtigkeit ihres Schicksals und den Verrat ihres Mannes zu hadern.

Vor sechs Monaten jedoch hatte Mrs. Lawrence erkannt, daß ihre Situation vielleicht doch nicht so hoffnungslos war, wie sie befürchtet hatte: Wenn Alexandra einen wohlhabenden Mann heiratete, würde diese Verbindung sie beide aus ihrer mißlichen Lage erlösen. Nach dieser Erkenntnis hatte Mrs. Lawrence ihre Aufmerksamkeit auf die Familien der näheren Nachbarschaft konzentriert. Nur eine von ihnen, die Helmsleys, entsprachen ihrer Vorstellung von Reichtum, und so entschied sie sich für deren Sohn Will – ungeachtet der Tatsache, daß er ein reichlich unbedarfter junger Mann war, der völlig unter dem Pantoffel seiner autoritären, überaus puritanischen Eltern stand.

»Ich habe den Squire und seine Frau zum Abendessen gebeten«, sagte Mrs. Lawrence. »Und Penrose hat mir versprochen, eine ausgezeichnete Mahlzeit auf den Tisch zu bringen.«

»Penrose ist Butler, Mama. Er kann kaum für eine Gesellschaft kochen.«

»Mir ist Penroses ursprüngliche Position in diesem Haus sehr wohl bewußt, Alexandra. Da er aber besser kochen kann als Filbert oder du, werden wir uns heute abend mit seinen Fähigkeiten begnügen müssen. Und mit Fisch natürlich«, fügte sie mit einem leichten Schauder hinzu. »Ich wünschte, wir müßten nicht soviel Fisch essen. Ich habe mir nie besonders viel aus ihm gemacht.«

Alexandra errötete, als hätte sie ihre Pflichten vernachlässigt. Sie war es, die den Fisch fing und das Wild schoß, das ihr dann und wann vor die Flinte kam. »Es tut mir leid, Mama, aber das Wild macht sich zur Zeit sehr rar. Morgen reite ich aus und sehe, ob ich etwas Besseres finden kann. Aber jetzt muß ich los und werde erst spät wieder zurückkommen.«

»Spät?« ächzte ihre Mutter. »Aber du mußt heute abend hier sein. Und du mußt dich von deiner allerbesten Seite zeigen. Du weißt doch, wie eigen der Squire und seine Frau sind, wenn es um weibliche Tugenden geht. Es ist nicht meine Schuld, daß uns dieser Mann so mittellos zurückgelassen hat und wir gezwungen sind, uns den Wünschen und Vorstellungen eines einfachen Squire zu fügen.«

»Du brauchst den Squire nicht zu bewirten«, entgegnete Alexandra leise, aber entschlossen, »denn ich werde Will Helmsley nicht heiraten, selbst wenn mich diese Ehe vor dem Verhungern bewahren würde.«

»O doch, das wirst du«, erwiderte Mrs. Lawrence ebenso leise und entschlossen. »Und du wirst dich wie die feine junge Lady verhalten, die du bist. Kein Herumstromern durch Wald und Heide mehr. Die Helmsleys würden im Hinblick auf ihre künftige Schwiegertochter auch nicht den Hauch eines Skandals dulden.«

»Nie werde ich ihre Schwiegertochter. Ich verabscheue Will Helmsley. Und damit du es weißt«, fügte sie fast verzweifelt hinzu, »Mary Ellen sagt, daß Will Helmsley viel lieber mit Jungen als mit Mädchen zusammen ist.«

Die Ungeheuerlichkeit dieser Mitteilung, deren Bedeutung Alex selbst nicht richtig verstand, überstieg Mrs. Lawrences Fassungsvermögen. »Nun, die meisten jungen Männer fühlen sich in der Gesellschaft anderer junger Männer wohler. Und«, fuhr Mrs. Lawrence fort, stand auf und lief mit der Vorsicht einer Rekonvaleszentin im Zimmer auf und ab, »das könnte genau der Grund sein, weshalb er bisher gezögert hat, dir einen Antrag zu machen, Alexandra.« Sie blieb stehen und musterte ihre Tochter in den abgetragenen braunen Breeches, dem weißen, langärmeligen Hemd, das am Hals offenstand, und den braunen Stiefeln. »Du mußt endlich Kleider tragen, Alexandra. Auch wenn Jung-Will offenbar nichts gegen deine Reithosen einzuwenden hat.«

Alexandra bewahrte nur mühsam Geduld. »Aber ich besitze kein Kleid, das mir über die Knie reicht, Mama.«

»Ich habe dir gesagt, daß du eines meiner Kleider ändern sollst.«

»Aber ich bin nicht gerade geschickt mit Nadel und Faden, und...«

»Du kommst auf immer neue Ausreden, um deiner Verlobung Steine in den Weg zu legen«, unterbrach Mrs. Lawrence und funkelte ihre Tochter wütend an. »Aber ich bin fest entschlossen, dieses elende Leben zu beenden, das wir zu führen gezwungen sind, und Squire Helmsley ist unsere einzige Hoffnung.«

»Aber ich liebe Will Helmsley nicht«, wehrte sich Alexandra mit dem Mut der Verzweiflung.

»Das ist nur gut«, erklärte Mrs. Lawrence ungerührt. »Dann kann er dich wenigstens nicht so verletzen wie dein Vater mich verletzt hat. Will kommt aus einer anständigen, soliden Familie. Er wird sich keine zweite Frau in London halten und alles verspielen, was er besitzt.« Unter der Erinnerung an die Perfidie ihres Vaters zuckte Alexandra unwillkürlich zusammen, aber ihre Mutter sprach bereits weiter. »Wir haben großes Glück, daß Squire Helmsley so auf seinen gesellschaftlichen Aufstieg versessen ist – sonst glaube ich kaum, daß er dich gern zur Tochter haben würde.«

»Was sind eigentlich meine Vorzüge als Schwiegertochter?«

Mrs. Lawrence wirkte schockiert. »Ich bitte dich, Alexandra! Wir sind mit einem Earl verwandtschaftlich verbunden«, sagte sie, als würde das alles erklären.

Mrs. Lawrence versank in nachdenkliches Schweigen. »Ich gehe zu Mary Ellen«, sagte Alex schließlich schulterzuckend. »Ihr Bruder hat heute Geburtstag.«

»Vielleicht ist es sogar besser, wenn du beim Abendessen nicht da bist«, überlegte Mrs. Lawrence laut, setzte sich an den Ankleidetisch und fuhr sich abwesend mit der Bürste durch die ergrauenden Haare. »Ich glaube, daß die Helmsleys heute das Thema Heirat zur Sprache bringen wollen, und da wäre es gar nicht günstig, wenn du stirnrunzelnd dabeisitzt.«

»Mama«, sagte Alexandra mit einer Stimme, in der sich Mitleid und Beunruhigung die Waage hielten, »bevor ich Will heirate, verhungere ich lieber.«

Aus Mrs. Lawrences Miene war ersichtlich, daß sie zumindest den Hungertod der Heirat ihrer Tochter keineswegs vorzog. »Darüber solltest du lieber Erwachsene entscheiden lassen. Geh jetzt zu Mary Ellen, aber zieh ein Kleid an.«

»Das kann ich nicht. Anläßlich von John O'Tooles Geburtstag findet ein Turnier statt – so wie früher, so wie immer, wenn ein O'Toole Geburtstag hat.«

»Du bist entschieden zu alt, um in einer alten Ritterrüstung herumzulaufen, Alexandra. Laß das rostige Ding in der Halle, wohin es gehört.«

»Es wird schon nichts damit passieren«, versicherte

Alex. »Ich nehme nur einen Schild, den Helm, die Lanze und den Brustpanzer mit.«

»Also gut«, erwiderte ihre Mutter und hob resigniert die Schultern.

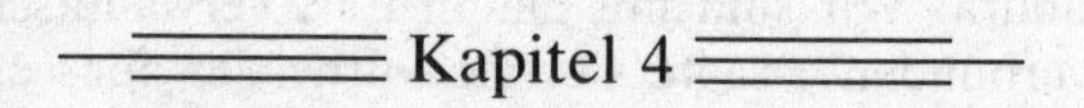

Kapitel 4

Als sie auf Old Thunder, einem launischen Wallach, der älter war als sie selbst und einst ihrem Großvater gehört hatte, auf das Cottage der O'Tooles zuritt, besserte sich Alexandras Stimmung trotz der unerfreulichen Konfrontation mit ihrer Mutter sehr schnell. Es war ein herrlicher Frühlingstag. Rechts und links neben der Landstraße waren die ersten Blumen erblüht und füllten ihre Nase mit Duft und ihre Augen mit allen Farben des Regenbogens. Am Rand des Dorfes gab es einen kleinen Gasthof, und Alexandra, die alle Menschen in dem Zwölf-Kilometer-Radius kannte, der ihre kleine Welt umfaßte, schob das Visier ihres Helms hoch und winkte dem Wirt fröhlich zu. »Guten Tag, Mister Tilson«, rief sie.

»Guten Tag, Miss Alex«, gab er aufgeräumt zurück.

Mary Ellen O'Toole und ihre sechs Brüder tobten bereits vor dem Cottage als Ritter herum. »Komm, Alexandra«, schrie der vierzehnjährige Tom vom alten Klepper seines Vaters herab. »Es ist höchste Zeit für ein Turnier.«

»Nein, laßt uns lieber erst duellieren«, rief sein dreizehnjähriger Bruder und schwang einen alten Säbel. »Diesmal schlage ich dich, Alex. Ich habe Tag und Nacht geübt.«

Lachend glitt Alexandra vom Pferderücken, umarmte Mary Ellen, und die beiden Mädchen beteiligten sich voller Begeisterung an den Spielen, die ein festes Ritual an allen Geburtstagen der sieben O'Toole-Kinder waren.

Erst spät am Abend machte sie sich, müde und satt von all den Köstlichkeiten, die ihr die freundliche Mrs. O'Toole aufgenötigt hatte, wieder auf den Heimweg. Als sie das Gasthaus passiert hatte und mit Old Thunder auf den Pfad einbog, der durch den Wald führte, um nach anderthalb Kilometer wieder auf die Hauptstraße zu treffen, bemerkte Alex, daß im Gasthaus noch Licht brannte und auf dem Hof einige Pferde angebunden waren. Durch die geöffneten Fenster hörte sie Männerstimmen ein lockeres Lied singen. Über ihr bildeten die Äste der Eichen ein durchlässiges Dach, und der Vollmond warf ihre gespenstischen Schatten auf den Pfad vor ihr.

Es war schon spät, aber Alexandra trieb ihren Wallach nicht zu einer schnelleren Gangart an. Zunächst einmal mußte Old Thunder aus Altersgründen geschont werden, und zweitens wollte sie ganz sichergehen, die Helmsleys bei ihrer Heimkehr nicht mehr vorzufinden.

Plötzlich wurde die Stille der Nacht durch die Explosion eines Schusses zerrissen, dann dröhnte ein zweiter. Bevor Alexandra reagieren konnte, galoppierte Old Thunder in wilder Angst durch den lichter werdenden Wald – genau auf die Quelle der Schüsse zu. Mit einer Hand klammerte sich Alex an seine Mähne, während sie mit der anderen ihre Flinte hielt. Die Füße preßte sie fest in die Seiten des Pferdes, denn die Zügel, die sie vor Schreck losgelassen hatte, schleiften über den Boden.

Der Kopf des Banditen zuckte in die Richtung, aus

der das metallische Klirren neben ihm aus dem Wald erscholl, und Jordan Townsende wandte den Blick von der tödlichen Mündung der Flinte ab, die der zweite Bandit genau auf seine Brust richtete. Das Bild, das sich ihm bot, ließ ihn an seinem Sehvermögen zweifeln: Zu seiner Rettung preschte ein Ritter in voller Rüstung auf einem dürren Klepper und mit heruntergeklapptem Visier heran.

Alexandra unterdrückte einen Schrei, als Old Thunder mit ihr mitten in eine Szenerie galoppierte, die sie sich in ihren schlimmsten Alpträumen nicht hätte ausmalen können: Neben einer Kutsche lag ein verletzter Kutscher auf der Straße, und zwei Banditen mit Tüchern vor den Gesichtern bedrohten einen hochgewachsenen Mann mit ihren Waffen. Dann wandte sich der zweite Bandit Alexandra zu und richtete seine Flinte direkt auf sie.

Unbewußt darauf vertrauend, daß der Brustpanzer sie vor dem möglichen Schuß schützen würde, beugte sich Alexandra nach rechts, um sich auf den Banditen zu stürzen und ihn zu Boden zu werfen, aber in diesem Moment explodierte seine Waffe.

Laut wiehernd bäumte sich Old Thunder auf, und Alexandra flog in hohem Bogen von seinem Rücken und landete halb bewußtlos auf dem zweiten Banditen.

Unglückseligerweise erholte sich der Bandit schneller von dem Aufprall als Alexandra. »Was zum Teufel...« knurrte er, schob ihren schlaffen Körper von sich und versetzte ihr einen derben Tritt in die Seite, bevor er seinem Komplizen zu Hilfe eilte, der gerade heftig mit ihrem hochgewachsenen Opfer um den Besitz seiner Waffe rangelte.

Durch einen Nebel aus Furcht und Schmerzen sah Alexandra, wie beide Banditen auf den großen Mann einschlugen. Außer sich vor Panik rappelte sie sich mühsam hoch und suchte verzweifelt nach ihrem Gewehr, das sie bei ihrem Sturz verloren hatte. Doch in dem Moment, als sich ihre Hand um den Griff schloß, sah sie, daß der hochgewachsene Mann dem Banditen die Pistole entwunden hatte. Er schoß blitzschnell, duckte sich, wirbelte herum und richtete die Waffe auf den anderen Mann.

Fasziniert von der tödlichen Gewandtheit des großen Unbekannten sah sie zu, wie er kalt und gelassen mit der Pistole auf seinen zweiten Angreifer zielte. Sie schloß die Augen und wartete auf den zweiten Schuß. Aber statt dessen hörte sie nur ein Klicken.

»Du dummer Hund!« Der Bandit lachte rauh auf, griff lässig in sein Hemd und zog seine Pistole heraus. »Meinst du, ich würde mich einfach abknallen lassen? Ich wußte, daß nur noch ein Schuß im Magazin war. Dafür, daß du meinen Bruder getötet hast, wirst du sehr langsam sterben. Nach einem Schuß in den Magen läßt sich der Tod Zeit...«

Voller Angst rollte sich Alexandra auf die Seite, entsicherte mit bebenden Fingern ihre Flinte und zielte. Als der Bandit seine Waffe hob, drückte sie ab. Der heftige Rückstoß schleuderte sie nach hinten und ließ sie nach Luft ringen. Als sie mühsam den Kopf hob und die Augen öffnete, lag der Bandit mit einer entsetzlich klaffenden Kopfverletzung reglos auf dem Boden.

Sie hatte ihn nicht, wie erhofft, nur verletzt. Sie hatte ihn getötet! Die Welt begann sich um sie zu drehen. Ganz langsam erst, dann schneller und immer schneller. Ihr wurde schwarz vor Augen. Zum ersten Mal in ihrem Leben verlor Alexandra das Bewußtsein.

Jordan ging neben dem gefallenen Ritter in die Knie

und versuchte hastig, den Helm von dessen Kopf zu bekommen, um mögliche Verletzungen festzustellen. »Schnell, Grimm!« rief er dem Kutscher zu, der sich inzwischen langsam von dem Schlag erholte, den ihm einer der Banditen verpaßt hatte. »Hilf mir mit dieser verdammten Rüstung.«

»Ist er verletzt, Euer Gnaden?« fragte Grimm und kniete sich ächzend neben seinen Herrn.

»Offenbar«, erwiderte Jordan knapp und zuckte angesichts der Schnittwunde auf dem schmalen Gesicht zusammen.

»Aber er ist doch nicht tot, oder?«

»Ich glaube nicht. Stütze seinen Kopf – vorsichtig, verdammt noch mal –, während ich ihn von diesem Monstrum befreie.« Jordan warf hastig den Helm beiseite und machte sich an dem Brustpanzer zu schaffen. »Großer Gott, was für eine absurde Kostümierung«, murmelte er, aber seine Stimme klang besorgt, als er den leblosen Körper vor sich nach Spuren eines Einschusses untersuchte. »Es ist zu dunkel, um feststellen zu können, wo er verletzt ist. Wende die Kutsche. Wir bringen ihn zu dem Gasthof, an dem wir vorhin vorbeigekommen sind. Dort wird bestimmt jemand wissen, wer seine Eltern sind, und auch, wo der nächste Arzt zu finden ist.« Jordan griff seinem jungen Retter unter die Arme und hob ihn hoch – erschreckt über sein leichtes Gewicht. »Er kann nicht älter als dreizehn oder vierzehn Jahre sein«, stellte er mit rauher Stimme fest, offensichtlich schuldbewußt über die Notlage, in die er den Jungen gebracht hatte, der ihm so mutig zu Hilfe gekommen war. Er nahm die leichte Gestalt mühelos auf die Arme und trug sie zur Kutsche.

Jordans Ankunft mit der bewußtlosen Alexandra löste in dem Gasthaus eine Flut anzüglicher Kommentare und schlauer Ratschläge der zu dieser späten Stunde reichlich aufgekratzten Gäste aus.

Mit der außerordentlichen Gelassenheit des echten Aristokraten gegenüber normalen Sterblichen ignorierte Jordan die lauten Bemerkungen und trat auf die Kellnerin zu. »Zeigen Sie mir Ihr bestes Zimmer und schicken Sie auf der Stelle den Wirt zu mir.«

Die Kellnerin blickte von Alexandras dunklem Lokkenkopf zu dem hochgewachsenen, tadellos gekleideten Gentleman und beeilte sich, dessen Forderungen unverzüglich zu erfüllen.

Behutsam legte Jordan den Jungen auf das Bett und begann die Verschnürung seines Hemdes zu öffnen. Der Junge öffnete aufstöhnend die Lider, und Jordan blickte in verblüffend große Augen in der Farbe von Aquamarin, die von absurd langen, geschwungenen Wimpern umgeben waren. »Herzlichen Glückwunsch zur Rückkehr in diese Welt, Galahad«, sagte er freundlich.

»Wo...?« Alexandra befeuchtete sich die trockenen Lippen, räusperte sich und versuchte es noch einmal. »Wo bin ich?«

»In einem Gasthof in der Nähe der Stelle, an der du verletzt wurdest.«

Die schrecklichen Ereignisse kamen in ihre Erinnerung zurück, und Alexandra spürte, wie ihr die Tränen in die Augen traten. »Ich habe ihn getötet. Ich habe diesen Mann getötet!« schluchzte sie auf.

»Und damit zwei Menschenleben gerettet – meins und das meines Kutschers.«

In ihrem benommenen Zustand griff Alexandra nach dieser tröstlichen Versicherung wie nach einem rettenden Strohhalm. Fast unbewußt nahm sie wahr, daß der Mann ihr mit den Fingern die Beine entlang fuhr. Außer ihrer Mutter hatte noch nie ein anderer Mensch ihren Körper berührt, und selbst die tat das seit Jahren nicht mehr. Alexandra stellte fest, daß das Gefühl nicht unangenehm, aber auch seltsam verwirrend war. Als der Mann nun jedoch auch ihren Oberkörper zu betasten begann, griff sie blitzschnell nach seinen Handgelenken. »Sir!« protestierte sie heiser. »Was tun Sie da?«

Jordan sah auf die schlanken Finger, die seine Gelenke erstaunlich fest gepackt hielten. »Ich möchte mich davon überzeugen, daß du dir nichts gebrochen hast, Bürschchen. Ich hoffe, der Wirt ist gleich da, damit er uns den nächsten Arzt nennen kann. Aber jetzt, wo du wach bist, kannst du mir ja auch selbst sagen, wer du bist und wo der nächste Arzt zu finden ist.«

Tief beunruhigt über die Summen, die ein Mediziner berechnen würde, sprudelte Alex hervor: »Haben Sie eigentlich eine Vorstellung von der Höhe der Rechnungen, die Ärzte heutzutage ausstellen?«

Jordan betrachtete den blassen Jungen mit den erstaunlichen Augen und verspürte so etwas wie Mitleid, aber auch Bewunderung – eine Kombination von Gefühlen, die ihm absolut fremd war. »Du hast dir deine Verletzungen meinetwegen zugezogen. Selbstverständlich komme ich für die Kosten auf.«

Er lächelte, und Alexandra merkte, daß auch die letzte Spur von Benommenheit wich. Da lächelte sie der größte und fraglos bestaussehende Mann an, dem sie je begegnet war. Seine Augen schimmerten wie silbergrauer Satin, seine Schultern waren breit, und seine wohlklingende Baritonstimme hörte sich mitfühlend an. Im Gegensatz zu seinem gebräunten Gesicht wirkten seine Zähne verblüffend weiß, trotz seiner eklatanten Männlichkeit waren seine Berührungen sehr sanft, und in seinen Augenwinkeln saßen winzige Falten, die von Humor zeugten.

Als sie zu dem Riesen aufblickte, der sich über sie beugte, fühlte sie sich sehr klein und zerbrechlich. Aber seltsamerweise auch sicher. Sogar sicherer, als sie sich irgendwann in den vergangenen drei Jahren gefühlt hatte. Ihre Finger gaben eins seiner Handgelenke frei und berührten eine kleine Schnittwunde an seinem Kinn. »Sie sind auch verletzt«, stellte sie fest und lächelte ihn schüchtern an.

Der unerwartete Glanz im Lächeln des Jungen ließ Jordan unwillkürlich den Atem anhalten, seine zarte Berührung seinen ganzen Körper erstarren. Die Berührung eines Jungen! Brüsk schüttelte er die schmale Hand ab und fragte sich, ob ihn sein Überdruß an den gewöhnlichen Ablenkungen in seinem Leben langsam in einen Perversling verwandelte. »Du hast mir noch immer nicht gesagt, wie du heißt«, sagte er betont kühl, betastete wieder den Oberkörper des Jungen und forschte in dem schmalen Gesicht nach Anzeichen für Schmerzen.

Alexandra öffnete den Mund, um ihren Namen zu nennen, schrie aber nur entsetzt auf, als seine Hände plötzlich zu ihren Brüsten glitten.

Jordan riß die Hände fort, als hätte er sich verbrannt. »Du bist ein Mädchen!«

»Ich kann es nicht ändern!« schoß Alex zurück, tief getroffen von dem anklagenden Ton seiner Stimme.

Die Absurdität ihres Wortwechsels wurde ihnen im gleichen Moment bewußt. Jordans finstere Miene verzog sich zu einem Grinsen, Alex begann zu lachen. Und genau so traf sie Mrs. Tilson, die Frau des Gastwirtes an: Alexandra auf dem Bett, der Mann über sie gebeugt, und seine Hände nur wenige Zentimeter von Miss Lawrences Brüsten entfernt, und beide lachten...

»Alexandra Lawrence!« explodierte sie und schaukelte ins Zimmer wie ein Schlachtschiff unter vollen Segeln. Blitze schossen aus ihren Augen, als sie die Hände des Mannes nachdrücklich von Alexandras offenem Hemd fortzog. »Was hat das alles zu bedeuten?«

Alexandra hatte dankenswerterweise keine Ahnung von Mrs. Tilsons Gedanken, aber Jordan. Und der fand es widerwärtig, daß diese Frau offensichtlich bereit war, ein Mädchen von höchstens dreizehn Jahren moralischer Verwerflichkeit zu beschuldigen. Seine Miene verhärtete sich, in seiner Stimme lag ein ausgesprochen frostiger Ton. »Miss Lawrence wurde bei einem Zwischenfall verletzt, der sich ein wenig südlich von hier auf der Landstraße ereignet hat. Lassen Sie einen Arzt holen.«

»Nein, tun Sie das nicht, Mistress Tilson«, sagte Alexandra und brachte sich mühsam in eine sitzende Position. »Mir geht es ausgezeichnet, und ich möchte nach Hause.«

»In diesem Fall werde ich sie nach Hause bringen«, beschied Jordan die mißtrauische Frau. »Sie können den Arzt zu der Straßenbiegung ein paar Kilometer südlich von hier schicken. Dort wird er zwei Verbrecher vorfinden, die seiner Hilfe zwar nicht mehr bedürfen, aber für deren ordnungsgemäßen Abtransport er sorgen kann.« Er griff in die Tasche und zog eine Karte mit seinem Namen unter einer kleinen Goldkrone hervor. »Sobald ich Miss Lawrence wohlbehalten bei ihrer Familie abgeliefert habe, komme ich hierher zurück, um seine Fragen zu beantworten, falls er welche haben sollte.«

Mrs. Tilson murmelte etwas Unverständliches über Banditen und Zügellosigkeit, riß Jordan die Karte aus der Hand, warf noch einen bösen Blick auf Alexandras offenes Hemd und marschierte hinaus.

»Sie scheinen überrascht zu sein... Darüber, daß ich ein Mädchen bin, meine ich«, meinte Alexandra unsicher.

»Es war insgesamt ein Abend der großen Überraschungen«, erwiderte Jordan, verbannte Mrs. Tilson aus seinen Gedanken und wandte seine Aufmerksamkeit wieder Alexandra zu. »Wäre es vermessen von mir zu fragen, was Sie mitten in der Nacht da draußen in einer Ritterrüstung zu suchen hatten?«

Alex schob langsam die Beine über den Bettrand und versuchte zu stehen. Der Raum begann zu schwanken. »Ich kann sehr gut laufen«, protestierte sie, als der Mann die Arme ausstreckte, um sie aufzufangen.

»Aber ich ziehe es vor, Sie zu tragen«, erklärte Jordan fest und hob sie hoch. Innerlich mußte Alexandra über die unbekümmerte Art lächeln, mit der er sie durch den Schankraum trug, völlig unbeeindruckt vom neugierigen Starren der Dorfbewohner.

Nachdem er sie jedoch sanft in die tiefen Polster seiner luxuriösen Kutsche gesetzt und ihr gegenüber Platz genommen hatte, schwand ihre Heiterkeit schnell. Sie machte sich bewußt, daß sie schon bald am Schauplatz des furchtbaren Geschehens vorbeikommen würden. »Ich habe einen Menschen getötet«, flüsterte sie gequält, während sie sich der gefürchteten Straßenbiegung näherten. »Das werde ich mir nie verzeihen können.«

»Und ich könnte Ihnen nie verzeihen, wenn Sie es nicht getan hätten«, entgegnete Jordan mit einem leichten Lächeln in den Mundwinkeln. Im dämmrigen Schein der Kutschenlampen blickten ihn tränengefüllte Aquamarinaugen an, flehten unhörbar um Trost und Zuspruch. Jordan reagierte ganz automatisch. Er streckte die Arme aus, zog sie auf seinen Schoß und wiegte sie wie das verzweifelte Kind, das sie ja auch war. »Sie haben etwas sehr Tapferes getan«, murmelte er in die dunklen Locken, die seine Wangen streiften.

Alexandra holte tief und zitternd Atem. Sie schüttelte den Kopf. »Ich war ganz und gar nicht tapfer. Ich hatte einfach zuviel Angst, um davonzulaufen, wie es jeder vernünftige Mensch getan hätte.«

Als er das vertrauensvolle Kind in den Armen hielt, überfiel ihn der unvermutete Gedanke, daß er eines Tages vielleicht ein eigenes Kind so wiegen könnte. Die Art, wie sich dieses Kind an ihn schmiegte, hatte etwas zutiefst Rührendes. Doch dann dachte er daran, daß zauberhafte kleine Mädchen schließlich verwöhnte junge Frauen wurden, und verdrängte den Gedanken schnell wieder. »Warum haben Sie diese alte Rüstung getragen?« erkundigte er sich zum zweiten Mal an diesem Abend.

Alexandra berichtete von dem Turnier, das für Geburtstage bei den O'Tooles obligatorisch war, und brachte ihn mehrmals zu lautem Lachen, als sie ihre Patzer und Triumphe des vergangenen Tages schilderte.

»Warum hat Sie Ihr Kutscher eigentlich ›Euer Gnaden‹ genannt?« wollte Alex dann wissen und lächelte ihn an.

Jordan riß seinen Blick von dem reizenden Grübchen in ihrer Wange los. »So werden Herzöge für gewöhnlich angesprochen.«

»Herzöge?« wiederholte sie, enttäuscht über die

Entdeckung, daß dieser gutaussehende Fremde offenbar einer Welt angehörte, zu der sie keinen Zugang hatte, und daher sehr bald und für immer aus ihrem Leben verschwinden würde. »Sind Sie tatsächlich ein Herzog?«

»Ich fürchte, ja«, erwiderte er. »Sind Sie sehr enttäuscht?«

»Ein bißchen schon«, gab sie zu seiner Verblüffung zurück. »Wie werden Sie von den Leuten genannt? Außer Herzog, meine ich.«

»Bei mindestens einem Dutzend Namen«, sagte er, über ihre offenen, unverstellten Reaktionen ebenso amüsiert wie verwirrt. »Meistens werde ich Hawthorne genannt, oder Hawk. Gute Freunde sprechen mich mit meinem Vornamen an, mit Jordan.«

»Hawk paßt zu Ihnen«, stellte sie fest, aber ihr flinker Geist war längst zu einem bedeutsamen Schluß gelangt. »Glauben Sie, daß diese Banditen ganz bewußt auf Sie gekommen sind, weil Sie ein Herzog sind? Ich meine, sie gingen doch ein großes Wagnis ein, Sie so nahe einem Gasthaus zu überfallen.«

»Habgier ist ein zwingendes Motiv«, entgegnete Jordan.

Alexandra nickte. »›Es gibt kein verzehrenderes Feuer als die Leidenschaft, keinen größeren Hai als den Haß und keinen reißenderen Strom als die Habgier‹«, zitierte sie.

Verdutzt starrte Jordan sie an. »Was haben Sie gesagt?«

»Das stammt nicht von mir, sondern von Buddha«, erläuterte sie.

»Ich kenne das Zitat«, entgegnete Jordan. »Ich war nur ein bißchen überrascht, daß Sie es kennen.« Er bemerkte, daß sie sich einem beleuchteten Gebäude näherten, und nahm an, daß es sich um Alexandras Zuhause handelte. »Alexandra«, sagte er schnell, »Sie dürfen keine Schuldgefühle über das empfinden, was Sie heute abend getan haben. Es gibt nichts, worüber Sie sich Gewissensbisse machen müßten.«

Sie blickte ihn lächelnd an, aber als sich die Kutsche dem großen, vernachlässigten Haus näherte, rief sie plötzlich: »O nein!«

Die glänzende Kutsche der Helmsleys stand noch immer in der Auffahrt.

Der Kutscher öffnete die Tür und klappte die Stufen herunter, aber als Alexandra aussteigen wollte, streckte Jordan ihr auch schon die Arme entgegen, um sie aufzufangen. »Das kann ich sehr gut allein«, beschwerte sie sich.

Sein leises, fast intimes Lächeln ließ sie den Atem anhalten. »Es ist außerordentlich peinlich für einen Mann meiner Größe, von einem zierlichen Mädchen gerettet zu werden, selbst wenn das eine Rüstung trägt. Um meinem verletzten Selbstgefühl Genüge zu tun, müssen Sie mir jetzt schon gestatten, ein wenig galant zu sein.«

»Einverstanden.« Alexandra lachte leicht auf. »Wer bin ich, um am Selbstgefühl eines hochwohlgeborenen Herzogs zu kratzen?«

Jordan hörte kaum, was sie sagte. Seine Blicke nahmen den ungemähten Rasen um das Haus ebenso auf wie die zerbrochenen Fensterläden, die windschief in den Angeln hingen. Es war nicht das bescheidene Cottage, mit dem er gerechnet hatte. Statt dessen war es ein alter, heruntergekommener, gespenstischer Kasten, den die Bewohner offenbar aus Geldnöten nicht mehr in Ordnung halten konnten. Er verlagerte Alexandras Gewicht auf seinen linken Arm und klopfte mit der rechten Hand gegen die abblätternde Tür.

Als niemand reagierte, sagte Alexandra: »Ich fürchte, Sie müssen lauter klopfen. Penrose ist fast taub, auch wenn er zu stolz ist, das zuzugeben.«

»Wer«, fragte Jordan und pochte heftiger gegen die schwere Tür, »ist Penrose?«

»Unser Butler. Nach Papas Tod mußte ich das Personal entlassen, aber Penrose und Filbert waren zu alt und zu leidend, um eine neue Anstellung zu finden. Daher sind sie bei uns geblieben und arbeiten für Unterkunft und Verpflegung. Penrose kocht auch und hilft beim Putzen.«

»Wie eigenartig«, murmelte Jordan und wartete darauf, daß die Tür endlich geöffnet wurde.

Sie lachte ihn neugierig an. »Was finden Sie denn so ›eigenartig‹?«

»Einen fast tauben Butler!«

»Dann werden Sie Filbert mit Sicherheit noch eigenartiger finden.«

»Das bezweifle ich«, erwiderte Jordan trocken. »Wer ist Filbert?«

»Unser Diener.«

»Darf ich fragen, worin sein Leiden besteht?«

»Er ist kurzsichtig«, erklärte sie unbefangen. »Er sieht so schlecht, daß er neulich eine Wand für eine Tür hielt und hindurch wollte.«

Zu seinem Entsetzen verspürte Jordan einen schier unbezwingbaren Lachdrang. Um ihren Stolz nicht zu verletzen, sagte er so ernst wie möglich: »Ein tauber Butler und ein blinder Diener... wie unkonventionell.«

»Ja, nicht wahr?« meinte sie fast befriedigt. »Aber schließlich möchte ich auch gar nicht konventionell sein. Konventionen sind die Zuflucht stagnierender Geister«, erklärte sie.

Jordan hob die Faust und hämmerte so heftig gegen die Tür, daß das ganze Haus erdröhnte, aber sein erstaunter Blick hing an ihrem lachenden Gesicht. »Und wer hat das gesagt?« wollte er wissen.

»Ich«, verkündete sie. »Das habe ich mir ausgedacht.«

»Was für ein impertinentes kleines Biest Sie doch sind«, sagte er grinsend und wollte ihr schon ganz spontan einen zärtlichen, väterlichen Kuß auf die Stirn drücken. Er verdrängte den Impuls, als die Tür von Penrose geöffnet wurde. »Es ist absolut überflüssig, hier gegen die Tür zu hämmern, als wollten Sie Tote wiedererwecken, Sir!« fuhr ihn der weißhaarige Mann empört an. »In diesem Haus ist niemand taub!«

Momentan verschlug es Jordan die Sprache, von einem einfachen Butler zusammengestaucht zu werden, doch als er die Lippen öffnete, um eine passende Antwort zu geben, hatte der alte Mann gerade entdeckt, daß er Alexandra auf den Armen trug und diese eine Platzwunde am Kinn hatte. »Was haben Sie Miss Alexandra angetan?« zischte Penrose wütend und streckte die schwachen Arme in der offenkundigen Absicht aus, Jordan seine Last abzunehmen.

»Führen Sie mich zu Mistress Lawrence«, ordnete Jordan an und übersah die Geste des Butlers. »Ich habe gesagt«, wiederholte er, als der alte Mann keine entsprechenden Anstalten unternahm, »daß Sie uns zu Mistress Lawrence führen sollen. Sofort!«

Penrose musterte ihn finster. »Ich habe Sie bereits beim ersten Mal verstanden«, murrte er gereizt und setzte sich endlich in Bewegung. »Selbst die Toten könnten Sie hören...«, murmelte er vor sich hin.

Bei ihrem Eintritt in den Salon sprang ihre Mutter mit einem Schrei aus ihrem Sessel auf. Der stämmige Squire und seine noch stämmigere Gattin beugten sich neugierig auf ihren Sitzen vor und starrten betont auf Alexandras offenstehendes Hemd.

»Was ist geschehen?« platzte Mrs. Lawrence heraus. »Alexandra, dein Gesicht... Großer Gott, was ist denn nur passiert?«

»Ihre Tochter hat mir das Leben gerettet, Mistress Lawrence, im Verlauf der Ereignisse jedoch einen Schlag ins Gesicht erhalten. Ich versichere Ihnen aber, daß die Verletzung ärger aussieht, als sie in Wirklichkeit ist.«

»Lassen Sie mich bitte herunter«, drängte Alex, denn ihre Mutter schien einer Ohnmacht nahe. Als Jordan ihrem Wunsch folgte, entschloß sie sich verspätet zu den nötigen Vorstellungen, um der allgemeinen Atmosphäre wieder etwas mehr Stil zu geben. »Mutter«, sagte sie mit ruhiger, gelassener Stimme, »das ist der Duke of Hawthorne.« Ihre Mutter holte hörbar Luft, aber Alex fuhr ganz sachlich fort: »Ich kam zufällig dazu, als der Herzog und sein Kutscher von Banditen überfallen wurden. Ich... ich habe einen von ihnen erschossen.« Dann wandte sie sich Jordan zu und sagte: »Euer Gnaden, das ist meine Mutter, Mistress Lawrence.«

Die Stille war total. Mrs. Lawrence schien die Sprache verloren zu haben, der Squire und seine Frau starrten sie weiterhin mit geöffneten Mündern an. Zutiefst verlegen über das allgemeine Schweigen, drehte sich Alexandra erleichtert um, als Onkel Monty leicht schwankend das Zimmer betrat. Sein glasiger Blick verriet, daß er den Abend mit dem ihm verbotenen Madeira zugebracht hatte. »Onkel Monty«, sagte sie hastig, »ich habe einen Gast mitgebracht. Das ist der Duke of Hawthorne.«

Onkel Monty stützte sich schwer auf seinen Stock mit dem Elfenbeingriff, zwinkerte zweimal und versuchte, sich auf das Gesicht ihres Gastes zu konzentrieren. »Allmächtiger«, rief er leicht schockiert. »Es ist Hawthorne. Beim Zeus, er ist es tatsächlich!« Dann fielen ihm offenbar seine guten Manieren ein. Er verbeugte sich förmlich und sagte mit heiser-herzlicher Stimme: »Sir Montague Marsh, Euer Gnaden, zu Ihren Diensten.«

Alexandra, die sich nur des lastenden Schweigens peinlich bewußt war, doch keineswegs ihres schäbigen Zuhauses, ihrer betagten Bediensteten oder merkwürdigen Verwandten, lächelte Jordan strahlend an und neigte dann den Kopf Filbert zu, der gerade mit einem Tablett Tee in den Salon geschlurft kam. »Und das ist Filbert, der sich um alles kümmert, was Penrose nicht erledigt«, zirpte sie fröhlich. »Filbert, das ist der Herzog von Hawthorne.«

Filbert setzte umständlich das Tablett auf dem Tisch ab und blinzelte über die Schulter zu Onkel Monty. »Wie geht's?« sagte er zu dem falschen Mann, und Alex bemerkte, daß es um die Lippen des Herzogs zuckte.

»Möchten Sie vielleicht zum Tee bleiben?« fragte sie den Herzog und beobachtete das verdächtige Funkeln in den grauen Augen.

Er lächelte, schüttelte aber ohne jedes Bedauern den Kopf. »Ich kann nicht, Mädchen. Vor mir liegt eine lange Fahrt, und bevor ich die fortsetzen kann, muß ich noch in das Gasthaus zurück, um mit den Zuständigen zu sprechen. Sie werden von mir einige Erklärungen zu den Ereignissen des heutigen Abends verlangen.« Jordan nickte kurz in die Runde seiner schweigsamen Zuhörer und blickte dann wieder in das lächelnde Gesicht vor ihm. »Würden Sie mich vielleicht zur Tür bringen?« schlug er vor.

Alex nickte, begleitete ihn zur Haustür und überhörte geflissentlich das aufgeregte Geplapper, das hinter ihnen im Salon losbrach. »Was meint er mit ›in das Gasthaus zurück‹?« erkundigte sich die Gattin des Squire mit schriller Stimme. »Mistress Lawrence, das heißt doch nicht etwa, daß Alexandra dort mit diesem...«

In der Halle blieb der Herzog stehen und sah sie mit einer Wärme in seinen grauen Augen an, daß sich ihr gesamter Körper wie erhitzt anfühlte. Und als er seine Hand hob und die Finger zart auf ihr verletztes Kinn legte, schlug ihr das Herz bis in den Hals. »Wohin... wohin führt Sie Ihre Reise?« fragte sie, um den Abschied hinauszuzögern.

»Nach Rosemeade.«

»Wohin?«

»Das ist der kleine Landsitz meiner Großmutter. Sie zieht es vor, dort den größten Teil ihrer Zeit zu verbringen, weil sie das Haus für ›behaglich‹ hält.«

»Oh«, machte Alexandra nur, denn sie hatte Probleme mit dem Atmen – jetzt, da seine Finger sanft über ihre Wange glitten und er sie auf eine Weise anblickte, die ihr fast ehrfürchtig erscheinen wollte.

»Ich werde Sie nie vergessen, Engelchen«, sagte er sehr leise und sehr heiser. Dann beugte er sich vor und drückte seine warmen Lippen auf ihre Stirn. »Lassen Sie sich durch nichts verändern. Bleiben Sie genau so, wie Sie sind.«

Nachdem er gegangen war, verharrte Alexandra eine ganze Weile wie angewurzelt. Sein Kuß schien sich auf ihrer Stirn eingebrannt zu haben.

Es kam ihr gar nicht in den Sinn, daß sie gerade in den Bann eines Mannes geraten sein könnte, der seine Stimme und sein Lächeln ganz automatisch zur Erreichung seiner Ziele einsetzte.

Aber Mrs. Lawrence kannte sich aus leidvoller Erfahrung mit geübten Verführern aus, war sie doch genau einem solchen trügerischen Charmeur zum Opfer gefallen, als sie kaum älter als Alex gewesen war. Wie der Duke of Hawthorne hatte ihr Mann ungewöhnlich gut ausgesehen, über tadellose Manieren, aber absolut keine Skrupel verfügt.

Und genau aus diesem Grund stürmte sie am nächsten Morgen in das Zimmer ihrer Tochter und rief mit zornbebender Stimme: »Alexandra, wach sofort auf!«

Alex stützte sich auf und strich sich verschlafen die Locken aus dem Gesicht. »Was hast du? Ist irgend etwas geschehen?«

»Ich werde dir sagen, was geschehen ist«, schrie ihre Mutter außer sich vor Zorn. »Wir hatten bereits vier Besucher. Der erste war die Frau des Gastwirts, die mich davon in Kenntnis setzte, daß du gestern abend mit diesem gewissenlosen Verführer in ihrem Gasthaus ein Zimmer geteilt hast. Die nächsten beiden Besucher hat die Neugier zu uns getrieben. Der vierte Besucher war der Squire, der mir unumwunden erklärte, daß du wegen deines skandalösen Verhaltens gestern abend, wegen deines halbnackten Zustands und des offensichtlichen Fehlens jedes Moralempfindens weder für seinen Sohn noch für jeden anderen anständigen Mann als Ehefrau in Betracht kommst.«

Als Alexandra sie daraufhin nur erleichtert ansah, verlor Mrs. Lawrence vollends die Beherrschung. Sie packte ihre Tochter bei den Schultern und schüttelte sie heftig. »Weißt du eigentlich, was du getan hast?« schrie sie. »Nein? Dann werde ich es dir sagen! Du hast dich in Schande gebracht. Überall klatschen die Leute über dich, als wärst du eine gemeine Hure. Man hat gesehen, wie du in halbnacktem Zustand von einem Mann in ein Gasthaus getragen wurdest. Du warst mit einem Mann allein in einem Zimmer zusammen. Und eine halbe Stunde später wurdest du von demselben Mann wieder aus dem Gasthof getragen. Hast du eine Ahnung, was jedermann denkt?«

»Daß ich erschöpft war und mich ausruhen mußte?« schlug Alexandra ganz naiv vor, über die Blässe ihrer Mutter weit mehr besorgt als über deren Worte.

»Du Närrin! Du bist ja sogar noch törichter als ich es war! Jetzt wird dich doch kein anständiger Mann mehr heiraten wollen!«

»Mama«, sagte Alex begütigend, »so beruhige dich doch endlich.«

»Wie kannst du es wagen, in diesem herablassenden Ton mit mir zu sprechen, kleines Fräulein?« schrie ihre Mutter und schob ihr Gesicht ganz nahe an Alexandra heran. »Hat dieser Mann dich angerührt?«

Zunehmend beunruhigt über die Hysterie ihrer Mutter, bemühte sich Alex um Sachlichkeit. »Du weißt, daß er es getan hat. Du hast gesehen, daß er mich in den Salon getragen hat, und...«

»So meine ich es nicht!« kreischte Mrs. Lawrence und wurde buchstäblich von Wut geschüttelt. »Hat er dich angefaßt? Hat er dich geküßt? Antworte, Alexandra!«

Alexandra hatte sich bereits entschlossen, die Prinzipien ihres Großvaters zu verraten, aber bevor sie die Lippen zu einer Lüge öffnen konnte, hatte ihre Mutter bereits die Röte entdeckt, die ihre Wangen überflutete.

»Er hat es getan!« rief sie. »Die Antwort ist dir deutlich sichtbar ins Gesicht geschrieben.« Mrs. Lawrence sprang vom Bett hoch und begann ruhelos durch das Zimmer zu wandern. Alexandra hatte von Frauen gehört, die sich aus purer Verzweiflung die Haare rauften. Und ihre Mutter sah ganz so aus, als könnte sie das jeden Augenblick tun.

Schnell stand sie auf und streckte die Hand aus, um ihre Mutter in ihrer ziellosen Wanderung zu unterbrechen. »Mama, reg dich doch nicht so auf. Der Herzog und ich haben nichts Unrechtes getan.«

Ihre Mutter fletschte fast die Zähne vor Zorn. »Du begreifst vielleicht nicht, daß das, was du getan hast, falsch war, aber er wußte es. Er wußte es sehr genau. Und trotzdem taucht er hier aalglatt und eiskalt auf, wohl wissend, daß du viel zu naiv bist, um begreifen zu können, was er dir angetan hat. Gott, wie ich die Männer hasse!«

Unvermittelt riß sie Alexandra in ihre Arme. »Ich bin nicht mehr die törichte Unschuld, die ich einmal gewesen bin. Ich habe es zugelassen, daß uns dein Vater zu seinem Vergnügen benutzt und dann beiseite schiebt. Aber ich werde nicht zulassen, daß Hawthorne es ähnlich mit uns macht. Er hat uns ruiniert, und dafür wird er bezahlen. Ich werde ihn dazu zwingen, du wirst schon sehen!«

»Bitte, Mama!« rief Alexandra und befreite sich aus der Umarmung ihrer Mutter. »Er hat nichts Unrechtes getan. Wirklich nicht. Er hat nur meine Glieder betastet, um zu sehen, ob ich mir etwas gebrochen habe. Und beim Abschied hat er mich auf die Stirn geküßt. Das kann doch kein Verbrechen sein.«

»Er hat deinen guten Ruf zerstört, indem er dich in ein Gasthaus gebracht hat. Er hat deine Aussichten auf eine anständige Heirat ruiniert. Bei jedem Gang durchs Dorf wird dich von nun an der Klatsch verfolgen. Dafür muß er zahlen, und das nicht zu knapp. Als er gestern abend zum Gasthaus zurückkehrte, sagte er dem Arzt, wohin er wollte. Wir sollten ihm nachfahren und Genugtuung verlangen.«

»Nein!« rief Alexandra, aber ihre Mutter hörte nur noch ihre eigene innere Stimme, die seit drei langen Jahren nach Rache verlangte.

»Ich habe keinerlei Zweifel daran, daß er mit unserem Besuch rechnet«, fuhr Mrs. Lawrence verbittert fort. »Jetzt, wo wir das ganze Ausmaß der Katastrophe des gestrigen Abends kennen.«

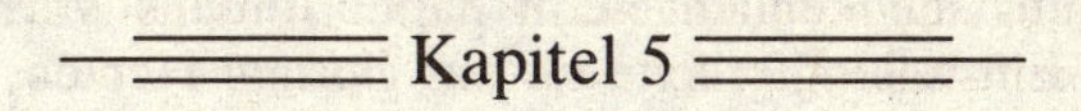

Kapitel 5

Die Herzoginwitwe von Hawthorne musterte ihren Enkel mit einem spröden Lächeln auf den Lippen und einem aufmerksamen Ausdruck in den haselnußbraunen Augen. Mit ihren siebzig Jahren war sie noch immer eine gutaussehende Frau mit weißen Haaren, königlicher Haltung und der unerschütterlichen Selbstsicherheit, die einem durch und durch privilegierten Leben entspringt.

Mit stoischer Gelassenheit hörte sie ihrem ältesten Enkel zu, der als Grund für sein verspätetes Eintreffen bei ihr einen Überfall durch Straßenräuber nannte, die versucht hätten, ihn zu töten.

Ihr anderer Enkel zeigte sich den Schilderungen seines Cousins gegenüber nicht so zurückhaltend. Lächelnd hob Anthony sein Brandyglas und meinte lächelnd: »Gib es zu, Jordan, du wolltest doch nur einen weiteren angenehmen Abend mit deiner reizenden Tänzerin herausschinden. Oh, entschuldige, Grandmama«, fügte er auf einen vernichtenden Blick der Herzoginwitwe hinzu. »Aber die Wahrheit ist doch, daß es weder diese Straßenräuber noch dieses zwölfjährige Mädchen gegeben hat, das dich angeblich gerettet hat. Stimmt's?«

»Stimmt nicht«, entgegnete Jordan ungerührt.

Die Herzogin beobachtete das Geplänkel zwischen den beiden Cousins. Sie stehen sich nahe wie Brüder, sind aber so unterschiedlich wie Tag und Nacht, dachte sie: Jordan scheint mehr wie ich zu sein: reserviert, kühl, undurchsichtig, während Anthony offen, spontan und unverbesserlich unbeschwert ist. Anthony besaß Eltern, die ihn liebten, während Jordan elterliche Zuneigung nie kennengelernt hatte. Jordans Verhalten und Einstellung billigte sie aus ganzem Herzen, während sie Anthonys Spontaneität mißbilligte. Mißbilligung war die einzige Emotion, die sich die Herzoginwitwe zu zeigen gestattete.

»Alles hat sich exakt so abgespielt, wie von mir geschildert, auch wenn dieses Zugeständnis ein herber Schlag für meinen Stolz ist«, fuhr Jordan fort und stand auf, um sich ein neues Glas Port einzugießen. »Ihre Rüstung war verrostet, und ihr Haus wirkte wie aus einem schlechten Schauerroman – es fehlten weder die Spinnweben an den Deckenbalken noch die verblichenen Tapeten, die knarrenden Türen oder die feuchten Wände. Sie hat einen stocktauben Butler, einen blinden Diener und einen alten Trunkenbold von Onkel, der sich Sir Montague Marsh nennt…«

»Hochinteressante Familie«, murmelte Anthony. »Kein Wunder, daß sie so… äh, unkonventionell ist.«

»›Konventionen‹«, zitierte Jordan trocken, »›sind die Zuflucht stagnierender Geister.‹«

»Wer behauptet denn so etwas Unsinniges?« erkundigte sich die Herzogin, die ihr ganzes Leben der gewissenhaften Einhaltung althergebrachter Konventionen gewidmet hatte.

»Alexandra Lawrence.«

»Sehr unkonventionell«, gluckste Anthony und musterte das fast zärtliche Lächeln auf dem Gesicht seines Cousins. Jordan lächelte höchst selten – es sei denn, er setzte das Lächeln des Verführers oder Zynikers auf. »Wie sieht dieses ungewöhnliche weibliche Wesen denn aus?« fragte Anthony, um mehr über das Mädchen zu erfahren, das eine so überraschende Wirkung auf seinen Cousin auszuüben schien.

»Sie ist klein«, erwiderte Jordan und sah Alexandras lachendes Gesicht vor sich. »Und zu dünn. Aber sie hat ein Lächeln, das einen Stein erweichen könnte und ganz außerordentliche Augen. Sie haben die Farbe von Aquamarinen, und wenn du sie ansiehst, sind sie alles, was du an ihr bemerkst. Ihre Sprache ist genauso kultiviert wie deine oder meine, und trotz dieses schauerlich deprimierenden Hauses ist sie ein munteres kleines Ding.«

»Und offenbar auch mutig«, fügte Anthony hinzu.

Jordan nickte. »Ich werde ihr einen Scheck senden, aus Dankbarkeit dafür, daß sie mir das Leben gerettet hat. Das Geld wird sie weiß Gott brauchen können. Einigen Andeutungen von ihr habe ich entnehmen können, daß die Verantwortung für diesen ungewöhnlichen Haushalt auf ihren Schultern zu ruhen scheint. Zweifellos wird Alexandra das Geld in Verlegenheit bringen, deshalb habe ich es ihr auch nicht gleich angeboten, aber es wird ihre Situation erleichtern.«

Die Herzogin rümpfte mißbilligend die Nase, noch immer pikiert über Miss Lawrences Definition von Konventionen. »Die unteren Klassen sind stets erpicht auf Geld, Jordan. Ganz unabhängig vom Anlaß, aus dem es ihnen gegeben wird. Ich bin überrascht, daß sie nicht sofort versucht hat, irgendeine Art von Belohnung aus dir herauszuholen.«

»Du bist zu einer Zynikerin geworden, Grandmama«, tadelte Jordan liebevoll, »aber bei diesem Mädchen irrst du dich. Alexandra sind Habgier oder Raffinesse absolut unbekannt.«

Höchst erstaunt über diese Worte aus Jordans Mund, dessen niedrige Meinung von weiblichen Wesen berüchtigt war, meinte Tony: »Warum siehst du sie dir nicht in ein paar Jahren noch einmal an und machst sie zu deiner...«

»Anthony!« rief die Herzogin im Ton tiefster Mißbilligung. »Nicht in meiner Anwesenheit, wenn ich bitten darf!«

»Ich würde nicht einmal im Traum daran denken, sie aus ihrer Umgebung herauszureißen«, sagte Jordan ungerührt. »Alexandra ist ein seltenes Juwel, aber in London könnte sie keinen Tag überleben. Dafür ist sie weder hart noch ehrgeizig oder abgebrüht genug. Sie...« Er brach ab und blickte den Butler an, der sich durch ein diskretes Hüsteln bemerkbar gemacht hatte. »Ja, Ramsey, was gibt es?«

Ramsey warf sich in Positur, und seine Miene drückte höchstes Mißfallen aus. »Draußen sind drei Personen, Euer Gnaden, die darauf bestehen, Ihnen einen Besuch abzustatten. Sie sind mit einer Kutsche gekommen, die jeder Beschreibung spottet...«

»Um wen handelt es sich?« unterbrach Jordan ungeduldig.

»Der Mann bezeichnete sich als Sir Montague Marsh. Die beiden Damen in seiner Begleitung sind seine Schwägerin Mistress Lawrence und seine Nichte Miss Alexandra Lawrence. Sie sagen, sie seien gekommen, um von Ihnen die Begleichung einer Schuld einzufordern.«

Das Wort »Schuld« ließ Jordans Brauen in die Höhe steigen. »Führen Sie sie herein«, sagte er knapp.

Entgegen üblicher Gepflogenheit warf die Herzoginwitwe ihrem Enkel einen fast triumphierenden Blick zu. »Also Miss Jordan ist nicht nur habgierig, sondern auch anmaßend. Wie kann sie es wagen, von dir die Begleichung einer Schuld zu fordern?«

Ohne auf die Worte seiner Großmutter zu reagieren, stand Jordan auf und setzte sich hinter den Schreibtisch. »Es besteht kein Grund, daß ihr mir Beistand leistet. Ich werde mit der Situation sehr gut allein fertig.«

»Keineswegs«, erklärte die Herzogin eisig. »Anthony und ich werden hierbleiben – als Zeugen für den Fall, daß diese Person dich erpreßt.«

Der Butler kehrte zurück und trat einen Schritt zur Seite, um die Besucher einzulassen. Mit zögernden Schritten folgte Alexandra im Schlepptau ihrer Mutter und fürchtete den Augenblick, in dem sie ihrem neugefundenen Freund gegenübertreten und sehr wahrscheinlich seine Verachtung zur Kenntnis nehmen mußte.

Ihre Ahnung trog sie nicht. Der Mann hinter dem geschnitzten Schreibtisch sah dem lachenden, freundlichen Mann kaum ähnlich, den sie erst zwei Tage zuvor kennengelernt hatte. Heute war er ein arroganter, kalter Fremder, der sie und ihre Familie musterte wie Gewürm, das über seinen herrlichen Aubussonteppich kroch. Er zeigte sich nicht einmal so höflich aufzustehen und sie den beiden Anwesenden im Raum vorzustellen. Statt dessen nickte er Onkel Monty kurz zu und bedeutete ihnen mit einer Handbewegung, vor dem Schreibtisch Platz zu nehmen.

Aber als sein Blick dann auf Alexandra fiel, wurde sein Gesichtsausdruck weicher, die Augen blickten sanfter. Ganz so, als verstünde er, wie elend sie sich fühlte. Er stand auf, kam um den Schreibtisch herum und zog einen dritten Stuhl für sie heran. »Schmerzt die Prellung noch sehr, Kleine?« erkundigte er sich und begutachtete ihre Wange.

Alexandra schüttelte schnell den Kopf. »Überhaupt nicht mehr«, versicherte sie und war unendlich erleichtert, daß er sein Mißfallen über dieses unhöfliche Eindringen in seinem Haus nicht auf sie auszudehnen schien. Vorsichtig hockte sich Alexandra auf die Stuhlkante. Als sie im ungewohnten Kleid ihrer Mutter weiter nach hinten rutschen wollte, blieb der Stoff am Samtpolster des Stuhls kleben, bis ihr der Ausschnitt fast die Kehle zuschnürte. Gefangen wie ein Kaninchen in der eigenen Falle blickte Alexandra hilflos in die grauen Augen des Herzogs. »Sitzen Sie auch bequem?« fragte er todernst.

»Sehr bequem, vielen Dank«, log Alex und machte sich zu ihrem Entsetzen bewußt, daß er ihre Zwangslage erkannt hatte und bemüht war, nicht laut loszulachen.

»Vielleicht sollten Sie aufstehen, um sich noch einmal zu setzen?«

»Ich sitze hervorragend.«

Das Lachen, das sie in seinen Augen gesehen zu haben glaubte, verschwand in dem Moment, als er wieder hinter dem Schreibtisch Platz nahm. Er sah erst ihre Mutter, dann Onkel Monty an und sagte ohne weitere Einleitung: »Sie hätten uns allen die Peinlichkeit dieses unnötigen Besuches ersparen können. Ich hatte die feste Absicht, Alexandra meine Dankbarkeit in Form eines Schecks über eintausend Pfund auszudrükken, den ich Ihnen in der nächsten Woche zustellen lassen wollte.«

Angesichts dieser Summe wurde es Alexandra fast schwindlig. Mit eintausend Pfund würden sie mindestens zwei Jahre lang verhältnismäßig luxuriös leben können. Sie könnte es sich sogar leisten, großzügig mit dem Kaminholz umzugehen, was sie aber natürlich nie tun würde...

»Das wird nicht genug sein«, verkündete Onkel Monty mürrisch. Alexandras Kopf schoß zu ihm herum.

Die Stimme des Herzogs wurde mehr als eiskalt. »Wieviel verlangen Sie?« fragte er, und sein Blick durchbohrte den armen Onkel Monty förmlich.

»Wir verlangen nur, was recht und billig ist«, sagte Onkel Monty und räusperte sich. »Unsere Alexandra hat Ihnen das Leben gerettet.«

»Wofür ich auch angemessen zu zahlen bereit bin«, entgegnete der Herzog. Jedes seiner Worte klang wie ein Peitschenhieb. »Wieviel verlangen Sie?«

Onkel Monty krümmte sich unter den eisigen Blikken, fuhr aber tapfer fort: »Unsere Alexandra hat Ihnen das Leben gerettet, und dafür haben Sie das ihre zerstört.«

Der Herzog schien kurz vor der Explosion zu stehen. »Ich habe was getan?« knurrte er drohend.

»Sie haben eine wohlerzogene junge Lady aus gutem Haus in ein öffentliches Gasthaus mitgenommen und sich mit ihr allein in einem Schlafzimmer aufgehalten.«

»Ich habe ein Kind in ein Gasthaus gebracht«, korrigierte Jordan eisig. »Ein bewußtloses Kind, das dringend einen Arzt benötigte!«

»Unsinn, Hawthorne«, entfuhr es Onkel Monty mit erstaunlich energischer Stimme. »Sie haben eine junge Dame in dieses Gasthaus mitgenommen. Sie haben sie vor den Augen der Dorfbewohner in ein Schlafgemach getragen und sind eine halbe Stunde später mit ihr wieder heruntergekommen, wobei ihre Kleidung eindeutig in Unordnung war – ohne daß ein Arzt gerufen worden wäre. Die Dorfbewohner haben sehr klare Vorstellungen von Anstand und Sitte. Und dieser Moralkodex ist von Ihnen in aller Öffentlichkeit gebrochen worden. Jetzt zerreißt sich alle Welt die Münder über meine Nichte.«

»Wenn sich die selbstgerechten Bewohner Ihres hinterwäldlerischen Nestes die Münder darüber zerreißen, daß ein Kind in ein Gasthaus gebracht wird, dann bedürfen sie dringend ärztlichen Beistands! Aber jetzt genug der Diskussionen über Nebensächlichkeiten. Wieviel verlangen Sie...«

»Nebensächlichkeiten!« schrie Mrs. Lawrence empört und umkrallte die Schreibtischkante so heftig, daß ihre Knöchel weiß wurden. »Sie... Sie gewissenloser, verderbter Verführer! Alexandra ist siebzehn, und Sie haben ihr Leben ruiniert! Die Eltern ihres Verlobten waren anwesend, als Sie meine Tochter in unseren Salon getragen haben. Daraufhin haben sie alle Gespräche über eine Heirat abgebrochen. Man sollte Sie hängen! Aber das wäre noch viel zu gut für Sie, Sie...«

Die letzten Sätze schien der Herzog gar nicht mehr gehört zu haben. Sein Blick zuckte zu Alexandra. »Wie alt sind Sie?« wollte er wissen, als glaube er den Aussagen ihrer Mutter nicht.

Nur mühsam fand Alexandra ihre Stimme wieder. Das alles war ja noch schlimmer, sehr viel schlimmer als sie befürchtet hatte. »Siebzehn. Nächste... in der nächsten Woche werde ich achtzehn«, antwortete sie leise, fast entschuldigend, und errötete heftig, als seine Augen sie von Kopf bis Fuß musterten, als könnte er noch immer nicht fassen, daß ihr Kleid eine erwachsene Frau verbarg. Von dem unerklärlichen Drang getrieben, sich für ihr jungenhaftes Aussehen zu entschuldigen, fügte sie kläglich hinzu. »Großvater hat mir gesagt, daß alle Frauen unserer Familie sehr spät reif werden, und ich...« Sie brach entsetzt ab und sah sich hilfesuchend nach den beiden Unbekannten im Raum um. Aber der Mann blickte sie nur mit einer Mischung aus Schock und Erheiterung an. Die Frau wirkte, als wäre sie aus Marmor gemeißelt.

Alexandras Blick flog zum Herzog zurück. Sie sah, daß seine Miene unbändigen Zorn ausdrückte. »Angenommen, ich hätte tatsächlich einen solchen Fehler begangen«, sagte er zu ihrer Mutter. »Was erwarten Sie nun von mir?«

»Da Alexandra nach allem, was Sie ihr angetan haben, von keinem anständigen Mann mehr geheiratet wird, erwarten wir, daß Sie sie heiraten. Sie ist von untadeliger Geburt, und wir sind mit einem Grafen sowie einem Ritter verwandtschaftlich verbunden. Gegen die Herkunft meiner Tochter können Sie also keine Einwände erheben.«

Wut loderte in den Augen des Herzogs auf. »Keine Einwände...«, begann er zischend, verschluckte dann aber den Rest seiner Worte und biß die Zähne so heftig zusammen, daß ein Muskel in der Wange zu zucken begann. »Und wenn ich mich weigere?« fragte er schließlich ausdruckslos.

»Dann bringe ich Sie vor den Magistrat in London. Glauben Sie ja nicht, daß ich davor zurückschrecke«, entfuhr es Mrs. Lawrence.

»Sie werden nichts dergleichen tun«, erklärte er mit ätzender Gewißheit. »Denn das würde den Skandal, der angeblich so schädigend für Alexandra ist, bis nach London und darüber hinaus bekannt machen.«

Durch seine kühle Überheblichkeit und die Erinnerung an das Verhalten ihres eigenen Mannes fast um den Verstand gebracht, sprang Mrs. Lawrence zornbebend von ihrem Stuhl hoch. »Ich werde genau das tun, was ich Ihnen angedroht habe. Entweder erhält Alexandra die Ehrbarkeit Ihres Namens oder sie wird in die Lage versetzt, sich Respektabilität mit Ihrem Geld kaufen zu können. In beiden Fällen haben wir nichts zu verlieren. Haben Sie mich verstanden?« kreischte sie. »Ich lasse es nicht zu, daß Sie uns schnöde benutzen, um sich unserer dann zu entledigen, wie es mein Mann getan hat. Sie sind ein Monstrum, genau wie er. Alle Männer sind Monstren – egoistische, unvorstellbar widerliche Monstren...«

Jordan starrte die halb wahnsinnige Frau an, die da mit unnatürlich glänzenden Augen und geballten Fäusten vor ihm stand. Es ist ihr ernst, machte er sich bewußt. Offenbar war sie von so unbändigem Haß auf ihren Mann erfüllt, daß sie bereit war, Alexandra einem öffentlichen Skandal auszusetzen, um sich an einem anderen Mann zu rächen – an ihm.

»Sie haben sie geküßt«, zischte Mrs. Lawrence von namenloser Wut geschüttelt. »Sie haben sie angefaßt. Das hat sie selbst zugegeben...«

»Hör auf, Mama!« rief Alexandra, schlang die Arme um sich und beugte sich nach vorn. Ob aus Scham oder Schmerz, wußte Jordan nicht zu sagen. »Hör doch bitte auf«, flüsterte sie kaum hörbar. »Tu mir das nicht an.«

Jordan blickte die zusammengekrümmte Kindfrau an und vermochte kaum zu glauben, daß sie das gleiche mutige, lachende Mädchen war, das zwei Tage zuvor zu seiner Rettung herbeigeeilt war.

»Der Himmel mag wissen, was du ihm noch alles gestattet hast...«

Jordans Faust donnerte so heftig auf die Tischplatte, daß der ganze Raum zu erbeben schien. »Es reicht!« rief er. »Setzen Sie sich!« fuhr er Mrs. Lawrence an, und als sie mit steifen Bewegungen gehorchte, stand er auf, kam um den Schreibtisch herum, packte recht unsanft Alexandras Arm und zog sie hoch. »Sie kommen mit mir«, verfügte er kühl. »Ich möchte mit Ihnen unter vier Augen sprechen.«

Mrs. Lawrence öffnete den Mund zum Protest, aber da ergriff zum ersten Mal die alte Herzogin das Wort. »Still, Mistress Lawrence!« sagte sie eiskalt. »Von Ihnen haben wir schon mehr als genug gehört.«

Alexandra mußte fast rennen, um mit dem Herzog Schritt halten zu können, als er sie aus dem Salon, über den Korridor und in einen anderen kleinen Raum führte, der ganz in Lavendeltönen gehalten war. Dort schloß er die Tür, ließ ihren Arm los, trat ans Fenster und blickte hinaus. Sein feindseliges Schweigen begann an ihren Nerven zu zerren. Sie wußte, daß er krampfhaft nach einem Ausweg suchte, sie nicht heiraten zu müssen, und sie wußte auch, daß hinter dieser kühl-beherrschten Fassade ein Vulkan brodelte, der sich jeden Augenblick entladen konnte – auf sie. Zutiefst beschämt wartete sie darauf, daß er endlich etwas sagte.

Und dann drehte er sich so abrupt zu ihr um, daß sie unwillkürlich einen Satz rückwärts machte. »Hören Sie auf, sich wie ein verängstigtes Kaninchen zu benehmen«, fuhr er sie an. »Ich bin derjenige, der in der Falle sitzt, nicht Sie.«

Eine tödliche Ruhe überkam Alexandra. Sie löschte jedes Gefühl in ihr aus – bis auf ihre Scham. Sie hob das zierliche Kinn, straffte den schmalen Rücken und bemühte sich tapfer um Haltung. Es war ein Kampf, den sie gewann. Jetzt stand sie wie eine stolze, jungenhafte Königin in ihrem schäbigen Kleid vor ihm, und ihre Augen funkelten wie zwei Juwelen. »Drüben im Salon konnte ich nichts sagen«, erklärte sie mit beinahe fester Stimme, »weil es meine Mutter nicht gestattet hätte. Aber wenn Sie mich nicht um ein Gespräch unter vier Augen gebeten hätten, hätte ich es getan.«

»Also sagen Sie, was Sie sagen wollen, damit wir es hinter uns haben.«

Unter seinem verletzenden Ton reckte sich Alexandras Kinn noch etwas höher. Aus irgendeinem Grund hoffte sie, daß er sie nicht so verächtlich behandeln würde wie ihre Familie. »Die Vorstellung einer Heirat ist absolut lächerlich«, stellte sie fest.

»Damit haben Sie völlig recht«, fauchte er grob.

»Wir kommen aus zwei unterschiedlichen Welten.«

»Wieder richtig bemerkt.«

»Sie wollen mich nicht heiraten.«

»Erneut ein Treffer, Miss Lawrence«, meinte er sarkastisch.

»Ich möchte Sie auch nicht heiraten«, fuhr sie fort, bis ins Innerste getroffen von seinen beleidigenden Bemerkungen.

»Das ist sehr klug von Ihnen«, bescheinigte er ihr ironisch. »Ich würde einen außerordentlich schlechten Ehemann abgeben.«

»Ich möchte überhaupt nicht heiraten. Ich möchte

unterrichten, wie es mein Großvater getan hat, und mich selbst ernähren.«

»Wie ungewöhnlich«, spöttelte er. »Und ich hegte stets die Vorstellung, daß alle Mädchen nur darauf aus sind, sich wohlhabende Ehemänner zu angeln.«

»Ich bin nicht wie andere Mädchen.«

»Das habe ich in dem Moment gespürt, als ich Sie kennenlernte.«

Alexandra erstickte fast an ihrem Kummer über seinen Spott. »Dann ist das also geregelt. Wir werden nicht heiraten.«

»Ganz im Gegenteil«, sagte er, und in jedem seiner Worte hallte unterdrückte Wut nach. »Uns bleibt keine andere Wahl, Miss Lawrence. Ihre Mutter wird genau das tun, was sie angedroht hat. Sie wird mich vor Gericht bringen. Um mich zu bestrafen, würde sie Sie vernichten.«

»Nein, nein!« brach es aus Alexandra heraus. »Das wird sie nicht tun. Sie kennen meine Mutter nicht. Sie ist... krank. Sie ist nie über den Tod meines Vaters hinweggekommen.« Fast unbewußt griff sie zum Ärmel seines grauen, maßgeschneiderten Rocks und sah ihn flehend an. »Sie dürfen sich nicht von ihnen zur Heirat mit mir zwingen lassen. Dann würden Sie mich für immer hassen, das weiß ich. Die Dorfbewohner werden den Skandal bald vergessen haben. Sie werden mir vergeben und vergessen. Das alles ist meine Schuld. Ich hätte nicht ohnmächtig werden dürfen, dann hätten Sie mich nicht in das Gasthaus bringen müssen. Ich werde sonst nie ohnmächtig, aber ich hatte gerade einen Mann getötet, und...«

»Genug!« unterbrach Jordan rauh und spürte, daß sich die Schlinge der Ehe unabwendbar um seinen Hals legte. Bis Alexandra den Mund geöffnet hatte, war er verzweifelt auf der Suche nach einem Ausweg aus diesem Dilemma gewesen, hatte sich eingeredet, daß ihre Mutter vielleicht wirklich nur bluffte, sich innerlich alle Gründe aufgezählt, die gegen eine Ehe sprachen. Es war ihm, vorübergehend, sogar gelungen zu vergessen, daß sie einen Menschen getötet hatte, um sein Leben zu retten. Er hatte jedoch nicht damit gerechnet, daß sie ihn anflehen würde, sich unter keinen Umständen für sie auf dem Altar der Ehe zu opfern.

Ungeduldig schob er ihre Finger von seinem Ärmel. »Es gibt keine andere Möglichkeit«, beschied er sie. »Ich werde mich um eine besondere Genehmigung bemühen, dann können wir innerhalb einer Woche verheiratet sein. Ihre Mutter und Ihr Onkel«, fuhr er verächtlich hinzu, »können im örtlichen Gasthaus absteigen. Ich möchte keinen von beiden unter meinem Dach beherbergen.«

Die letzte Bemerkung verletzte Alexandra tiefer als alles, was er zuvor gesagt hatte.

»Ich werde für ihre Unterkunft zahlen«, erklärte er schnell, ihren betroffenen Gesichtsausdruck mißverstehend.

»Es geht nicht um die Kosten«, stellte sie klar.

»Um was denn dann?« wollte er gereizt wissen.

»Um...« Alexandra brach ab und blickte sich in dem stilvoll eingerichteten Raum um. »Es ist alles so falsch!« brach es schließlich aus ihr heraus. »Nie hätte ich mir meine Heirat so vorgestellt.« In ihrer Hilflosigkeit suchte sie Zuflucht zu dem geringfügigsten ihrer Kümmernisse. »Ich habe immer gedacht, daß ich in der Dorfkirche heiraten würde. Mit meiner besten Freundin Mary Ellen als Brautjungfer, und...«

»Gut«, unterbrach er sie ungeduldig. »Laden Sie Ihre Freundin hierher ein, wenn Ihnen ihre Gegenwart die

Tage vor der Eheschließung erleichtert. Schreiben Sie ihr, dann schicke ich einen Diener, der sie abholt. Schreibmaterial finden Sie in der Schublade des Schreibtisches. Sie können doch schreiben, nehme ich an?«

Alexandras Kopf fuhr herum, als hätte er sie geschlagen, und einen kurzen Moment lang sah Jordan die stolze Frau, die sie einmal werden würde. Ihre blaugrünen Augen glitzerten geringschätzig: »Ja, Euer Gnaden, ich kann schreiben.«

Jordan musterte das aufmüpfige Kind, das ihn trotzig anstarrte, und empfand einen Hauch von Respekt, daß sie sich so gegen ihn zur Wehr setzte. »Gut«, meinte er kurz.

»In drei Sprachen«, fügte sie hoheitsvoll hinzu.

Jordan hätte fast gelächelt.

Eine dreiviertel Stunde später geleitete Ramsey eine befriedigte, wenn auch recht kleinlaute Mrs. Lawrence und Sir Montague zur Haustür und ließ die Herzoginwitwe mit ihren beiden Enkelsöhnen allein zurück. Die Herzogin stand langsam auf und wandte sich an Jordan. »Das kann doch nicht dein Ernst sein!«

»Es ist mein voller Ernst und meine feste Absicht.«

Ihr Gesicht wurde bleich. »Warum?« wollte sie wissen. »Du erwartest von mir doch hoffentlich nicht, daß ich dir glaube, es sei dein Verlangen, diese provinzielle graue Maus zu heiraten.«

»Das erwarte ich auch nicht.«

»Und warum willst du es dann tun, um Himmels willen?«

»Mitleid«, erwiderte er mit brutaler Offenheit. »Ich habe Mitleid mit ihr. Und ich fühle mich für das verantwortlich, was mit ihr geschieht – ob dir das nun gefällt oder nicht. So einfach ist das.«

»Dann zahle sie aus!«

Jordan lehnte sich in seinem Sessel zurück und schloß erschöpft die Augen. »Zahl sie aus«, wiederholte er bitter. »Ich wünschte zu Gott, das könnte ich. Aber das geht nicht. Sie hat mir das Leben gerettet, und als Dank dafür habe ich alle ihre Chancen auf ein einigermaßen respektables Leben zerstört. Du hast doch gehört, was ihre Mutter gesagt hat. Ihr Verlobter hat sich bereits zurückgezogen, weil ihr guter Ruf ›ruiniert‹ ist. Sobald sie in ihr Dorf zurückkehrt, wird sie zum Freiwild für jeden, dem der Sinn nach ihr steht. Sie wird keinen Ehemann, keine Kinder bekommen. Und in einem oder zwei Jahren wird sie sich gezwungen sehen, ihre Gunst in dem Gasthaus zu verkaufen, in das ich sie gebracht habe.«

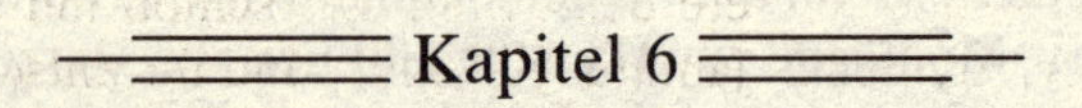

Kapitel 6

Alexandra eilte die Treppe hinunter in die Halle und umarmte ihre Freundin stürmisch. »Mary Ellen!« rief sie glücklich. »Ich freue mich ja so, daß du gekommen bist!«

In der mausoleumähnlichen Stille des Landsitzes der Herzoginwitwe war eine so geräuschvolle Begrüßung ein mittleres Erdbeben, und daher tauchten nicht nur drei Bedienstete, sondern auch die Herzogin und ihr ältester Enkel in der Halle auf.

»Oh, Alex!« rief Mary Ellen ähnlich begeistert. »Als ich deinen Brief erhielt, dachte ich schon, du wärst dem Tode nahe! Und nun treffe ich dich so wohlbehalten an wie immer. Allerdings bist du ein bißchen blaß um die Nase, was vermutlich vom Aufenthalt in diesem düsteren Haus mit all diesen düsteren Leuten kommt.« Und ohne Luft zu holen, sprudelte sie weiter: »Dein Brief las sich wirklich so schauerlich, daß auch Mama mitkommen wollte. Aber das konnte sie nicht, weil es Papa nicht besonders gut geht. Und dieser zugeknöpfte Kutscher wollte mir kein Wort darüber verraten, was eigentlich los ist, obwohl ich ihn buchstäblich angefleht habe. Er wiederholte nur immer wieder, es käme ihm nicht zu, sich darüber zu äußern. Aber nun erzähl endlich, bevor ich noch platze! Warum bist du ›verzweifelt‹? Worin besteht dein ›schreckliches Verhängnis‹? Und wer sind eigentlich diese Leute?«

Hinter ihnen erklang die Stimme der Herzogin, schneidend wie eine Peitsche: »Ich glaube, Miss Lawrence ist ›verzweifelt‹, weil sie vor der Heirat mit dem Eigentümer dieses ›düsteren‹ Hauses steht, der zufällig mein Enkel ist.«

Mary Ellen öffnete den Mund und schloß ihn nicht wieder. »O nein!« jammerte sie auf, und ihr entsetzter Blick flog zu Ramsey, den sie aufgrund seines schwarzen Anzugs für den Besitzer des Hauses hielt. »Alex, du wirst diesen Mann nicht heiraten! Das lasse ich nicht zu! Alex, er ist fett!«

Angesichts der drohenden Wolken, die sich auf der Stirn seiner Großmutter zusammenzogen, räusperte sich Jordan aus dem Hintergrund der Halle, von wo aus er die Szene mit einer Mischung aus Heiterkeit und Gereiztheit beobachtet hatte. »Vielleicht möchte deine Freundin ihr Gepäck loswerden, Alexandra, um sich dann erst einmal mit allen bekanntzumachen?«

Der unerwartete Klang seiner tiefen Stimme ließ Alexandra zusammenfahren. »Ja, ja, selbstverständlich«, sagte sie hastig, während Ramsey vortrat und Mary Ellen ihre beiden Bündel abnahm. »Was ist in dem größeren?« erkundigte sich Alexandra leise, als sich Ramsey umdrehte und in Bewegung setzte.

»Heilmittel aus Inneren und anderem Abfall«, log Mary Ellen unüberhörbar, »die meine Mutter gegen deine Gebrechen zubereitet hat.«

Ramseys Hand mit dem Bündel entfernte sich so weit wie möglich von seinem Körper, seine Finger wurden ganz spitz. Die beiden Mädchen unterdrückten ein Lachen, aber sehr schnell wurde Alexandra wieder ernst. Sie packte Mary Ellens Ellbogen und drückte ihn warnend, während sie ihre Freundin Jordan und seiner wie versteinerten Großmutter nervös aber formvollendet vorstellte.

Die Herzogin ignorierte Mary Ellens gestammelte Begrüßung. »Irin?« fragte sie unheildrohend.

Mary Ellen nickte, mehr verwirrt als eingeschüchtert.

»Das war zu erwarten«, erscholl die bittere Antwort. »Vermutlich auch noch katholisch, oder?«

Wieder nickte Mary Ellen.

»Selbstverständlich.« Nach einem leidenden Blick auf Jordan machte die Herzogin auf dem Absatz kehrt und marschierte in den Salon – jeder Zoll eine Königin, die die schmähliche Gegenwart derart unzumutbarer Normalsterblicher nicht länger ertragen konnte.

Mary Ellen blickte ihr verblüfft nach, dann drehte sie sich wieder um, während Alexandra ihr den hochgewachsenen Mann als Duke of Hawthorne vorstellte.

Zu entgeistert, um auch nur ein Wort zu dem Mann sagen zu können, wandte sich Mary Ellen mit riesigen Augen an Alexandra. »Ein Herzog?« hauchte sie.

Alexandra nickte und fragte sich, ob es von ihr nicht

ein bißchen unfair gegenüber dem einfachen Mädchen war, es so unvorbereitet dieser Umgebung auszusetzen.

»Ein wirklicher, echter, tatsächlicher Herzog?« flüsterte Mary Ellen so eingeschüchtert, daß sie kaum wagte, die Augen aufzuschlagen.

»So ist es«, gab Jordan trocken zurück. »Ein wirklicher, echter, tatsächlicher Herzog. Aber da wir nun alle wissen, wer ich bin, warum raten wir nicht, wer Sie sind?«

Mary Ellen wurde blutrot bis unter die feuerroten Haare, knickste, räusperte sich und sagte: »Mary Ellen O'Toole, Sir. Mylord. Hoheit.« Wieder versank sie in einem Knicks. »Zu Ihren Diensten, Sir. Äh, Mylord...«

»Euer Gnaden reicht«, unterbrach Jordan.

»Was?« fragte Mary Ellen verständnislos und errötete noch heftiger.

»Ich erkläre es dir oben«, flüsterte ihr Alexandra zu und blickte unsicher auf Jordan, der wie ein dunkler, riesiger Gott neben einer Zimmertür stand. Unglaublich groß. Unheimlich. Und doch seltsam anziehend. »Wenn Sie uns jetzt entschuldigen, Euer Gnaden. Ich werde Mary Ellen hinaufbringen.«

»Jederzeit«, erwiderte Jordan, und Alexandra hatte das unangenehme Gefühl, daß er sie so amüsant fand wie zwei unbeholfene Welpen zweifelhafter Herkunft, die in einem Reitstall herumtollten.

Als sie an der Tür zum Salon vorbeikamen, ertönte von drinnen die Stimme der Herzogin wie ferner Donner: »Knicksen!« grollte sie.

Beide Mädchen fuhren herum und versanken vor der Salontür synchron in tiefe Knickse.

»Ist sie nicht ganz bei sich?« platzte Mary Ellen in

dem Augenblick heraus, als sie die Tür von Alexandras Zimmer hinter sich geschlossen hatten. Sie blickte sich so ängstlich-empört in dem Raum um, als rechne sie fest damit, daß ihr die Herzogin jeden Moment als böser Geist erschien. »Schleudert sie den Leuten immer nur einzelne Worte entgegen? ›Irin?‹ ›Katholisch?‹ ›Knicksen‹?« parodierte Mary Ellen.

»Irgendwie ist es schon wie ein Irrenhaus«, stimmte Alexandra lachend zu, doch dann wurde ihr wieder ihre Situation bewußt. »Und nach meiner Heirat gehöre ich dazu.«

»Aber warum?« wollte Mary Ellen tief erschüttert wissen. »Alex, was ist nur geschehen? Vor wenigen Tagen haben wir unser Turnier veranstaltet und haben miteinander gelacht. Dann bist du wie vom Erdboden verschwunden, und das ganze Dorf spricht über dich. Mama sagte zwar, ich soll kein Wort davon glauben, bevor wir mit dir selbst gesprochen haben, aber die Frau des Squire erzählt überall herum, daß wir mit dir nie wieder ein Wort sprechen dürfen und die Straßenseite wechseln sollen, wenn wir dir begegnen, weil du dich entehrt hast.«

Alexandra sank verzweifelt auf die goldfarbene Bettdecke und sah ihre einzige Freundin todtraurig an. »Ich werde dir erzählen, was geschehen ist...«

Nachdem sie mit ihrer Schilderung fertig war, brachte Mary Ellen lange Zeit kein einziges Wort heraus und starrte ihre Freundin nur stumm an. Dann, ganz langsam, schwand ihre verständnisvolle Miene, wurde erst nachdenklich und schließlich ausgesprochen begeistert. »Alex!« rief sie, nachdem sie sehr tief Atem geholt hatte. »Dein Verlobter ist nicht nur ein Herzog, sondern auch ausgesprochen gutaussehend. Er ist es, leugne es nicht! Das ist mir vom ersten

Augenblick an aufgefallen, aber ich war zu besorgt um dich, um länger darüber nachzudenken.«

»Nun ja, er ist nicht unbedingt... häßlich«, gab Alexandra zu, die genau wußte, wie fasziniert Mary Ellen vom anderen Geschlecht war.

»Nicht häßlich?« echote Mary Ellen empört, stemmte die Hände in die Hüften und schlug verträumt die Augen zur Zimmerdecke. »Nun, wenn du mich fragst, sieht er sogar noch besser aus als Henry Beechley, und der ist bei weitem der bestaussehende Junge, den ich kenne.«

»Vor sechs Monaten war George Larson der bestaussehende Junge, den du kennst«, erinnerte Alex lächelnd.

»Nur weil ich mir zu diesem Zeitpunkt Henry noch nicht richtig angesehen hatte«, verteidigte sich Mary Ellen.

»Und sechs Monate davor war Jack Sanders für dich der bestaussehende Junge«, fuhr Alexandra erbarmungslos und mit erhobenen Brauen fort.

»Weil ich damals weder George noch Henry richtig angesehen hatte«, entgegnete Mary Ellen, offensichtlich verwirrt über Alexandras Erheiterung.

»Ich glaube«, neckte Alexandra sie, »deine Probleme kommen davon, daß du zuviel Zeit mit Liebesromanen verbringst. Sie ruinieren dein Sehvermögen und lassen jeden jungen Mann, dem du begegnest, als gutaussehenden, romantischen Helden erscheinen.«

Mary Ellen öffnete die Lippen zu vehementem Protest, besann sich dann aber anders und lächelte Alex fast durchtrieben an. »Zweifellos hast du recht«, sagte sie, schlenderte zur anderen Seite des Bettes und ließ sich neben Alex nieder. »Dein Herzog ist ein Mann von einigermaßen passablem Aussehen.«

»Von einigermaßen passablem Aussehen?« rief

Alexandra empört. »Er sieht ausgesprochen edel, männlich und... sehr gut aus!«

»Tatsächlich?« fragte Mary Ellen und betrachtete angelegentlich ihre Fingernägel, um ihr Lachen zu verbergen. »Du findest also seine Haare nicht zu dunkel, sein Gesicht nicht allzu braun und seine Augenfarbe nicht merkwürdig?«

»Sie sind grau! Von einem wunderschönen, sehr seltenen Grau!«

Mary Ellen blickte Alex direkt in die zornigen Augen und fragte vorgetäuscht naiv: »Aber niemand von uns würde doch so weit gehen, ihn in irgendeiner Weise mit einem griechischen Gott zu vergleichen, oder?«

»Griechischer Gott«, schnaubte Alexandra. »Wohl kaum.«

»Wie würdest du ihn denn dann beschreiben?« hakte Mary Ellen mitleidlos nach.

Alexandra ließ die Schultern sinken. »Oh, Mary Ellen«, hauchte sie fast ehrfurchtsvoll, »er sieht genau aus wie Michelangelos David!«

Mary Ellen nickte weise. »Du liebst ihn. Leugne nicht. Es ist dir ins Gesicht geschrieben, wenn du von ihm sprichst. Aber nun sag mal«, fuhr sie fort und rutschte ganz begeistert näher an Alex heran, »wie ist das eigentlich? Wenn man einen Mann liebt, meine ich.«

»Nun«, meinte Alexandra, die sich für das Thema wider alle Vernunft zu begeistern begann, »es ist ein ganz eigentümliches Gefühl, aber auch aufregend. Wenn ich ihn sehe, habe ich die gleichen Empfindungen, die ich hatte, wenn die Kutsche meines Papas eintraf... Glücklich, aber auch voller Angst, daß ich seinen Vorstellungen nicht entsprechen könnte, weißt du? Daß er mich nicht amüsant findet und mich verläßt.«

»Sei doch nicht albern«, sprudelte Mary Ellen hervor ohne nachzudenken. »Wie kann er dich verlassen, wenn du mit ihm verheiratet bist?«

»Genau wie mein Papa meine Mama verlassen hat.«

Mitgefühl schimmerte in Mary Ellens Augen auf, aber fast sofort munterte sie die Freundin wieder auf. »Mach dir doch darüber keine Gedanken. Das ist schließlich alles längst Vergangenheit, und darüber hinaus wirst du in vier Tagen achtzehn Jahre alt, und das macht dich ganz unbestreitbar zu einer erwachsenen Frau...«

»Ich fühle mich aber nicht wie eine Frau!« beklagte sich Alexandra und formulierte zum erstenmal all das, was ihr Sorgen machte, seit sie den Mann kannte, der ihr in der ersten Stunde das Herz gestohlen hatte. »Mary Ellen, ich weiß nicht, worüber ich mich mit ihm unterhalten soll. Noch nie war ich im geringsten an Jungen interessiert, aber wenn er in der Nähe ist, habe ich keine Ahnung, was ich sagen oder tun soll. Entweder platze ich mit dem heraus, was mir gerade in den Sinn kommt, und mache mich damit zum Narren, oder ich verstumme wie ein Schaf. Was soll ich nur tun?«

In Mary Ellens Augen schimmerte Stolz auf. Alexandra wurde von allen als klügstes Mädchen im Dorf anerkannt, aber niemand bezeichnete sie als hübsch. Mary Ellen wiederum wurde als Dorfschönheit bezeichnet, aber niemand käme auf den Gedanken, sie für besonders klug zu halten. Selbst ihr eigener Vater nannte sie zu ihrem Leidwesen sein »liebes kleines Dummerchen«.

»Worüber unterhältst du dich denn mit den Jungen, die zu dir zu Besuch kommen?« wollte Alex wissen.

Mary Ellen runzelte die Stirn und versuchte, den Verstand einzusetzen, den ihr Alex offenbar zutraute.

»Nun«, meinte sie zögernd, »ich habe schon vor längerer Zeit bemerkt, daß Jungen vor allem über sich selbst sprechen und die Dinge, die sie interessieren. Also brauche ich einem Jungen nur die richtigen Fragen zu stellen, und er beginnt zu reden wie ein Wasserfall. So einfach ist das.«

Alexandra rang frustriert die Hände. »Woher soll ich denn wissen, was ihn interessiert? Und darüber hinaus ist er kein Junge mehr, sondern ein Mann von siebenundzwanzig Jahren.«

»Stimmt«, räumte Mary Ellen ein, »aber meine Mama hat immer wieder betont, daß Männer, sogar mein Papa, im Grunde alle noch Jungen sind. Daher wird meine Methode funktionieren. Um ihn in ein Gespräch zu verwickeln, brauchst du ihn nur nach etwas zu fragen, was ihn interessiert.«

»Aber ich habe keine Ahnung, was ihn interessiert«, seufzte Alexandra.

Mary Ellen versank in Schweigen und dachte angestrengt über das Problem nach. »Ich hab's! Vermutlich interessiert er sich für ähnliche Dinge wie mein Papa. Frage ihn nach...«

»Wonach?« hakte Alexandra nach und beugte sich begierig vor, da Mary Ellen den Faden verloren zu haben schien.

Plötzlich schnippte Mary Ellen mit den Fingern und strahlte auf. »Nach Schädlingen! Frage ihn, wie das Getreide auf seinen Feldern steht und ob er vielleicht Probleme mit Schädlingen hat. Schädlinge«, fügte sie aufklärend hinzu, »sind für Männer, die Felder bewirtschaften, von allumfassendem Interesse!«

Alexandra hob nachdenklich die Brauen. »Insekten scheinen aber kein allzu erfreuliches Gesprächsthema zu sein«, meinte sie skeptisch.

»Oh, Männer sind wirklich faszinierenden Themen gegenüber völlig unempfindlich. Ich meine, wenn du ihnen von einem wirklich bezaubernden Hut erzählen willst, den du in einem Schaufenster gesehen hast, fangen sie buchstäblich an zu gähnen. Und wenn du ihnen von einem entzückenden Kleid berichtest, das du dir nähen willst, schlafen sie doch mitten in deiner Schilderung ein.«

Alexandra speicherte diese wertvolle Information ebenso wie Mary Ellens Ratschläge über Insekten.

»Unter gar keinen Umständen«, fuhr Mary Ellen fort, »darfst du ihm mit deinem langweiligen alten Sokrates oder dem dummen alten Platon kommen. Männer verabscheuen Frauen, die allzu klug sind. Und noch etwas, Alex«, Mary Ellen kam richtig in Fahrt, »du mußt es lernen zu flirten.«

Alexandra krümmte sich innerlich zusammen, wagte aber keinen Einwand. Schließlich hingen Jungen aller Altersklassen an Mary Ellens Röcken und versammelten sich im Wohnzimmer der O'Tooles in der Hoffnung auf eine Minute des Zusammenseins mit ihr. Offenbar war sie eine Kapazität, deren Ratschläge nicht auf die leichte Schulter genommen werden durften. »Also gut«, meinte sie schließlich widerstrebend, »wie flirtet man denn am besten?«

»Nun, setze zunächst einmal deine Augen ein. Du hast ganz wundervolle Augen.«

»Was soll ich denn mit ihnen machen?«

»Sieh den Herzog unverwandt an. Und klappere ein bißchen mit den Wimpern, um ihm zu zeigen, wie lang sie sind...«

Alexandra »klapperte« probeweise mit den Wimpern und brach dann lachend auf dem Bett zusammen. »Ich würde wie eine Närrin aussehen.«

»Nicht für einen Mann. Männer mögen so etwas.«

Alexandra hörte auf zu lachen und sah Mary Ellen nachdenklich an. »Bist du ganz sicher?«

»Absolut sicher. Und dann noch etwas. Männer hören gern, daß man sie gern hat. Es gefällt ihnen, wenn man ihnen sagt, wie stark, mutig oder klug sie sind. Hast du dem Herzog schon gesagt, daß du ihn liebst?«

Schweigen.

»Hast du?«

»Natürlich nicht!«

»Das solltest du aber tun. Dann wird er dir auch sagen, daß er dich liebt!«

»Bist du sicher?«

»Selbstverständlich.«

Kapitel 7

»Der Nachricht, die Sie mir über Ramsey zukommen ließen, entnehme ich, daß Sie über irgend etwas unzufrieden sind?« erklang eine tiefe Stimme hinter Alexandra und ließ sie zusammenfahren. Ihre Erleichterung, ihn endlich sprechen zu können, wurde von zunehmender Panik erstickt, mit ihm sprechen zu müssen. »Ich bin mit allem unzufrieden«, erklärte sie.

Sein amüsierter Blick glitt zu den Rosenblättern, die sie abwesend zerpflückt hatte. »Einschließlich der Rosen, wie ich sehe«, stellte er fest und empfand fast so etwas wie Gewissensbisse, sie in den vergangenen drei Tagen vernachlässigt zu haben.

Alexandra folgte seinen Augen, errötete vor Verlegenheit und sagte mit einer Mischung aus Verzweiflung und Frustration: »Die Rosen sind wunderschön, aber...«

»...mit ihren Blättern haben sie Ihnen nicht hundertprozentig gefallen, oder?«

In der Erkenntnis, daß sie in eine Diskussion über Rosen verwickelt wurde, während sich ihr gesamtes Leben im Chaos befand, richtete sich Alexandra hoheitsvoll auf und verkündete entschlossen: »Ich werde Sie nicht heiraten, Euer Gnaden.«

Er schob die Hände in die Taschen und musterte sie leicht überrascht. »Wirklich? Warum nicht?«

Auf der Suche nach der verständlichsten Erklärung fuhr sich Alex mit leicht zitternden Fingern durch die dunklen Locken. Jordan entging die unbewußte Anmut dieser Geste durchaus nicht. Die Sonne spielte auf ihren Haaren, verlieh ihnen einen goldenen Schimmer und verwandelte die Farbe ihrer wundervollen Augen in ein leuchtendes Türkisgrün. Das helle Gelb ihres Musselinkleides schmeichelte ihrem cremefarbenen Teint und dem Pfirsichhauch auf ihren Wangen.

»Würden Sie bitte aufhören«, begann Alexandra mit müder Stimme, »mich auf diese eigenartige Weise anzusehen, als versuchten Sie, mein Äußeres zu sondieren und alle meine Mängel zu entdecken?«

»Habe ich das getan?« erkundigte sich Jordan abwesend und bemerkte zum ersten Mal ihre hohen Wangenknochen und die schwellenden Lippen. Als er in das hinreißende, feingeschnittene Gesicht mit den geschwungenen Brauen über den langen, schwarzen Wimpern blickte, konnte er nicht begreifen, sie für einen Jungen gehalten zu haben.

»Sie spielen Pygmalion mit mir, und das gefällt mir nicht.«

»Ich mache was?« fragte Jordan und riß seine Aufmerksamkeit von ihren faszinierenden Zügen los.

»In der Mythologie war Pygmalion...«

»Ich kenne die Geschichte. Ich war nur überrascht, daß sich eine Frau mit den klassischen Sagen auskennt.«

»Sie scheinen sich mit meinem Geschlecht nur unzulänglich auszukennen«, entgegnete Alexandra überrascht. »Mein Großvater sagte, daß die meisten Frauen genauso intelligent sind wie die Männer.«

Sie bemerkte, daß in seinen Augen unterdrücktes Lachen aufblitzte und nahm irrtümlich an, daß er sich über ihre Bemerkung über weibliche Intelligenz amüsierte und nicht über ihre Feststellung seiner begrenzten Erfahrung mit Frauen. »Hören Sie auf, mich zu behandeln, als hätte ich meinen Verstand nicht beisammen! Das tut jeder in diesem Haus. Selbst Ihre Dienerschaft benimmt sich mir gegenüber von oben herab.«

»Ich werde den Butler anweisen, sich Watte in die Ohren zu stopfen und so zu tun, als wäre er taub«, neckte er sie. »Würden Sie sich dann mehr zu Hause fühlen?«

»Würden Sie mich freundlicherweise ernst nehmen?«

Bei ihrem scharfen Ton schwand Jordans Lächeln. »Ich werde Sie heiraten«, gab er kühl zurück. »Das ist ernst genug.«

Jetzt, da sie sich entschlossen hatte, ihn nicht zu heiraten und ihm das auch mitgeteilt hatte, wurde der Schmerz über diese Entscheidung ein wenig durch die Feststellung gemildert, daß sie sich von ihm nicht mehr eingeschüchtert fühlte. »Wissen Sie eigentlich«, erkundigte sie sich, neigte den Kopf und lächelte ihn süß an, »daß Sie ausgesprochen grimmig aussehen, wenn Sie das Wort ›heiraten‹ über die Lippen bringen?« Als er nichts erwiderte, legte ihm Alexandra die Hand auf den Arm, als wäre er ein guter Freund, sah ihm in die unergründlichen grauen Augen und erkannte den Zynismus in ihren Tiefen. »Ich will nicht zudringlich erscheinen, Euer Gnaden, aber sind Sie zufrieden mit dem Leben? Mit Ihrem Leben, meine ich.«

Er schien verärgert über ihre Frage, antwortete aber dennoch. »Nicht besonders«, sagte er.

»Da haben Sie es! Wir würden nie zueinander passen. Sie sind enttäuscht vom Leben, ich bin es nicht.« Die innere Freude, der Mut und die unbezwingbare Energie, die Jordan an ihr bereits an jenem Abend gespürt hatte, als sie sich kennenlernten, lag jetzt in ihrer Stimme, als sie das Gesicht dem blauen Himmel entgegenstreckte und vor Zuversicht, Hoffnung und Unschuld geradezu zu leuchten schien. »Ich liebe das Leben. Selbst wenn mir Unangenehmes zustößt, kann ich doch nicht aufhören, es zu lieben.«

Wie gebannt sah Jordan sie an, wie sie da mitten im Rosengarten vor den bunten Blüten und den fernen grünen Hügeln stand und mit sanfter, leiser Stimme zum Himmel hinaufsprach: »Jede Jahreszeit bringt mir das Versprechen, daß mir irgendwann einmal etwas Wundervolles geschehen wird. Dieses Gefühl habe ich seit dem Tod meines Großvaters. Es ist, als würde er mir raten, darauf zu warten. Im Winter wird das Versprechen vom Geruch des Schnees in der Luft begleitet. Im Sommer höre ich es in den Donnerschlägen und sehe es in den Blitzen, die über den Himmel zucken. Aber am meisten spüre ich es jetzt, im Frühling, wenn alles grün und schwarz ist…«

Ihre Stimme brach ab, und Jordan fragte verwirrt: »Schwarz?«

»Ja, schwarz. Wie nasse Baumstämme und frischgepflügte Felder, die riechen wie...« Sie atmete tief ein und versuchte, sich an den genauen Geruch zu erinnern.

»Dreck«, schlug Jordan unromantisch vor.

Sie sah ihn an. »Sie halten mich für töricht«, seufzte sie. Sie richtete sich zu ganzer Größe auf und ignorierte den scharfen Stich von Sehnsucht, den sie nach ihm empfand. »Wir können unmöglich heiraten«, verkündigte sie mit ruhiger Gelassenheit.

Jordans dunkle Brauen zogen sich über ungläubigen Augen zusammen. »Und das haben Sie lediglich aus dem einzigen Grund beschlossen, daß ich nicht glaube, daß nasse Erde wie Parfum duftet?«

»Sie haben kein Wort von dem verstanden, was ich sagte«, erklärte Alex resigniert. »Aber es ist nun einmal eine Tatsache, daß Sie mich genauso unglücklich machen würden wie Sie selbst sind. Und wenn Sie mich unglücklich machen, werde ich mich bestimmt damit rächen, daß ich Sie unglücklich mache, und in ein paar Jahren sind wir genauso verbittert wie Ihre Großmutter. Wagen Sie es ja nicht zu lachen«, warnte sie ihn, als sie sah, wie es um seine Lippen zuckte.

Jordan nahm ihren Arm und führte sie über den Plattenweg an den Rosenbeeten vorbei zu einer Laube. »Sie haben einen entscheidenden Faktor nicht in Betracht gezogen: Von dem Augenblick an, an dem ich Sie in das Gasthaus trug, konnte nichts in Ihrem Leben so wie zuvor sein. Selbst wenn Ihre Mutter nur bluffte, als sie drohte, uns einem öffentlichen Gerichtsverfahren auszusetzen, ist Ihr guter Ruf auch ohne ein solches Verfahren längst zerstört.« Er blieb am Eingang der Laube stehen, lehnte sich gegen den Stamm einer Eiche und fuhr mit unpersönlicher Stimme fort: »Ich fürchte, Ihnen bleibt keine andere Wahl, als mir die Ehre zu geben, meine Frau zu werden.«

Alexandra lachte leise über seine stets präsente förmliche Höflichkeit, selbst jetzt, da sie ihm die Hand zur Ehe verweigerte. »Ein ganz gewöhnliches Mädchen aus Morsham zu heiraten, ist für einen Herzog wohl kaum eine ›Ehre‹«, erinnerte sie ihn ebenso unbeschwert wie ungekünstelt offen. »Und trotz Ihrer entsprechenden Bemerkung neulich, sind Sie auch keineswegs mein ›Diener‹. Warum sagen Sie eigentlich derartige Dinge zu mir?«

Er belächelte ihre ansteckende Heiterkeit. »Gewohnheit«, räumte er ein.

Wieder neigte sie den Kopf zur Seite. »Sagen Sie denn nie, was Sie wirklich meinen?«

»Selten.«

Alex nickte weise. »Es scheint so, daß Offenheit das Privileg jener ist, die Ihre Großmutter geringschätzig als ›niedere Klassen‹ bezeichnet. Warum reize ich Sie eigentlich immer wieder zum Lachen?«

»Aus irgendeinem unerfindlichen Grund«, gab er amüsiert zurück. »Ich mag Sie.«

»Das ist zwar sehr nett, aber reicht nicht aus, um darauf eine Ehe zu begründen«, klärte ihn Alex auf und kehrte zum eigentlichen Grund ihrer Sorgen zurück. »Es gibt andere, wichtigere Dinge wie...« Entsetzt brach sie ab. Wie Liebe, dachte sie. Liebe ist das einzig Entscheidende.

»Wie?«

Unfähig, das Wort auszusprechen, blickte Alexandra schnell zur Seite und hob gleichgültig die Schultern.

Liebe, ergänzte Jordan schließlich innerlich, seufzte tief auf und wünsche sich, zu seinem unterbrochenen Gespräch mit dem Verwalter seiner Großmutter zurückkehren zu können. Alexandra wünschte sich Liebe und Romantik. Er hatte vergessen, daß selbst unschuldige, behütete Mädchen ihres zarten Alters von ihren künftigen Ehemännern ein wenig Leidenschaft und Zuneigung verlangten. Wild entschlossen, nicht wie ein närrischer Tropf dazustehen, der sie mit zärtlichen Worten zur Ehe mit ihm überredete, die er doch nicht ernst meinte, kam er zu der Entscheidung, daß ein Kuß der schnellste, wirksamste und erprobteste Weg war, seine Pflicht zu erfüllen und ihre Skepsis zu zerstreuen, damit er zu seiner Unterhaltung zurückkehren konnte.

Alex zuckte nervös zusammen, als er unvermittelt die Hand hob, ihr Kinn umfaßte und sie so dazu zwang, ihre emsige Betrachtung des Laubeneingangs abzubrechen.

»Sehen Sie mich an«, sagte er mit leiser Samtstimme, die ihr winzige Schauer der Erregung über den Rücken jagte.

Alexandra zwang sich dazu, ihn anzusehen. Obwohl noch niemand versucht hatte, sie zu verführen oder zu küssen, wußte sie nach einem einzigen Blick in sein Gesicht, daß da irgend etwas drohte. »Was haben Sie vor?« wollte sie wissen.

Seine Finger glitten sehr sanft und sehr sinnlich über ihre Wange. Er lächelte sie an – mit einem trägen, hintergründigen Lächeln, das ihr das Herz in die Kehle jagte. »Ich habe vor, Sie zu küssen.«

Prompt ging Alexandras Phantasie mit ihr durch, und sie erinnerte sich an die Romane, die sie gelesen hatte. Wurden die Heldinnen von dem Mann geküßt, den sie insgeheim liebten, fielen sie ausnahmslos in Ohnmacht, gaben ihre Tugend auf oder sprudelten Geständnisse über unsterbliche Liebe hervor. In ihrer Angst, sich gleichfalls zu einer solchen Närrin zu machen, schüttelte Alexandra energisch den Kopf. »Nein«, krächzte sie heiser. »Ich... ich glaube, das sollten Sie nicht tun. Jedenfalls nicht jetzt. Es war sehr liebenswürdig von Ihnen, mir dieses Angebot zu machen, aber jetzt sollten Sie es nicht tun. Vielleicht ein anderes Mal, wenn ich...«

Ungeachtet ihrer Proteste hob Jordan ihr Kinn. Er schloß die Augen, während Alexandra ihre ganz weit öffnete. Er neigte den Kopf. Sie wappnete sich gegen die mit Sicherheit in ihr aufbrandende Leidenschaft. Er berührte ihren Mund ganz leicht mit seinen Lippen. Und dann war es vorüber.

Jordan öffnete die Augen und beobachtete ihre Reaktion. Da war nichts von der unschuldigen Hingerissenheit, die er erwartet hatte. Alexandras Augen waren ganz groß vor Verwirrung und – ja! – Enttäuschung.

Tief befriedigt darüber, daß sie sich nicht zum Narren gemacht hatte wie die Heldinnen in den Romanen, rümpfte Alexandra die schmale Nase. »Und das ist alles?« fragte sie den Edelmann, dessen feurige Küsse angeblich junge Mädchen zur Aufgabe ihrer Jungfräulichkeit und verheiratete Frauen zum Vergessen ihrer Eheschwüre gebracht hatten.

Einen Augenblick lang verharrte Jordan reglos. Er musterte sie mit trägen, abschätzenden grauen Augen. Plötzlich sah Alex etwas Aufregendes und höchst Beunruhigendes in diesen Augen aufblitzen. »Nein«, murmelte er, »da ist noch mehr.« Seine Hände umfaßten ihre Arme und zogen sie so eng an sich heran, daß ihre Brüste fast seinen Oberkörper berührten.

Ausgerechnet diesen unpassenden Moment wählte sein Gewissen, das Jordan seit langem für tot gehalten hatte, für ein höchst ärgerliches Lebenszeichen. Du verführst ein Kind, Hawthorne! flüsterte es ihm verächtlich zu. Jordan zögerte – mehr aus Überraschung über die unerwartete Regung der längstvergessenen inneren Stimme, als aus tatsächlichen Schuldgefühlen. Du verführst voller Absicht ein argloses Kind, weil du dir nicht die Mühe machen willst es mit Argumenten zu überzeugen, raunte die Stimme weiter.

»Worüber denken Sie jetzt nach?« erkundigte sich Alexandra wachsam.

Ausreden schossen ihm durch den Kopf, doch da er sich daran erinnerte, daß sie vor kurzem erst höflichen Platitüden eine Abfuhr erteilt hatte, entschied er sich für die Wahrheit. »Ich habe gerade darüber nachgedacht, daß ich mich des unverzeihlichen Vergehens schuldig mache, ein Kind zu verführen.«

Alexandra, die mehr Erleichterung denn Enttäuschung darüber empfand, daß der Kuß sie nicht sonderlich beeindruckt hatte, spürte, daß Lachen in ihr hochstieg. »Mich verführen?« wiederholte sie lachend und schüttelte höchst anziehend die dunklen Locken. »O nein, in dieser Hinsicht kann ich Sie beruhigen. Ich glaube, ich bin aus härterem Holz als die meisten anderen Frauen, die bei einem Kuß ohnmächtig werden und ihre Tugend vergessen. Ich«, fuhr sie unverblümt fort, »war von unserem Kuß nicht sonderlich beeindruckt. Damit will ich aber nicht sagen«, schloß sie großmütig, »daß ich ihn scheußlich fand. Das war er nämlich nicht. Ich fand ihn... ganz nett.«

»Vielen Dank«, erwiderte Jordan mit todernster

Miene. »Sie sind sehr freundlich.« Er plazierte ihre Hand fest in seiner Armbeuge und führte sie die paar Schritte in die Laube hinein.

»Wohin gehen wir?« erkundigte sie sich beiläufig.

»Außer Sichtweite des Hauses«, erwiderte er sachlich und blieb unter den blütenbedeckten Zweigen eines Apfelbaumes stehen. »Züchtige Berührungen unter Verlobten sind im Rosengarten erlaubt, aber leidenschaftlichere Küsse bedürfen der Diskretion einer Laube.«

Alexandra lachte unbefangen zu ihm auf. »Es ist doch erstaunlich, daß es Regeln für absolut alles zu geben scheint. Gibt es eigentlich Bücher, in denen so etwas festgehalten ist?« Doch bevor er antworten konnte, ging ihr die volle Bedeutung seiner Worte auf. »Lei... leidenschaftlichere Küsse?« stotterte sie.

»Es ist meine Eitelkeit«, gab er leise zurück. »Sie ist tief gekränkt, daß Sie bei meinem Kuß um ein Haar eingeschlafen wären. Wollen doch mal sehen, ob ich Sie nicht aufwecken kann.«

Zum zweiten Mal innerhalb weniger Minuten meldete sich Jordans Gewissen. Du Lump, schrie es in ihm, weißt du eigentlich, was du da tust?

Aber diesmal zögerte er keine Sekunde. Er wußte sehr genau, was er tat. »Also dann«, meinte er und lächelte sie überzeugend an. »Ein Kuß ist etwas, was man gemeinsam tun muß. Ich lege meine Hände auf Ihre Arme und ziehe Sie an mich. So.«

Verdutzt über diese umständlichen Vorbereitungen eines Kusses blickte Alexandra auf die langen, kräftigen Finger, die ihre Oberarme umspannt hielten, dann auf seine weiße Hemdbrust und schließlich in seine Augen. »Was soll ich mit meinen Händen tun?«

Jordan unterdrückte den Lachanfall, der ihm in die Kehle stieg, ebenso wie die spontane Antwort, die er schon auf den Lippen hatte. »Was würden Sie denn gern mit ihnen tun?« fragte er statt dessen.

»Vielleicht in meine Taschen stecken?« schlug Alexandra vor.

Erneut kämpfte Jordan mit dem Lachen, war aber entschlossen, sein Vorhaben zu Ende zu bringen. »Damit wollte ich lediglich andeuten, daß Sie mich durchaus auch berühren können«, sagte er.

Ich will aber nicht, dachte sie verzweifelt.

Doch, du willst, reagierte er unhörbar auf ihren unausgesprochenen Protest. Er hob ihr Kinn, sah in ihre großen, leuchtenden Augen, und Zärtlichkeit stieg in ihm auf – eine Empfindung, die ihm so unbekannt war wie seine innere Stimme, bis er diese unschuldige, spontane, ungekünstelte Kindfrau kennengelernt hatte. Einen Moment lang hatte er das Gefühl, in die Augen eines Engels zu blicken, und berührte ihre zarte Wange unbewußt fast ehrfürchtig. »Wissen Sie eigentlich«, flüsterte er, »wie bezaubernd Sie sind? Wie ungewöhnlich?«

Seine Worte, die Berührung seiner Fingerspitzen auf ihrer Wange und das tiefe, wohlklingende Timbre seiner Stimme übten genau die verführerische Wirkung aus, die Alexandra von seinem Kuß befürchtet hatte. Ihr kam es vor, als würde sie innerlich dahinschmelzen. Sie konnte den Blick nicht von seinen hypnotischen Augen wenden, sie wollte es auch gar nicht. Ohne zu wissen, was sie tat, hob sie ihre Hand und berührte mit zitternden Fingern seine Wange. »Ich finde«, hauchte sie leise, »daß Sie sehr schön sind.«

»Alexandra...« Das leise Wort enthielt eine Zärtlichkeit, die sie noch nie in seiner Stimme gehört hatte, und erfüllte sie mit einem brennenden Verlangen, ihm alles zu sagen, was sie auf dem Herzen hatte. Der Wirkung ihrer liebkosenden Finger und ihrer großen türkisfarbenen Augen völlig unbewußt, fügte sie mit der gleichen sehnsüchtigen Stimme hinzu: »Ich finde, Sie sind so schön wie Michelangelos David...«

»Nicht...«, flüsterte er heiser, und seine Lippen senkten sich zu einem Kuß auf ihren Mund, der ganz anders war als der erste. Sein Mund nahm mit wilder Zärtlichkeit von ihrem Besitz, seine Hand umschlang ihren Nacken, seine Finger strichen sanft über ihre zarte Haut, sein anderer Arm umfaßte ihre Taille und zog sie eng an sich heran. Verloren in einem Meer der Gefühle hob Alexandra die Arme, legte sie um seinen Hals und schmiegte sich an ihn. Und als sie das tat, wurde aus dem Verführer der Verführte. Verlangen explodierte in Jordan, und das Mädchen in seinen Armen wurde eine verlockende Frau. Ganz automatisch wurde sein Kuß intensiver, hungriger, dann berührte seine Zunge ihre bebenden Lippen, überredete sie zärtlich aber beharrlich dazu, sich zu öffnen. Seine Hände glitten von ihrem Rücken zur Taille hinab, dann wieder hinauf, auf ihre Brüste zu.

Alexandra stöhnte leise auf, und dieses Geräusch durchdrang sein leidenschaftliches Verlangen, ließ es abebben und holte ihn in die Wirklichkeit zurück.

Jordan senkte die Hände zögernd auf ihre schmale Taille, hob den Kopf, sah in ihr faszinierendes junges Gesicht und konnte die Leidenschaft nicht glauben, die sie unerwartet in ihm erregt hatte.

Ganz benommen von Liebe und Verlangen spürte Alexandra das dumpfe Schlagen seines Herzens unter ihrer Hand. Sie blickte auf die festen, sinnlichen Lippen, die erst ganz sanft, dann immer wilder von ihrem Mund Besitz ergriffen hatten, und schließlich in seine brennenden grauen Augen.

Und sie wußte es.

Etwas Wundervolles war geschehen. Dieser gutaussehende, schwierige, kluge, herrliche Mann war das Geschenk, das ihr vom Schicksal versprochen war.

Sie verdrängte tapfer jede Erinnerung an ihren ähnlich schwierigen, gutaussehenden, gebildeten Vater und nahm das Geschenk des Schicksals mit der ganzen demütigen Dankbarkeit an, die ihr Herz erfüllte. Blind für die Tatsache, daß in Jordans Blick inzwischen Verärgerung das Verlangen ersetzt hatte, sah sie ihn mit leuchtenden Augen an. »Ich liebe Sie«, sagte sie leise, unbefangen und ohne jede Scham.

»Danke«, sagte er trocken und versuchte ihre Worte als ein beiläufiges Kompliment abzutun und nicht als das Geständnis zu werten, das er nicht hören wollte. Innerlich schüttelte er den Kopf darüber, wie unglaublich naiv sie doch war. Was sie empfand, war Verlangen. Nichts weiter. So etwas wie Liebe gab es nicht. Es gab lediglich unterschiedliche Variationen und Grade von Verlangen, die romantische Frauen und törichte Männer »Liebe« nannten.

Er wußte, daß er ihre Vernarrtheit in ihn unverzüglich beenden sollte, indem er ihr offen heraus sagte, daß seine Gefühle für sie nicht im geringsten den ihren entsprechen, und daß es ihm ganz und gar nicht paßte, wenn sie auf diese Weise für ihn empfand. Doch nach Jahren des Schweigens machte sein Gewissen einen unvorstellbaren Aufstand in ihm und ließ es nicht zu, daß er sie verletzte. Durch Erfahrung abgehärtet und zynisch, war er doch nicht abgehärtet und zynisch genug, einem Kind weh zu tun, das ihn mit der Ergebenheit eines jungen Hundes anblickte.

Sie erinnerte ihn sogar so sehr an einen jungen Hund, daß er ganz automatisch die Hand ausstreckte und ihre dunklen, seidenweichen Locken zauste. »Mit soviel Schmeichelei werden Sie mich noch verwöhnen«, sagte er lächelnd und blickte ungeduldig zum Haus hinüber. »Aber jetzt muß ich die Bücher meiner Großmutter durchgehen. Das wird sich bis in den Abend hinziehen«, erklärte er. »Wir sehen uns morgen früh.«

Alexandra nickte und sah ihm nach, als er die Laube verließ. Morgen würde sie seine Frau werden. Er hatte zwar auf ihre Worte ganz und gar nicht so reagiert, wie sie es sich erhofft hatte, aber das war nicht wichtig. Nicht mehr. Denn jetzt wußte sie, daß sie ihn liebte, und das genügte ihr.

»Alex?« Mary Ellen kam in die Laube gerannt. »Ich habe euch vom Fenster aus beobachtet. Du warst ja eine Ewigkeit hier drinnen. Hat er dich geküßt?«

Alexandra sank auf eine weiße Bank unter einem Pflaumenbaum und mußte über die Neugierde der Freundin lachen. »Ja.«

Mary Ellen setzte sich gespannt neben sie. »Und hast du ihm gesagt, daß du ihn liebst?«

»Ja.«

»Na und?« erkundigte sich Mary Ellen fast zappelnd. »Was hat er gesagt?«

Alexandra lächelte sie fast kläglich an. »Er sagte: ›Danke‹.«

Kapitel 8

»Es stimmt, was alle über dich sagen«, rief Anthony seinem Cousin von dem tiefen Armsessel aus zu und sah ihn mit einer Mischung aus Bewunderung und Ungläubigkeit an. »Du hast absolut keine Nerven. Heute ist dein Hochzeitstag, aber ich bin aufgeregter als du es bist.«

Angetan mit weißem Rüschenhemd, schwarzen Hosen und einer Silberbrokatweste führte Jordan ein abschließendes Gespräch mit dem Verwalter seiner Großmutter, lief dabei aber rastlos im Raum auf und ab und warf immer wieder einen Blick in einen Bericht über seine geschäftlichen Transaktionen, den er erhalten hatte. Einen Schritt hinter ihm folgte sein geplagter Kammerdiener, glättete hier eine winzige Falte des maßgeschneiderten Hemdes und bürstete dort unsichtbare Fusseln von seinen Hosenbeinen.

»Steh doch endlich eine Sekunde still, Jordan.« Tony lachte auf. »Der arme Mathison ist ja schon völlig außer Atem.«

»Was?« Irritiert blieb Jordan stehen und sah Tony fragend an. Der Kammerdiener erkannte seine Chance, griff zu einem schwarzen Rock und hielt ihn Jordan auffordernd hin.

»Kannst du mir vielleicht erklären, warum du deiner Hochzeit gegenüber so verdammt gleichgültig bist? Dir ist doch hoffentlich bewußt, daß du in fünfzehn Minuten heiraten wirst, oder?«

Jordan entließ den Verwalter mit einem Kopfnikken, legte seinen Bericht beiseite und schlüpfte endlich in den Rock, den ihm Mathison noch immer entgegenhielt. Dann trat er vor den Spiegel und fuhr sich mit der Hand prüfend über das Kinn. »Ich betrachte das Ganze nicht als Hochzeit«, erklärte er trocken. »Ich betrachte es als Adoption eines Kindes.«

Anthony belächelte den Scherz, und Jordan fuhr ernster fort: »Alexandra wird mein Leben nicht allzusehr verändern. Nach einem kurzen Aufenthalt in London, um Elise zu besuchen, fahre ich mit Alexandra nach Portsmouth. Dort werden wir ein bißchen die Küste entlangsegeln, damit ich überprüfen kann, wie sich unser neues Passagierschiff macht, dann bringe ich sie in mein Haus in Devon. Devon wird ihr gefallen. Das Haus ist nicht groß genug, um sie einzuschüchtern. Selbstverständlich werde ich sie von Zeit zu Zeit besuchen.«

»Selbstverständlich«, äußerte Anthony trocken.

Jordan griff wieder zu seinem Bericht.

»Deiner schönen Tänzerin wird das aber gar nicht gefallen, Hawk«, meldete sich Tony nach einiger Zeit.

»Sie wird sich einsichtig zeigen.«

»So!« Mit diesem spitz hervorgestoßenen Wort rauschte die Herzogin in einer eleganten braunen, mit cremefarbener Spitze verzierten Satinrobe in den Raum. »Es ist dir also wirklich ernst mit dieser absurden Heirat! Du hast also tatsächlich vor, dieses Dorfkind der Gesellschaft als junge Lady von Stand und Kultur zu präsentieren.«

»Ganz im Gegenteil«, erwiderte Jordan mit entwaffnender Offenheit. »Ich habe vor, sie in Devon unterzubringen und dir alles andere zu überlassen. Du brauchst jedoch nichts zu überstürzen. Laß dir ruhig ein oder zwei Jahre Zeit, ihr all das beizubringen, was sie braucht, um ihre Rolle als Herzogin auszufüllen.«

»Das ist eine Aufgabe, für die ein Jahrzehnt nicht ausreicht!« fauchte die Herzogin.

Bisher hatte er ihre Einwände eher gelassen hingenommen, aber die letzte Bemerkung schien zuviel gewesen zu sein. Seine Stimme nahm jenen Ton an, der Diener wie Freunde gleichermaßen das Fürchten lehrte. »So schwer kann es doch nicht sein, einem intelligenten Mädchen beizubringen, sich wie eine eitle, hirnlose Gans zu benehmen!«

Die unbeugsame alte Frau wahrte ihre eherne Gelassenheit, sah ihren Enkel aber mit einem Ausdruck an, der dem der Überraschung sehr nahe kam. »Das sind für dich also die Frauen deiner eigenen Gesellschaftsschicht? Eitel und hirnlos?«

»Nein«, entgegnete Jordan knapp. »So sind sie für mich, wenn sie sich in Alexandras Alter befinden. Später sind die meisten von ihnen noch sehr viel unerfreulicher.«

Wie deine Mutter, dachte sie.

Wie meine Mutter, dachte er.

»Das trifft keineswegs auf alle Frauen zu.«

»Nein«, stimmte Jordan ohne große Überzeugung zu. »Vermutlich nicht.«

Die Vorbereitungen für ihre Hochzeit kostete Alexandra und zwei Zofen drei Stunden. Die Hochzeit selbst dauerte weniger als zehn Minuten.

Eine Stunde später stand Alexandra mit einem Kristallglas voll perlenden Champagners in der Hand mit ihrem Bräutigam mitten im Blauen Salon. Jordan goß sich Champagner nach.

Ungeachtet ihrer Entschlossenheit, darüber hinwegzugehen, schwebte über ihrer Hochzeit eine auffällige Aura von Unwirklichkeit und Anspannung. Ihre Mutter und Onkel Monty hatten daran teilgenommen, waren aber von dem Herzog und seiner Großmutter kaum beachtet worden, obwohl Onkel Monty sein bestes Benehmen an den Tag gelegt und sich beflissen bemüht hatte, den anwesenden Damen nicht aufs Hinterteil zu schauen. Auch Lord Anthony Townsende und Mary Ellen waren anwesend gewesen, aber inzwischen befand sich jedermann längst wieder auf dem Heimweg.

Wie eigenartig, daß sie sich gerade jetzt so unbehaglich und unsicher fühlte, obwohl sie ein sehr viel prächtigeres Kleid trug, als sie es sich je erträumt, und sehr viel hübscher aussah, als sie es je für möglich gehalten hätte. Craddock, die Zofe der Herzogin, hatte Alexandras Toilette höchstpersönlich überwacht. Unter ihrer Anweisung wurden Alexandras ungebärdige Locken gebürstet, bis sie schimmerten, und dann auf dem Kopf zusammengefaßt und mit zwei Perlenkämmen gehalten, die zu den Perlengestecken in ihren zierlichen Ohren paßten. Dann hatte man ihr das wundervolle Hochzeitskleid von Jordans Mutter übergestreift, eine Robe aus elfenbeinfarbenem, mit Perlen besticktem Satin.

Als sich Alexandra in dem hohen Spiegel betrachtete, war sie insgeheim überglücklich gewesen. Selbst Craddock hatte eingeräumt, daß sie »in der Tat sehr gut« aussähe, »wenn man bedenkt...« Aber Jordan hatte nichts über ihr Aussehen gesagt. Er hatte sie beruhigend angelächelt, als Onkel Monty ihre Hand in seine legte, und dieses Lächeln hatte ausgereicht, sie seit der Zeremonie vor einer Stunde durchhalten zu lassen. Jetzt jedoch standen sie zum ersten Mal als Mann und Frau zusammen, und die einzigen Geräusche stammten von der Dienerschaft, die schwere Truhen die Treppe hinunter und zur Kutsche trugen, die in der Auffahrt vor dem Haus darauf wartete, daß sie die Hochzeitsreise antraten.

Nicht ganz sicher, was sie mit dem Champagner tun sollte, entschied sich Alexandra für den Weg des geringsten Widerstands, trank einen Schluck und stellte das Glas dann auf einem in der Nähe stehenden Tisch ab.

Als sie sich wieder umdrehte, bemerkte sie, daß Jordan sie betrachtete, als sähe er sie zum ersten Mal. Während des ganzen Morgens hatte er keine einzige Bemerkung über ihr Äußeres gemacht, doch nun musterte er sie vom Saum ihrer schimmernden Robe bis zu den glänzenden dunklen Haaren. Sie hielt erwartungsvoll den Atem an.

»Du bist größer, als ich ursprünglich dachte.«

Diese überraschende Feststellung und seine verdutzte Miene brachten Alexandra zum Lachen. »Ich glaube nicht, daß ich in der letzten Woche mehr als einen Zentimeter gewachsen bin.«

Er lächelte flüchtig über ihre Bemerkung und fuhr dann nachdenklich fort: »Anfangs habe ich dich für einen Jungen gehalten, für einen sehr kleinen Jungen.«

»Aber ich bin kein Junge«, verkündete Alexandra unbeschwert.

Trotz seiner festen Absicht, sie nach dem gestrigen Kuß so unpersönlich wie möglich zu behandeln, war Jordan gegen ihr sonniges Lächeln nicht gefeit. Es verdrängte sogar die eher düstere Erinnerung an ihre Trauungszeremonie. »Nein, du bist kein Junge«, stimmte er lächelnd zu. »Du bist aber genau genommen auch weder ein kleines Mädchen noch eine Frau.«

»Ich scheine in einem heiklen Alter zu sein, oder?« zog sie ihn auf.

»Offensichtlich«, räumte er mit leisem Lachen ein.

»Wie nennst du denn eine junge Lady, die noch nicht ganz achtzehn Jahre alt ist?«

»Oh, ich bin bereits achtzehn«, gab Alexandra ernst zurück. »Heute ist mein Geburtstag.«

»Ich hatte keine Ahnung, daß du heute Geburtstag hast«, entschuldigte er sich aufrichtig. »Ich werde dir auf der Reise ein Geschenk kaufen. Was haben Mädchen deines Alters gern?«

»Vor allem werden wir nicht gern ständig an unsere Jugend erinnert«, erklärte Alexandra leichthin, aber mit einem bedeutungsvollen Blick.

Jordans lautes Gelächter erfüllte den ganzen großen Salon. »Großer Gott, bist du schnell von Begriff. Erstaunlich bei einem so jun... so hübschen Mädchen«, korrigierte er sich hastig. »Ich entschuldige mich in aller Form bei dir: dafür, daß ich dich mit deinem Alter aufgezogen habe, und dafür, daß ich dein Geburtstagsgeschenk vergessen habe.«

»Ich fürchte, daß du mein Geburtstagsgeschenk bist«, gab sie zurück. »Ob dir das nun gefällt oder nicht.«

»Was für eine Betrachtungsweise«, meinte er grinsend.

Alexandra warf einen Blick auf die Uhr. Bis zu dem von Jordan bestimmten Abreisetermin war es nur noch eine knappe halbe Stunde hin. »Ich sollte jetzt lieber hinaufgehen, um mich umzuziehen«, stellte sie fest.

»Wohin ist eigentlich meine Großmutter verschwunden?« erkundigte er sich, als sie zur Tür ging.

»Ich glaube, sie hat sich in ihr Bett zurückgezogen – gebeugt vor Schmerz über deine unglückselige Heirat«, erwiderte Alex mit dem lahmen Versuch eines

Scherzes. »Es wird ihr doch hoffentlich bald besser gehen?« fügte sie dann sehr viel ernster hinzu.

»Es bedarf schon mehr als unserer Heirat, um sie aufs Krankenlager zu werfen und nach ihrem Hirschhornsalz zu rufen«, entgegnete Jordan ebenso liebevoll wie bewundernd. »Meine Großmutter könnte Napoleon den Fehdehandschuh hinwerfen und siegreich aus der Konfrontation hervorgehen. Und wenn sie mit ihm fertig wäre, würde er ihre Kissen aufschütteln und sie um Verzeihung bitten, uns mit Krieg überzogen zu haben. Jetzt, da du meinen Namen trägst, wird sie jeden persönlich auspeitschen, der es wagen sollte, dich zu verleumden.«

Eine halbe Stunde später bestieg Alexandra in einem maßgeschneiderten kirschroten Reisekostüm die glänzende schwarzlackierte Kutsche mit Jordans silbernem Herzogs-Wappen an der Tür und machte es sich in den unglaublich weichen grauen Samtpolstern bequem. Der Kutscher klappte die Stufen ein, schloß die Tür, und wenig später glitt das gutgefederte Gefährt hinter dem feurigen Vierergespann die Auffahrt hinunter, eskortiert von sechs livrierten Reitern.

Jordan, der ihr gegenüber Platz genommen hatte, streckte die langen Beine aus, schlug die Knöchel übereinander und blickte schweigend aus dem Fenster.

»Das Hochzeitskleid deiner Mutter ist wunderschön«, sagte sie leise. »Ich befürchtete schon, es könnte Schaden nehmen, aber es ist nichts passiert.«

Er warf einen Blick in ihre Richtung. »Du hättest dir keine Sorgen zu machen brauchen«, erklärte er gelassen. »Ich bin mir sicher, daß du dieses Symbols der Keuschheit sehr viel würdiger warst als sie, als sie es trug.«

»Oh«, machte Alexandra und wurde sich bewußt, daß sie gerade mit einem Kompliment bedacht worden war.

Als er keinerlei Versuch unternahm, die Unterhaltung mit ihr fortzusetzen, kam Alexandra zu dem Schluß, daß er sich offenbar mit einem schwerwiegenden Problem herumschlug, und schwieg gleichfalls. Sie blickte aus dem Fenster und erfreute sich an der blühenden Landschaft.

Gegen drei Uhr nachmittags hielten sie schließlich vor einem großen efeuumsponnenen Gasthof, um zu essen. Offensichtlich war einer der Reiter vorausgeschickt worden, denn als sie die Kutsche verließen, wurden sie vom Wirt und seiner Frau begrüßt und in einen behaglichen Nebenraum geführt, in dem bereits ein köstliches Mahl auf sie wartete.

»Du hattest Hunger«, merkte ihr Mann später an, als sie ihr Besteck niederlegte und befriedigt aufseufzte.

»Ich war halb verhungert«, stimmte Alexandra zu. »Mein Magen ist an die Essenszeiten nicht gewöhnt, die auf Rosemeade üblich sind. Abends um zehn Uhr lag ich früher meist schon im Bett.«

»Wir werden gegen acht Uhr in dem Ort eintreffen, wo wir übernachten, also brauchst du nicht wieder so lange auf deine nächste Mahlzeit zu warten«, meinte er höflich.

Als er noch in Ruhe seinen Wein austrinken wollte, fragte Alexandra: »Hättest du etwas dagegen, wenn ich draußen auf dich warte? Ich würde gern noch einen kleinen Spaziergang machen, bevor ich wieder die Kutsche besteige.«

»Gut. In ein paar Minuten komme ich nach.«

Alexandra schlenderte hinaus und genoß unter den wachsamen Blicken des Kutschers den Sonnenschein. Als ihre Pferde wieder eingespannt wurden, bemerkte Alexandra plötzlich einen kleinen Jungen, der in einer Ecke am Zaun kauerte. Neugierig lief sie hinüber und sah, daß er sich mit einem Wurf junger, langhaariger Hunde unterhielt.

»Sind die niedlich!« rief sie aus. Die Köpfe und Vorderpfoten der Welpen waren weiß, ihre Hinterpfoten braun.

»Wollen Sie einen kaufen?« erkundigte sich der Junge eifrig. »Sie können sich einen aussuchen. Ich mache Ihnen einen guten Preis. Sie sind ganz reinrassig.«

»Was für eine Rasse ist das denn?« fragte Alexandra und lachte entzückt auf, als einer der weißbraunen Fellbälle auf sie zugestolpert kam, seine winzigen Zähne in den Saum ihres Kostüms schlug und daran zerrte.

»Gute Englische Schäferhunde«, erwiderte der Junge, während sich Alexandra zu dem Welpen an ihrem Kleidersaum hinunterbeugte. »Sie sind ungemein klug.«

In dem Moment, als ihre Hände das dichte seidige Fell berührte, war es um Alexandra geschehen. Vor langer Zeit hatte sie einen Collie besessen, aber nach dem Tod ihres Vaters waren Nahrungsmittel bei ihnen zu knapp gewesen, um sie an ein Tier zu verschwenden, daher hatte sie ihn Mary Ellens Bruder geschenkt. Sie hob den Welpen hoch und hielt ihn in Augenhöhe, während seine winzigen Beine durch die Luft zappelten und eine winzige rosa Zunge begeistert an ihrer Hand leckte. Sie hielt den kleinen Hund noch immer und plauderte mit seinem Besitzer über seine Vorzüge, als ihr Mann hinter sie trat. »Es ist Zeit zum Aufbruch«, sagte er.

Es wäre Alexandra nie in den Sinn gekommen, ihren Mann darum zu bitten, den Hund behalten zu dürfen, aber als sie ihn anblickte, stand der unausgesprochene Wunsch in ihren Augen. »Ich hatte einmal einen Collie«, sagte sie. »Vor langer Zeit.«

»So?« meinte er nichtssagend.

Alexandra nickte, setzte den Welpen auf den Boden, streichelte ihn und lächelte den Jungen an. »Ich wünsche dir, daß du für alle bald neue Besitzer findest.«

Wenig später kletterte sie in die Kutsche, und nachdem er dem Kutscher einige Anweisungen gegeben hatte, setzte sich Jordan wieder ihr gegenüber. Sie fuhren los.

»Hier scheint die Straße aber sehr viel unebener zu sein als im Norden«, bemerkte Alexandra eine Stunde später nervös, als die Kutsche heftig nach links und rechts schwankte.

»Du irrst«, stellte Jordan mit unbeweglicher Miene fest.

»Und warum schwankt die Kutsche dann so hin und her?« erkundigte sie sich, als es wenige Minuten später wieder geschah. Doch bevor Jordan antworten konnte, hörten sie den Kutscher den Pferden laut »Brrr!« zurufen. Gleich darauf hielten sie am Straßenrand.

Wenig später wurde die Tür geöffnet, und der Kutscher steckte den Kopf herein. »Euer Gnaden«, begann er zerknirscht, »ich kann unmöglich die Pferde anständig lenken, wenn ich mich gleichzeitig um dieses zappelnde Ungetüm kümmern muß. Um ein Haar hätte ich uns in den Straßengraben da hinten gesetzt.«

Das »zappelnde Ungetüm«, das er in der rechten Armbeuge hielt, war ein sich windender weißbrauner Fellball.

Seufzend nickte Jordan. »Also gut, Grimm, lassen Sie das Tier hier bei uns. Nein, machen Sie mit ihm erst einen kleinen, hoffentlich nützlichen Spaziergang.«

»Das mache ich«, rief Alexandra und sprang aus der Kutsche. Auch Jordan stieg aus. Gemeinsam liefen sie zu einer kleinen Lichtung im Wald neben der Straße. Alexandra sah ihren Mann mit leuchtenden Augen an. »Für mich bist du der gütigste Mensch der Welt«, flüsterte sie.

»Herzlichen Glückwunsch zum Geburtstag«, sagte er mit einem resignierten Seufzer.

»Vielen, vielen Dank«, sprudelte sie hervor, doppelt dankbar, weil unübersehbar war, wie wenig er von dem Geschenk hielt, das ihr so unendlich viel bedeutete. »Der Hund wird überhaupt keine Probleme machen, du wirst schon sehen.«

Jordan bedachte den Welpen, der jeden Quadratzentimeter Waldboden mit der Schnauze erkundete und begeistert mit seinem winzigen Schwanz wedelte, mit einem skeptischen Blick. Unvermittelt verbiß er sich in einen Zweig und begann wild daran zu zerren.

»Der Junge sagte, er sei sehr klug.«

»Das ist für Promenadenmischungen nicht ungewöhnlich.«

»Oh, er ist kein Mischling.« Alexandra bückte sich, um einige Blumen zu pflücken. »Er ist ein Englischer Schäferhund.«

»Ein was?« erkundigte sich Jordan wie vom Donner gerührt.

»Ein Englischer Schäferhund«, wiederholte Alexandra in der Annahme, er kenne diese Rasse nicht. »Sie sind sehr klug und werden nicht allzu groß.« Und als er sie anstarrte, als hätte sie ihren Verstand verloren, fügte Alex hinzu: »Dieser nette Junge hat mir alles über ihn erzählt.«

»Dieser nette, ehrliche Junge?« fragte Jordan ironisch. »Derselbe, der dir erklärte, es handelte sich um einen Rassehund?«

»Ja, selbstverständlich«, erwiderte Alex und wunderte sich über seinen Tonfall. »Genau der.«

»Dann laß uns nur hoffen, daß er auch über seine Abstammung gelogen hat.«

»Hat er mich denn belogen?«

»Nach Strich und Faden«, erklärte Jordan grimmig. »Wenn dieser Hund tatsächlich ein Englischer Schäferhund ist, wird er so groß wie ein Kalb, mit Pfoten wie Suppenteller. Laß uns hoffen, daß sein Vater in Wirklichkeit ein kleiner Terrier war.«

Er sah so angewidert aus, daß sich Alexandra schnell umdrehte, um ihr Lachen zu verbergen.

Als sie sich bückte, um den kleinen Hund aufzuheben, bildete das Kirschrot ihres Reisekostüms einen faszinierenden Farbfleck auf dem dunkelgrünen Moos. Jordan sah die Kindfrau an, die er geheiratet hatte, sah, wie der Wind mahagoniefarbene Locken gegen alabasterfarbene Wangen fächerte, als sie den kleinen Hund in den Armen und wilde Blumen in der Hand hielt. Sonnenstrahlen zitterten durch die Äste der Bäume und umgaben sie wie ein Heiligenschein. »Du siehst aus wie ein Gemälde von Gainsborough«, sagte er leise.

Wie hypnotisiert vom heiseren Klang seiner Stimme und dem seltsamen, fast ehrfürchtigen Ausdruck in seinen grauen Augen erhob sich Alexandra sehr langsam. »Ich bin nicht besonders hübsch«, sagte sie.

»Nicht?« In seiner Stimme lag ein Lächeln.

»Ich wünschte, ich wäre es. Aber ich fürchte, daß ich eine ziemlich unscheinbare Frau werde.«

Ein zögerndes Lächeln spielte um seine Lippen, dann schüttelte er den Kopf. »An dir ist nichts ›unscheinbar‹, Alexandra«, sagte er. Sein Entschluß, sich von ihr fernzuhalten, bis sie ein paar Jahre älter und in der Lage war, das Spiel nach seinen Regeln zu spielen, geriet urplötzlich durch das dringende Verlangen ins Wanken, ihre sanften, weichen Lippen unter seinem Mund zu spüren. Nur noch einmal.

Als er langsam, aber sehr zielgerecht auf sie zukam, begann Alexandras Herz in Erwartung des Kusses zu klopfen, den er ihr geben würde. Sie wußte bereits, was es zu bedeuten hatte, wenn seine Stimme so eigenartig heiser, sein Blick so verhangen wurde.

Er umfing ihr Gesicht mit beiden Händen. Ihre Wangen fühlten sich an wie Satin und ihre Haare wie Seide, als er ihr Gesicht anhob. Unendlich zärtlich senkte er seine Lippen auf ihren Mund und beschimpfte sich als Lump für das, was er da tat; aber als ihre Lippen ganz weich wurden und auf seine Berührung reagierten, hörte er nicht mehr auf seine innere Stimme. Er legte die Arme um sie, um sie fester an sich zu ziehen, aber der Welpe in ihren Armen bellte höchst empört auf, und er zog sich abrupt zurück.

Als sie wieder die Kutsche bestieg, hatte Alexandra noch immer mit ihrer Enttäuschung über den so plötzlich abgebrochenen Kuß zu kämpfen.

Kapitel 9

Kerzen flackerten auf dem Kaminsims und dem niedrigen Tisch vor ihnen, nachdem das Mädchen ihre Teller abgeräumt hatte. Mit angezogenen Beinen auf einem hübschen chintzbezogenen Sofa zusammengerollt und mit Jordans Arm um die Schultern, hatte sich Alexandra nie zuvor so verwöhnt und behaglich gefühlt.

Sie hob das Glas an die Lippen, trank einen Schluck von dem Wein, den ihr Jordan buchstäblich aufnötigte, und fragte sich, wann er sich in sein Zimmer zurückziehen würde. Sie war sich nicht ganz sicher, ob er überhaupt ein eigenes Zimmer besaß. Als sie vor dem Abendessen in ihrem Zimmer gebadet hatte, hatte er das gleiche in dem kleinen Raum getan, der sich an ihren anschloß, aber dort stand lediglich eine schmale Pritsche, die offenbar für einen Kammerdiener oder eine Zofe bestimmt war. Alexandra hatte keine Zofe und war sehr wohl in der Lage, für sich selbst zu sorgen, und Jordan hatte erklärt, auf dieser kurzen Reise könne er sehr gut auf die Dienste seines Kammerdieners verzichten. Da also keiner von ihnen von dienstbaren Geistern begleitet wurde, fragte sie sich, ob das Gasthaus vielleicht voll war und er sich daher gezwungen sah, in dem Nebenraum zu schlafen.

Flammen zuckten im Kamin auf, vertrieben die leichte Kühle der Frühlingsnacht und steigerten die gemütliche Atmosphäre ihres Raums. Ihre Gedanken wandten sich von ihren Schlafmöglichkeiten ab und den Babys zu. Jordan hatte versprochen, ihr heute nacht zu erklären, wie Babys zustande kamen. Sie konnte sich nicht vorstellen, warum Ehepaare daraus ein so großes Geheimnis machten. Allzu schrecklich konnte die Art und Weise nicht sein, denn englische Ehepaare wandten sie schließlich häufig genug an, um die Bevölkerungszahlen des Landes ständig steigen zu lassen.

Vielleicht wurde deshalb ein so großes Geheimnis daraus gemacht, weil die Gesellschaft etwas gegen Mädchen wie sie hatte, gegen Mädchen, die sich ein Kind wünschten – ob mit oder ohne Ehemann.

Das mußte es sein, folgerte sie. Seit Anbeginn der Zeit wurden die Regeln von Männern gemacht, und Männer waren jene, die ein Mädchen für »ruiniert« erklärten, wenn es ein Baby bekam, ohne zuvor einen von ihnen geheiratet zu haben. Das machte Sinn. Und doch... Die Theorie hatte gewisse Schwachpunkte...

Ein Baby, dachte sie sehnsüchtig. Ein Baby.

Als Einzelkind erfüllte sie die Vorstellung von einem dunkelhaarigen kleinen Jungen, den sie hegen und pflegen, mit dem sie spielen konnte, mit wonnigem Glücksgefühl. Darüber hinaus hatte sie genügend Geschichtsbücher gelesen, um zu wissen, wie wichtig ein männlicher Erbe für Menschen war, die einen Titel trugen, besonders so illustre Titel wie Jordan. Die plötzliche Erkenntnis, daß sie es sein würde, die Jordan seinen Erben schenken würde, erfüllte sie mit nahezu unerträglichem Stolz und Glück.

Sie warf ihm einen verstohlenen Blick zu, und ihr Herz setzte einen Schlag aus. Er lehnte mit über der Brust offenstehendem weißen Hemd in den Polstern, und seine braune Haut schimmerte im Feuerschein des Kamins wie Bronze. Mit seinen dunklen, leicht gelockten Haaren, den herbgeschnittenen Gesichtszügen und dem wundervollen Körperbau sah er aus wie ein Gott, fand Alexandra.

Sie fragte sich flüchtig, ob sie es nicht ein wenig an Schicklichkeit fehlen ließ, wie sie sich da an ihn schmiegte und seinen Küssen entgegenfieberte, aber sie hielt ihn nun einmal für unwiderstehlich. Abgesehen davon war er ihr Ehemann vor Gott und der Welt, also sah sie keinen Anlaß, so zu tun, als fände sie seine Aufmerksamkeiten unangenehm. Ihr Großvater, der sich vermutlich große Sorgen darüber machte, welches Bild von der Ehe ihr das Beispiel ihrer Eltern vermittelte, hatte sie immer wieder darüber belehrt, wie eine Ehe geführt werden sollte. »Die Menschen neigen dazu, dabei zwei entscheidende Fehler zu begehen«, hatte er wiederholt betont. »Der erste besteht darin, den falschen Partner zu heiraten. Und wenn es gelungen ist, den richtigen Partner zu finden, dann besteht der zweite Fehler darin, ihm einen Teil von dir oder deiner Liebe vorzuenthalten. Wenn du deinem Mann deine uneingeschränkte Liebe schenkst, muß er sie erwidern.«

Jordans Überlegungen waren da sehr viel praktischer. In diesem Moment dachte er gerade angestrengt darüber nach, wie er sie aus ihren Kleidern bekam, ohne sie zu sehr zu verschrecken.

Alexandra spürte, wie Jordans Lippen ihre Haare berührten, und lächelte beglückt, aber sie war nicht sehr überrascht, denn ihr Mann küßte sie heute recht häufig. Einen Moment später reagierte sie dann doch ziemlich erschreckt, als er ihr das Weinglas aus der Hand nahm, sie abrupt auf seinen Schoß zog und leidenschaftlich küßte. Ausgesprochen entsetzt war sie jedoch, als er sie wenige Minuten später leise aber bestimmt aufforderte, hinter dem Wandschirm in der Ecke des Raumes ihr Kleid mit ihrem Negligé zu vertauschen.

Im Geiste ihre Truhen nach dem am wenigsten auffallenden der Negligés durchsuchend, die die französische Schneiderin für ihre Hochzeitsreise angefertigt hatte, stand sie zögernd auf. »Und wo wirst du schlafen?« fragte sie mehr als unsicher.

»Bei dir«, erwiderte er unverblümt.

Alexandra kniff mißtrauisch die Augen zusammen. Aus irgendeinem Grund spürte sie instinktiv, daß seine unerwartete Entscheidung, neben ihr zu schlafen, etwas mit dem Baby-Geheimnis zu tun hatte. Plötzlich war sie sich gar nicht mehr sicher, ob sie eigentlich wirklich hinter dieses Geheimnis kommen wollte. Jedenfalls jetzt noch nicht. »Möchtest du denn nicht lieber ein bequemes Bett für dich allein haben?« erkundigte sie sich hoffnungsvoll.

»Um zu einem Baby zu kommen, braucht man ein Bett«, erklärte er ruhig und gelassen, »nicht zwei.«

Alexandras Augen wurden noch schmaler. »Warum?«

»Das zeige ich dir in wenigen Minuten.«

»Könntest du es mir nicht einfach nur erzählen?« schlug sie vor.

Ein seltsam unterdrückter Laut entfuhr ihm, aber seine Miene blieb ungerührt. »Ich fürchte nicht.«

Jordan sah ihr nach, wie sie sich zögernd auf den Wandschirm zubewegte und gestattete sich das Grinsen, gegen das er mannhaft angekämpft hatte. Er bewunderte ihre aufrechten Schultern und die leicht schwingenden Hüften. Sie gerät bereits in Panik, machte er sich mitfühlend bewußt, obwohl ich sie noch gar nicht berührt habe. Offenbar kam eine Frau mit einer Art sechstem Sinn zur Welt, der ihr sagte, daß ein Mann in dem Moment gefährlich und vertrauensunwürdig war, sobald sie die schützenden Hüllen ihrer Kleidung abgelegt hatte. Alexandra ist voller Überraschungen, dachte er versonnen und starrte auf den Wandschirm. Sie hat den Verstand eines Gelehrten, das Herz einer Unschuld und den Witz eines Weisen. In einem Moment ist sie mutig genug, die Waffe zu heben und einen Mann zu töten, der mich umbringen wollte – um im nächsten Augenblick vor Entsetzen über ihre Tat das Bewußtsein zu verlieren. Sie hat mit der sachlichen Wißbegierde eines Wissenschaftlers über das Thema Sex diskutiert, aber jetzt, da der Zeitpunkt gekommen ist, von der Theorie zur Praxis überzugehen, zittert sie vor Angst und spielt um Zeit.

Ihre Furcht machte Jordan Sorgen, jedoch nicht genug, um ihn von seinem Vorhaben abzubringen, sein unerklärliches aber unbestreitbares Verlangen nach ihr zu befriedigen.

Aber mit jeder verstreichenden Minute wurde seine Entschlossenheit durch zwei Faktoren ernsthaft gefährdet: Erstens hatte Alexandra keine Ahnung von dem, was er ihr antun würde. Und sobald es ihr klarwurde, würde sie mit Sicherheit nicht nur sehr ängstlich, sondern auch sehr widerspenstig reagieren. Aber selbst wenn sie wider Erwarten weder verängstigt noch widerspenstig reagierte, war die Vorstellung, mit einem gänzlich unerfahrenen Mädchen zu schlafen, für Jordan nicht unbedingt verlockend.

Im Gegensatz zu anderen Männern, die nach unschuldigen Mädchen Ausschau hielten, hatte Jordan schon immer erfahrene Frauen bevorzugt, sinnliche, bereitwillige Partnerinnen, die sich ihm ohne Scheu rückhaltslos hingaben.

Die Geräusche hinter dem Wandschirm waren verklungen. Jordan wußte, daß sie fertig war – genau wie er wußte, daß sie hinter dem Schirm verharren würde, weil sie viel zu scheu war, sich ihm in ihrem Nachtgewand zu präsentieren.

Jordan kam zu dem Schluß, daß die für sie hilfreichste Methode darin bestand, die Kleiderfrage so sachlich wie möglich zu behandeln. Er stand auf, durchquerte den Raum, um sich noch ein Glas Wein einzugießen, und fragte mit völlig unverfänglicher, aber fester Stimme: »Alexandra, soll ich dir vielleicht helfen?«

»Nein!« erscholl die entsetzte Antwort. »Ich... ich bin gerade fertig.«

»Dann komm hinter diesem Schirm hervor.«

»Das geht nicht. Die französische Schneiderin deiner Großmutter war offenbar nicht bei Sinnen. In allem, was sie für mich genäht hat, sind Löcher.«

»Löcher?« echote Jordan verdutzt. Er ergriff die Weinflasche und blickte in Richtung Wandschirm. »Was für Löcher?«

Sie trat hinter dem Schirm hervor, und Jordan sah in ein hochrotes, zutiefst empörtes Gesicht. Dann fiel sein Blick auf den gewagten ovalen Ausschnitt ihres glänzenden Satin-Negligés. »Dieses Nachtgewand«, rief sie und richtete einen anklagenden Finger auf ihr Dekolleté, »hat ein Loch auf der Brust. Das blaue hat ein quadratisches Loch im Rücken. Und das gelbe«, fuhr sie verbittert fort, »ist am allerschlimmsten. Es hat ein Loch im Rücken, eins auf der Brust und ist bis zu den Knien geschlitzt! Dieser Französin«, schloß sie düster, »sollte nicht erlaubt werden, auch nur noch eine Schere in die Hand zu nehmen!«

Jordan prustete los, nahm sie in die Arme und verbarg mit krampfhaft zuckenden Schultern sein Gesicht in ihren duftenden Haaren.

Und in diesem Augenblick begann der durch Überdruß hervorgerufene Zynismus seiner Vergangenheit zusammenzubrechen.

»O Alex«, ächzte er, »ich vermag kaum zu glauben, daß es dich wirklich gibt!«

Da er für die Anfertigung dieser absurden Kleidungsstücke nicht verantwortlich war, nahm Alexandra sein Gelächter nicht persönlich, warnte ihn aber sehr nachdenklich: »Wenn du den Rest der Sachen siehst, für die du dieser Frau teures Geld bezahlt hast, wirst du nicht mehr lachen!«

Jordan sah sie verblüfft an. »Und warum?«

»Weil die Kleider, in die keine Löcher geschnitten wurden, so durchsichtig sind, als wären sie Fensterscheiben«, informierte sie ihn indigniert.

»Fenster...« Zum zweiten Mal verlor Jordan die Beherrschung und lachte schallend auf. Überwältigt von ihrer hinreißenden Kindlichkeit riß er sie in die Arme.

Er trug sie zum Bett und setzte sich, sie weiterhin fest umschlungen haltend, auf die Kante. Als spüre sie die Bedeutung seines harten, angespannten Körpers, erstarrte sie sofort. Unsicher und ängstlich erforschten ihre Augen sein Gesicht. »Was tust du mit mir?« fragte sie mit zitternder Stimme.

»Ich möchte dich lieben«, antwortete er sanft.

Ihr ganzer Körper erbebte. »Wie?«

»Das erkläre ich dir, während wir uns lieben«, versprach er, aber als er merkte, daß diese Antwort sie nicht zu befriedigen schien, fuhr er fort: »Um es so einfach wie möglich auszudrücken: Die Samen für ein Baby sind in mir, und in einigen Minuten werde ich sie dir übertragen. Aber wir können nicht sicher sein, ob schon bei diesem Mal ein Baby entsteht. Alexandra«, fügte er hinzu, weil er ahnte, daß sie einiges von dem, was er mit ihr tun würde, ›sündig‹ finden würde, »ich gebe dir mein Wort, daß nichts von dem, was wir tun, ›schlecht‹ ist. Man tut es, ob man sich nun ein Baby wünscht oder nicht.«

»Tatsächlich?« fragte sie. »Warum?«

Jordan unterdrückte ein Lächeln und öffnete die Satinschleife an ihrem Busen. »Weil es schön ist«, antwortete er schlicht. Er legte seine Hände auf ihre Schultern, und bevor Alexandra wußte, was er vorhatte, glitt das Nachtgewand von ihrem nackten Körper und lag wie ein See aus Satin zu ihren Füßen. Ihre Schönheit ließ Jordan den Atem anhalten. Sie war dünn, aber ihre Brüste waren überraschend voll, ihre Taille schmal und ihre Beine lang und wundervoll geformt.

Mit gesenktem Kopf blickte Alexandra wie erstarrt auf ihr Negligé und war unendlich erleichtert, als Jordan die Arme ausstreckte und sie aufs Bett legte. Blitzschnell zog sie die Decke bis ans Kinn und wandte den Blick ab, als sich Jordan neben dem Bett zu entkleiden begann.

Energisch rief sie sich in Erinnerung, daß die Menschen seit Anbeginn der Zeit Kinder zur Welt brachten und daher nichts Absurdes oder Häßliches an dem sein konnte, was Jordan mit ihr tun wollte. Darüber hinaus war es ihre Pflicht, ihm einen Erben zu schenken, und sie war fest entschlossen, ihre Ehe nicht mit einer Pflichtverletzung zu beginnen. Doch trotz dieser vernünftigen Überlegungen begann ihr Herz wie rasend zu klopfen, als er sich neben sie legte und über sie beugte. »Was hast du vor?« fragte sie ängstlich, konnte den Blick aber nicht von seinem gebräunten, muskulösen Oberkörper losreißen.

Jordan umfaßte zärtlich ihr Kinn und zwang sie dazu, ihm in die Augen zu blicken. »Ich werde dich küssen und ganz fest umarmen«, erwiderte er mit leiser, samtener Stimme. »Und dann werde ich etwas tun, was dir kurz weh tun wird, aber wirklich nur kurz«, versprach er. »Ich sage dir, wenn es soweit ist«, fügte er hinzu, damit sie den Schmerz nicht weit vor der Zeit zu fürchten begann.

Ihre Augen wurden ganz groß. »Wird es dir auch weh tun?« erkundigte sie sich.

»Nein.«

Das Mädchen, dessen Aufbegehren und Gegenwehr Jordan befürchtet hatte, lächelte zitternd und legte schüchtern ihre Finger an seine Wange. »Dann bin ich beruhigt«, flüsterte sie. »Ich möchte nicht, daß du verletzt wirst.«

Jordan wurde von einer Woge der Zärtlichkeit und des Verlangens erfaßt. Er beugte den Kopf und senkte seine Lippen auf ihren vollen Mund. Sich bewußt zurückhaltend, lockerte er den Druck seiner Lippen, seine Hand umschlang ihren Nacken, seine Finger malten sinnliche Kreise auf ihrer zarten Haut. Seine Zunge zeichnete ihre Lippen nach und verlockten sie dazu, sich zu öffnen, während sich der Druck seiner Finger in ihrem Nacken besitzergreifend verstärkte.

Ganz instinktiv und getrieben von den unbekannten, aber nicht unangenehmen Gefühlen, die ihren Körper durchpulsten, wandte sich Alexandra ihm zu. Seine starken Arme umfingen sie und zogen sie eng an sich. Als sie den Druck seiner harten Männlichkeit spürte, kurz erstarrte und dann versuchte zurückzuweichen, fuhr seine Hand beruhigend über ihren Rücken und hielt sie sanft, aber fest an sich gedrückt.

Sie beruhigte sich ein wenig unter seiner Berührung, aber als seine Hand von ihrem Rücken zu ihren Brüsten glitt, zuckte sie erschreckt zusammen und wollte sich ihm entwinden. Diesmal löste Jordan zögernd seine Lippen von ihrem Mund, hob den Kopf, sah ihr in die furchtsamen blauen Augen und strich mit dem Daumen zärtlich über ihr Kinn. »Hab doch keine Angst vor mir, Sweetheart.«

Alexandra zögerte. Ihre wundervollen Augen sahen ihn forschend an, und Jordan hatte das unangenehme Gefühl, daß sie ihm direkt in seine finstere Seele blickten. Aber was sie dort sah, veranlaßte sie lediglich zu den Worten: »Ich weiß, daß du nie etwas tun könntest, was mir schaden würde. Äußerlich magst du vielleicht hart wirken, aber im Inneren bist du sanft und gütig.«

Ihre Worte brachten eine längstvergessene, tiefverborgene Saite in Jordan zum Klingen. Mit einem heiseren Aufstöhnen senkte er den Kopf und küßte sie mit brennender, hungriger Leidenschaft. Diesmal beantwortete sie sein Verlangen mit ihrer eigenen Sehnsucht. Ihre Lippen öffneten sich bereitwillig, ihre Hände zogen ihn an sich.

Ohne die Lippen von ihrem Mund zu nehmen, strich Jordan mit der Hand über ihren Arm, über ihren Brustkorb, umfaßte ihre Brust, umkreiste die Brustwarze zart mit dem Daumen und spürte, wie sie sich aufrichtete. Er küßte ihre Schläfe, ihre Augen und ihre Wange. Er ließ seine Lippen langsam über ihren Hals wandern und lachte leise auf, als seine Zunge ihr sensibles Ohr berührte und er spürte, daß sich ihr Körper enger an ihn drängte. Er erkundete ihre Ohrmuschel mit seiner Zunge, und sie stöhnte leise auf, ihre Fingernägel drückten sich in seinen Arm.

Jordan fuhr mit den Lippen über ihren Hals und

dann dorthin, wo vor kurzem noch seine Hände gewesen waren. Er küßte ihre Brüste, seine Lippen schlossen sich um ihre Brustwarze, liebkosten sie spielerisch. Ihre Finger griffen in seine Nackenhaare, sie zog ihn noch enger an ihre Brüste. Er hauchte kleine Küsse auf ihren flachen Bauch, seine Hände glitten leicht wie Schmetterlinge über ihre Seiten, Brüste und Hüften, und schließlich hob er den Kopf.

Von Lust und Erstaunen wie benommen blickte Alexandra in seine Augen und spürte ganz instinktiv die Rücksicht, die er auf sie nahm – trotz der Erfahrenheit, mit der er ihren ganzen Körper dazu brachte, sich wie Feuer unter seinen Händen und Lippen zu fühlen.

Sie verspürte nur noch ein Verlangen: ihm die gleichen unvorstellbaren Wonnen zu schenken, die er in ihr auslöste. Und als Jordan ganz langsam seine sinnlichen Lippen auf ihren Mund senkte und flüsterte: »Küß mich, Darling«, gab es für sie kein Halten mehr.

Sie küßte ihn mit rückhaltloser Leidenschaft, legte ihre Hand um seinen Nacken und liebkoste ihn so, wie er sie liebkost hatte. Unter ihren Lippen fühlte sich seine Haut wie rohe Seide an, und sie erkundete jeden Quadratzentimeter davon. Aber als sie sich weiter hinunter wagte, mit ihrem Mund die flachen Ebenen seines Bauches erforschte, gab Jordan ein seltsames Geräusch – halb Lachen, halb Stöhnen – von sich, schob sie sanft von sich, drehte sie auf den Rücken und beugte sich über sie.

Während ihm das Verlangen durch jede einzelne Pore pulste, hatte Jordan keine Ahnung, auf welche Weise er aus dem Verführer zum Verführten geworden war. Er wußte nur, daß sich das bezaubernde

Mädchen, mit dem er ins Bett gegangen war, plötzlich in eine aufregende Frau verwandelt hatte, die ihn voller Absicht vor Leidenschaft um den Verstand brachte.

Hungrig öffnete er ihren Mund mit seinen Lippen, während seine Hand langsam über ihre Hüften strich, um dann das lockige Dreieck zwischen ihren Beinen zu bedecken. Sie erstarrte unter seiner intimen Berührung, preßte die Beine zusammen und schüttelte heftig den Kopf.

Mit äußerster Willensanstrengung zwang Jordan seine Finger zur Ruhe, hob langsam den Kopf und sah sie an. »Hab keine Angst, Darling«, flüsterte er heiser, während sich seine Hand ganz behutsam wieder in Bewegung setzte, »vertrau mir.«

Nach einem kurzen Moment des Zögerns entspannte sie sich. Er hatte erwartet – gewußt! –, daß sie sich gegen ihn wehren würde, wenn es zu dieser intimen Berührung kam. Doch statt dessen gab sie sich ihm rückhaltlos hin, bekämpfte ihre Angst und vertraute ihm, daß er ihr keinen Schaden zufügen würde.

Mit einer Mischung aus brennendem Verlangen und namenloser Furcht, ihr weh zu tun, schob sich Jordan auf sie. Er stützte sein Gewicht mit den Ellbogen ab und umfing ihr Gesicht mit den Händen. »Alex«, hauchte er mit einer Stimme, die ihm eigentümlich fremd vorkam.

Ihre langen Wimpern begannen zu flattern, und er wußte, daß er nichts mehr zu erklären brauchte.

Ihr Atem kam in zitternden kleinen Stößen, aber anstatt die Augen zu schließen, sah sie ihn unverwandt an, als suche sie in seinem Blick Trost. Mit behutsamen Bewegungen drang Jordan mit jedem Stoß ein wenig tiefer in sie hinein, bis er an die Barriere kam, die mit zärtlicher Rücksichtnahme allein nicht zu überwinden war.

»Entschuldige, Darling«, flüsterte er heiser, hielt sie eng an sich gedrückt und drang ganz in sie ein. Ihr Körper bäumte sich kurz auf, ihr leiser Schrei durchschnitt ihm das Herz, aber sie versuchte kein einziges Mal, ihn von sich zu stoßen. Statt dessen ließ sie es zu, daß er sie in den Armen hielt und ihr beruhigende Zärtlichkeiten zuflüsterte.

Alexandra schluckte heftig und nahm mit großen Augen und Erleichterung zur Kenntnis, daß der kurze Schmerz bereits nachließ. Im Gesicht ihres Mannes sah sie Leidenschaft und Bedauern. Sie umschlang ihn mit den Armen. »So schlimm war es doch gar nicht«, flüsterte sie.

Die Tatsache, daß sie versuchte, ihn zu beruhigen, war mehr, als Jordan ertragen konnte. Der kalte Zynismus, der ihn all die langen Jahre umgeben hatte wie eine undurchdringliche Mauer, löste sich in der Woge selbstloser Leidenschaft auf, die jeden Nerv seines Körpers erfaßte. Unendlich behutsam und langsam begann sich Jordan in ihr zu bewegen und ließ ihr Gesicht keine Sekunde lang aus den Augen, bis sie zögernd anfing, sich seinem Rhythmus anzupassen.

Alexandra drückte ihre Fingernägel in die angespannten Muskelstränge seines Nackens und drängte sich mit zitterndem Verlangen an ihn, während sich in ihr unvorstellbare Empfindungen Bahn brachen und ihren ganzen Körper mit brennenden Pfeilen der Leidenschaft durchfuhren.

»Wehr dich nicht dagegen, Darling«, wisperte Jordan rauh, während seine Stöße langsam schneller wurden. »Laß es einfach geschehen.«

Ekstase explodierte in Alexandra, erschütterte ihren ganzen Körper mit Schauern der Glückseligkeit und ließ sie laut aufschreien. Jordan verstärkte den Druck seiner Arme und drang mit einem letzten heftigen Stoß in sie ein. Er eruptierte wie ein Vulkan und entlud seinen Samen mit einer Gewalt in ihre aufnahmebereite Wärme, die seinen gesamten Körper aufzucken ließ. Konvulsivisch erbebend, rollte er zur Seite und nahm Alexandra mit sich – noch immer mit ihr verbunden.

Alexandra erwachte nur zögernd aus der glückseligen, rasenden Besinnungslosigkeit, in die er sie versetzt hatte, und wurde sich langsam bewußt, wo sie war. Sie lag in seinen schützenden Armen, schmiegte den Kopf in die Beuge zwischen seinem Kinn und seiner Schulter und fragte sich, wie es möglich war, sich so geliebt zu fühlen. Noch jetzt spürte sie die Wärme seiner intimen Berührungen, seine wilden, aufregenden Küsse.

Sie rührte sich nicht. Er dachte, sie sei bereits eingeschlafen, hauchte einen Kuß auf ihre Stirn und flüsterte ihren Namen. Dann strich er ihr liebevoll die Locken aus der Stirn.

Sie öffnete die Augen, und was er in ihnen sah, ließ ihn erbeben: In ihnen lag alle Liebe dieser Welt.

»O mein Gott«, flüsterte er.

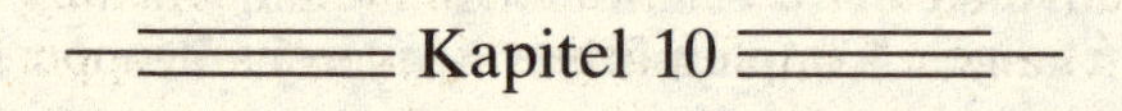

Kapitel 10

Am nächsten Tag legten sie einen kurzen Zwischenaufenthalt in London ein, und während sich Jordan am Abend seinen Geschäften widmete, fuhr der Kutscher mit Alexandra zwei Stunden lang durch die Metropole, die sie spontan zur aufregendsten Stadt der Welt erklärte.

Die Sonne versank wie ein glühender Ball im Meer, als sie am folgenden Tag ihr Schiff erreichten. Mit begeisterter Neugierde nahm Alexandra die Anblicke und Geräusche des Hafens in sich auf. Sie sah, wie Schauerleute riesige Kisten scheinbar mühelos auf die Schultern hoben und mit ihnen über die Planken liefen, während mächtige Kräne Frachtnetze von den Docks hievten und auf den Segelschiffen wieder abluden. Prächtige Kriegsschiffe mit turmhohen Masten wurden mit Vorräten beladen und auf das Wiederauslaufen vorbereitet, um ihren Schwesterschiffen bei der Blockade der amerikanischen Kolonien zur Seite zu stehen oder sich am Seekrieg gegen die Franzosen zu beteiligen. Stämmige Seeleute schlenderten über den Kai, die Arme um Frauen gelegt, deren Gesichter geschminkt waren und deren Kleider Alexandras Einwendungen gegen ihre eigenen Gewänder prüde erscheinen ließen.

Der Kaptitän der *Fair Winds* begrüßte sie an Bord und lud sie zu einem einfachen Abendessen in seine Kabine ein. Das »einfache« Essen entpuppte sich als Mahl mit vierzehn Gängen, zu denen jeweils ein anderer Wein serviert wurde, und der größte Teil der angeregten Unterhaltung beschäftigte sich mit den Kriegen, die Britannien gegen die Franzosen und Amerikaner führte. In Morsham hatte Alexandra von den blutigen Kämpfen gegen Napoleons Truppen gelesen, aber damals war ihr das alles so fern und irreal vorgekommen. Hier, mit den vielen Schlachtschiffen vor Anker, war der Krieg furchterregende Wirklichkeit.

Als Jordan sie dann später in ihre Kabine hinuntergeleitete, hatte sie, vom Kapitän dazu animiert, soviel Wein getrunken, daß sie sich ein wenig schwindlig und sehr schläfrig fühlte. Ihre Truhen waren bereits in die Kabine gebracht worden, und Alexandra fragte sich selig lächelnd, ob er sie heute abend lieben würde. Nach der Rückkehr von seiner Besprechung in London war er ihr ein wenig distanziert vorgekommen. Und er hatte sie an diesem Abend auch nicht geliebt, aber in den Armen gehalten, bis sie eingeschlafen war.

»Soll ich Zofe spielen?« erkundigte sich Jordan. Ohne ihre Antwort abzuwarten, drehte er sie herum und begann an der langen Reihe seidenüberzogener Knöpfe auf ihrem Rücken zu nesteln.

»Schwankt das Boot?« fragte Alexandra und griff haltsuchend nach dem kleinen Eichentisch neben ihr.

Jordan lachte leise auf. »Das ist ein Schiff, kein Boot«, klärte er sie auf. »Und du bist es, die hier schwankt, mein Liebling. Ich fürchte, das ist das Resultat von allzuviel Wein zum Abendessen.«

»Der Kapitän wollte unbedingt, daß ich jeden einzelnen probiere«, verteidigte sie sich. »Er ist ein sehr netter Mann«, fügte sie hinzu, höchst zufrieden mit sich und der Welt im allgemeinen.

»Morgen früh wirst du anders über ihn denken«, neckte Jordan sie.

Er drehte sich rücksichtsvoll um, während sie das Kleid auszog und in ihr Nachtgewand schlüpfte. Dann hob er sie ins Bett und zog ihr die Decke bis ans Kinn.

»Kommst du denn nicht zu Bett?« fragte sie.

»Ich gehe noch ein wenig an Deck, um frische Luft zu schnappen«, erwiderte er, holte seine Pistole und steckte sie sich in den Bund seiner dunkelblauen Hosen.

Als Jordan die Treppe zum Oberdeck hinaufstieg, schlief Alexandra bereits tief und fest.

Jordan lehnte sich an die Reling, griff in die Tasche und holte eine der dünnen Zigarren heraus, die er für gewöhnlich nach dem Abendessen rauchte. Er zündete sie an, blickte auf den weiten Kanal hinaus und dachte über das höchst komplizierte Problem Alexandra nach. Nach langen Jahren in der Gesellschaft raffinierter, berechnender und eitler Frauen hatte er ein Mädchen geheiratet, das offen, ungekünstelt, intelligent und großzügig war.

Und er wußte nicht, was er mit ihm anfangen sollte.

Alexandra hegte die naive, irgendwie absurde Vorstellung, er wäre nobel, anständig und »gütig«. Er wußte jedoch, daß er desillusioniert, verhärtet und moralisch korrupt war. In seinem kurzen Leben hatte er bereits zahllose Männer getötet und mit so vielen Frauen geschlafen, daß er sich unmöglich an alle erinnern konnte.

Alexandra glaubte an Offenheit, Vertrauen und Liebe. Und sie schien wild entschlossen, ihn zu ihren Überzeugungen zu bekehren. Aber er wollte mit Offenheit, Vertrauen und Liebe nichts zu tun haben.

Sie war eine versponnene Träumerin, er ein harter Realist.

Sie war eine so unverbesserliche Träumerin, daß sie tatsächlich davon überzeugt war, ihr sei »etwas Wundervolles« bestimmt. Aber das war kaum überraschend, denn sie glaubte ja auch, daß feuchter Dreck im Frühling wie Parfum duftete...

Alexandra wollte, daß er die Welt so sah wie sie

selbst: mit jedem Tag neu und voller Versprechungen, aber dafür war es zu spät. Er konnte lediglich versuchen, ihr ihre Vorstellung von der Welt so lange wie möglich zu erhalten. In Devon wäre sie vor den zersetzenden Auswirkungen der Gesellschaft sicher, vor den Ausschweifungen und Zügellosigkeiten seiner Welt – der Welt, in der er sich wohl fühlte, in der niemand von ihm erwartete, daß er so etwas wie Liebe empfand...

Er fürchtete sich vor dem Schmerz, der in ihre Augen treten würde, wenn sie erkannte, daß er nicht die Absicht hatte, bei ihr in Devon zu bleiben, daß er es nicht konnte, nicht wollte.

Verärgert warf Jordan seine Zigarre über die Reling, erinnerte sich dann aber daran, daß es seine letzte gewesen war. Er hatte sein goldenes Zigarettenetui am Abend zuvor in Elises Londoner Wohnung vergessen.

Er überquerte das Deck und sah zum Kai hinüber, wo in einer Taverne noch Licht schimmerte. In der Hoffnung, dort Zigarren kaufen zu können, strebte Jordan entschlossen der Gangway zu.

Wenig später verließ er die Taverne wieder. In der Tasche seines Rocks steckten drei Zigarren, dicke Zigarren, die ihm nicht sonderlich zusagten. Jetzt, da er sie hatte, war er sich nicht mehr sicher, ob er sie auch rauchen würde. Hinter ihm bewegten sich plötzlich zwei Schatten, Planken knarrten, und Jordan verspannte sich. Ohne den Schritt zu verlangsamen, griff er in seinen Hosenbund und nach der Pistole, aber bevor er sie packen konnte, schien sein Schädel in tausend Stücke zu zerspringen. Ein namenloser Schmerz ergriff ihn und ließ ihn in einem schwarzen Tunnel der Bewußtlosigkeit versinken. Und dann trieb er auf ein

Licht am Ende des Tunnels zu, das ihm wie ein Willkommensgruß entgegenblinkte.

Im Morgengrauen wurde Alexandra von den Rufen der Seeleute wach, die das Schiff zum Auslaufen klarmachten. Obwohl sich ihr Kopf anfühlte, als sei er mit feuchter Wolle gefüllt, wollte sie doch den Augenblick nicht versäumen, an dem die Segel gesetzt und die Leinen losgemacht wurden. Jordan muß den gleichen Einfall gehabt haben, dachte sie, als sie sich schnell anzog und einen Umhang aus lavendelfarbener Wolle um die Schultern legte. Er hatte die Kabine bereits verlassen.

Ein graurosafarbenes Band säumte den Horizont, als sie ins Freie trat. Seeleute eilten über das Deck, entrollten Taue und kletterten die Masten empor. Sie sah sich nach ihrem Mann um, aber sie schien der einzige Passagier an Deck zu sein. Sie raffte die Röcke und machte sich auf die Suche nach dem Kapitän.

»Captain Farraday«, fragte sie, als sie ihn endlich gefunden hatte, »haben Sie vielleicht meinen Mann gesehen?«

Als sie die leichte Gereiztheit auf seinem Gesicht bemerkte, fügte sie schnell hinzu: »Er ist weder in seiner Kabine noch an Deck. Gibt es sonst noch einen Ort auf dem Schiff, an dem er sich aufhalten könnte?«

»Eigentlich nicht«, entgegnete er abwesend und blickte prüfend zum Horizont. »Wenn Sie mich jetzt bitte entschuldigen würden...

Tapfer bemüht, die Besorgnis zu verdrängen, die ihr wie ein kalter Schauer über den Rücken rann, ging Alexandra wieder in ihre Kabine hinunter und blickte sich verwirrt um. Plötzlich durchzuckte sie es wie ein Blitz. Der dunkelblaue Rock war nicht da, mit dem er an Deck gegangen war. Weder er noch die anderen Kleidungsstücke, die er gestern abend getragen hatte.

Captain Farraday hatte durchaus Verständnis für Alexandras Besorgnis, aber keineswegs die Absicht, die Flut ohne sein Schiff auslaufen zu lassen. Und das sagte er ihr auch. Eine entsetzliche Vorahnung durchzuckte Alexandra und ließ sie erzittern, aber sie wußte ganz instinktiv, daß Bitten den Mann nicht beeindrucken würden. »Captain Farraday«, begann sie, richtete sich zu voller Größe auf und fuhr mit einer Stimme fort, von der sie hoffte, daß sie wie die autoritäre Stimme von Jordans Großmutter klang: »Wenn mein Mann irgendwo verletzt auf diesem Schiff liegt, wird Sie die volle Verantwortung treffen – nicht nur für seine Verletzung, sondern auch für die Tatsache, daß Sie ausgelaufen sind, ohne ihn rechtzeitig zu einem Arzt bringen zu lassen. Und wenn ich es gestern nicht falsch verstanden habe, dann ist mein Mann Teilhaber des Unternehmens, dem dieses Schiff gehört.«

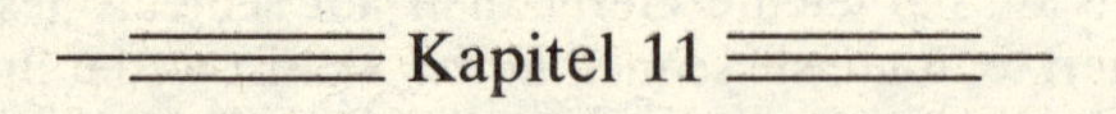

Kapitel 11

In Galauniform und militärischer Haltung standen Captain Farraday und sein Erster Maat auf dem verlassenen Deck der *Fair Winds* und beobachteten, wie die schwarze Reisekutsche direkt vor ihrer Gangway anhielt. »Das ist sie?« fragte der Erste Maat und starrte ungläubig auf die schmale, kerzengerade Gestalt, die am Arm von Sir George Bradburn, eines der einflußreichsten Männer der Admiralität, langsam über die Gangway geschritten kam. »Sie wollen mir erzählen, daß diese weißhaarige alte Frau über ausreichend Macht verfügt, den Minister dazu zu veranlassen, unser Schiff zu beschlagnahmen und uns an Bord festzusetzen, damit wir uns anhören, was sie zu sagen hat?«

Das Klopfen an der Tür ließ Alexandra hochfahren. Ihr Herz hämmerte vor Furcht und Hoffnung, wie stets in den letzten fünf Tagen, wenn draußen ein Geräusch zu hören gewesen war, aber es war nicht der Herzog, der vor der Kabinentür stand. Es war seine Großmutter, die sie seit ihrem Hochzeitstag nicht mehr gesehen hatte. »Gibt es etwas Neues?« hauchte Alexandra, viel zu verzweifelt, um die alte Frau ordentlich zu begrüßen.

»Der Kapitän und der Erste Maat wissen nichts«, antwortete die Herzoginwitwe. »Kommen Sie mit mir.«

»Nein!« schrie Alexandra auf, schüttelte wild den Kopf und wich zwei Schritte zurück. »Er würde wollen, daß ich bleibe...«

»Mein Enkelsohn«, entgegnete die Herzogin mit ihrer eisigsten Stimme, »würde wollen, daß Sie die Würde und Selbstbeherrschung zeigen, die seiner Frau, der Herzogin von Hawthorne, angemessen ist.«

Die Worte trafen Alexandra wie ein Schlag – und brachten sie zur Vernunft. Ja, das war es, was ihr Mann von ihr erwartete. Sie nahm den braunweißen Welpen hoch, straffte den Rücken und lief neben der Herzogin und Sir George Bradburn mit fast hölzernen Bewegungen zur Kutsche. Aber als der Kutscher nach ihrem Ellbogen griff, um ihr beim Einsteigen zu helfen, sah sich Alexandra noch einmal um und blickte fast verzweifelt zu den Tavernen und Speichern an den geschäftigen Docks hinüber. Dort irgendwo war ihr Mann. Krank oder verletzt... So mußte es sein.

Ihr Verstand weigerte sich, über diese beiden Möglichkeiten hinauszudenken.

Stunden später, als die Kutsche sich ihren mühsamen Weg durch die Londoner Straßen bahnte, wandte Alexandra ihren leeren Blick vom Fenster ab und sah die Herzogin an, die ihr so kalt und starr gegenübersaß, daß sich Alex fragte, ob diese Frau überhaupt einer Gefühlsregung fähig war. In der Grabesstille empfand Alexandra ihre geflüsterte Frage »Wohin fahren wir?« wie einen Schrei.

»In mein Stadthaus. Dort wird bereits Ramsey mit einigen Dienern eingetroffen sein, die die Fensterläden geschlossen halten und allen Besuchern sagen, wir wären auf Rosemeade. Die Nachricht vom Verschwinden meines Enkels steht in allen Zeitungen, und ich möchte nicht von sensationshungrigen Besuchern behelligt werden.«

Der schroffe Ton der Herzogin weckte in Sir George offenbar Mitgefühl für sie, denn erstmals brach er sein Schweigen, um Alexandra zu versichern: »Wir haben Himmel und Hölle in Bewegung gesetzt, um herauszufinden, was mit Hawthorne geschehen ist. Bow Street hat hundert Mann losgeschickt, damit sie die Gegend um die Docks durchforsten und Erkundungen anstellen, und die Familienanwälte der Hawthornes haben weitere hundert Ermittlungsbeamte mit dem Auftrag eingesetzt, mit allen ihnen möglichen Mitteln Informationen einzuholen. Bisher wurde keine Lösegeldforderung gestellt, daher nehmen wir nicht an, daß er aus diesem Grund entführt wurde.«

Alexandra schluckte die Tränen hinunter, von denen sie wußte, daß die Herzogin sie verabscheuen würde, und zwang sich dazu, die Frage zu stellen, vor deren Antwort sie sich fürchtete. »Wie groß sind die

Chancen, ihn... zu finden?« Das Wort »lebend« brachte sie nicht über die Lippen.

»Ich...« Er brach ab, fuhr dann aber fort: »Ich weiß es nicht.«

Die Form seiner Antwort legte nahe, daß die Chancen nicht allzu gut standen. Alexandra schluckte trokken und verbarg ihr Gesicht im weichen Fell des Welpen, dem Jordan und sie in einer sehr viel glücklicheren Stunde den Namen Henry gegeben hatten.

Vier Tage lang wohnte Alexandra mit der Herzogin, die sie behandelte, als wäre sie unsichtbar, im selben Haus. Am fünften Tag sah sie vom Fenster ihres Zimmers aus, daß Sir George das Haus verließ. Zu erregt, um abwarten zu können, bis sie gerufen wurde, eilte sie in den Salon zur Herzogin hinunter. »Ich habe gerade gesehen, daß der Minister gegangen ist. Was hatte er zu berichten?«

Die Herzoginwitwe funkelte sie mißbilligend an. »Sir Georges Besuche gehen Sie nichts an«, entgegnete sie kühl.

»Auch wenn Sie anderer Meinung sind«, entfuhr es Alexandra zornig, »so bin ich doch kein dummes Kind mehr. Und mein Mann ist für mich der wichtigste Mensch auf der Welt. Sie dürfen mir keine Informationen vorenthalten!«

Als die Herzogin sie nur schweigend musterte, verlegte sich Alexandra aufs Bitten. »Es wäre sehr viel freundlicher, die Wahrheit zu sagen, als sie mir vorzuenthalten. Ich könnte es nicht ertragen, nichts zu wissen. Bitte, tun Sie mir das nicht an. Ich werde Sie nicht mit hysterischen Ausbrüchen in Verlegenheit bringen... Als mein Vater starb und meine Mutter völlig zusammenbrach, habe ich mit vierzehn Jahren die Führung des Haushalts übernommen. Und als Großvater starb, habe ich...«

»Es gibt keine Neuigkeiten!« fauchte die Herzogin. »Wenn es welche gibt, werden Sie sie auch erfahren.«

»Aber es ist schon soviel Zeit vergangen!« brach es aus Alexandra heraus.

Ein Blick tiefster Verachtung traf sie. »Ihre schauspielerischen Fähigkeiten sind beachtlich. Sie brauchen sich jedoch keine Sorgen über Ihr Wohlergehen zu machen. Mein Enkel hat mit Ihrer Mutter eine Vereinbarung getroffen, die es ihr gestattet, bis ans Ende ihrer Tage sorgenfrei zu leben. Sie hat genug, um mit Ihnen teilen zu können.«

Sprachlos vor Zorn erkannte Alexandra, daß die Herzogin tatsächlich annahm, sie sorge sich um ihre eigene Zukunft statt um ihren Mann, der sehr wohl auf dem Grund des Englischen Kanals liegen konnte.

»Aus meinen Augen!« rief die Herzogin mit ätzender Schärfe. »Ich kann Ihre geheuchelte Anteilnahme für meinen Enkel keinen Moment länger ertragen. Sie haben ihn kaum gekannt. Er hat Ihnen nichts bedeutet.«

»Wie können Sie es wagen!« schrie Alexandra auf. »Wie können Sie es wagen, mir derartige Scheußlichkeiten zu unterstellen! Sie... Sie können doch gar nicht verstehen, wie ich für ihn empfinde, weil Sie zu keinem Gefühl fähig sind!«

Die Herzogin erhob sich langsam und kam auf Alexandra zu, aber die war zu erregt, zu hysterisch, um ihre sinnlosen Angriffe beenden zu können. »Sie können sich doch gar nicht vorstellen, was ich empfand, wenn er mich anlächelte...« Ein Schluchzen stieg in Alexandras Kehle hoch, Tränen begannen ihr über die blassen Wangen zu laufen. »Ich will sein

Geld nicht. Ich will ihm nur wieder in die Augen blikken können und ihn lächeln sehen.« Zu ihrem Entsetzen merkte Alexandra, daß ihre Knie nachgaben und sie der Herzogin schluchzend vor die Füße sank. »Ich möchte ihm nur wieder in seine wundervollen Augen blicken können«, klagte sie leise.

Die Herzogin schien zu zögern, dann machte sie auf dem Absatz kehrt und verließ den Raum. Zehn Minuten später trat Ramsey mit einem Silbertablett ein. »Ihre Gnaden sagten, Sie wären schwach vor Hunger und wünschen eine Erfrischung«, meinte er.

Alexandra hob den Kopf und wischte sich verlegen die Tränen von den Wangen. »Nehmen Sie das bitte wieder mit. Ich kann den Anblick von Essen nicht ertragen.«

Den Wünschen der Herzogin entsprechend und Alexandras Einwände ignorierend, setzte Ramsey das unwillkommene Tablett auf dem Tisch ab. Dann richtete er sich auf, und zum ersten Mal, seit ihn Alexandra kannte, wirkte der Butler unsicher und verlegen. »Es liegt nicht in meiner Absicht zu klatschen«, begann er nach einer unbehaglichen Pause, »aber von Craddock, der Zofe Ihrer Gnaden, weiß ich, daß Ihre Gnaden seit fünf Tagen kaum einen Bissen angerührt hat. Man hat ihr gerade ein Tablett in den kleinen Salon gebracht. Wenn Sie ihr Gesellschaft leisten würden, könnten Sie Ihre Gnaden vielleicht dazu überreden, etwas zu essen.«

»Diese Frau braucht keine Nahrung«, murrte Alexandra und stand widerwillig auf. »Sie ist anders als gewöhnliche Sterbliche.«

Diese indirekte Kritik an seiner Herrin ließ Ramsey buchstäblich zu Eis erstarren. »Ich bin seit nunmehr vierzig Jahren bei der Duchess of Hawthorne. Meine tiefe Sorge um sie hat mich zu der irrigen Annahme verleitet, daß auch Sie für Ihre Gnaden ein wenig Mitgefühl empfinden könnten, das Sie inzwischen zur Familie gehören. Ich bitte für meine Fehleinschätzung um Entschuldigung.«

Er verneigte sich steif, verließ den Raum und ließ Alexandra total verwirrt zurück. Ramsey war der Herzogin offenbar treu ergeben, obwohl Alexandra deren Einstellung zur Dienerschaft kannte: Auf Rosemeade hatte sie Alexandra zweimal streng ermahnt, nicht »mit dem Personal zu klatschen«, obwohl sie Ramsey lediglich gefragt hatte, ob er verheiratet wäre, und sich bei einem Zimmermädchen erkundigt hatte, ob sie Kinder hätte. Für die Herzogin bedeutete ein Gespräch mit den Dienern, mit ihnen zu klatschen, sie als gleichwertig zu behandeln – und das, wußte Alexandra aus entsprechenden Bemerkungen der Herzogin, war absolut unmöglich. Aber trotzdem schien ihr Ramsey treu ergeben zu sein. Und das hieß nichts anderes, als daß die alte Frau nicht ausschließlich aus Arroganz und Stolz bestehen konnte.

Eine Überlegung führte zur nächsten. Alexandra starrte das Teetablett verblüfft an und fragte sich, ob es vielleicht als »Friedensangebot« gedacht sein könnte. Bis vor fünf Minuten hatte die Herzogin nicht das geringste Interesse daran gezeigt, ob Alexandra etwas aß oder nicht. Andererseits konnte das Tablett auch nur als strenge Ermahnung gedacht sein, sich zu beherrschen.

Alexandra biß sich auf die Lippe und dachte an Ramseys Worte. Seit fünf Tagen hatte die Herzogin also kaum einen Bissen zu sich genommen. Sie auch nicht, aber schließlich war sie jung, gesund und kräftig. Wenn die Herzogin kaum etwas über die Lippen brachte, mußte sie über das Verschwinden ihres Enkels sehr viel mehr besorgt sein, als sie zu erkennen gab.

Seufzend strich sich Alexandra die Haare aus der Stirn und entschied, daß das Teetablett als Friedensangebot gemeint war. Sie kam zu diesem Entschluß, weil sie den Gedanken nicht ertrug, daß eine siebzigjährige Frau aus Kummer dahinsiechte.

Durch die halbgeöffnete Tür des kleinen Salons sah Alex, daß die Herzoginwitwe in einem hochlehnigen Stuhl saß und ins Kaminfeuer starrte. Selbst in der Abgeschiedenheit wahrte die alte Frau Haltung, und doch war da etwas an ihrer steifen Würde, das Alexandra an ihre Mutter in den ersten Tagen nach dem Tod ihres Vaters erinnerte, bevor die Ankunft seiner anderen Frau das Leid in Haß verwandelt hatte.

Leise betrat sie den Raum. Der Kopf der alten Frau zuckte herum und wandte sich schnell wieder ab. Doch nicht schnell genug, als daß Alexandra die Tränen in ihren hellen Augen nicht bemerkt hätte.

»Euer Gnaden?« begann Alex leise und trat einen Schritt näher.

»Ich habe Ihnen keine Erlaubnis gegeben, mich hier zu stören«, fauchte die alte Frau, aber zum ersten Mal ließ sich Alexandra von ihrer harten Stimme nicht beeindrucken.

»Nein, Ma'am, das haben Sie nicht«, erwiderte Alex in dem gleichen sanften Ton, den sie auch gegenüber ihrer Mutter angewandt hatte.

»Lassen Sie mich allein.«

Unverdrossen fuhr Alexandra fort: »Ich bleibe nicht lange, aber ich muß mich für die Dinge entschuldigen, die ich vor wenigen Minuten zu Ihnen gesagt habe. Sie waren unverzeihlich.«

»Ich nehme Ihre Entschuldigung an. Und nun lassen Sie mich allein.«

Ungeachtet des einschüchternden Blicks der Herzogin trat sie noch näher. »Da wir beide essen sollten, dachte ich, es wäre vielleicht erträglicher, wenn wir es gemeinsam tun. Wir… wir könnten uns Gesellschaft leisten.«

»Wenn Sie Gesellschaft wünschen, sollten Sie zu Ihrer Mutter gehen, wie ich es vor einer Viertelstunde vorgeschlagen habe.«

»Das kann ich nicht.«

»Warum nicht?« fragte die alte Frau barsch.

»Weil«, flüsterte Alexandra erstickt, »weil ich in der Nähe eines Menschen sein muß, der ihn auch liebt.«

Nackte, unverhüllte Qual zuckte über das Gesicht der alten Herzogin, bevor sie sich schnell wieder beherrschte. Aber in diesem winzigen Augenblick erkannte Alexandra das Leid, das sie hinter ihrer kalten, hoheitsvollen Fassade verbarg.

Überflutet von Mitleid, aber bemüht, es nicht zu zeigen, setzte sich Alexandra hastig auf einen der Sessel gegenüber der Herzogin und nahm das Tuch von einem der Tabletts. Beim Anblick des Essens krampfte sich ihr Magen zusammen, aber sie lächelte tapfer. »Hätten Sie lieber eine Scheibe Hühnchen oder bevorzugen Sie den Rinderbraten?«

Die Herzogin zögerte und musterte Alexandra mit schmalen Augen. »Mein Enkel lebt!« stellte sie so abrupt fest, als warne sie Alex, etwas anderes zu behaupten.

»Selbstverständlich«, erwiderte Alex mit fester Stimme. »Davon bin ich von ganzem Herzen überzeugt.«

Die Herzoginwitwe studierte Alexandras Gesicht, überprüfte ihre Aufrichtigkeit, nickte zögernd und meinte dann fast widerwillig: »Ich denke, ich werde ein Stück Huhn probieren.«

Sie aßen schweigend. Die Stille wurde nur vom Knistern des Kaminfeuers unterbrochen. Erst als Alexandra aufstand und der Herzogin eine gute Nacht wünschte, öffnete sie den Mund und sprach Alexandra zum ersten Mal mit ihrem Namen an.

»Alexandra...?« flüsterte sie rauh.

Alex drehte sich um. »Ja, Ma'am?«

Die Herzogin holte tief und leidgequält Luft. »Beten Sie?«

Tränen brannten in Alexandras Kehle. Sie wußte instinktiv, daß sie die stolze alte Frau nicht nach ihren Glaubensüberzeugungen fragte. Sie wollte, daß sie betete.

Alexandra schluckte trocken, nickte und sagte: »Aus tiefstem Herzen!«

Die nächsten drei Tage verbrachten Alexandra und die Herzogin unruhig im kleinen Salon: zwei Fremde, die kaum etwas gemein hatten, bis auf die unsägliche Angst, die sie miteinander verband.

Am Nachmittag des dritten Tages fragte Alexandra die Herzogin, ob sie nach Anthony, Lord Townsende, geschickt hätte.

»Ich habe ihn gebeten, zu uns zu kommen, aber...« Sie brach ab, da Ramsey den Raum betreten hatte. »Ja, Ramsey?«

»Sir George Bradburn ist eingetroffen, Euer Gnaden.«

Alexandra sprang auf und ließ die Stickerei fallen, die ihr die Herzogin in die Hand gedrückt hatte. Aber als der ehrwürdige, weißhaarige Mann einen Moment später den Salon betrat, brauchte sie nur einen Blick auf seine bemüht ausdruckslose Miene zu werfen, um vor Entsetzen zu erstarren.

Die Herzogin neben ihr kam offenbar zu ähnlichen Schlüssen, denn ihr Gesicht verlor jede Farbe. Sie stand langsam auf und stützte sich schwer auf den Stock, den sie benutzte, seit sie am Grosvenor Square eingezogen waren. »Sie haben Neuigkeiten, George. Erzählen Sie sie uns.«

»Es wurde festgestellt, daß ein Mann, auf den Hawthornes Beschreibung zutrifft, gegen elf Uhr an dem Abend, an dem Hawthorne verschwunden ist, in einer Taverne im Hafen gesehen wurde. Gegen eine beträchtliche Bestechungssumme erinnerte sich der Wirt der Taverne daran, daß der Mann ungewöhnlich groß, mehr als sechs Fuß, und wie ein Gentleman gekleidet war. Der Gentleman kaufte ein paar Zigarren und verließ die Schenke wieder. Sie befindet sich dem Anlegeplatz der *Fair Winds* fast genau gegenüber, und wir sind überzeugt davon, daß es sich um Hawthorne gehandelt hat.«

Bradburn brach ab und sah die beiden Frauen tiefbekümmert an. »Vielleicht ist es doch besser, wenn Sie sich setzen«, meinte er.

Sein Vorschlag ließ Alexandra haltsuchend nach einer Sessellehne greifen, aber sie schüttelte den Kopf.

»Fahren Sie fort«, befahl die Herzogin heiser.

»Zwei Seeleute von der *Falcon,* die neben der *Fair Winds* angedockt hatte, wollen gesehen haben, daß ein hochgewachsener, elegant gekleideter Mann die Schenke verließ und von zwei Männern verfolgt wurde, die nicht gerade vertrauenerweckend aussahen. Die Seeleute von der *Falcon* waren leicht angetrunken und widmeten den Vorgängen kein größeres Interesse, aber einer von ihnen glaubt beobachtet zu haben, wie einer dem Gentleman über den Schädel schlug. Das hat der andere Seemann zwar nicht mitbekommen, will aber gesehen haben, daß sich eine der zwielichtigen Gestalten den Gentleman, den er für ziemlich berauscht hielt, auf die Schulter lud und fortschleppte.«

»Und sie haben ihm nicht geholfen?« schrie Alexandra auf.

»Keiner der Seeleute war in der Lage, wirklichen Beistand zu leisten, noch willens, in eine Situation einzugreifen, die bedauerlicherweise in den Docks nur allzu alltäglich ist.«

»Das ist noch nicht alles, oder?« erkundigte sich die Herzogin ahnungsvoll.

Sir George holte tief Atem und ließ ihn ganz langsam wieder aus den Lungen entweichen. »Uns war bereits bekannt, daß an diesem Abend Preßbanden unterwegs waren, und unsere weiteren Nachforschungen ergaben, daß eine dieser Banden einen Mann mit der Beschreibung Hawthornes in die Hände bekommen hat. In der Annahme, er sei betrunken, und weil sie keine Ausweispapiere bei ihm fanden, bezahlten sie die beiden Kerle für ihn und brachten ihn an Bord eines der Kriegsschiffe Seiner Majestät, der *Lancaster.*«

»Gott sei Dank!« rief Alexandra glücklich. Spontan griff sie nach der eiskalten Hand der Herzogin und drückte sie heftig. Aber Bradburns nächste Worte ließen sie in einen Abgrund des Entsetzens stürzen. »Vor vier Tagen«, fuhr er fort, »wurde die *Lancaster* in ein Seegefecht mit dem französischen Schiff *Versailles* verwickelt. Ein anderes unserer Schiffe, die

Carlisle, strebte gerade schwer angeschlagen nach einer Auseinandersetzung mit den Amerikanern im Schutz des Nebels wieder ihrem Heimathafen zu. Unfähig, dem Schwesterschiff zu Hilfe zu eilen, beobachtete der Kapitän die Vorgänge durch sein Glas. Als die Schlacht endete, war die *Versailles* kaum manövrierfähig...«

»Und die *Lancaster?*« unterbrach Alexandra.

Sir George räusperte sich. »Es ist meine traurige Pflicht, Sie davon in Kenntnis zu setzen, daß die *Lancaster* versenkt wurde. Keiner an Bord hat überlebt – auch nicht Seine Gnaden, der Duke of Hawthorne.«

Vor Alexandras Augen begann sich der Raum zu drehen. Ein Schrei entrang sich ihrer Brust, und ihr Blick flog zur Herzogin. Sie sah, daß die alte Frau schwankte. Ganz automatisch schlang sie ihre Arme um die weinende Frau, wiegte sie wie ein Kind und strich ihr tröstend über den Rücken, während ihr Tränen über die eigenen Wangen strömten.

Wie aus weiter Entfernung hörte sie Sir George sagen, er hätte einen Arzt mitgebracht, und nur vage nahm sie wahr, daß jemand Jordans Großmutter freundlich, aber bestimmt ihrer Umarmung entwand, während Ramsey ihren Arm ergriff und sie hinauf in ihr Zimmer führte.

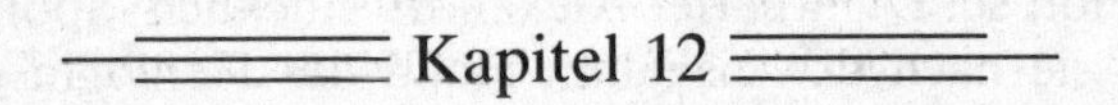

Kapitel 12

Alpträume peinigten Alexandra. Sie stand auf einem Friedhof, umgeben von Hunderten von Grabsteinen, von denen jeder den Namen ihres Vaters, ihres Großvaters oder ihres Mannes trug.

Sie versuchte, die Augen zu öffnen, aber ihre Lider fühlten sich bleischwer an, und als es ihr endlich gelang, sie aufzuschlagen, wünschte sie, sie hätte es nicht getan. Ihr Kopf fühlte sich an, als hätte ihn jemand mit einer Axt zerschmettert, und das Sonnenlicht, das durch die Fenster fiel, brannte in ihren Augen. Aufstöhnend drehte sie der Lichtquelle den Rücken zu, und ihr Blick fiel auf eine schlanke Frau in schwarzem Kleid, weißer Schürze und Häubchen, die in einem Sessel neben ihrem Bett ruhte. Das Zimmermädchen, erinnerte sie sich benommen.

»Warum sind Sie hier?« flüsterte sie mit schwacher, rauher Stimme, die sie kaum als ihre eigene erkannte. Das Zimmermädchen schnarchte leise weiter, und Alexandra hob den schmerzenden Kopf vom Kissen. Ihr Blick fiel auf den Nachttisch, auf dem eine Flasche und ein Glas mit Löffel standen.

»Was ist denn das?« fragte sie, diesmal ein wenig lauter.

Die erschöpfte Frau fuhr zusammen, sah, daß Alexandra wach war, und sprang vom Sessel hoch. »Laudanum, Mylady. Und der Arzt sagte, Sie sollten etwas essen, sobald Sie zu sich kommen. Ich werde Ihnen sofort etwas holen.«

Verwirrt schloß Alexandra die schweren Lider wieder. Als sie sie wieder öffnete, sah sie ein Tablett neben ihrem Bett, und die Sonne stand sehr viel tiefer. Es ist bereits Nachmittag, erkannte Alexandra, und fühlte sich desorientiert und benommen, aber auch erholt.

Diesmal war das Zimmermädchen wach und blickte sie besorgt an. »Meine Güte, Sie haben ja geschlafen wie eine Tote!« rief sie und fuhr sich dann erschreckt mit der Hand an den Mund.

Alexandra sah sie erstaunt an und brachte sich unbeholfen in eine sitzende Position, damit ihr das Mädchen das Tablett auf den Schoß stellen konnte. Auf dem Tablett befanden sich, wie üblich, auch eine rote Rose und eine Ausgabe der *Times*. »Warum habe ich Laudanum bekommen?« fragte Alexandra, gereizt über ihre schleppende Sprechweise und ihre Unfähigkeit, sich zu konzentrieren.

»Weil es Ihnen der Arzt verordnet hat.«

Alexandra runzelte verwirrt die Stirn und stellte dann die Frage, die sie jeden Morgen äußerte, seit sie in dieses Haus gekommen war. »Ist Sir George gekommen, um...« Schmerz durchfuhr ihren Körper und entlud sich in einem qualvollen Aufstöhnen, als sie sich schließlich an Bradburns Besuch erinnerte. Sie schüttelte wild den schmerzenden Kopf, um die Bilder zu verdrängen, die Stimmen zum Verstummen zu bringen: »...traurige Pflicht, Sie davon zu informieren, daß an Bord niemand überlebt hat ... Schnell, den Doktor ... Behörden ordnungsgemäß in Kenntnis gesetzt ... Ramsey, bringen Sie sie zu Bett...«

»Nein!« schrie Alexandra, und wandte den Kopf von dem Zimmermädchen ab. Aber die *Times* lag auf ihrem Schoß. Sie starrte blicklos auf die Schlagzeile der Titelseite.

»Was ist, Mylady? Was steht da?« fragte das verschreckte Mädchen, das nie lesen gelernt hatte.

Aber Alexandra konnte lesen, jedes einzelne Wort. Dort stand, daß Jordan Addison Matthew Townsende, Zwölfter Duke of Hawthorne, Marquess of Landsdowne, Earl of Marlow, Baron of Richfield – tot war.

»Oh, Miss... Euer Gnaden, es war bestimmt nicht meine Absicht, Sie so aufzuregen«, flüsterte das Zimmermädchen und rang die Hände. »Ich hole sofort den Arzt. Ihre Gnaden muß das Bett hüten. Sie ist so leidend, daß der Doktor nicht wagt, sie allein zu lassen.«

Der letzte Satz drang langsam in Alexandras Bewußtsein. »Ich werde gleich zu ihr gehen«, versicherte sie dem verzweifelten Zimmermädchen.

»O nein, Euer Gnaden. Sie sind selbst krank, und es würde ohnehin nicht viel nützen. Craddock erzählte Ramsey, daß Ihre Gnaden kein Wort spricht. Sie kann es nicht. Sie erkennt niemanden. Sie starrt nur vor sich hin…«

Ungeachtet der Proteste des Zimmermädchens schob Alexandra das Tablett zur Seite und stand auf. Sie griff kurz haltsuchend nach dem Bettpfosten und schlüpfte dann in ihren Morgenrock.

Auf ihr Klopfen öffnete der Arzt und trat auf den Korridor heraus. »Wie geht es ihr?« fragte Alexandra ängstlich.

Der Arzt schüttelte den Kopf. »Nicht gut, gar nicht gut. Sie ist keine junge Frau mehr und hat einen furchtbaren Schicksalsschlag erlitten. Sie will weder essen noch sprechen. Sie liegt nur da und starrt in die Ferne.«

Alexandra nickte und erinnerte sich an das Verhalten ihrer Mutter nach dem Tod ihres Vaters, als seine andere Frau sie aufgesucht hatte. Auch ihre Mutter hatte sich ins Bett zurückgezogen, weder gesprochen noch gegessen und sich von niemandem trösten lassen. Und als sie ihre selbstgewählte Isolation schließlich aufgab, wurde sie nie wieder so, wie sie zuvor gewesen war.

»Hat sie geweint?« fragte Alexandra.

»Selbstverständlich nicht! Frauen ihres Standes sind

über Tränenausbrüche erhaben. Craddock und ich haben ihr wiederholt geraten, stark zu sein und sich den Blick für das Positive zu bewahren. Schließlich hat sie noch einen Enkelsohn. Es ist also nicht so, als wäre der Titel der Familie verloren.«

Alexandras Meinung über Ärzte, die nie besonders hoch gewesen war, erreichte ein absolutes Tief, als sie den gefühllosen, anmaßenden Mann vor sich betrachtete. »Ich würde gern zu ihr gehen, wenn Sie gestatten.«

»Versuchen Sie, sie aufzuheitern«, riet er, unempfindlich für ihre Verachtung. »Erwähnen Sie Hawthorne mit keinem Wort.«

Alexandras Herz krampfte sich vor Mitgefühl zusammen, als sie die hinfällige Gestalt sah, die bewegungslos in den Kissen ruhte. Das Gesicht unter den weißen Haaren war kalkweiß, die Augen lagen blicklos und tief in dunklen Höhlen. Kein Zeichen des Erkennens überflog ihre Züge, als sich Alexandra neben sie auf den Bettrand setzte.

Zutiefst verängstigt ergriff Alexandra die durchscheinende blasse Hand, die schlaff auf der goldfarbenen Damastdecke lag. »O Ma'am, Sie dürfen sich Ihrem Leid nicht so hingeben«, flüsterte sie leise. Ihr Blick flehte die alte Herzogin an, ihr zuzuhören. »Das dürfen Sie nicht. Jordan wäre sehr betrübt, Sie so zu sehen.« Als sie keine Reaktion spürte, drückte Alexandra die zarte Hand ein bißchen fester. »Wissen Sie eigentlich, wie stolz er auf Ihre Energie und Stärke war? Wissen Sie es? Ich weiß es, denn er hat sich mir gegenüber damit gebrüstet.«

Die hellen blauen Augen starrten unverwandt zur Decke. Nicht sicher, ob die Herzogin sie überhaupt gehört hatte, verdoppelte Alexandra ihre Anstrengungen. »Es stimmt. Ich erinnere mich sehr gut daran. Es war nach unserer Hochzeit, kurz bevor wir Rosemeade verließen. Da fragte er mich, wo Sie geblieben wären. Ich erwiderte, daß Sie in Ihr Zimmer gegangen seien und daß ich befürchtete, Sie würden über unsere Heirat vielleicht nie hinweggkommen. Als ich das sagte, hat er gelächelt... Eins dieser ganz besonderen Lächeln, bei denen man immer das Gefühl hatte, unbedingt zurücklächeln zu müssen. Und wissen Sie, was er gesagt hat?«

Die Herzogin rührte sich nicht.

»Er sagte, daß es schon sehr viel mehr bedürfe, um seine Großmutter aufs Krankenlager zu werfen. Seine Großmutter würde sogar Napoeon den Fehdehandschuh hinwerfen, und wenn sie mit ihm fertig wäre, würde der Sie kniefällig um Verzeihung dafür bitten, uns mit Krieg überzogen zu haben. Genau das hat er zu mir...«

Die Augen der Herzogin schlossen sich, und Alexandras Herz setzte einen Schlag aus. Aber einen Moment später rollten ihr zwei Tränen über die bleichen Wangen. Tränen sind ein gutes Zeichen, dachte Alexandra und fuhr energisch fort: »Er wußte, wie mutig, stark und... loyal Sie sind. Einer Bemerkung von ihm entnahm ich, daß er Frauen für nicht besonders loyal hielt – mit Ausnahme von Ihnen.«

Die Herzogin öffnete die Augen und sah Alexandra schmerzerfüllt und zweifelnd an.

Alexandra berührte mit der Hand sanft die Wange von Jordans Großmutter. »Das ist die Wahrheit«, fuhr sie beharrlich fort, obwohl sie bemerkte, wie ihre Selbstbeherrschung ins Wanken geriet. »Er war sich Ihrer Loyalität ihm gegenüber so sicher, daß er meinte, obwohl Sie unsere Heirat zutiefst ablehnten, würden Sie doch jedermann persönlich auspeitschen, der es wage, mich herabzusetzen – weil ich seinen Namen trage.«

Die hellen Augen füllten sich mit Tränen. Sie strömten über die blassen Wangen, liefen über Alexandras Finger. Ein paar Minuten später schluchzte die Herzogin und sah Alexandra flehend an. »Hat Hawthorne das wirklich gesagt? Das mit Napoleon?«

Alexandra nickte und versuchte zu lächeln, aber die nächsten Worte der Herzogin ließen sie in Tränen ausbrechen: »Ich habe ihn sogar noch mehr geliebt als meine Söhne«, sagte sie, mit den Tränen kämpfend. Sie streckte die Arme aus und zog das weinende Mädchen fest an sich. »Alexandra«, schluchzte sie verzweifelt, »ich... ich habe ihm nie gesagt, daß ich ihn liebe. Und nun ist es zu spät.«

Gegen acht Uhr am nächsten Abend verließ Alexandra die Herzogin, die in einen erholsamen Schlaf gefallen war, und ging hinunter in den Blauen Salon. In dem verzweifelten Bemühen, sich von ihrem Verlust abzulenken, griff sie zu einem Buch.

Wenig später erschien Ramsey, räusperte sich und kündigte einen Besucher an: »Seine Gnaden, der Herzog von Hawthorne...«

Mit einem Freudenschrei auf den Lippen sprang Alex auf und lief zur Tür. Ramsey trat einen Schritt zur Seite, und Alexandra erstarrte. Anthony Townsende kam auf sie zu. Anthony Townsende war jetzt der Herzog von Hawthorne.

Irrationaler und unkontrollierbarer Zorn stieg in Alexandra auf. Wie konnte es dieser Mann wagen, sich nach so unanständig kurzer Zeit Jordans Titel anzueignen? Anthony Townsende profitierte von dieser

Tragödie, erkannte sie. Vielleicht war er sogar insgeheim froh darüber...

Anthony blieb abrupt stehen und starrte in Alexandras zorniges, schneeweißes Gesicht. »Sie irren sich, Alexandra«, sagte er ruhig. »Ich würde alles darum geben, ihn durch die Tür treten zu sehen. Hätte ich gewußt, daß Ramsey mich auf diese Weise anmeldet, hätte ich ihn gebeten, das nicht zu tun.«

Angesichts der Aufrichtigkeit in seiner ruhigen Stimme und der Trauer in seinen Augen erlosch Alexandras Zorn so schnell wie er aufgeflammt war. Zu ehrlich, um ihre Gedanken zu verleugnen, sagte sie bedauernd: »Bitte verzeihen Sie mir, Euer Gnaden.«

»Tony«, korrigierte er und streckte ihr die Hand entgegen. »Wie geht es meiner Großmutter?«

»Sie schläft jetzt, aber es geht ihr von Tag zu Tag ein wenig besser.«

»Von Ramsey weiß ich, daß Sie ihr ein großer Trost und Halt waren. Dafür bin ich Ihnen sehr dankbar.«

»Sie war sehr tapfer, und sie kann sehr gut auf sich selbst achten.«

»Und Sie?« fragte er, trat an einen Tisch und goß sich ein Glas Sherry ein. »Achten Sie auf sich selbst? Sie sehen furchtbar aus.«

Ein Hauch ihrer alten Spottlust erleuchtete flüchtig ihre Augen. »Sie haben ein kurzes Gedächtnis, Euer Gnaden. Ich habe nie anders als unscheinbar ausgesehen.«

»Tony«, verbesserte er beharrlich, setzte sich ihr gegenüber und blickte in das flackernde Kaminfeuer. »Ihre Großmutter möchte nicht in London bleiben und sich der Belastung der Hunderte von Kondolenzbesuchen aussetzen«, sagte Alexandra nach einiger

Zeit. »Sie zieht es vor, nach einem kleinen Gedenkgottesdienst sofort nach Rosemeade aufzubrechen.«

Nachdenklich schüttelte Anthony den Kopf. »Ich glaube nicht, daß es gut für sie wäre, sich auf Rosemeade abzukapseln. Und ich kann kaum länger als eine Woche bei ihr bleiben. Hawthorne ist ein riesiger Besitz mit Tausenden von Dienern und Pächtern, die alle neuer Anweisungen und des Trostes bedürfen, wenn sie von seinem Tod erfahren. Ich bin völlig unvertraut mit den neuen Aufgaben, die da auf mich zukommen, und muß mich erst zurechtfinden. Daher hätte ich es sehr viel lieber, daß meine Großmutter mich nach Hawthorne begleitet und dort für die nächste Zeit ihren Wohnsitz nimmt.«

»Das wäre für sie auch sehr viel besser«, stimmte Alex zu. Und um ihn nicht länger über ihre eigenen Pläne im Ungewissen zu lassen, erklärte sie ihm, daß sie nach dem Gedenkgottesdienst nach Hause fahren würde. »Nach meiner Hochzeit hat sich meine Mutter auf Reisen begeben«, fuhr sie fort. »Sie wollte mir schreiben, daher bitte ich Sie, ihre Briefe an mich nach Morsham weiterzuleiten. Dann werde ich sie darüber informieren, daß mein Mann...« Die Worte »gestorben ist« brachte sie nicht über die Lippen. Sie konnte nicht glauben, daß der gutaussehende, vitale Mann, den sie geheiratet hatte, nicht mehr am Leben war.

Mit entschlossenem Gesichtsausdruck und dem besorgten Ramsey auf den Fersen kam die Herzogin am nächsten Morgen in den Gelben Salon marschiert, wo Anthony die Zeitung las und Alexandra am Schreibtisch saß und nachdenklich vor sich hin blickte.

Als die Herzogin das tapfere blasse Mädchen mit

den hohlen Wangen sah, das ihr den ersten Schmerz erleichtert hatte, wurde ihre Miene sanfter, verhärtete sich aber sofort wieder, als ihr Blick auf Henry fiel, der abwechselnd seinen eigenen Schwanz jagte und am Saum von Alexandras schwarzem Trauerkleid zerrte. »Platz!« befahl sie dem verspielten Tier.

Alexandra zuckte zusammen, Anthony sprang auf, aber Henry wedelte nur kurz zu ihrer Begrüßung mit dem Schwanz und nahm seinen Zeitvertreib wieder auf. Verblüfft über diesen seltenen Fall von Ungehorsam versuchte die Herzogin den Welpen durch die schiere Macht ihres Blicks zur Disziplin zu zwingen. Und als auch das nichts half, drehte sie sich zu dem Butler um. »Ramsey«, ordnete sie gebieterisch an, »sorgen Sie dafür, daß diese bedauernswerte Kreatur einen langen, erschöpfenden Auslauf bekommt.«

»Sehr wohl, Euer Gnaden. Sofort«, erwiderte der Butler mit undurchdringlichem Gesichtsausdruck und verbeugte sich. Dann bückte er sich, packte den Hund mit der rechten Hand im Genick, legte die linke unter dessen Bauch und hielt den zappelnden Fellball so weit von seinem Körper entfernt, wie seine Arme es gestatteten.

»Na bitte«, erklärte die Herzogin befriedigt, und Alexandra mußte ein Lächeln unterdrücken. »Anthony sagte mir, daß Sie beabsichtigen, nach Hause zu fahren«, wandte sich die alte Frau dann an Alexandra.

»Ja. Ich würde gern morgen nach dem Gottesdienst aufbrechen.«

»Sie werden nichts dergleichen tun. Sie werden Anthony und mich nach Hawthorne begleiten.«

Alexandra sehnte sich nicht danach, ihr altes Leben wieder aufzunehmen, als hätte es Jordan nie gegeben.

Aber sie hatte niemals erwogen, nach Hawthorne zu ziehen. »Warum sollte ich das tun?«

»Weil Sie die Herzogin von Hawthorne sind. Weil Ihr Platz in der Familie Ihres Mannes ist.«

Alexandra zögerte, dann schüttelte sie den Kopf. »Mein Platz ist in Morsham.«

»Unsinn!« erklärte die Herzogin energisch, und Alexandra lächelte insgeheim über die Rückkehr der alten Frau zu ihrem gewohnten autoritären Verhalten. »An dem Tag, an dem Sie Hawthorne geheiratet haben«, fuhr die Herzogin bestimmt fort, »hat er mich nachdrücklich mit der Aufgabe betraut, Sie in alles einzuweisen, was Sie brauchen, um schließlich den Ihnen zustehenden Platz in der Gesellschaft einnehmen zu können. Auch wenn mein Enkelsohn nicht mehr unter uns weilt«, schloß sie nachdrücklich, »bin ich ihm gegenüber doch loyal genug, seine Wünsche zu erfüllen.«

Trotz ihrer Betonung des Wortes loyal zögerte Alexandra. Könnte sie tatsächlich auf Hawthorne leben? Fern von allem, was ihr bisher lieb und vertraut gewesen war? »Es ist sehr liebenswürdig von Ihnen, mir vorzuschlagen, mit Ihnen zu leben, Ma'am, aber ich fürchte, das ist nicht möglich«, erklärte Alexandra nach einer Pause des Überlegens. »Nachdem meine Mutter auf Reisen gegangen ist, trage ich Verantwortung für andere Menschen, die ich nicht leichtfertig übergehen kann.«

»Wem gegenüber?« erkundigte sich die Herzogin.

»Gegenüber Penrose und Filbert. Nach der Abreise meiner Mutter haben sie niemanden mehr, der für sie sorgt. Ich wollte meinen Mann bitten, ihnen einen Platz in seinem Haus einzuräumen, aber...«

»Wer«, unterbrach die Herzoginwitwe ungeduldig, »sind Filbert und Penrose?«

»Penrose ist unser Butler, Filbert unser Diener.«

»Ich war bisher immer der Ansicht, daß Diener dazu da sind, für das Wohlergehen ihrer Herrschaft zu sorgen und nicht umgekehrt«, entgegnete die Herzogin barsch. »Aber ich weiß Ihren Sinn für Verantwortung zu schätzen. Lassen Sie sie also nach Hawthorne kommen. Ich würde sagen, daß wir zwei weitere Diener durchaus brauchen können.«

»Sie sind schon ziemlich alt«, wandte Alexandra ein. »Sie können nicht mehr allzu schwer arbeiten, aber sie sind beide auch sehr stolz und brauchen das Gefühl, nützlich zu sein...«

»Auch ich habe es stets für meine christliche Pflicht gehalten, dafür zu sorgen, daß ältere Diener so lange arbeiten können, wie sie das wünschen und dazu in der Lage sind«, log die Herzogin unverfroren und warf ihrem verblüfften Enkel einen vernichtenden Blick zu. Alexandra zu einer in jeder Hinsicht vollkommenen Lady zu machen, war ein Ziel, das zu erreichen sie entschlossen war. Es war eine Herausforderung, eine Pflicht. Das Zugeständnis, daß sich dieses tapfere Mädchen mit den wilden Locken einen festen Platz in ihrem Herzen erobert hatte, und daß sie es verabscheute, sich von ihm trennen zu müssen, wäre ihr wohl kaum über die Lippen gekommen.

»Ich glaube nicht...«, begann Alexandra.

In der Erkenntnis, daß Alexandra erneut ablehnen würde, fuhr die Herzogin ihr schwerstes Geschütz auf. »Du bist jetzt eine Townsende, Alexandra, und dein Platz ist bei uns. Darüber hinaus hast du dich mit deinem Ehegelöbnis dazu verpflichtet, die Wünsche deines Mannes zu achten. Und er wünschte ausdrücklich, daß du seinem illustren Namen Ehre machst.«

Alexandra wußte, was es für die alte Frau bedeutete, zu dem vertrauten »Du« überzugehen, und empfand es als Ehre. Scharfer Schmerz durchfuhr sie, als sie sich an ihre Trauung erinnerte. Sie hatte tatsächlich gelobt, ihren Ehemann zu ehren und seine Wünsche zu achten. Und offenbar wünschte Jordan, daß aus ihr eine formvollendete Lady wurde, die seines Namens würdig war und ihre Position in der Gesellschaft einnahm – was immer das auch bedeuten mochte. Sie blickte die Herzogin an und sagte sehr leise: »Ich werde mich seinen Wünschen fügen.«

»Ausgezeichnet«, entgegnete die alte Frau barsch.

Nachdem Alexandra den Salon verlassen hatte, um zu packen, lehnte sich Anthony in seinem Sessel zurück und musterte höchst amüsiert seine Großmutter, die daraufhin versuchte, ihn mit einem strengen Blick aus der Fassung zu bringen. Es gelang ihr nicht. »Seit wann hegst du denn dieses heftige Verlangen, alte Diener einzustellen?« erkundigte er sich mit unterdrücktem Lachen.

»Seit mir bewußt wurde, daß das die einzige Möglichkeit ist, Alexandra von der Abreise abzuhalten«, erwiderte sie entwaffnend offen. »Ich werde nicht zulassen, daß sich dieses Kind in einem gottverlassenen Dorf vergräbt und bis ans Ende seiner Tage Witwenkleidung trägt. Sie ist gerade erst achtzehn Jahre alt.«

Kapitel 13

Alexandra blickte zum Fenster hinaus, als die Kutsche in eine Auffahrt einbog, die sich nahezu endlos durch samtgrüne Rasenflächen wand.

Mächtige Bäume säumten die Straße und bildeten mit ihren breiten Kronen ein schützendes Dach über der Kutsche. Obwohl Hawthorne nun Anthonys Besitz war, gehörte es für Alexandra noch immer Jordan. Es war sein Elternhaus, der Ort, an dem er geboren und aufgewachsen war. Hier würde sie vieles über ihn erfahren und die Möglichkeit erhalten, ihn besser kennenzulernen, als es ihr zu seinen Lebzeiten vergönnt war. Schon durch ihr Hiersein fühlte sie sich ihm näher. »Hawthorne ist schöner als jeder Ort, den ich bisher gesehen habe.«

Anthony lächelte über ihre Begeisterung. »Warte ab, bis du das Haus siehst«, erwiderte er. Doch selbst nach dieser Ankündigung verschlug es ihr buchstäblich den Atem, als die Kutsche um eine Kurve bog und das Haus in aller Pracht vor ihr lag: Ein zweigeschossiger Palast mit mehr als zweihundert Zimmern erhob sich zwischen kristallklaren Bächen und terrassierten Gärten vor dem Hintergrund grüner Hügel, vor dem Haus schwammen Schwäne auf einem dunklen Teich, rechts davon stand ein herrlicher weißer Pavillon mit Säulen im klassisch-griechischen Stil.

»Es ist einfach herrlich«, flüsterte Alexandra ehrfürchtig. »Unvorstellbar schön.« Ein halbes Dutzend Diener hatten sich zur Begrüßung auf der Freitreppe aufgereiht, die zum Portal führte. Dem Beispiel der Herzogin folgend, glitt Alexandra aus der Kutsche und schritt an den Dienern vorbei, als wären sie unsichtbar, mußte aber gegen das unbehagliche Gefühl ankämpfen, sehr unhöflich zu sein.

Das Portal wurde von einem Diener geöffnet, dessen hochmütige Haltung ihn als Butler und Herrscher über das Personal auswies. Die Herzogin stellte ihn als Higgins vor und betrat dann mit Alexandra an ihrer Seite die Halle.

Eine breite Marmortreppe schwang sich im Halbkreis von der Halle ins erste Stockwerk hinauf, führte über eine Galerie und dann weiter ins zweite Geschoß. Alexandra und die Herzogin stiegen gemeinsam die Treppe hinauf und wurden in eine prachtvolle Zimmerflucht geführt, die in Rosentönen gehalten war.

Nachdem das Zimmermädchen gegangen war, wandte sich die Herzogin an Alexandra. »Vielleicht möchtest du dich ein wenig ausruhen? Der gestrige Tag war für uns beide sehr anstrengend.«

Alexandras Erinnerung an den Gedenkgottesdienst für Jordan war ebenso schmerzlich wie verschwommen: ein Nebel Hunderter ernster Gesichter, die sie neugierig musterten, als sie neben der Herzogin in der riesigen Kirche stand. An ihrer anderen Seite standen Anthonys verwitwete Mutter und sein jüngerer Bruder, der einen Gehfehler hatte. Vor einer halben Stunde war ihre Kutsche in Richtung zu ihrem Domizil abgebogen. Alexandra mochte sie beide und war froh, daß sie in der Nähe wohnten.

»Wenn es möglich wäre, würde ich viel lieber einen Blick in sein Zimmer werfen, Ma'am. Ich war zwar mit Jordan verheiratet, hatte aber keine Gelegenheit, ihn wirklich kennenzulernen. In diesem Haus ist er aufgewachsen.« Tränen stiegen in Alexandras Augen, und mit unsicherer Stimme fuhr sie fort: »Ich möchte mehr über ihn erfahren, ihn besser kennenlernen, und das kann ich hier. Das ist einer der Gründe, weshalb ich bereit war, Sie hierher zu begleiten.«

Von einer Woge der Zärtlichkeit überwältigt, ließ sich die alte Frau dazu hinreißen, ihre Hand zu heben, um über Alexandras blasse Wangen zu streichen, doch sie beherrschte sich schnell wieder und sagte ein bißchen brüsk: »Ich schicke dir Gibbons, damit er dich herumführt.«

Wenig später betrat Gibbons, ein älterer Mann, den Raum und führte Alexandra in eine majestätische Suite im zweiten Stock mit riesigen, hohen Fenstern, die in den Park hinausführten.

In dem Moment, in dem Alexandra über die Schwelle trat, nahm sie den schwachen, qualvoll vertrauten Duft von Jordans Rasierwasser wahr, den Duft, der seinen glattrasierten Wangen anhaftete, als sie an jenem Abend in seinen Armen eingeschlafen war. Die Trauer über seinen Tod saß wie ein bohrender Schmerz in jedem einzelnen ihrer Nerven, und doch fühlte sie sich eigenartig getröstet, weil ihr Aufenthalt in diesen Räumen die gespenstische Empfindung vertrieb, ihre viertägige Ehe mit ihm sei nur eine Einbildung gewesen.

Sie drehte sich langsam um und ließ jeden Quadratzentimeter des Raumes auf sich wirken, von den kunstvollen Stuckarbeiten an der Decke bis zu den prachtvollen persischen Teppichen unter ihren Füßen. Zwei riesige Kamine aus cremefarbenem Marmor standen sich in dem riesigen Raum gegenüber. Sie waren so gewaltig, daß sie sich in ihnen problemlos hätte aufrichten können. Auf einem Podest links von ihr erhob sich ein Bett mit dunkelblauer Satindecke unter einem blaugoldenen Baldachin. Zu ihrer

Rechten standen sich vor einem der Kamine zwei mit goldfarbener Seide bezogene Sofas gegenüber.

»Ich würde mich gern noch etwas umsehen«, sagte sie im Flüsterton zu dem Diener, als befände sie sich an einem heiligen Ort. Aber schließlich fühlte sie sich ja auch so. Sie trat an den Toilettentisch aus Rosenholz, berührte sanft seine Onyx-Haarbürsten, die noch immer darauf zu warten schienen, daß er sie zur Hand nahm, und mußte sich dann auf die Zehenspitzen recken, um in den Spiegel sehen zu können. Doch selbst so konnte Alexandra lediglich ihre Stirn und ihre Augen sehen. Wie groß er doch war, dachte sie und lächelte traurig.

Drei weitere Zimmer schlossen sich an das Schlafzimmer an: ein Ankleideraum, ein Arbeitszimmer mit Bücherregalen an den Wänden und weichen Ledersesseln sowie ein weiterer Raum, der Alexandra den Atem verschlug. In einen Halbkreis aus goldgeädertem schwarzen Marmor war im Boden eine riesige runde Wanne eingelassen. »Was ist denn das?« fragte sie.

»Ein Bad, Euer Gnaden«, erwiderte der Diener und verbeugte sich.

»Ein Bad?« wiederholte Alexandra und starrte bewundernd auf die goldenen Wasserhähne und die anmutigen Marmorsäulen, die die kreisrunde Wanne umgaben und zu einem Oberlicht hinaufstrebten.

»Master Jordan hielt viel von Modernisierung«, fügte der Diener hinzu, und Alexandra war von dem Ausdruck des Stolzes und der Zuneigung in der Stimme des alten Mannes tief berührt.

»Ich hätte es lieber, ›Miss Alexandra‹ genannt zu werden«, sagte sie und lächelte ihn an, aber er reagierte so verschreckt, daß sie schnell hinzufügte: »Also dann ›Lady Alexandra‹. Haben Sie meinen Mann gut gekannt?«

»Mit Ausnahme von Mister Smarth, dem Aufseher der Reitställe, besser als jeder andere.« In der sicheren Erkenntnis, daß er in Lady Alexandra eine begeisterte Zuhörerin haben würde, bot sich Gibbons prompt an, sie durch Haus und Park zu führen. Es dauerte insgesamt drei Stunden und umfaßte Besuche in Jordans bevorzugten Refugien ebenso wie eine Visite bei Smarth, der versprach, ihr »alles über Master Jordan« zu erzählen, wann immer sie zu ihm in die Ställe kam.

Gibbons beendete seine Führung mit Besuchen an zwei Orten, von denen einer spontan Alexandras Lieblingsaufenthalt wurde: die Gemäldegalerie, in der Portraits der vorangegangenen elf Herzöge neben Gemälden ihrer Frauen und Kinder in identischen Goldrahmen hingen.

»Mein Mann sah sehr viel besser aus als sie alle«, erklärte sie, nachdem sie jedes Portrait sehr genau studiert hatte.

»Genau das haben Mister Higgins und ich auch festgestellt.«

»Aber sein Portrait fehlt.«

»Ich hörte zufällig, wie er zu Master Anthony sagte, er hätte mit seiner Zeit Besseres anzufangen, als bedeutend und würdevoll auszusehen.« Gibbons deutete auf zwei Bilder in der oberen Reihe. »Aber er fehlt keineswegs. Da ist er – als kleiner Junge und im Alter von sechzehn Jahren. Sein Vater bestand darauf, daß er für das letzte saß, und Master Jordan wurde fuchsteufelswild.«

Ein Lächeln flog über Alexandras blasses Gesicht, als sie zu dem kleinen, dunkelgelockten Jungen aufblickte, der ernst neben einer bildschönen blonden Frau mit verhangenen grauen Augen stand. Auf der anderen Seite ihres thronähnlichen Sessels sah sie einen gutaussehenden Mann mit breiten Schultern und der hochmütigsten Miene, die Alexandra je erblickt hatte.

»Und das ist das Schulzimmer«, verkündete Gibbons und öffnete die Tür zu einem Raum im zweiten Stockwerk, in dem es roch, als wäre hier seit vielen Jahren nicht mehr gelüftet worden. Drei kleine Schreibtische standen einem großen Pult gegenüber, und in einer Ecke entdeckte sie einen alten Globus.

Alexandra wanderte langsam durch den kleinen Raum und blieb abrupt neben einem der kleinen Schreibtische stehen. In seine Tischplatte waren die Buchstaben J.A.M.T. geschnitzt, Jordans Initialen. Sie fuhr leicht mit den Fingern darüber und sah sich mit einer Mischung aus Freude und Unbehagen um. Wie anders hatte doch das unordentliche, aber anheimelnde Arbeitszimmer ihres Großvaters ausgesehen, in dem sie unterrichtet worden war...

Als sich Gibbons schließlich von ihr verabschiedete, ging Alexandra noch einmal in die Galerie und sah zu dem Sechzehnjährigen auf, der dann für vier Tage ihr Ehemann geworden war. »Ich werde dich stolz auf mich machen«, flüsterte sie.

In den folgenden Tagen stürzte sich Alexandra mit Feuereifer in ihre Aufgabe. Sie lernte Debretts *Peerage* seitenweise auswendig und beschäftigte sich mit Büchern über tadelloses Benehmen, Traditionen und Protokollfragen, die ihr die Herzogin zur Verfügung stellte. Ihre schnelle Auffassungsgabe errang die Anerkennung der alten Frau wie alles, was Alexandra tat, mit zwei Ausnahmen, die sie bewogen, Anthony eine Woche nach ihrer Ankunft auf Hawthorne zu sich zu zitieren.

»Alexandra verbrüdert sich mit Gibbons und Smarth«, verkündete sie im Brustton tiefster Besorgnis. »Sie hat mit ihnen bereits häufiger gesprochen als ich in vierzig Jahren.«

»Sie betrachtet Diener als Familienmitglieder«, erwiderte Anthony ungerührt. »Das wurde doch schon ersichtlich, als sie uns darum bat, ihren Butler und ihren Diener aufzunehmen. Ich halte es für eine recht harmlose Marotte.«

»Wenn du Filbert und Penrose siehst, wirst du sie kaum als ›harmlos‹ bezeichnen«, klagte die Herzogin düster. »Heute früh sind sie eingetroffen.«

Anthony erinnerte sich daran, daß Alexandra ihre beiden Diener als alt bezeichnet hatte, und begann: »Sie sind...«

»Blind und taub!« donnerte die empörte Herzoginwitwe. »Der Butler versteht kein Wort, auch wenn es ihm ins Ohr gebrüllt wird, und der Diener läuft gegen Wände und gegen den Butler! Auch auf die Gefahr hin, Alexandras Gefühle zu verletzen, sollten wir sie außer Sichtweite halten, wenn wir Besucher empfangen. Wir können es uns nicht leisten, daß das Personal vor den Augen unserer Gäste übereinanderstolpert und schreit, daß die Wände erbeben.«

Als Anthony keineswegs beunruhigt, sondern in höchstem Maße erheitert aussah, funkelte sie ihn bedrohlich an. »Wenn du das nicht für bedenklich hältst, dann wage ich kaum noch zu hoffen, daß ich dich dazu überreden kann, deine morgendlichen Degengefechte mit Alexandra zu beenden. Das ist ein absolut unakzeptables Verhalten für eine junge Dame

– ganz abgesehen davon, daß es das Tragen von… von Reithosen verlangt!«

Anthony war ebensowenig geneigt, in diesem Fall die Partei seiner Großmutter zu ergreifen, wie er es im Fall ihrer »Verbrüderung« mit dem Personal gewesen war. »Um meinet- und Alexandras willen hoffe ich sehr, daß du uns nicht untersagst, miteinander zu fechten. Es ist mehr als harmlos und macht ihr großen Spaß. Sie sagt, es halte sie gelenkig.«

»Und was hast du davon?« erkundigte sich die Herzogin trocken.

Anthony grinste unverhohlen. »Sie ist eine beachtliche Gegnerin und nötigt mir mein ganzes Können ab. Jordan und ich wurden als die beiden besten Fechter Englands bezeichnet, aber bei Alexandra muß ich mich sehr anstrengen, und trotzdem schlägt sie mich häufig genug.«

Nachdem Anthony wieder gegangen war, starrte die Herzogin hilflos auf seinen leeren Sessel und wußte nur zu gut, warum sie die Themen, über die sie gerade mit Anthony gesprochen hatte, nicht mit Alexandra erörterte. Sie brachte es einfach nicht über sich, das Mädchen zu entmutigen, da ihr bewußt war, wie sehr sich Alexandra bemühte, unbeschwert und heiter zu sein. Seit einer Woche erwärmte ihr herzliches Lächeln, ihr klangvolles Lachen die ganze Atmosphäre auf Hawthorne. Und die Herzogin wußte ebensogut, daß Alexandra nicht lachte, weil ihr danach zumute war, sondern weil sie geradezu verzweifelt versuchte, die Stimmung aller anderen zu heben. Sie ist, dachte die Herzogin, eine einmalige Mischung aus Offenheit, Liebenswürdigkeit, Entschlossenheit und Tapferkeit.

Kapitel 14

»Anthony, denkst du, es war ein Fehler von mir, nicht eine jüngere Frau mit der Einführung Alexandras in die Gesellschaft beauftragt zu haben?« fragte die Herzogin und schritt in ihrer silbergrauen Satinrobe rastlos im Salon ihres Londoner Stadthauses auf und ab.

Anthony wandte sich vom Spiegel ab, vor dem er an seinem tadellos sitzenden Halstuch herumgezupft hatte, und lächelte über ihre Nervosität vor Alexandras Debüt, das in wenigen Minuten stattfinden würde. »Jetzt ist es zu spät, irgend etwas daran zu ändern.«

»Nun, wer könnte besser als ich dazu geeignet sein, sie in tadellosem Benehmen zu unterweisen?« erkundigte sie sich ohne jeden logischen Zusammenhang zu ihrer vorherigen Äußerung. »Immerhin werde ich von der Gesellschaft als Muster richtigen Verhaltens respektiert, oder etwa nicht?«

»Das wirst du«, bestätigte Anthony und verkniff sich jede Bemerkung darüber, daß sie gerade noch angedeutet hatte, mit ihren einundsiebzig Jahren kein ideales Vorbild für Alexandra zu sein.

»Ich stehe es nicht durch«, erklärte die Herzoginwitwe unvermittelt und ließ sich resigniert in einen Sessel fallen.

Tony lachte über ihre Selbstzweifel laut auf, riß sich aber sofort wieder zusammen. Dennoch bedachte sie ihn mit einem strafenden Blick. »In ein paar Stunden wirst du nicht mehr lachen«, prophezeite sie düster. »Heute unternehme ich den Versuch, die Crème de la crème dazu zu bewegen, eine Frau ohne Vermögen, Familienbeziehungen und Herkunft in ihre Reihen aufzunehmen. Das muß doch zu einer Katastrophe führen! Ich bin sicher, sehr schnell als Täuscherin entlarvt zu werden.«

Anthony trat auf die verzweifelte Frau zu, deren verächtliche Blicke, scharfe Zunge und unnahbare Arroganz die Gesellschaft und ihre eigene Familie mit Ausnahme von Jordan fünf Jahrzehnte lang eingeschüchtert hatten. Zum ersten Mal in seinem Leben küßte er sie spontan auf die Stirn. »Niemand würde es wagen, dich vor den Kopf zu stoßen, indem er Alexandra verächtlich behandelt – selbst wenn er etwas von ihrer Herkunft ahnt. Du stehst das durch, ohne mit der Wimper zu zucken. Eine andere Frau könnte vielleicht scheitern – aber du doch nicht, Grandma. Du nie!«

Die Herzogin dachte einen Moment lang über seine Worte nach und nickte dann hoheitsvoll. »Du hast selbstverständlich völlig recht.«

»Selbstverständlich habe ich recht«, meinte Tony und verkniff sich ein zärtliches Lächeln. »Und du brauchst dir keinerlei Sorgen zu machen, daß Alexandra ihre Herkunft verrät.«

»Ich befürchte vielmehr, daß sie ihre Ansichten und ihre Bildung verrät. Ich habe keine Ahnung, was sich ihr Großvater dabei gedacht hat, ihr den Kopf mit all diesem unsinnigen Bücherwissen vollzustopfen. Weißt du«, fuhr sie nachdenklich fort, »ich wünschte mir so sehr, daß sie eine wundervolle Saison erlebt, daß sie bewundert wird und dann eine glänzende Partie macht. Ich wünschte, Galverston hätte nicht in der letzten Woche um die kleine Waverly angehalten. Galverston ist der einzige ledige Marquess in England, was bedeutet, daß sich Alexandra mit einem Earl oder noch geringerem abfinden muß.«

»Wenn das deine Hoffnungen sind, Grandmama,

dann wirst du mit Sicherheit enttäuscht«, erwiderte Tony seufzend. »Alexandra hat nicht das geringste Interesse an den Vergnügungen der Saison oder daran, daß ihr irgendein Beau den Hof macht.«

»Sei doch nicht albern«, fuhr die Herzogin hoch. »Seit vier Monaten hat sie sich darauf vorbereitet.«

»Aber nicht aus den Gründen, die du offenbar annimmst«, entgegnete Anthony ernst. »Sie ist hier, weil du sie davon überzeugt hast, daß es Jordans Wunsch wäre, daß sie den ihr zukommenden Platz in der Gesellschaft einnimmt. In all diesen Monaten hat sie nur aus einem Grund so hart gearbeitet: um sich dieser Ehre würdig zu erweisen. Das hat sie mir gestern abend selbst anvertraut. Sie ist offenbar davon überzeugt, daß Jordan sie geliebt hat, und fest entschlossen, sich in seinem Gedenken ›aufzuopfern‹.«

»Allmächtiger!« stöhnte die Herzogin entsetzt auf. »Sie ist kaum neunzehn Jahre alt! Selbstverständlich muß sie heiraten. Was hast du daraufhin zu ihr gesagt?«

»Nichts«, erwiderte Anthony gleichmütig. »Wie hätte ich ihr auch verständlich machen können, daß sie anstelle schicklicher Konversation und Debretts *Peerage* besser Flirten und Tändelei studiert hätte, um in Jordans Kreise zu passen?«

»Laß mich allein, Anthony«, seufzte Ihre Gnaden. »Du deprimierst mich. Geh und sieh nach, was Alexandra macht. Es wird langsam Zeit zum Aufbruch.«

In dem Vorraum ihres Schlafzimmers stand Alexandra vor einem kleinen Gemälde von Jordan, das sie bei ihrem ersten London-Aufenthalt in einem ungenutzten Raum entdeckt hatte. Das Bild war vor knapp zwei Jahren gemalt worden, und es zeigte Jordan, wie er mit einem angezogenen Bein an einem

Baum lehnte. Eine Hand lag lässig auf seinem Knie, und er blickte den Betrachter an. Alexandra gefiel die lebensechte, ungestellte Qualität des Bildes, aber es war Jordans Gesichtsausdruck, der sie am meisten faszinierte. Denn auf dem Gemälde sah Jordan genauso aus, wie wenn er vorhatte, sie zu küssen. Seine grauen Augen wirkten schläfrig, wissend, und um seine Lippen lag ein träges, nachdenkliches Lächeln. Alexandra hob die Hand und strich mit dem Finger leicht über seinen Mund. »Heute ist unser Abend, Liebster«, flüsterte sie. »Du wirst dich meiner nicht schämen müssen, das verspreche ich dir.«

Aus dem Augenwinkel sah Alexandra, daß Anthony auf sie zukam, und ließ ihre Hand schnell sinken. »Der Maler ist ungewöhnlich begabt«, sagte sie, ohne den Blick von dem Gemälde zu wenden, »aber ich kann seinen Namen nicht richtig erkennen. Wie heißt er?«

»Allison Whitmore«, erwiderte Anthony knapp.

Verdutzt darüber, daß der Künstler eine Frau war, und über Anthonys brüsken Ton, zögerte Alexandra einen Moment lang, tat das Thema dann aber als belanglos ab und drehte sich langsam vor ihm. »Sieh mich an, Anthony. Glaubst du, er wäre zufrieden mit mir, wenn er mich sehen könnte?«

Tapfer unterdrückte Tony den Wunsch, Alexandras Sinn für die Realitäten zu schärfen, indem er ihr sagte, daß Lady Allison Whitmore das Gemälde während einer leidenschaftlichen Affäre mit Jordan gemalt hatte. Er wandte seinen Blick von dem Bild ab und Alexandra zu. Was er sah, verschlug ihm den Atem. Vor ihm stand eine dunkelhaarige Schönheit in einer verführerischen, tiefausgeschnittenen Robe aus schimmerndem Chiffon, dessen Aquamarinton genau zu ihren herrlichen Augen paßte. Der Stoff war diagonal über ihren vollen Brüsten zusammengefaßt, umspannte ihre schmale Taille und fiel locker an ihren Hüften herab. Ihre glänzenden mahagonifarbenen Haare waren aus der Stirn gestrichen und fielen ihr lockig über Schultern und Rücken. Diamanten blitzten in den Locken auf wie winzige Sterne auf schimmerndem Satin. Sie lagen um ihren schlanken Hals und funkelten an ihrem Handgelenk. Aber es war ihr Gesicht, das Anthony das Atmen so schwer machte.

Wenn auch nicht die klassische englische Schönheit mit Blondhaar und Elfenbeinhaut, war Alexandra Townsende doch eine der verführerischsten, erregendsten Frauen, die er je gesehen hatte. Die Augen unter den langen schwarzen Wimpern, die verzaubern und hinreißen konnten, wenn man in sie schaute, waren sich ihrer faszinierenden Wirkung absolut unbewußt. Ihre roten, vollen Lippen luden einen Mann zum Küssen ein, während ihr Lächeln jeden warnte, allzu nahe zu kommen. Alexandra sah gleichzeitig verführbar und unnahbar aus, jungfräulich und sinnlich. Dieser Gegensatz machte sie so faszinierend. Er und ihre absolute Unkenntnis, wie verführerisch sie wirkte.

Während sie auf den Kommentar des schweigenden Mannes wartete, wich Alexandra die Farbe aus dem Gesicht. »So schlecht?« erkundigte sie sich scherzend, um ihre Enttäuschung zu überspielen.

Lächelnd griff Anthony nach ihren Händen. »Jordan wäre genauso begeistert von deinem Anblick, wie der Rest der Gesellschaft es sein wird, wenn sie dich sehen. Versprichst du mir, einen Tanz zu reservieren?« fragte er und blickte ihr tief in die großen Augen.

Auf dem Weg zum Ball gab die Herzogin Alexandra in der Kutsche die letzten Verhaltensregeln. »Es ist absolut überflüssig, daß du dir Sorgen darum machst, wie du heute abend tanzt oder ansonsten den gesellschaftlichen Erfordernissen entsprichst. Ich muß dich jedoch erneut ermahnen«, fuhr sie eindringlich fort und warf einen mißbilligenden Blick auf ihren Enkel, »dich von Anthonys Wertschätzung deines Verstandes dazu verleiten zu lassen, belesen und intelligent zu wirken. Wenn du das tust, wirst du absolut keinen Erfolg haben, das versichere ich dir. Wie ich dir unzählige Male gesagt habe, schätzen Männer übermäßig gebildete Frauen ganz und gar nicht.«

Als sie aus der Kutsche stieg, drückte ihr Tony aufmunternd die Hand. »Vergiß nicht, mir einen Tanz zu reservieren«, sagte er und lächelte ihr in die strahlenden Augen.

»Du kannst sie alle haben, wenn du willst«, sagte sie lachend und legte ihm die Hand auf den Arm – ihrer Schönheit so unbewußt wie ihrer Wirkung auf ihn.

»Ich werde Schlange stehen müssen«, grinste Anthony. »Aber selbst dann wird es mit Sicherheit der erfreulichste Abend, den ich seit Jahren erlebt habe!«

Während der ersten halben Stunde von Lord und Lady Wilmers Ball schien sich Anthonys Vorhersage zu bewahrheiten. Tony war absichtlich vorausgegangen, um den Auftritt seiner Großmutter und Alexandras beobachten zu können. Und es lohnte sich. Die Herzoginwitwe marschierte wie eine Glucke, die ihr Küken beschützt, in den Ballsaal: mit stolzgeschwellter Brust, kerzengeradem Rücken und das Kinn auf eine Art vorgeschoben, die jedem dringend davon abriet, Alexandra auf irgendeine Weise abfällig zu behandeln.

Der Anblick brachte buchstäblich den gesamten Saal zum Erstarren. Eine geschlagene Minute lang verstummte jedes Gespräch, und fünfhundert Augenpaare wandten sich Englands meistgefürchteter, unerbittlichster und einflußreichster Aristokratin zu, die fast eifersüchtig über eine junge Lady wachte, die niemand kannte. Als sich die Aufmerksamkeit von der Herzogin auf die hinreißende junge Schönheit neben ihr verlagerte, die keinerlei Ähnlichkeit mit dem verhärmten, blassen Mädchen aufwies, das man kurz bei Jordans Trauergottesdienst gesehen hatte, wurden Monokel an die Augen gehoben und Bemerkungen geflüstert.

Neben Anthony hob Sir Roderick Carstairs die arroganten Brauen und schnarrte: »Ich vertraue fest darauf, daß Sie uns über die Identität der dunkelhaarigen Schönheit in der Gesellschaft Ihrer Großmutter aufklären, Hawthorne.«

»Das ist die Witwe meines Cousins, die Herzogin von Hawthorne.«

»Sie belieben zu scherzen!« rief Carstairs mit fast so etwas wie Überraschung auf seinem ständig gelangweiltem Gesicht. »Sie wollen doch nicht etwa behaupten, daß dieses bezaubernde Geschöpf dasselbe unscheinbare, verwirrte, fast erbärmliche Wesen ist, das ich bei Hawks Gedenkgottesdienst sah?«

»Damals stand sie unter Schock und war noch sehr jung«, entgegnete Tony leicht gereizt.

»Das Älterwerden bekommt ihr«, stellte Roddy trocken fest, »wie dem Wein. Ihr Cousin war schon immer ein Kenner, was Wein und Frauen anbelangt. Sie macht diesem Ruf alle Ehre. Wußten Sie eigentlich«, fuhr er in schnarrendem gelangweilten Ton fort, »daß Hawks' schöne Tänzerin in der ganzen Zeit keinem anderen Mann Zugang zu ihrem Bett gewährt hat? Es bringt einen doch ins Grübeln, daß wir offenbar in einer Zeit angelangt sind, in der eine Geliebte treuer ist als die eigene Frau.«

»Was wollen Sie damit andeuten?« fragte Anthony verärgert.

»Andeuten?« wiederholte Roddy, wandte seinen Blick endlich von Alexandra ab und Tony zu. »Nun, nichts. Aber wenn Sie nicht wollen, daß die Gesellschaft den gleichen Schluß zieht wie ich, dann sollten Sie Jordans Witwe vielleicht weniger besitzergreifend betrachten. Sie wohnt unter Ihrem Dach, oder?«

»Zügeln Sie Ihre Zunge!« fauchte Anthony.

In einem für ihn typischen Stimmungsumschwung lächelte Sir Roderick Carstairs Tony ganz unbefangen an. »Sie spielen zum Tanz auf. Kommen Sie, stellen Sie mich dem Mädchen vor. Ich habe vor, sie um den ersten Tanz zu bitten.«

Tony zögerte, konnte aber kaum Einwände erheben, ohne unhöflich zu erscheinen oder – noch schlimmer – bedenkliche Konsequenzen für Alexandra heraufzubeschwören. »Gern«, sagte er schließlich und sah dann, erfüllt von bösen Vorahnungen zu, wie sich Carstairs galant verbeugte und um den ersten Tanz bat.

Erst gegen Ende des Tanzes begann Alexandra sich ein wenig zu entspannen und hörte auf, die Schritte insgeheim mitzuzählen. Und so war sie gerade zu der beruhigenden Gewißheit gelangt, daß keine Gefahr bestand, ihrem eleganten, offenbar weltverdrossenen Partner auf die polierten Schuhe zu treten, als er etwas sagte, was sie um ein Haar dazu veranlaßte, genau das zu tun. »Sagen Sie, meine Werteste«, schnarrte er süffisant, »wie ist es Ihnen eigentlich gelungen, in der eiskalten Umgebung der Herzoginwitwe zu erblühen?«

Die Musik rauschte zu einem Schlußakkord auf, und Alexandra war sicher, nicht richtig gehört zu haben. »Wie... wie bitte?«

»Ich drückte Ihnen gerade meine Bewunderung für Ihre Tapferkeit aus, ein gesamtes Jahr in der Gesellschaft unseres hochgeschätzten Eisbergs überlebt zu haben, der Herzoginwitwe. Ich würde sagen, daß Sie mein ganzes Mitgefühl für das besitzen, was Sie im vergangenen Jahr zu erdulden hatten.«

Alexandra, die an eine derart blasierte Redensweise nicht gewöhnt war, reagierte mit schockierter Loyalität gegenüber der Frau, die sie inzwischen lieben gelernt hatte. »Offenbar kennen Sie Ihre Gnaden nicht allzu gut.«

»Oh, aber gewiß. Deshalb besitzen Sie auch mein volles Mitgefühl.«

»Ihr Mitgefühl brauche ich nicht, Mylord. Und Sie können sie nicht gut kennen, denn sonst würden Sie nicht in dieser Form über sie sprechen.«

Roddy Carstairs musterte sie ungehalten. »Ich würde behaupten, sie gut genug zu kennen, um bei etlichen Gelegenheiten Erfrierungen erlitten zu haben. Die alte Frau ist ein Drachen.«

»Sie ist verständnisvoll und liebenswürdig.«

»Entweder«, höhnte er lächelnd, »fürchten Sie sich, die Wahrheit auszusprechen, oder Sie sind das naivste Wesen auf Gottes Erdboden.«

»Und Sie«, entgegnete sie mit kühler Verachtung, »sind entweder zu blind, um die Wahrheit zu erkennen, oder boshaft.« In diesem Augenblick schwiegen die Instrumente, und Alexandra beging den unverzeihlichen Affront, ihm den Rücken zuzuwenden und ihn stehenzulassen.

Völlig ahnungslos, daß dieser Zwischenfall von jedermann beobachtet worden war, kehrte sie zu Tony und der Herzogin zurück, und einige der Gäste versäumten keine Zeit, den stolzen Adligen wegen seines Mißerfolgs bei der jungen Herzogin aufzuziehen. Und der reagierte auf ihren Spott mit der Feststellung, daß die Herzogin von Hawthorne das langweiligste und dümmste Geschöpf sei, das er je kennengelernt hätte.

Und dann bestätigte Alexandra den Ballgästen unwissentlich innerhalb der nächsten Stunde gleich zweimal, daß sie in der Tat unbeschreiblich naiv war. Als sie inmitten einer Gruppe von Gästen stand, die lebhaft über den Theaterauftritt einer Tänzerin namens Elise Grandeaux am vergangenen Abend diskutierten, erkundigte sie sich bei Anthony, ob Jordan ein Freund des Balletts gewesen wäre. Zwei Dutzend Augenpaare starrten sie an. Ihr Ausdruck reichte von Verblüffung über Verlegenheit bis zu kalter Verachtung.

Der zweite Zwischenfall ereignete sich kurz darauf. Als zwei junge Herren neben ihr darüber debattierten, wieviel Spitzen am Hemd eines Gentleman zulässig waren, wandte sich Alexandras Aufmerksamkeit zwei der schönsten Frauen zu, die sie je gesehen hatte. Sie standen nahe beieinander, hatten sich aber den Rücken zugewandt und betrachteten Alexandra verstohlen über ihre Schultern hinweg. Eine war eine kühle blonde Schönheit Ende Zwanzig, die andere war ein paar Jahre jünger und dunkelhaarig.

Jordan hatte ihr einmal gesagt, daß sie ihn an ein Bild von Gainsborough erinnere, dachte sie sich zärtlich, aber diese beiden Frauen sahen aus, als wären sie Gemälden eines Meisters wie Rembrandt entstiegen. Sie bemerkte, daß Mr. Warren mit ihr gesprochen hatte, entschuldigte sich für ihre Unaufmerksamkeit und deutete mit dem Kopf leicht zu den Frauen hinüber, die sie abgelenkt hatten. »Sind das nicht zwei außerordentliche Schönheiten?« fragte sie mit einem bewundernden Lächeln ohne jede Spur von Mißgunst oder Neid.

Die Gruppe blickte zunächst auf die beiden Frauen, dann auf Alexandra. Augenbrauen stiegen in die Höhe, Augen weiteten sich und Fächer wurden gehoben, um amüsiertes Lächeln zu verbergen. Gegen Ende des Balles wußten vierhundert Gäste, daß Hawks Witwe zwei seiner ehemaligen Geliebten bewundert hatte: Lady Allison Whitmore und Lady Elizabeth Grangerfield. Auch Lady Grangerfield und Lady Whitmore erfuhren davon, und zum ersten Mal seit Jahren lachten sie schallend, als wären sie die besten Freundinnen.

Alexandra hatte keine Ahnung von ihrem unverzeihlichen Fauxpas, wurde sich aber im Laufe des Abends zunehmend bewußt, daß die Gäste hinter vorgehaltener Hand über sie zu lachen schienen.

Auf dem Heimweg bat sie Anthony, ihr zu sagen, was sie falsch gemacht habe, aber er legte ihr nur beruhigend die Hand auf die Schulter und erklärte, sie wäre »ein großer Erfolg« gewesen, während die Herzogin bemerkte, sie hätte sich »hervorragend dargestellt«.

Dennoch wußte Alexandra instinktiv, daß das ganz und gar nicht stimmte. Auf den Bällen, Soireen und Konzerten der folgenden Wochen wurden die spöttischen Seitenblicke in ihre Richtung fast unerträglich. Verwirrt und verletzt suchte sie Zuflucht bei den sehr viel älteren Bekannten der Herzogin, die sie nicht für ein sonderbares, belustigendes oder bedauernswertes

Geschöpf zu halten schienen. Und mit ihnen konnte sie auch über die erstaunlichen Fähigkeiten und Tugenden Jordans sprechen, über die sie von Gibbons und Smarth gehört hatte.

Es kam Alexandra gar nicht in den Sinn, daß die höflichen alten Leute, die ihren begeisterten Schilderungen zuhörten, zu dem Schluß kommen könnten, sie sei beklagenswert besessen von Hawthorne, und daß sie diese Feststellung ihren jüngeren Angehörigen mitteilten, die sie wiederum in ihrem Bekanntenkreis verbreiteten.

Hin und wieder wurde Alexandra zwar zum Tanz aufgefordert, jedoch nur von Männern, die an der beachtlichen Mitgift interessiert waren, die ihr Anthony und die Herzogin zugesagt hatten, oder von solchen, die nicht ungern mit der Frau eine Affäre begonnen hätten, die einst mit einem der berüchtigsten Schwerenöter Englands verheiratet gewesen war. Alexandra spürte, daß keiner dieser Gentlemen sie wirklich mochte, und reagierte in der einzigen ihr möglichen Weise: Sie machte mit kühler Höflichkeit eindeutig klar, daß sie es vorzog, sich an den Kreis der Herzogin zu halten.

Das wiederum führte dazu, daß jemand den Spitznamen »Eis-Herzogin« für sie prägte, und er wurde begeistert übernommen. Scherze machten die Runde, nach denen Jordan Townsende unter Umständen den Tod des Ertrinkens dem des Erfrierens im Bett seiner Frau vorgezogen haben könnte. Und mit beträchtlicher Erheiterung nahm man zur Kenntnis, daß Jordan beim Verlassen der Luxuswohnung gesehen wurde, die er seiner Tänzerin eingerichtet hatte – am Abend des Tages, an dem seine Heiratsanzeige in der *Times* erschienen war.

»Hören Sie mich, Hawthorne? Wachen Sie auf, Mann!«

Mit nahezu unmenschlicher Anstrengung zwang sich Jordan dazu, auf den geflüsterten Befehl zu reagieren und langsam die Lider zu öffnen. Blendendes Licht aus Fensteröffnungen hoch in der Wand fiel ihm in die Augen, dann ließen ihn die Schmerzen wieder in der Bewußtlosigkeit versinken.

Als er erneut zu sich kam, war es wieder Nacht. Dennoch erkannte er das düstere Gesicht von George Morgan, einem weiteren Gefangenen von der *Lancaster,* den er nicht mehr gesehen hatte, seit sie drei Monate zuvor von dem Schiff geholt worden waren. »Wo bin ich?« fragte er und spürte, daß Blut aus seinen aufgesprungenen, trockenen Lippen sickerte.

»In der Hölle«, erwiderte der Amerikaner grimmig. »Genauer gesagt: in einem französischen Gefängnis.«

Jordan wollte den Arm heben und stellte fest, daß er von einer Kette in der Bewegung behindert wurde. Sein Blick folgte der Eisenkette bis zu einem Ring in der Steinmauer. Er fragte sich, warum er angekettet war, George Morgan aber nicht.

»Erinnern Sie sich nicht?« fragte sein Gefährte, der offenbar Jordans verblüfften Blick richtig deutete. »Die Kette ist eine der Folgen davon, daß Sie einen Wärter angegriffen und ihm die Nase gebrochen haben. Ganz zu schweigen davon, daß Sie ihm mit seinem eigenen Messer fast die Kehle durchgeschnitten hätten, als man sie heute früh herbrachte.«

Jordan schloß die Augen, konnte sich aber nicht daran erinnern, mit einem Wärter gekämpft zu haben. »Und die anderen Folgen?« erkundigte er sich heiser.

»Drei oder vier gebrochene Rippen, ein ramponiertes Gesicht und ein Rücken, von dem die Haut in Fetzen hängt.«

»Hervorragend«, knirschte Jordan durch die zusammengebissenen Zähne. »Gibt es irgendeinen Grund, weshalb sie mich nicht gleich totgeschlagen haben?«

George lachte auf. »Ihr britischen Blaublüter zuckt wohl nie mit der Wimper, ganz gleich was passiert, was? Kalt wie eine Hundeschnauze, aber das ist ja bekannt.« George griff zu einem Zinnbecher, tauchte ihn in einen Eimer mit trübem Wasser und hielt ihn Jordan an die Lippen.

Jordan schluckte und spuckte das Wasser sofort wieder aus.

Ungeachtet seiner wütenden Reaktion schob George den Becher erneut an den Mund des hilflosen Mannes und sagte: »Ich weiß, daß das Zeug nicht gerade das Bouquet Ihres Lieblings-Madeira hat, aber wenn Sie es nicht trinken, berauben Sie die Wärter des Privilegs, Sie persönlich zu töten, und dann lassen sie ihre Enttäuschung an mir aus.«

Jordans Brauen zogen sich zusammen, aber als er erkannte, daß der Mann scherzte, trank er ein paar Schlucke der trüben, übelriechenden Flüssigkeit.

»Gut so. Sind Sie eigentlich Masochist, Mann? Sie scheinen ja geradezu wild auf Prügel zu sein«, fuhr er fort und begann damit, Jordans Brustkorb mit Stofffetzen zu verbinden, die er sich aus dem eigenen Hemd gerissen hatte. »Sie hätten sich eine Menge ersparen können, wenn Ihre Ma Ihnen beigebracht hätte, sich in Gegenwart von zwei Männern, die über Messer, Pistolen und eine aggressive Einstellung verfügen, höflich zu benehmen.«

»Was machen Sie da?«

»Ich bemühe mich, Ihre Rippen vor dem Auseinanderfallen zu bewahren. Aber nun zu Ihrer Frage, warum sie Sie nicht getötet haben. Die Frenchies wollen Sie für den Fall am Leben erhalten, daß die Briten einen der ihren fangen. Ich habe gehört, daß einer der Offiziere Sie als Trumpfkarte bezeichnet hat, die sie bei einer solchen Gelegenheit ausspielen wollen. Aber das kann natürlich nicht klappen, wenn Sie sich nicht auch ein wenig Mühe geben, am Leben zu bleiben, sondern einen Wärter beschimpfen und versuchen, ihm die Waffe zu stehlen. So wie Sie aussehen, habe ich Ihnen wahrlich keinen Gefallen getan, als ich Sie aus dem Ozean fischte und mit mir auf die französische Fregatte nahm, die uns hierher gebracht hat.«

»Wie sehe ich denn aus?« erkundigte sich Jordan mit mäßigem Interesse.

»Noch eine solche Abreibung, und Sie werden Ihren beiden Ladys kaum noch die nötige Aufmerksamkeit schenken können.«

Die Bewußtlosigkeit streckte ihre Fangarme nach ihm aus, wollte ihn in das schon vertraute, schwarze Vergessen zurückziehen, aber Jordan zog die Schmerzen der Ohnmacht vor. Er kämpfte entschlossen dagegen an. »Welche beiden Ladys?« erkundigte er sich.

»Das sollten Sie eigentlich besser wissen als ich. Die eine heißt Elise. Ihre Frau?«

»Geliebte.«

»Und Alexandra?«

Jordan erforschte sein Gedächtnis. Alexandra, Alexandra... »Ein Kind«, sagte er schließlich, als das Bild eines dunkelhaarigen Mädchens in seiner Erinnerung auftauchte, das ein Schwert schwang. »Nein«, flüsterte er dann mit schmerzlichem Bedauern, während sein Leben an ihm vorbeizog: ein mit belanglosen Affären vergeudetes Leben, das seinen Höhepunkt in seiner impulsiven Heirat mit einem bezaubernden Mädchen fand, mit dem er nur ein einziges Mal das Bett geteilt hatte. »Meine Frau.«

»Tatsächlich?« George Morgan wirkte beeindruckt. »Sie haben eine Geliebte, eine Frau und ein Kind? Also von allem etwas.«

»Nein«, berichtigte Jordan benommen. »Kein Kind. Eine Frau. Und etliche Geliebte.«

Grinsend fuhr sich George über den schmuddeligen Bart. »Ich will ja nicht ehrpusselig erscheinen. Ich bewundere Männer, die zu leben verstehen. Aber gleich etliche Geliebte?«

»Nicht zur selben Zeit«, entgegnete Jordan und biß die Zähne zusammen, als ihn eine Woge des Schmerzes überfiel.

»Wo hat man Sie eigentlich während der ganzen Zeit untergebracht? Ich habe Sie nicht gesehen, seit uns die Frenchies vor drei Monaten an Bord nahmen.«

»In einer Privatsuite mit persönlicher Betreuung«, erwiderte Jordan ironisch und erinnerte sich an das dunkle Verlies, in dem er zweimal so gefoltert worden war, daß es ihn fast den Verstand gekostet hätte.

Sein Zellengefährte blickte tiefbesorgt auf Jordans geschundenen Körper, bemühte sich aber um einen leichten Tonfall. »Was haben Sie den Frenchies denn erzählt, daß sie Sie noch weniger mögen als mich?«

Jordan hustete und biß erneut die Zähne gegen den bohrenden Schmerz in seiner Brust zusammen. »Ich habe ihnen meinen Namen genannt.«

»Und?«

»Und sie haben sich daran erinnert, daß sie den noch aus Spanien kennen.«

George hob erstaunt die Brauen. »Man hat Sie also für etwas so zugerichtet, das Sie ihnen in Spanien angetan haben?«

»Und weil sie annehmen«, erwiderte Jordan und kämpfte gegen eine Ohnmacht an, »ich würde noch immer über Geheimnisse verfügen. Militärische Geheimnisse.«

»Hören Sie, Hawthorne«, meinte George drängend, »kurz bevor Sie vorhin zu sich kamen, murmelten Sie etwas von einer Fluchtmöglichkeit. Haben Sie einen Plan?«

Jordan nickte schwach.

»Ich möchte mit Ihnen kommen. Aber weitere Schläge würden Sie nicht überstehen, Hawthorne. Das ist mein Ernst. Also reißen Sie sich den Wärtern gegenüber zusammen.«

Jordans Kopf rollte zur Seite. Er hatte den Kampf gegen die Bewußtlosigkeit verloren.

George Morgan schüttelte verzweifelt den Kopf. Die *Versailles* hatte in ihrem Gefecht gegen die *Lancaster* so viele Männer verloren, daß sie die drei aus dem Meer geborgenen Männer zur Auffrischung ihrer Mannschaft einsetzte. Einer von ihnen war innerhalb eines Tages seinen Verletzungen erlegen. Jetzt fragte sich George, ob sein Zellengefährte ebenfalls sterben würde.

Kapitel 15

Statt sie nach dem Ende des Tanzes zur Herzoginwitwe zurückzugeleiten, steuerte Lord Ponsonby Alexandra auf dem Ball von Lord und Lady Donleigh entschlossen in die entgegengesetzte Richtung. Sie hatte sich nur auf das geflüsterte Drängen von Jordans Großmutter dazu bereiterklärt, mit dem blasierten, ältlichen Lord zu tanzen, der, wie sie gehört hatte, dringend eine wohlhabende Frau brauchte, um seine Spielschulden bezahlen zu können. »Sie müssen mich unbedingt in diesen Alkoven dort drüben begleiten, Euer Gnaden. Wie die Herzoginwitwe mir gegenüber gestern abend erwähnte, haben Sie ein Faible für philosophische Dinge. Deshalb würde ich Sie gern mit einem der größten Philosophen der Klassik näher vertraut machen, mit Horaz.«

Alexandra erkannte, wie verzweifelt die Herzogin über ihren Mangel an Tanz- und Gesprächspartnern sein mußte, wenn sie Ponsonby gegenüber ihre Bildung erwähnte.

»Ich bitte Sie, sich nicht zu beunruhigen«, erklärte Ponsonby in völliger Fehleinschätzung von Alexandras Unbehagen. »Ich werde keinen Augenblick lang vergessen, daß Sie eine Frau und daher unfähig sind, die komplexen Zusammenhänge logischen Denkens zu begreifen. Sie dürfen darauf vertrauen, daß ich unsere Unterhaltung sehr, sehr einfach gestalte.«

Alexandra war viel zu resigniert, um sich von seinen beleidigenden Äußerungen über weibliche Intelligenz beleidigt zu fühlen. Sie setzte eine Miene höflichen Interesses auf und ließ sich von ihm in den Alkoven führen, der vom übrigen Ballsaal durch rote Samtvorhänge getrennt war. Sobald sie eingetreten waren, erkannte Alexandra, daß sie nicht allein waren. Eine elegant gekleidete junge Frau mit aristokratischem Profil und goldblonden Haaren stand an der halbgeöffneten Terrassentür und schien die Momente des Alleinseins an der frischen Luft zu genießen.

Bei ihrem Eintritt drehte sich die junge Frau um, und Alexandra erkannte Lady Melanie Camden, die Frau des Earl of Camden, der vor wenigen Tagen von einem Besuch bei ihrer Schwester nach London zurückgekehrt war. Alexandra nickte ihr zu und entschuldigte sich mit einem Lächeln dafür, daß sie ihre Abgeschiedenheit störten. Die Countess gab das Lächeln zurück und wandte sich wieder der Terrassentür zu.

Lord Ponsonby bemerkte die Countess entweder nicht, oder er war entschlossen, sich von ihrer Anwesenheit nicht stören zu lassen. Nachdem er sich ein Glas Punsch eingegossen hatte, nahm er vor einer Marmorsäule Aufstellung und begann großspurig über Horaz und dessen Bemerkungen über den Ehrgeiz zu dozieren, hielt aber während der ganzen Zeit den Blick fest auf Alexandras Busen geheftet.

Alexandra war so verärgert über die Tatsache, sich zum ersten Mal den anzüglichen Blicken eines Mannes ausgesetzt zu sehen, daß sie weder bemerkte, daß er Horaz falsch zitierte, noch daß die Countess of Camden einen Blick über die Schulter warf und den Lord verblüfft ansah.

Eine Minute später erklärte Lord Ponsonby wichtigtuerisch: »Ich stimme mit Horaz absolut überein, wenn er sagt: ›Der Ehrgeiz ist eine so machtvolle Leidenschaft in der menschlichen Brust, daß wir nie zufrieden sind, wieviel wir auch erreichen mögen...‹«

»Ma... Machiavelli«, korrigierte ihn Alexandra leicht stotternd.

»Horaz«, beharrte Lord Ponsonby, klemmte sich sein Einglas ins Auge und richtete den Blick nun direkt und verstärkt auf Alexandras Brüste, während er gleichzeitig den Eindruck lässiger Nonchalance zu vermitteln versuchte, indem er seine Schulter gegen eine sich hinter ihm befindende Säule lehnte. Unglücklicherweise hielt ihn seine Faszination mit Alexandras Busen davon ab, die genaue Position der Säule zu erkunden. »Jetzt können Sie vielleicht verstehen«, begann er, lehnte sich zurück und breitete die Arme zu einer allumfassenden Gebärde aus, »warum seine Bemerkungen Horaz... Aah!« Mit weit ausgebreiteten Armen stürzte er rückwärts, warf den Tisch samt Punschgefäß um, riß den Vorhang herunter und landete – alle viere von sich gestreckt – zu Füßen dreier verblüffter Ballgäste.

Von unbändigem Lachreiz ergriffen, schlug Alexandra die Hand vor den Mund, wirbelte herum und sah sich der Countess von Camden gegenüber, die gleichfalls mit weitaufgerissenen Augen die Hand an die Lippen drückte. Synchron eilten die beiden jungen Frauen auf die Terrassentür zu, stießen in ihrer Hast auf der Schwelle zusammen und flohen ins Freie. Dort brachen sie ebenso unisono in schallendes Gelächter aus.

»Wie er da auf dem Rücken lag, sah er genauso aus wie ein vom Baum gefallener Riesenpapagei«, keuchte die Countess, nachdem der erste Lachkrampf abgeebbt war, und wischte sich die Tränen von den Wangen.

»Ich fühlte mich an eine große Obstschale erinnert. Nein, an ein Gefäß mit Fruchtpunsch«, erklärte Alexandra glucksend.

»Der arme Ponsonby«, kicherte Lady Camden. »Von Machiavellis Geist dafür bestraft, seine Worte Horaz in den Mund gelegt zu haben.«

»Es war Machiavellis Rache«, ächzte Alexandra.

Schließlich seufzte Lady Camden tief auf und lächelte Alexandra an. »Woher wußten Sie eigentlich, daß der unsägliche Ponsonby Machiavelli mit Horaz verwechselt hat?«

»Ich habe sie beide gelesen«, räumte Alexandra nach einer kurzen Pause fast schuldbewußt ein.

»Wie schockierend!« erklärte Melanie Camden gespielt entsetzt. »Ich auch.«

Alexandras Augen wurden ganz groß. »Und ich dachte, daß das Lesen klassischer Werke eine Frau als unweiblich brandmarkt.«

»Das ist für gewöhnlich auch so«, räumte Melanie Camden unbefangen ein. »Aber in meinem Fall hat sich die Gesellschaft dazu entschlossen, mein höchst unpassendes Interesse an Dingen, die über Mode und Petit-point-Stickerei hinausgehen, zu ignorieren.«

Alexandra neigte den Kopf und sah sie bewundernd an. »Und woher kommt diese wohltuende Toleranz?«

Lady Camdens Stimme wurde fast zärtlich. »Weil mein Mann jeden fordern würde, der es wagen sollte, in mir etwas anderes zu sehen als eine perfekte Lady.« Unvermittelt beäugte sie Alexandra höchst mißtrauisch. »Spielen Sie ein Instrument? Wenn Sie es tun, sollte ich Sie vielleicht darauf hinweisen, daß ich auf gar keinen Fall kommen und Ihnen zuhören werde! Allein die Erwähnung von Bach oder Beethoven läßt mich nach meinem Riechfläschchen greifen, und der Anblick einer Harfe verursacht in mir tiefste Depressionen.«

»Ich hatte zwar Klavierunterricht, spiele aber nicht gut genug, um damit Ehre einlegen zu können«, räumte Alexandra zögernd ein.

»Ausgezeichnet«, erklärte Melanie Camden tiefbefriedigt. »Und was halten Sie von Besuchen bei Schneiderinnen und in Modesalons?«

»Ziemlich ermüdend.«

»Hervorragend«, kommentierte die Countess, fügte dann aber eine Spur argwöhnisch hinzu: »Singen Sie?«

Alexandra, die ziemlich unwillig ihre mangelhaften Fähigkeiten auf dem Klavier eingestanden hatte, war nun umgekehrt zögerlich mit dem Bekenntnis, daß sie recht gut singen konnte. »Doch, ich fürchte ja.«

»Nun, niemand ist vollkommen«, verkündete die Countess of Camden großmütig. »Abgesehen davon habe ich schon so lange darauf warten müssen, endlich einem weiblichen Wesen zu begegnen, das Horaz und Machiavelli gelesen hat, daß ich mich nun nicht von einer Freundschaft mit Ihnen dadurch abhalten lasse, daß Sie singen können. Es sei denn, Sie können es wirklich sehr gut...«

Alexandras Schultern begannen vor unterdrücktem Lachen zu zucken, denn sie sang in der Tat sehr gut.

Melanie Camden las die Antwort in Alexandras lachenden Augen. »Aber Sie singen hoffentlich nicht allzu häufig, oder?« erkundigte sie sich komisch entsetzt.

»Nein«, lachte Alexandra auf. »Und wenn sich das günstig für mich auswirkt, kann ich Ihnen versichern, daß mir nach spätestens fünf Minuten der Gesprächsstoff für eine gesellschaftlich akzeptable Unterhaltung ausgeht.«

»Wenn das so ist«, erklärte Melanie Camden, nachdem sich die beiden jungen Frauen von einem erneuten Lachanfall erholt hatten, »erkläre ich Sie zu einer höchst wünschenswerten Gefährtin. Gute Freunde nennen mich Melanie«, fügte sie liebenswürdig hinzu.

Die jähe Freude, die Alexandra durchzuckte, wurde sehr schnell durch die niederschmetternde Erkenntnis gedämpft, daß sie von Melanie Camdens Kreis nie akzeptiert werden würde. Die gesamte Gesellschaft hatte längst ihren Bannfluch über sie verhängt. Offenbar war Melanie Camden noch nicht lange genug wieder in London, um das zu wissen. Bei der Vorstellung der verächtlichen Blicke, die Lady Camden zuteil werden würden, wenn sie an ihrer Seite in den Ballsaal zurückkehrte, krampfte sich Alexandras Magen zusammen.

»Und wie werden Sie von Ihren Freunden genannt?« wollte Melanie wissen.

Ich habe keine Freunde mehr, dachte Alexandra und strich sich hastig glättend über den Rock ihrer Robe, um die Tränen zu verbergen, die hinter ihren Lidern brannten. »Sie haben mich... nennen mich Alex.« In der Erkenntnis, daß es besser war, diese Beziehung gleich zu beenden, als bei der nächsten Begegnung Melanie Camdens Verachtung spüren zu müssen, holte Alexandra tief Luft und sagte: »Ich schätze das Angebot Ihrer Freundschaft sehr, Lady Camden, aber ich bin zur Zeit mit Bällen und anderen Verpflichtungen sehr beschäftigt... Und so wage ich zu bezweifeln, daß Sie... daß wir die nötige Zeit finden... Und Sie haben sicher bereits Dutzende von Freunden und Freundinnen, die...«

»...die Sie für das törichteste Wesen halten, das je auf einem Londoner Ball aufgetaucht ist?« forderte Melanie sie sanft heraus.

Bevor Alexandra darauf reagieren konnte, trat zu ihrer Erleichterung Anthony auf die Terrasse heraus. Aufatmend eilte sie auf ihn zu. »Hast du etwa schon nach mir gesucht, Anthony? Es muß Zeit zum Aufbruch sein. Guten Abend, Lady Camden.«

»Warum hast du Melanie Camdens Freundschaftsangebot abgewiesen?« fragte Tony verärgert, sobald sie in der Kutsche Platz genommen hatten.

»Es... es wäre doch nichts Rechtes daraus geworden«, redete sich Alexandra aus. »Wir verkehren nicht in denselben Kreisen, wie es so schön heißt.«

»Das weiß ich«, entgegnete Tony knapp. »Und ich weiß auch warum. Roddy Carstairs ist einer der Gründe.«

Alexandra erstarrte bei der Erkenntnis, daß Tony ihre Unbeliebtheit kannte. Sie hatte gedacht – gehofft –, daß ihm ihre Situation nicht bewußt war.

»Ich habe Carstairs gebeten, mir morgen vormittag einen Besuch abzustatten«, fuhr Anthony fort. »Wir müssen etwas unternehmen, um seine Meinung über dich zu ändern, und ihn irgendwie über die Abfuhr hinwegtrösten, die du ihm gegeben hast, als du ihn neulich auf dem Parkett stehengelassen hast...«

»Hinwegtrösten!« entfuhr es Alexandra. »Er hat unverzeihliche, bösartige Dinge über deine Großmutter gesagt, Anthony!«

»Carstairs sagt andauernd unverzeihliche Dinge zu allen möglichen Leuten.« Tonys Lächeln wirkte seltsam abwesend. »Besonderes Vergnügen bereitet es ihm, Frauen in Verlegenheit zu bringen, zu schockieren oder einzuschüchtern. Und wenn ihm das gelingt, macht er sein Opfer wegen seiner Feigheit oder Torheit verächtlich. Carstairs ist wie ein Vogel, der von Baum zu Baum fliegt und Unfrieden stiftet. Viele seiner Bemerkungen sind sehr amüsant – so lange sie einen nicht selbst betreffen. Jedenfalls wäre es besser gewesen, wenn du einfach geschwiegen oder etwas ähnlich Schockierendes zu ihm gesagt hättest, anstatt ihn einfach stehenzulassen.«

»Es tut mir leid. Das habe ich nicht gewußt.«

»Es gibt sehr vieles, was du nicht weißt«, bemerkte Anthony, als sie vor seinem Haus an der Upper Brook

Street hielten. »Aber sobald wir im Haus sind, werde ich das ändern.«

In Alexandra kam eine seltsame unheimliche Vorahnung auf, als sie das Haus betraten und sich in den Salon begaben. Tony deutete auf einen hellgrünen Damastsessel und goß sich einen Whisky ein. Als er sich ihr wieder zuwandte, wirkte er unbehaglich und verlegen. »Alex«, begann er abrupt, »du hättest ein sagenhafter Erfolg werden müssen. Die nötigen Voraussetzungen waren, weiß Gott, vorhanden. Und das im Überfluß. Statt dessen bist du zum größten Reinfall des Jahrzehnts geworden.«

Die Scham ließ Alexandra zusammenzucken, aber Anthony hob abwehrend die Hände. »Das ist meine Schuld, nicht deine. Ich habe bestimmte Dinge vor dir geheimgehalten. Dinge, die ich dir eigentlich hätte sagen sollen, aber meine Großmutter hat es mir verboten. Sie wollte jede Enttäuschung von dir fernhalten. Inzwischen stimmen wir jedoch beide darin überein, daß du es erfahren mußt, damit nicht auch noch deine letzten Chancen, glücklich zu werden, schwinden – wenn es dafür nicht schon zu spät ist.«

Er hob das Glas an die Lippen und leerte es mit einem Schluck, als müsse er sich Mut antrinken. Dann sagte er: »Du hast sicher gehört, daß Jordan von einigen Freunden und Bekannten ›Hawk‹ genannt wurde, oder?« Und als sie nickte, fuhr er fort: »Warum ist das so? Was meinst du?«

»Ich nehme an, daß es sich um eine Verkürzung des Namens Hawthorne handelt.«

»Manche Leute meinen es so, aber besonders unter Männern hat dieser Spitzname eine andere Bedeutung. Ein ›Hawk‹, ein Falke, ist ein Raubvogel mit unfehlbarem Auge, der seine Beute bereits reißt, bevor die überhaupt weiß, daß sie in Gefahr ist.«

Alexandra blickte ihn mit höflicher Aufmerksamkeit an und hatte keine Ahnung, worauf er eigentlich hinauswollte. Fast verzweifelt fuhr sich Anthony durch die Haare. »Jordan bekam diesen Spitznamen vor Jahren, nachdem er eine besonders zurückhaltende junge Schönheit erobert hatte, um die sich die Junggesellen von London monatelang vergeblich bemüht hatten. Hawk bat sie um einen Tanz und war noch am selben Abend erfolgreich.«

Anthony stützte die Hände auf ihren Sessel und sah sie durchdringend an. »Du bist davon überzeugt, einen Heiligen geheiratet zu haben, Alex«, sagte er nachdrücklich. »Aber in Wahrheit war Jordan eher ein Teufel als ein Heiliger, wenn es Frauen betraf. Und das weiß jeder. Verstehst du, was ich damit sagen will?« fragte er verbittert. »Jedermann hier in London, der dich über ihn reden hört, als wäre er ein Ritter in schimmernder Rüstung, weiß, daß du nur ein weiteres seiner Opfer bist... Nur eine weitere der zahllosen Frauen, die Hawks verhängnisvoller Anziehungskraft erlegen ist. Er hat sich im Grunde gar nicht bemüht, sie zu verführen – oft genug war er eher verärgert als erfreut, wenn sich Frauen in ihn verliebten, so wie auch du dich in ihn verliebt hast. Aber im Gegensatz zu den anderen Opfern, bist du viel zu arglos, um es zu verbergen.«

Alexandra errötete vor Verlegenheit, war aber der Ansicht, daß es Jordan nicht zum Vorwurf gemacht werden dufte, wenn sich Frauen in ihn verliebt hatten.

»Ich habe ihn geliebt wie einen Bruder, aber das ändert nichts an der Tatsache, daß er ein berüchtigter Lebemann mit einem unübersehbaren Hang zur Lasterhaftigkeit war.« Tony richtete sich fast verbittert auf. »Du glaubst mir nicht, oder? Also gut, dann mußt du wohl auch den Rest erfahren: Am Abend deines ersten Balls hast du dich lobend über die Schönheit zweier Frauen geäußert – Lady Allison Whitmore und Lady Elizabeth Grangerfield. Mit beiden hatte Jordan leidenschaftliche Affären. Verstehst du, was das heißt? Begreifst du es?«

Langsam wich die Farbe aus Alexandras Gesicht. Wenn er eine Affäre mit einer Frau hatte, ging ein Mann mit einer Frau ins Bett und tat mit ihr die intimen Dinge, die Jordan mit Alexandra getan hatte.

Anthony sah, wie Alexandra erblaßte, und fuhr entschlossen fort: »Während desselben Balls hast du wissen wollen, ob Jordan ein Freund des Balletts gewesen sei, und jedermann hat sich fast ausgeschüttet vor Lachen, weil er wußte, daß Elise Grandeaux bis zu seinem Todestag seine Geliebte war. Alex, auf eurem Weg nach Portsmouth hat er in London Station gemacht, um sie zu besuchen. Nach eurer Hochzeit! Er wurde dabei beobachtet, wie er ihr Haus verließ. Und sie hat überall herumerzählt, daß er nicht die Absicht hätte, die Beziehung zu ihr zu lösen.«

Alexandra sprang auf und schüttelte vehement den Kopf. »Ich glaube dir nicht. Er sagte, er hätte eine geschäftliche Verabredung. Niemals hätte er...«

»Er hätte und er hat, verdammt noch mal! Darüber hinaus wollte er dich in Devon unterbringen und dort allein zurücklassen, während er sein gewohntes Leben in London wiederaufnahm. Das hat er mir selbst erzählt! Jordan hat dich geheiratet, weil er sich dir gegenüber verpflichtet fühlte. Er hatte weder das Verlangen noch die Absicht, mit dir als Ehefrau zusammenzuleben. Dir gegenüber hat er nichts anderes als Mitleid empfunden.«

Alexandras Kopf zuckte zur Seite, als hätte er sie geschlagen. »Er hat mich bemitleidet?« schluchzte sie verzweifelt und gedemütigt auf. Sie griff in die Falten ihrer Robe und drückte zu, bis ihre Knöchel schneeweiß waren. »Er hielt mich für erbarmungswürdig?« Dann traf sie eine weitere Erkenntnis, und ihre Hand fuhr zu ihrem Mund, weil sie dachte, sie müsse sich übergeben: Jordan hatte ihr das gleiche antun wollen, was ihr Vater ihrer Mutter angetan hatte. Er hatte sie geheiratet – nur um sie irgendwo zurückzulassen und zu seiner verruchten anderen Frau zurückzukehren.

Anthony streckte die Arme nach ihr aus, aber sie trat schnell einen Schritt zurück und starrte ihn an, als wäre er genauso verachtenswert wie Hawk. »Wie konntest du nur?« brach es verbittert aus ihr heraus. »Wie konntest du es zulassen, daß ich weiterhin um ihn trauere und mich zum Narren mache? Wie konntest du so unvorstellbar grausam sein, mich in dem Glauben zu lassen, er empfinde so etwas wie Liebe für mich?«

»Damals haben wir es für aufrichtige Zuneigung gehalten«, sagte die Herzoginwitwe, die leicht hinkend, wie immer, wenn sie etwas bekümmerte, den Raum betrat.

Alexandra war viel zu erschüttert, um sich um die alte Frau Sorgen zu machen. »Ich fahre nach Hause«, erklärte sie und kämpfte gegen den unsäglichen Schmerz an, der ihr die Brust zusammenschnürte.

»Nein, das wirst du nicht tun!« rief Anthony. »Deine Mutter unternimmt eine einjährige Segelreise um die Inseln. Du kannst nicht allein leben.«

»Ich bin nicht auf deine Erlaubnis angewiesen, um nach Hause zu fahren. Und deine finanzielle Unterstützung brauche ich ebenfalls nicht. Nach Aussagen deiner Großmutter hat mir Hawk eigenes Geld hinterlassen«, entgegnete sie, mit bitterer Betonung seines Spitznamens.

»Über das ich als Treuhänder wache«, erinnerte sie Anthony.

»Ich brauche weder einen Treuhänder noch einen Vormund. Seit meinem vierzehnten Lebensjahr muß ich auf eigenen Füßen stehen.«

»Alexandra, hör mir zu«, sagte er, griff sie bei den Schultern und schüttelte sie leicht. »Ich weiß, daß du enttäuscht und zornig bist. Aber du kannst nicht vor uns davonlaufen oder dich aus London davonstehlen. Wenn du das tust, wird dich die Vergangenheit für immer verfolgen. Du hast Jordan nicht geliebt...«

»Ach nein?« unterbrach sie ihn wütend. »Dann sage mir, warum ich ein ganzes Jahr damit zugebracht habe, mich seiner würdig zu erweisen?«

»Du hast eine Illusion geliebt, nicht Jordan. Eine Illusion, die du dir selbst geschaffen hast, weil du naiv und idealistisch warst...«

»Und einfältig, blind und dumm!« zischte Alexandra. Scham und Verzweiflung ließ sie das Mitgefühl zurückweisen, das Anthony ihr entgegenbrachte. Sie entschuldigte sich mit bebender Stimme und eilte auf ihr Zimmer.

Erst dort gab sie sich ihren Tränen hin. Sie weinte über ihre Leichtgläubigkeit, über ihre Dummheit und über das Jahr, in dem sie sich so heftig bemüht hatte, des Mannes würdig zu werden, der es nicht verdient hatte, als Gentleman bezeichnet zu werden.

Anstatt an jenem Abend in Morsham seinen Angreifer zu töten, hätte sie Jordan Townsende erschießen sollen!

»Wie lange noch?« fragte George Morgan flüsternd in der Dunkelheit.

»Noch eine Stunde, dann können wir es wagen«, antwortete Jordan und versuchte, seine verkrampften Muskeln zu entspannen.

»Haben sie auch wirklich gesagt, daß unsere Truppen knapp achtzig Kilometer von hier kämpfen? Ich meine, können Sie sich nicht verhört haben? Ich würde nur sehr ungern achtzig Kilometer in die falsche Richtung laufen – ich mit einem lahmen Bein und Sie mit einem durchlöcherten.«

»Das ist doch nur ein Kratzer«, kommentierte Jordan die Wunde, die ihm der Wärter beigebracht hatte, bevor sie ihn überwältigt hatten.

Die Höhle, in der sie sich seit gestern verbargen, während die Franzosen den Wald nach ihnen durchkämmten, war so eng, daß sie lediglich eng aneinander gedrückt und gebückt darin Platz fanden. Ein Schmerz durchfuhr Jordans Bein, und er hörte auf, sich zu bewegen, rief sich statt dessen Alexandras Gesicht in Erinnerung und konzentrierte sich mit jedem Nerv, jedem Gedanken nur auf sie. Es war eine Methode, die er schon häufig angewandt hatte, und sie war auch jetzt so wirksam wie zuvor.

Er dachte sich Tausende von Szenen aus, angenehme und beängstigende: Alexandra lief ihm lachend davon, drehte sich dann um und wartete mit ausgebreiteten Armen auf ihn. Er sah sie aber auch vor sich, nachdem sie von Tony auf die Straße gesetzt wurde, in den Londoner Slums leben mußte und darauf wartete, daß er endlich nach Hause kam und sie rettete. Alle diese Szenen hatten eins gemeinsam: Alexandra wartete auf ihn. Brauchte ihn. Er wußte, daß diese Bilder seiner Phantasie entsprangen, dennoch gab er sich ihnen mit

Inbrunst hin. Denn sie waren seine einzige Waffe gegen die Dämonen in seinem Kopf, die ihn hämisch aufforderten, endlich diesen aussichtslosen Kampf aufzugeben...

Mit Hilfe dieser Visionen von Alexandra hatte er in seiner erbärmlichen Zelle die Augen geschlossen und begonnen, seine Flucht zu planen, damit er zu ihr zurückkehren konnte. Und jetzt, nachdem er ein Jahr lang Zeit gehabt hatte, die Hohlheit seines früheren Lebens zu erkennen, war er bereit, sich von Alexandra ihre Welt zeigen zu lassen, in der alles frisch und verheißungsvoll war, in der »etwas Wundervolles« auf sie und ihn wartete. Er war bereit, sich an ihren Zauber, ihr Lachen und ihre Lebensfreude zu verlieren. Er wollte sich vom Schmutz dieses Kerkers reinigen und endlich das Odium seines bisher vergeudeten Lebens loswerden.

Darüber hinaus hatte er nur noch ein anderes Ziel. Das war zwar weniger edel, aber gleichermaßen wichtig: Er wollte die Identität desjenigen herausfinden, der zweimal versucht hatte, seinem Leben ein Ende zu setzen. Tony hatte von seinem Tod am meisten zu profitieren, doch darüber wollte er jetzt nicht weiter nachdenken. Nicht jetzt und nicht hier. Nicht ohne Beweise. Tony war für ihn wie ein Bruder gewesen.

Kapitel 16

Nach einer Nacht voller tränenreicher Selbstvorwürfe und Bezichtigungen erwachte Alexandra eigentümlich erholt. Die Erfahrungen des vergangenen Abends hatten zwar ihre Illusionen zerstört, aber als sie badete und sich langsam anzog, erkannte sie auch, daß sie durch Tonys Enthüllungen auch von den Banden der Hingabe und Treue befreit worden war, die sie seit mehr als einem Jahr an Jordan gefesselt hatten.

Jetzt war sie frei von Jordan Townsende. Ein leicht bitteres Lächeln spielte um ihre Lippen, als sie sich vor den Ankleidetisch setzte und ihre langen, schweren Haare zu bürsten begann. Eigentlich war es merkwürdig. Indem sie sich bemüht hatte, Jordan eine würdige Frau zu werden, hatte sie sich in ein durch und durch sittsames und tugendhaftes Wesen verwandelt, das sehr wohl zu einem Pfarrer, aber nie zu einem skandalträchtigen Lebemann gepaßt hätte. Im Grunde ist das wirklich komisch, dachte sie. Denn ihre wahre Natur war alles andere als steifleinen und prüde.

Aber so ist es immer gewesen, erkannte Alexandra plötzlich. Immer hatte sie sich so verhalten, wie die Menschen, von denen sie geliebt werden wollte, sie sehen wollten: Für ihren Vater war sie mehr ein Sohn als eine Tochter gewesen, für ihre Mutter mehr ein Elternteil als ein Kind, und für Jordan war sie ein anderer Mensch geworden.

Doch von nun an würde sich das alles ändern. Alexandra Townsende war entschlossen, ihr Leben zu genießen.

Um dieses Ziel zu erreichen, mußte sie zunächst daran gehen, den Ruf von erhabener Isolation und grenzenloser Naivität zu verändern, den sie sich unwissentlich in Kreisen der Gesellschaft erworben hatte. Und da Sir Roderick Carstairs als lautstärkster und einflußreichster ihrer Gegner auftrat, war er vermutlich auch der beste Ansatzpunkt. Anthony würde heute morgen mit ihm sprechen. Aber vielleicht konnte auch sie etwas sagen oder tun, was seine Meinung über sie änderte.

Während sie über dieses Problem nachdachte, erinnerte sie sich plötzlich an ihr Gespräch mit Melanie Camden am vergangenen Abend. Lady Camden hatte angedeutet, daß ihre Freunde Alexandra »für das törichteste Geschöpf halten« könnten, »das je auf einem Londoner Ball aufgetaucht ist«. Also hatte sie offensichtlich gewußt, daß Alexandra von der Gesellschaft als Persona non grata betrachtet wurde, sich aber dennoch mit ihr anfreunden wollen. Ein schwaches Lächeln überflog Alexandras Gesicht. Sie ließ die Bürste sinken. Vielleicht würde sie in London doch noch eine echte Freundin finden.

So unbeschwert wie seit einem Jahr nicht mehr, steckte sie sich die schweren Haare hoch, zog schnell ein Paar Breeches und eines der Hemden an, die sie immer bei ihren morgendlichen Fechtpartien mit Anthony trug, und griff zu Degen und Fechtmaske. Als sie beschwingt die Treppe hinunterlief, summte sie vor sich hin.

Tony stand mitten im leeren Ballsaal und schlug sich nervös mit der Degenspitze gegen den Stiefel. Beim Klang ihrer leichten Schritte auf dem Parkett drehte er sich um. Erleichterung überflog sein Gesicht. »Nach gestern abend war ich mir nicht sicher, ob du kommen würdest…«

Alexandras strahlendes Lächeln sagte ihm, daß sie ihm sein langes Schweigen über Jordans Perfidie nicht nachtrug, aber sie verlor kein Wort über den letzten Abend. Sie wollte ihn und Jordan Townsende vergessen. Sie hob den Brustschutz vom Parkett auf, legte ihn an und stülpte sich die Gesichtsmaske über. *»En garde«,* rief sie übermütig.

»Großer Gott, Hawthorne«, unterbrach sie Roddy Carstairs Näseln mitten in einem heftigen Schlagabtausch. »Ist es nicht noch reichlich früh, sich körperlich derart zu verausgaben?« Sein Blick flog zu Tonys Fechtpartner. »Wer immer Sie auch sein mögen – eins ist sicher: Sie sind ein verdammt guter Fechter!«

Mit den Händen auf den Hüften und leicht nach Atem ringend, wog Alexandra ab, was taktisch klüger war: ihm jetzt zu zeigen, wie sie war, oder später im Salon, wie es ihre ursprüngliche Absicht gewesen war. Eingedenk dessen, was Tony gestern abend über ihn gesagt hatte, entschied sie sich für das erstere.

Sie griff nach hinten, löste die Schutzmaske und zog gleichzeitig die Nadeln heraus, die ihre Haare festhielten. Mit schneller Bewegung zog sie die Maske ab und schüttelte heftig den Kopf, so daß ihr die Locken wie ein schimmernder, kastanienbrauner Wasserfall über die Schultern fielen.

»Ich fasse es nicht!« murmelte der unerschütterliche Sir Roderick und bemühte sich offenbar krampfhaft, die Tatsache zu verdauen, daß die junge lachende Frau, die da in knappen Breeches vor ihm stand, dasselbe prüde zimperliche Gänschen war, das Hawk geheiratet hatte. »Ich will verdammt sein«, begann er, verstummte aber sofort wieder, als Alexandras kehliges Lachen aufklang.

»Zweifellos werden Sie das«, sagte sie und ging mit der natürlichen Grazie einer jungen Athletin auf ihn zu. »Und wenn nicht, dann hätten Sie es zumindest verdient«, fügte sie hinzu und reichte ihm die Hand, als hätte sic ihn nicht gerade erst zur Hölle gewünscht.

In der sicheren Annahme, das Opfer eines Streiches zu sein – Zwillinge vielleicht? –, nahm Roddy ganz automatisch ihre Hand. »Warum sollte ich?« fragte er und ärgerte sich über seine Unfähigkeit, seinen Gesichtsausdruck unter Kontrolle zu bringen.

»Weil Sie mich dem allgemeinen Gespött preisgegeben haben«, entgegnete Alexandra leichthin, »woran ich allerdings selbst nicht ganz unschuldig bin. Dennoch sollten Sie vielleicht über Sühnemaßnahmen nachdenken, damit Sie die Ewigkeit in einem angenehmeren Klima verbringen können.« Mit gehobenen Brauen wartete sie auf seine Antwort, und wider Willen mußte Roddy lächeln.

Mit schweigendem Vergnügen sah Anthony zu, daß Carstairs auf diese bezaubernde Fechterin genauso reagierte, wie er gehofft hatte, als er Higgins bat, ihn gleich nach der Ankunft in den Ballsaal zu führen.

»Ich nehme an, Sie machen mich für Ihren Mangel an... äh, Popularität verantwortlich?« fragte Roddy Carstairs und gewann langsam seine Haltung wieder.

»Dafür mache ich mich selbst verantwortlich«, entgegnete die junge Schönheit lächelnd. »Sie bitte ich, mir dabei zu helfen, die Situation zu verändern.«

»Warum sollte ich?« erkundigte er sich schroff.

Wieder hob Alexandra die hinreißend geschwungenen Brauen. »Nun, natürlich um zu beweisen, daß Sie das können.«

Die Herausforderung wurde hingeworfen wie ein Handschuh, und Roddy zögerte kurz, bevor er ihn aufnahm. Aus purer Bosheit und extremer Übersättigung hatte er den Ruf zahlloser junger Frauen ruiniert, jedoch noch nie den Versuch unternommen, eine dieser zerstörten Reputationen wiederherzustellen. Ein solcher Versuch wäre die Nagelprobe für seinen Einfluß auf die Gesellschaft. Aber wenn er scheiterte...? Dennoch war die Herausforderung überaus reizvoll. Die Herzoginwitwe verfügte zwar über genügend Einfluß, um die grauen Häupter dazu zu bewegen, Alexandra zu akzeptieren, aber nur Roddy konnte sie bei den

Jüngeren populär machen, die sich nach seinen Maßstäben richteten.

Er blickte auf sie hinab und sah, daß sie ihn aus dem Augenwinkel beobachtete, während ein winziges, aber unwiderstehliches Lächeln um ihre Lippen spielte. Fast verblüfft stellte er fest, daß ihre Wimpern so unglaublich lang und geschwungen waren, daß sie wie kleine Fächer dunkle Schatten auf ihre hohen Wangenknochen warfen. Nahezu widerwillig – und wider besseres Wissen – bot ihr Roddy Carstairs den Arm. »Wollen wir unsere Strategie nicht später besprechen? Sagen wir, wenn ich Sie heute abend abhole, um Sie zum Ball bei den Tisleys zu begleiten?«

»Sie werden mir also helfen?«

Sir Roderick zauberte ein Lächeln in sein Gesicht und antwortete mit einem Zitat: »›Dem Wagemut der Sterblichen ist nichts zu hoch. In unserer Torheit stürmen wir selbst den Himmel.‹ Von Homer, glaube ich«, fügte er erklärend hinzu.

Die neunzehnjährige Hexe an seiner Seite schüttelte den Kopf und schenkte ihm ein impertinentes, keckes Lächeln. »Horaz«, sagte sie.

Carstairs blickte sie einen Moment lang nachdenklich an. »Sie haben recht«, sagte er zögernd, und es hatte den Anschein, als läge so etwas wie Bewunderung in seinen Augen.

Wie einfach es doch gewesen ist, dachte Alexandra vier Wochen später, als sie sich von einem Kreis von Freunden und Bewunderern umgeben sah. Auf Melanies Rat hin hatte sie sich eine ganz neue Garderobe in hellen Pastelltönen und leuchtenden Farben zugelegt: Roben, die ihre Figur vorteilhaft betonten und ihre dunklen Haare ebenso betonten wie ihren frischen Teint.

Für den Rest hatte Roddy gesorgt, indem er ihr durch seine Begleitung in der Öffentlichkeit den »Stempel seines Wohlwollens« verlieh und ihr darüber hinaus einige Ratschläge gab, zu denen auch der Hinweis gehörte, sich mit Jordans ehemaligen Geliebten Lady Whitmore und Lady Grangerfield gutzustellen: »Angesichts Ihrer unvorstellbar naiven Bemerkungen über die angeblichen Tugenden Ihres Mannes«, hatte er betont, als er sie das erste Mal zu einem Ball begleitete, »und Ihrer absurden Komplimente über die Schönheit seiner früheren Affären, bleibt Ihnen keine andere Möglichkeit, als sich mit diesen Ladys auf guten Fuß zu stellen. Dann wird die Gesellschaft Sie nicht mehr für einen absoluten Schwachkopf – der Sie auch waren! – halten, sondern für eine junge Lady mit einem bisher nicht erkannten, aber hochentwickelten Sinn für Humor.«

Daran hatte sich Alexandra gehalten wie an alle seiner Ratschläge. Und innerhalb von vier Wochen war sie das geworden, was man in diesen Kreisen einen »Erfolg« nannte.

Verglichen mit den jungen Debütantinnen, die ihre erste Saison erlebten, wirkte Alexandra mit ihrem natürlichen Witz und ihrer angeborenen Intelligenz auf reizvolle Weise gelassener und sicherer. Verglichen mit den wirklich gelassenen und selbstsicheren Ehefrauen ließ ihre unverstellte Offenheit und ihr sanftes Lächeln sie weicher, weiblicher erscheinen. Im Meer der Blondinen mit milchweißer Haut funkelte Alexandra mit ihrem frischen Teint und ihren Mahagonihaaren wie ein Juwel auf blassem Satin.

Sie war impulsiv, heiter und unbeschwert, aber Alexandras Beliebtheit war in erster Linie nicht ihrer Schönheit, ihrem Verstand oder der Aussteuer zu verdanken, die ihr Anthony ausgesetzt hatte, auch nicht den wichtigen familiären Beziehungen zur Familie Townsende, die sie in ihre nächste Ehe einbringen würde: Sie war zu einem erregenden Rätsel, zu einem Mysterium geworden.

Da sie mit Englands begehrenswertestem und berüchtigtstem Lebemann verheiratet gewesen war, ging man selbstverständlich davon aus, daß der sie höchst erfahren in den Liebesakt eingeführt hatte. Und doch ging in ihren unbeschwertesten Momenten eine Frische und Unschuld von ihr aus, die die meisten Männer zögern ließ, sich ihr gegenüber Freiheiten herauszunehmen. Sie umgab eine gewisse Aura stolzer Würde, die einen Mann davor warnte, ihr allzu nahe zu kommen.

»Sie bringt mich dazu, alles über sie in Erfahrung bringen zu wollen«, erklärte einer ihrer glühendsten Verehrer, Lord Merriweather, »und zur gleichen Zeit vermittelt sie mir das Gefühl, das nie wirklich zu können. Ich sage Ihnen, Hawthornes junge Witwe ist ein Mysterium. Und ein verdammt verlockendes.«

Als ihr Roddy Merriweathers Worte wiederholte, kämpfte Alexandra tapfer gegen einen Lachanfall an. Sie wußte genau, warum der elegante Gentleman sie für mysteriös und unbegreiflich hielt: weil Alexandra Townsende unter ihrer sorgsam erworbenen Tarnung einer gesellschaftsfähigen Lady eine komplette Heuchlerin war!

Nach außen hin hatte sie zwar die Haltung lustloser Nonchalance übernommen, die unter den Oberen Zehntausend – besonders aber unter Jordans arroganten Freunden – *en vogue* war, aber es gelang den gesellschaftlichen Strukturen nicht, Alexandras natürliche Überschwenglichkeit oder ihren gesunden Menschenverstand zu unterdrücken. Sie konnte den leichten Spott in ihren Augen nicht verbergen, wenn ihr jemand übertrieben blumenreiche Komplimente machte, noch ihre Begeisterung verhehlen, wenn sie zu einem Rennen im Hyde Park herausgefordert wurde, oder ihre Faszination unterdrücken, wenn ihr ein bekannter Entdecker erzählte, er hätte auf seinen kürzlichen Streifzügen durch den Urwald eines fernen Kontinents Menschen getroffen, die mit in tödliches Gift getauchten Speeren bewaffnet waren.

Die Welt und ihre Bewohner waren wieder so aufregend und interessant wie zu jener Zeit geworden, als sie als kleines Mädchen auf den Knien ihres Großvaters gesessen hatte.

Kapitel 17

Auf die dringliche Bitte seiner Großmutter hin kam Anthony in den Salon geschlendert und traf sie am Fenster an, wo sie auf die Reihe der eleganten Kutschen hinausblickte, die von ihrer üblichen Nachmittagsparade durch den Park zurückkehrten.

»Komm her, Anthony«, forderte sie ihn auf. »Sieh auf die Straße hinaus und sage mir, was du da siehst.«

Anthony blickte durch die Scheiben. »Die Kutschen kommen aus dem Park zurück. Das sehe ich jeden Tag.«

»Und was siehst du noch?«

»Ich sehe, daß in einer der Kutschen Alexandra neben John Holliday sitzt. Der Zweispänner hinter ihnen gehört Peter Weslyn. In seiner Begleitung befindet sich Gordon Bradford. Die Kutsche vor Hollidays ist die von Lord Tinsdale, der bereits zusammen mit Jimmy Montfort im Salon sitzt. Der arme Holliday.« Anthony schmunzelte. »Er hat mir mitteilen lassen, daß er mich heute nachmittag unter vier Augen zu sprechen wünscht. Wie auch Weslyn, Bradford und Tinsdale. Das bedeutet natürlich, daß sie um ihre Hand anhalten wollen.«

»Natürlich«, wiederholte die Herzogin grimmig, »und genau darauf will ich hinaus. So geht es nun schon nahezu einen Monat Tag für Tag: Die Verehrer marschieren zu zweit und zu dritt an, behindern den Verkehr auf der Straße, verstopfen den Salon, aber Alexandra hat nicht die geringste Lust zum Heiraten, und das hat sie vielen von ihnen auch sehr deutlich zu verstehen gegeben. Dennoch stürmen sie dieses Haus unverdrossen mit Bouquets in den Händen und verlassen es wieder mit schierer Mordlust in den Augen.«

»Jetzt übertreibst du aber, Grandmama«, sagte Anthony lächelnd.

»Ich übertreibe nicht im geringsten«, fuhr sie ihn an. »Ich mag vielleicht alt sein, aber ich bin keine Törin. Ich sehe, daß sich vor meinen Augen etwas sehr Unerfreuliches, sehr Gefährliches abspielt. Alexandra ist für dein närrisches Geschlecht zu einer Art Herausforderung geworden. Nachdem Alexandra erfahren hatte, wie Jordan ihr wirklich gegenüber empfand, und als Carstairs sie unter seine Fittiche nahm, hat sie sich fast über Nacht verändert. Und damit wurde sie zusammen mit ihren Verbindungen zu unserer Familie und der beachtlichen Aussteuer, mit der du sie ausstatten mußtest, zu einem höchst begehrenswerten Objekt für jeden Junggesellen, der nach einer Frau Ausschau hält oder halten muß.«

Die Herzogin brach ab und wartete auf Einwände von ihrem Enkel, aber Tony sah sie nur schweigend an. »Hätte Alexandra irgendein Interesse an einem Mann oder auch nur an einem bestimmten Typ von Mann gezeigt«, fuhr die Herzogin fort, »hätten die anderen vielleicht längst aufgegeben. Aber das hat sie nicht getan. Und das hat uns in diese unhaltbare Lage gebracht, für die ich dein gesamtes Geschlecht verantwortlich mache.«

»Mein Geschlecht?« wiederholte er verdutzt. »Was meinst du damit?«

»Sobald ein Mann etwas sieht, was anderen Männern unerreichbar zu sein scheint, muß er natürlich die Hand danach ausstrecken, nur um zu beweisen, daß er es packen kann. Das meine ich!« Sie hielt inne und warf dem verblüfften Anthony einen anklagenden Blick zu. »Das ist eine abscheuliche Eigenschaft, die Männern offenbar angeboren ist. Begib dich in irgendein Kinderzimmer und beobachte einen kleinen Jungen in seinem Umgang mit seinen Geschwistern. Ob sie nun älter oder jünger sind als er: Ein kleiner Junge will stets unbedingt das Spielzeug haben, um das sich die anderen streiten. Natürlich geht es ihm dabei gar nicht um das Spielzeug. Er will lediglich beweisen, daß er es bekommen kann.«

»Vielen Dank, Grandmama, für diese umfassende Verurteilung der halben Weltbevölkerung«, kommentierte Tony trocken.

»Ich habe nur eine Tatsache festgestellt. Frauen wirst du nie Schlange stehen sehen, wenn es um irgendeinen unsinnigen Wettbewerb geht.«

»Das stimmt.«

»Und genau das spielt sich hier ab. Angezogen von der Herausforderung, treten mehr und mehr Wettbewerber auf den Plan, um Alexandras Gunst zu erringen. Es war schon arg genug, als sie nur das war, eine

Herausforderung, aber jetzt, da sie sich zu etwas Schlimmerem gemausert hat, ist es sehr viel ärger.«

»Und das wäre?« Anthony runzelte angesichts der klugen Einschätzung durch seine Großmutter nachdenklich die Stirn.

»Alexandra ist ein Preis geworden«, verkündete sie düster. »Sie ist inzwischen ein Preis, der von dem ersten männlichen Wesen gewonnen wird, das kühn und schlau genug ist, ihn zu erringen.« Anthony öffnete den Mund, aber sie wehrte seinen Protest mit ihrer juwelengeschmückten Hand ab. »Sage mir nicht, das würde nicht passieren, denn ich weiß, daß das bereits geschehen ist: Wenn ich es richtig verstanden habe, hat Marbly vor drei Tagen einen kurzen Ausflug nach Cadbury vorgeschlagen, und Alexandra stimmte zu, ihn zu begleiten. Einer ihrer anderen Verehrer hörte, daß Marbly vorhatte, statt dessen mit ihr auf seinen Landsitz in Wilton zu fahren und dort über Nacht zu bleiben, und berichtete dir davon. Wie ich erfahren habe, hast du Marbly und Alexandra eine Stunde von hier kurz vor der Abbiegung nach Wilton aufgehalten und sie unter dem Vorwand zurückgebracht, ich wünschte ihre Gesellschaft. Hättest du aber Satisfaktion verlangt, wäre Alexandras Ruf vom Skandal eines Duells befleckt worden, und wir sähen uns zehnfachen Problemen gegenüber.«

»Jedenfalls wußte Alexandra nichts von Marblys Absichten«, erklärte Tony. »Und sie weiß auch jetzt noch nichts davon. Ich sah keinen Anlaß, ihr davon zu erzählen. Ich habe sie gebeten, ihn nicht wiederzusehen, und dazu war sie bereit.«

»Und was ist mit Ridgely? Was hat er sich dabei gedacht, sie auf einen Jahrmarkt mitzunehmen? Ganz London spricht über nichts anderes.«

»Alexandra ist schon als Kind auf Jahrmärkte gegangen. Sie hatte keine Ahnung, daß sie es jetzt lieber nicht mehr tun sollte.«

»Ridgely ist doch angeblich ein Gentleman«, fauchte die Herzogin. »Er hätte es wissen müssen. Was ist nur in ihn gefahren, daß er eine unschuldige junge Lady an einen solchen Ort führt?!«

»Gerade hast du den entscheidenden Punkt unseres Problems erwähnt«, erwiderte Tony resigniert und rieb sich den Nacken. »Alexandra ist eine Witwe und kein junges unschuldiges Mädchen. Die wenigen Skrupel, zu denen Männer fähig sind, haben sie nur sehr selten gegenüber erfahrenen Frauen, und besonders dann nicht, wenn die Frau sie nahezu um den Verstand bringt – was bei Alexandra der Fall ist.«

»Ich würde Alexandra kaum als erfahrene Frau bezeichnen! Sie ist in vielem noch ein reines Kind.«

Nachdenklich blickte Tony seine Großmutter an. »Die ganze Situation ist so verdammt kompliziert, weil sie so jung ist und doch schon verheiratet war. Hätte sie einen Mann wie die Countess of Camden, würde niemand über ihre kleinen Späße auch nur die Stirn runzeln. Wäre sie älter, könnte die Gesellschaft von ihr nicht erwarten, sich den Regeln entsprechend zu verhalten, die für junge Mädchen gelten. Und wäre sie unscheinbar, dann wären die von ihr abgewiesenen Verehrer nicht annähernd so erpicht darauf, aus Mißgunst und Eifersucht ihrem Ruf zu schaden.«

»Haben sie das getan?«

»Nur zwei oder drei, aber sie haben aufnahmebereite Ohren gefunden. Du weißt ebensogut wie ich, daß Klatsch neuen Klatsch gebiert und sich schließlich wie ein Lauffeuer ausbreitet. Irgendwann hat jedermann genug gehört, um zu glauben, daß irgend etwas schon dran sein wird.«

»Wie schlimm ist es?«

»Noch ist es nicht schlimm. Bisher haben ihre abgewiesenen Verehrer nur erreicht, irgendwelche kleinen Mißgeschicke von ihr in ein ungünstiges Licht zu stellen.«

»Zum Beispiel?«

Anthony hob die Schultern. »Am letzten Wochenende hat Alexandra an einer Gesellschaft auf Southeby teilgenommen. Sie und ein bestimmter Gentleman verabredeten sich zu einem frühen Ausritt und verließen die Reitställe gegen acht Uhr morgens. Erst in der Abenddämmerung kehrten sie zurück, und angeblich soll Alexandras Kleidung in Unordnung und zerrissen gewesen sein...«

»Großer Gott!« rief die Herzogin und faßte sich erschreckt ans Herz.

Anthony grinste. »Der Gentleman war fünfundsiebzig Jahre alt und der Pfarrer von Southeby. Er wollte Alexandra einen alten Friedhof zeigen, den er eine Woche zuvor zufällig entdeckt hatte, damit sie dort einige der uralten Grabsteine bewundern konnte. Bedauerlicherweise konnte er sich nicht an die genaue Lage erinnern, und als sie ihn nach Stunden endlich fanden, war der alte Gentleman von dem anstrengenden Ritt so erschöpft, daß er es ablehnte, den Rückweg auf dem Pferderücken zurückzulegen. Selbstverständlich konnte Alexandra nicht ohne ihn zurückkehren – was sie auch nicht getan hat.«

»Und was war mit ihrer Kleidung?«

»Der Saum ihres Reitkleides war eingerissen.«

»Dann ist die ganze Episode doch nicht der Rede wert.«

»Selbstverständlich nicht, aber die Geschichte wurde

überall herumerzählt und jedesmal ein wenig mehr ausgeschmückt, so daß sie mittlerweile zum Beispiel für fragwürdiges Verhalten geworden ist. Die einzige Lösung besteht für uns offensichtlich darin, irgendeinen alten Drachen anzustellen, der als Alexandras Anstandsdame fungiert, wohin sie auch immer geht. Aber wenn wir das tun, wird jedermann wiederum annehmen, wir würden ihr nicht vertrauen. Außerdem würde es ihr den Spaß an ihrer ersten erfolgreichen Saison verderben.«

»Unsinn!« erklärte die Herzogin im Brustton der Überzeugung. »Alexandra hat keinen Spaß, und genau das ist der Grund, aus dem ich dich zu mir gebeten habe. Sie flattert hierhin und dorthin, lächelt, flirtet und wickelt die Männer nur aus einem einzigen Grund um ihren kleinen Finger: um es Jordan zu beweisen. Um ihm posthum zu zeigen, daß sie ihn in seinem eigenen Spiel schlagen kann. Wenn alle ihrer Verehrer wie vom Blitz getroffen umfielen, würde sie es gar nicht bemerken. Und wenn sie es bemerkte, würde sie sich nicht darum scheren.«

Anthony versteifte sichtlich. »Ich würde einen harmlosen Ausflug auf einen Jahrmarkt, einen Ritt durch den Hyde Park oder ihre anderen harmlosen Vergnügungen kaum als mit Jordans Zeitvertreib vergleichbar bezeichnen.«

»Dennoch«, entgegnete die Herzogin unerschüttert, »ist das ihr Bestreben. Allerdings bezweifle ich, daß es ihr selbst bewußt ist. Bist du anderer Ansicht?«

Tony zögerte einen Moment und schüttelte dann fast widerwillig den Kopf. »Nein, vermutlich hast du recht.«

»Selbstverständlich habe ich das«, verkündete sie nachdrücklich. »Stimmst du mit mir ebenfalls überein, daß Alexandras augenblickliche Lage ihren Ruf und ihre ganze Zukunft aufs Spiel setzt? Und daß das alles eher schlimmer als besser zu werden scheint?«

Angesichts des durchdringenden Blicks seiner Großmutter und ihrer logischen Bewertung aller Tatsachen, schob Anthony die Hände in die Taschen. »Ich stimme mit dir überein«, meinte er aufseufzend.

»Ausgezeichnet«, stellte sie fest und wirkte überraschend befriedigt. »Dann wirst du sicherlich auch einsehen können, daß ich den Rest meiner Tage nicht in einem Londoner Haus zubringen möchte, das täglich von Alexandras Verehrern belagert wird. Ich möchte die kurze Zeit, die mir noch vergönnt ist, auf Rosemeade verbringen. Aber das ist mir nicht möglich, weil mich Alexandra dorthin begleiten müßte, was ihre Zukunft ähnlich trostlos erscheinen lassen würde wie hier, wenn auch aus umgekehrten Gründen. Die einzige Möglichkeit bestünde darin, sie hier bei dir zu lassen. Aber das wäre ein Skandal und kommt daher nicht in Betracht.« Sie brach ab und musterte ihn so scharf, als käme seiner Antwort eine alles entscheidende Bedeutung zu.

»Keine dieser Lösungen ist annehmbar«, stimmte ihr Tony zu.

Die Herzogin stützte sich mit kaum verhohlener Begeisterung auf seinen eher belanglosen Satz. »Ich wußte doch, daß du die Situation nicht anders sehen würdest, als ich es tue. Du bist ein Mann großen Verständnisses und Einfühlungsvermögens, Anthony.«

»Äh... vielen Dank, Grandmama.« Tony reagierte sichtlich verblüfft über derart überschwengliche Komplimente seiner ansonsten in dieser Hinsicht extrem zurückhaltenden Großmutter.

»Und jetzt, nachdem wir festgestellt haben, daß wir

uns in völliger Übereinstimmung befinden«, fuhr sie fort, »würde ich dich gern um einen Gefallen bitten.«

»Alles, was du willst.«

»Heirate Alexandra.«

»Alles bis auf das«, korrigierte Anthony schnell und funkelte sie gereizt an.

Die Herzoginwitwe hob nur die Brauen und bedachte ihn mit einem abfälligen Blick, als wäre er in ihrer Einschätzung unvermittelt, aber drastisch geschrumpft. Es war ein Blick, den sie seit fünfzig Jahren erfolgreich einsetzte: um Gleichrangige einzuschüchtern, Diener zur Ordnung zu rufen und Kinder zum Schweigen zu bringen. Nur Jordan war dagegen immun gewesen. Und seine Mutter.

Anthony war dagegen jedoch ebensowenig gefeit wie mit zwölf Jahren, als der gleiche Blick jeden Protest gegen seine Lateinstunde erstickt und dazu bewogen hatte, sich tief beschämt seinen Lehrbüchern zuzuwenden. Jetzt seufzte er tief auf und sah sich um, als suche er nach einer Fluchtmöglichkeit.

Die Herzogin wartete schweigend ab.

»Du scheinst nicht zu wissen, was du da von mir verlangst«, begehrte er schließlich auf.

Seine Weigerung, sich sofort und bedingungslos ihren Wünschen zu fügen, ließ ihre Augenbrauen noch eine Spur höher steigen: Als wäre sie nicht nur enttäuscht von ihm, sondern auch gereizt, weil sie sich nun gezwungen sah, ihm einen Warnschuß vor den Bug zu geben. Und sie feuerte los – ohne zu zögern und sehr direkt, genau wie es Anthony erwartet hatte. In verbalen Gefechten war seine Großmutter unübertroffen treffsicher. »Ich kann nur hoffen«, zischte sie mit einem genau abgewogenen Ton der Verachtung, »daß du jetzt nicht behauptest, du fühlst dich von Alexandra nicht angezogen.«

»Und wenn ich es doch sage?«

Ihre Brauen schossen bis unter den Haaransatz und deuteten damit an, daß sie bereit war, Breitsalven abzufeuern, wenn er sich weiterhin störrisch zeigte.

»Es ist völlig überflüssig, die großen Geschütze aufzufahren«, erklärte Anthony und hob begütigend die Hand. »Ich leugne es nicht. Darüber hinaus habe ich über diese Möglichkeit auch schon mehr als einmal nachgedacht.« Es erboste ihn zwar maßlos, von ihr immer wieder wie ein unmündiges Kind behandelt zu werden, aber er wußte auch, daß es kindisch war, mit ihr über Dinge zu streiten, bei denen sie recht hatte.

Ihre Brauen sanken auf die normale Ebene herab, und eine leichte Neigung des Kopfes deutete an, daß er unter Umständen eine winzige Chance hatte, ihr Wohlwollen wiederzuerlangen. »Du bist sehr einsichtig und vernünftig.« Stets war sie großmütig zu jenen, die sich ihrem Willen unterwarfen.

»Ich bin mit deinem Vorschlag nicht einverstanden, bin aber bereit, mit Alex darüber zu sprechen und ihr die Entscheidung zu überlassen.«

»Alexandra hat in dieser Angelegenheit keine größere Entscheidungsfreiheit als du, mein Lieber«, befand sie. »Und du brauchst dir auch keine Gedanken darüber zu machen, wann und wo du mit ihr sprechen willst, denn ich habe mir die Freiheit genommen, sie durch Higgins bitten zu lassen, an unserer Unterhaltung teilzu...« Ein Klopfen ließ sie innehalten. »Da ist sie schon.«

»Ich bitte dich!« explodierte er. »So etwas kann man doch nicht übers Knie brechen. Da unten sitzen drei Männer, die gekommen sind, um bei mir um sie anzuhalten.«

Sie löste dieses Problem mit einem herrischen Fingerschnippen. »Ich werde Higgins bitten, sie fortzuschicken.« Und bevor Anthony noch etwas sagen konnte, öffnete sie die Tür, ließ Alexandra ein, und verblüfft wurde Tony Zeuge einer weiteren Veränderung im Benehmen seiner Großmutter. »Alexandra«, sagte sie fest, aber nicht ohne Zuneigung, »dein Verhalten hat uns Anlaß zu großer Sorge gegeben. Mir ist bewußt, daß du mich nicht aufregen willst, weil ich schließlich keine junge Frau mehr bin...«

»Ihnen Sorgen gemacht, Ma'am?« wiederholte Alexandra beunruhigt. »Mein Verhalten? Was habe ich denn getan?«

»Das werde ich dir sagen«, erwiderte die Herzogin und setzte zu einem längeren Vortrag an, der einzig darauf abzielte, Alexandra zu verunsichern, zu verängstigen und dazu zu bewegen, sich in dem Moment in Anthonys Arme zu stürzen, in dem die Herzogin die Tür hinter sich schloß. »Das grauenvolle Dilemma, in dem wir uns alle befinden, ist zwar nicht ausschließlich deine Schuld«, begann sie, dann wurden ihre Worte immer schneller. »Es bleibt jedoch eine Tatsache, daß, hätte Anthony nicht gerade noch rechtzeitig von deinem Ausflug mit Sir Marbly nach Cadbury erfahren, du dich auf Wilton wiedergefunden hättest – über die Maßen kompromittiert und gezwungen, diesen Lumpen zu heiraten. Dieses Flattern von Verehrer zu Verehrer muß unverzüglich ein Ende finden. Jedermann ist davon überzeugt, daß du dich blendend amüsierst, aber ich weiß es besser! Du verhältst dich lediglich wegen Jordan so wild und unberechenbar: Um ihm zu beweisen, daß du es ihm gleichtun kannst, Auge um Auge, Zahn um Zahn. Nun, das kannst du nicht, meine Liebe! Deine kleinen Tändeleien sind nichts im Vergleich zu dem, was Gentlemen anstellen – besonders

Gentlemen wie Jordan! Und darüber hinaus«, schloß sie mit einer Betonung, als enthülle sie eine dramatische Neuigkeit, »ist Jordan tot!«

»Das weiß ich«, erwiderte Alexandra verwirrt.

»Ausgezeichnet, dann gibt es keinen Grund für dich, dich weiterhin so zu verhalten, wie du es getan hast.« Mit einer seltenen Geste der Zärtlichkeit strich sie Alexandra über die Wange. »Lenke ein, bevor du deiner Würde, deinem Ruf und auch der Familie nicht wiedergutzumachenden Schaden zufügst. Du mußt heiraten, meine Liebe. Und ich, der dein Schicksal wirklich sehr am Herzen liegt, wünsche mir, daß du Anthony heiratest – wie Anthony übrigens auch.«

Die Herzoginwitwe löste ihre Hand von Alexandras Wange und feuerte den Rest ihrer Munition ab: »Du brauchst eine Aufgabe, die dich beschäftigt, Kind, nicht nur Vergnügungen. Ein Ehemann und Kinder sind dafür wie geschaffen. Du hast nach der Musik getanzt, aber ich fürchte, jetzt ist es Zeit, die Musiker zu bezahlen. Roben für eine Saison in London kosten ein Vermögen, und wir sind auch nicht aus Geld gemacht. Jetzt lasse ich dich mit Anthony allein, damit ihr die Angelegenheit besprechen könnt.« Mit einem gnädigen Lächeln für Alexandra und einem nachdrücklichen Blick für Tony schwebte sie hoheitsvoll auf die Tür zu. Dort drehte sie sich noch einmal um und sagte: »Plant eine schöne große Hochzeit in der Kirche, aber selbstverständlich so schnell wie möglich.«

»Selbstverständlich«, wiederholte Tony trocken. Alexandra stand wie angewurzelt und brachte kein Wort über die Lippen.

Als sich die Tür hinter der Herzogin geschlossen hatte, griff Alexandra haltsuchend nach einer Stuhllehne und sah hilflos zu Anthony, der lächelnd die geschlossene Tür anstarrte. »Sie ist sogar noch rücksichtsloser, als ich angenommen hatte«, stellte er mit einer Mischung aus Bewunderung und Verärgerung fest. »Hawk war der einzige, den sie mit ihren Blicken nicht einschüchtern konnte. Mein Vater hatte eine Heidenangst vor ihr, Jordans auch. Und mein Großvater...«

»Tony«, unterbrach ihn Alexandra tief betroffen. »Was habe ich denn getan? Ich hatte doch keine Ahnung, daß ich der Familie schade. Warum hast du mir denn nicht gesagt, daß ich zuviel Geld für Kleider ausgebe?« Voller Scham machte sie sich bewußt, daß sie ein frivoles, kostspieliges, nutzloses Leben führte.

»Alexandra!« Sie wandte sich um und blickte in sein lächelndes Gesicht. »Du bist gerade das Opfer eines höchst raffinierten Erpressungsversuchs geworden. Meine Großmutter hat aber auch nichts ausgelassen.« Er streckte ihr aufmunternd die Hände entgegen. »An deinem Verhalten ist absolut nichts bedenklich, du treibst uns nicht in den Bankrott, und ich versichere dir, daß du dem Namen Townsende in keiner Weise Schaden zufügst.«

Aber so schnell ließ sich Alexandra nicht beruhigen. Vieles von dem, was die Herzogin gesagt hatte, war auch ihr schon durch den Kopf gegangen. Seit mehr als einem Jahr lebte sie bei Menschen, die sie wie ein Familienmitglied behandelten und ihr einen Lebensstandard ermöglichten, wie es einer Herzogin zukam – obwohl sie beides nicht war. Zunächst hatte sie ihr schlechtes Gewissen damit beruhigt, daß die Herzoginwitwe nach Jordans Tod Trost und Gesellschaft brauchte, aber in letzter Zeit war sie für die alte Lady weder Trost noch Beistand gewesen, sondern ihren eigenen Vergnügungen nachgegangen. »Aber das, was sie über Marbly gesagt hat, stimmt, oder?«

»Ja.«

»Eigentlich macht Marbly nicht den Eindruck, so in mich verliebt zu sein wie einige der jüngeren Dandys. Ich kann mir nicht erklären, warum er versucht hat, mich zu verführen.«

»Dazu hat meine Großmutter eine sehr interessante Theorie. Sie hat mit kleinen Jungen und Spielzeug zu tun. Frage sie bei Gelegenheit doch einmal danach.«

»Sprich doch nicht in Rätseln mit mir«, bat sie ihn. »Sag mir lieber, wie es zu dieser Situation gekommen ist.«

Anthony schilderte ihr in kurzen Worten die Unterhaltung, die er gerade mit seiner Großmutter geführt hatte, und schloß mit einer Frage: »Gefällt dir die Londoner Saison denn nun wirklich so sehr?«

»Sie ist genauso, wie du sie mir geschildert hast. Aufregend, elegant... Auch die Leute sind so... elegant und aufregend. Nie zuvor habe ich so elegante Kutschen und Zweispänner gesehen, und...«

Tony lachte schallend auf. »Du lügst unglaublich schlecht.«

»Ich weiß«, gestand sie mit einem kläglichen Lächeln ein.

»Dann sollten wir uns besser an die Wahrheit halten, findest du nicht auch?«

Alexandra nickte. »Wie mir die Londoner Saison tatsächlich gefällt?« wiederholte sie nachdenklich und trat ans Fenster, um ihm nicht in die Augen sehen zu müssen. »Nun, sie ist sehr amüsant, ständig gibt es Abwechslung und Zerstreuungen, aber mitunter kommt es mir so vor, als arbeite jedermann sehr hart an seiner Selbstdarstellung. Ich werde London vermissen, wenn ich nicht mehr hier bin, und mich zurücksehnen, aber irgend etwas fehlt. Ich glaube, ich sollte mir eine sinnvolle Tätigkeit suchen. Hier fühle ich mich unruhig und rastlos, obwohl ich nie zuvor so beschäftigt war. Drücke ich mich eigentlich verständlich aus?«

»Du drückst dich immer verständlich aus.«

Alexandra drehte sich um und sah ihm direkt in die Augen. »Alexander Pope sagte, Amüsement sei das Vergnügen von Menschen, die nicht denken können. Ich stimme damit nicht völlig überein, finde aber das Streben nach Vergnügungen um ihrer selbst willen recht unbefriedigend. Bist du diesen Kreislauf sinnloser Zerstreuungen denn noch nie leid geworden, Tony?«

»In diesem Jahr hatte ich kaum Zeit für Vergnügungen«, meinte er kopfschüttelnd. »Früher habe ich Jordan um das alles beneidet, um seine Häuser, seine Ländereien und seine anderen Beteiligungen. Aber jetzt, da sie mir gehören, kommen sie mir vor wie tonnenschwere Juwelen: zu wertvoll, um vernachlässigt zu werden, zu riesig, um ignoriert zu werden, und zu schwer zum Tragen. Du machst dir keine Vorstellungen davon, wie vielfältig seine Investitionen sind und wieviel Zeit es mich kostet, jede ihrer Bedeutung entsprechend zu verwalten. Als Jordan im Alter von zwanzig Jahren den Titel erbte, war unser Besitz zwar beträchtlich, aber doch nicht riesig. Innerhalb von sieben Jahren hat er das Familienvermögen verzehnfacht. Jordan arbeitete wie der Teufel, hatte aber immer noch genügend Zeit für Zerstreuungen. Ich kann offenbar das richtige Gleichgewicht nicht finden.«

»Vernachlässigst du deshalb die Damen, die mich mit Fragen nach deinem nächsten Aufenthaltsort bestürmen, damit sie rechtzeitig dort auftauchen können?«

»Nein.« Tony lachte. »Ich vernachlässige sie aus

dem gleichen Grund wie du deine Verehrer: Ich bin geschmeichelt, aber nicht interessiert.«

»Hast du denn in all den Jahren keiner jungen Lady den Hof gemacht?«

»Einer einzigen«, antwortete er lächelnd.

»Wer war sie?« erkundigte sich Alexandra prompt.

»Die Tochter eines Earls«, erwiderte er. Seine Miene wurde ernst.

»Was ist aus ihr geworden? Oder möchtest du lieber nicht darüber sprechen?«

»Es ist kein Geheimnis. Noch nicht einmal eine besonders ungewöhnliche Geschichte. Sie schien für mich ähnlich zu empfinden, wie ich für sie. Ich hielt um sie an, aber ihre Eltern bestanden darauf, daß sie bis zum Ende der Saison wartete, bevor sie zu einer Heirat mit einem Mann wie mir ihre Zustimmung gaben: aus guter Familie, aber ohne Titel und ohne großes Vermögen.«

»Und dann?«

»Und dann interessierte sich jemand mit Titel, Geld und einer sehr feinen Adresse für sie. Er begleitete sie auf ein paar Bälle, stattete ihr einige Visiten ab, und Sally verliebte sich Hals über Kopf in ihn.«

Alexandras Stimme wurde zu einem mitfühlenden Flüsterton. »Und dann hat sie ihn geheiratet?«

Tony schüttelte den Kopf. »Für den Edelmann war die Liaison mit Sally nichts weiter als ein bedeutungsloses Geplänkel.«

»Es... es war Jordan, nicht wahr?« erkundigte sich Alex stockend.

»Glücklicherweise kann ich sagen, daß er es nicht war.«

»Jedenfalls bist du ohne sie besser dran«, verkündete Alexandra überzeugt. »Sie ist entweder sehr geldgierig oder sehr flatterhaft.« Plötzlich lachte sie hell auf. »Ich wette, sie bereut es, dir den Laufpaß gegeben zu haben. Jetzt, da du der bedeutendste englische Herzog bist.«

»Das könnte durchaus sein.«

»Nun, ich hoffe sehr, daß sie es bereut!« rief sie, wirkte aber gleich darauf schuldbewußt. »Das war eben sehr niederträchtig von mir.«

»Wir sind beide niederträchtig«, meinte Tony lachend, »denn ich hoffe es ebenfalls.«

Sie sahen sich einen Moment lang schweigend an, dann holte Tony langsam und tief Luft. »Vorhin wollte ich lediglich zum Ausdruck bringen, daß zuviel Arbeit ebensowenig befriedigt wie unablässiges Amüsement.«

»Damit hast du sicher recht. Das habe ich noch nicht bedacht.«

»Es gibt noch etwas anderes, das du vielleicht bedenken solltest«, fuhr Tony leise fort.

»Und was wäre das?«

»Du solltest dich fragen, ob das, was deinem Leben fehlt, wie du sagtest, vielleicht die Liebe sein könnte.«

»Großer Gott.« Sie lachte hell auf. »Auf sie kann ich verzichten! Ich habe geliebt, Euer Gnaden, und das hat mir ganz und gar nicht gefallen! Nein, vielen Dank.«

Das meint sie ganz ernst, dachte Tony, als er in ihr schönes Gesicht blickte, und ein fast unkontrollierbarer Zorn auf Jordan stieg in ihm hoch. »Das war doch nur eine sehr kurze Zeit.«

»Sie reichte, um festzustellen, daß mir die Liebe nicht gefällt. Ganz und gar nicht.«

»Vielleicht gefällt sie dir beim nächsten Mal besser.«

»Sie verursachte in mir ein ganz scheußliches Gefühl. Ganz so, als hätte ich Aale lebendig hinuntergeschluckt, und...«

Anthony lachte schallend auf und zog sie in seine

Arme, wurde aber schnell wieder ernst. »Was ersehnst du dir eigentlich vom Leben, Alexandra?« fragte er unvermittelt und blickte ihr tief in die Augen.

»Ich weiß nicht«, flüsterte sie und verharrte reglos, während der Mann, den sie als älteren Bruder betrachtete, ihr Gesicht mit den Händen umfaßte. »Erzähl mir, was du empfindest – jetzt, da du eine der Königinnen der Gesellschaft bist.«

Auch wenn jemand gerufen hätte, das Haus stehe in Flammen, hätte sich Alex nicht von der Stelle rühren können. »Leere«, flüsterte sie rauh. »Und Kälte.«

»Heirate mich, Alexandra.«

»Das... das kann ich nicht!«

»Natürlich kannst du es«, entgegnete er und lächelte über ihre Weigerung, als hätte er mit ihr gerechnet und könnte sie verstehen. »Ich werde dir die Dinge geben, die du brauchst, um glücklich zu werden.«

»Welche Dinge?« fragte Alexandra und erforschte sein Gesicht, als sähe sie es zum ersten Mal.

»Die gleichen, die ich brauche: Kinder, eine Familie, jemanden, für den man sorgen kann«, erwiderte Tony leise.

»Nicht«, begehrte Alexandra auf, als spüre sie, wie ihr Widerstand langsam in sich zusammenbrach. »Du weißt nicht, was du sagst, Tony. Ich liebe dich nicht, und du liebst mich nicht.«

»Du liebst doch keinen anderen, oder?«

Alexandra schüttelte so heftig den Kopf, daß er unwillkürlich lächeln mußte. »Na, siehst du. Das macht die Entscheidung doch sehr viel leichter. Ich liebe auch keine andere. Du hast in dieser Saison bereits die Crème möglicher Heiratskandidaten kennengelernt. Und die, die du noch nicht kennst, sind auch nicht viel besser. Darauf gebe ich dir mein Wort.«

Als Alexandra noch immer zögerte, schüttelte Tony sie sanft. »Hör auf zu träumen, Alexandra. So ist das Leben nun einmal. Du hast es selbst gesehen. Alles andere ist mehr oder weniger das gleiche, bevor man nicht eine eigene Familie hat.«

Eine Familie. Eine richtige Familie. Alexandra hatte nie eine richtige Familie gehabt mit Vater, Mutter, Geschwistern, Vettern, Basen, Tanten und Onkel. Natürlich würden ihre Kinder nur Tonys jüngeren Bruder als Onkel haben, aber dennoch...

Kinder... Die Vorstellung, ihr Kind in den Armen halten zu können, war eine große Verlockung, diesen gutaussehenden Mann zu heiraten. Von allen Männern, die sie in London kennengelernt hatte, schien Tony der einzige zu sein, der vom Leben ähnliche Vorstellungen hatte wie sie selbst.

Mit letzter Kraft stellte Jordan seinen ermatteten Freund auf die Beine, legte sich seinen Arm um die Schulter und schleppte George Morgan dann durch den seichten Bach. Am anderen Ufer hob Jordan erschöpft den Kopf und versuchte am Stand der Sonne die Uhrzeit zu bestimmen. Sie stand schon tief am Horizont, war seinem Blick durch Baumkronen verborgen. Er mußte die Uhrzeit wissen. Das war wichtig. Fünf Uhr nachmittags, entschied er.

Um fünf Uhr nachmittags hatte er erstmals die uniformierten Truppen gesehen, die sich vor ihm verstohlen durch den Wald bewegten. Englische Soldaten. Freiheit. Heimkehr.

Mit ein bißchen Glück könnte er in drei oder vier Wochen zu Hause sein.

Kapitel 18

Als Alexandra in einer Wolke aus eisblauem, mit Perlen, Diamanten und Zirkonen bestickten Satin die Treppe hinabschritt, blickte sie in ein Meer strahlender Gesichter.

Penrose öffnete ihr die Tür, wie er es Tausende Male zuvor in ihrem Leben getan hatte, aber heute, da sie das Haus verließ, um mit Tony in der riesigen Kathedrale getraut zu werden, lächelte er über das ganze Gesicht und verneigte sich tief aus der Hüfte heraus.

Filberts kurzsichtige Augen schwammen in Tränen, als sie ihn kurz umarmte. »Machen Sie keinen Unsinn«, flüsterte er ihr zu. »Und passen Sie auf, daß Sie sich Ihr Kleid nicht beschmutzen.« So hatte er sie schon immer ermahnt, und Alexandra spürte, daß auch ihr Tränen in die Augen stiegen.

Diese beiden alten Männer und Onkel Monty waren die einzige »Familie«, die sie in ganz England hatte. Ihre Mutter hatte das Haus in Morsham verkauft und befand sich auf einer ausgedehnten Reise, so daß sie an Alexandras Hochzeit nicht teilnehmen konnte. Mary Ellen und ihr Mann rechneten jede Stunde mit der Geburt ihres ersten Kindes, also verbot sich auch für sie eine Reise nach London. Aber wenigstens Onkel Monty war gekommen, um sie zum Altar zu geleiten. Und obwohl auch Melanie ein Kind bekommen würde, war ihre Schwangerschaft doch noch so unauffällig, daß sie als Alexandras Brautjungfer fungieren konnte.

»Bist du bereit, mein Kind?« Onkel Monty strahlte und bot ihr den Arm.

»Achten Sie doch darauf, daß Sie nicht auf Alexandras Schleppe treten«, schalt die Herzoginwitwe und musterte ihn kritisch von den weißen Haaren bis zu den auf Hochglanz polierten Schuhen. In den letzten drei Tagen hatte sie ihn so gnadenlos über sein allgemeines Verhalten, seine Pflichten bei der Hochzeit und die Vorteile der Nüchternheit belehrt, daß er inzwischen völlig verängstigt war. Die verdächtige Rötung seiner Wangen entging ihr nicht. »Sir Montague«, erkundigte sie sich mit zornsprühenden Augen. »Haben Sie etwa dem Bordeaux zugesprochen?«

»Selbstverständlich nicht!« protestierte Onkel Monty verschreckt. »Kann Bordeaux nicht ausstehen. Kein Bouquet, kein Körper«, plusterte er sich auf wie ein gekränkter Gockel, obwohl er den ganzen Morgen herzhaft dem Madeira zugesprochen hatte.

»Schon gut«, wehrte die Herzogin mit ungeduldiger Handbewegung ab. »Aber denken Sie an das, was ich Ihnen gesagt habe. Nachdem Sie Alexandra zum Altar geführt haben, lassen Sie sie dort und kehren zu unserer Kirchenbank zurück. Dort werden Sie neben mir Platz nehmen und sich nicht rühren, bevor ich mich nach Schluß der Zeremonie erhebe. Haben Sie verstanden? Ich gebe Ihnen ein Zeichen, wenn es Zeit zum Aufstehen für uns ist. Alle anderen müssen sitzen bleiben, bis wir uns erheben. Ist das klar?«

»Ich bin kein Trottel, müssen Sie wissen, Ma'am. Ich bin ein Ritter des Königreiches.«

»Sobald Sie den kleinsten Schnitzer begehen, sind Sie ein toter und entehrter Ritter«, prophezeite die Herzogin und streifte sich die langen silbergrauen Handschuhe, die Penrose ihr reichte, über die Hände. »Eine so erschreckende Respektlosigkeit wie am letzten Sonntag möchte ich von Ihnen nicht noch einmal erleben müssen. Ich glaubte meinen Ohren nicht trauen zu dürfen, als Sie während des Gottesdienstes einschliefen und erbärmlich laut zu schnarchen begannen.«

So ging es weiter, bis sie die Kutsche erreicht hatten.

Onkel Monty kletterte in die Kutsche hinein und warf seiner Nichte einen Blick zu, der eindeutig besagte: Ich weiß nicht, wie du es geschafft hast, neben dieser alten Xanthippe zu überleben, mein Kind!

Lächelnd lehnte sich Alexandra in die Polster der luxuriösen Kutsche mit dem Wappen ihres künftigen Ehemanns und sah zum Fenster hinaus. Melanie saß in der Kutsche vor ihnen, neben Roderick Carstairs.

Vor und hinter den beiden Kutschen hatte eine beträchtliche Anzahl eleganter Equipagen das gleiche Ziel: St. Paul's Cathedral. Es sind so viele, dachte Alex mit einem amüsierten Lächeln, daß wir den Verkehr auf etlichen Meilen zum Erliegen bringen.

In weniger als einer Stunde würde sie in Anwesenheit von dreitausend Angehörigen der Oberen Zehntausend Tonys Frau werden, aber sie war absolut ruhig und gelassen, empfand keine Spur von Nervosität oder Vorfreude...

»Was hält uns so auf?« wollte Jordan vom Kutscher des Zweispänners wissen, den ihm der Kapitän der *Falcon* zur Verfügung gestellt hatte, und der ihn mit aufreizender Langsamkeit zu seinem Haus an der Upper Brook Street brachte.

»Ich weiß es nicht, Euer Gnaden. Sieht so aus, als wäre in der Kirche da hinten irgendeine Feierlichkeit.«

Ungeduldig seufzend lehnte sich Jordan zurück. Wie er sich sehnte, endlich wieder zu Hause zu sein. So sehr, daß er vorhatte, alles auf einmal zu tun: Higgins' Hand schütteln, seine Großmutter in die Arme nehmen, Tony bei den Schultern packen und ihm dafür danken, daß er sich nach besten Kräften um das Hawthorne-Vermögen gekümmert hatte. Gleichgültig, wie sehr er in Jordans komplizierten Geschäften herumgepfuscht hatte – und davon war Jordan fest überzeugt –, er würde ihm stets dankbar sein.

Danach würde Jordan baden und endlich wieder eigene Sachen anziehen. Und dann, dann wollte er Alexandra wiedersehen.

Von allem, was vor ihm lag, war die Begegnung mit seiner jungen »Witwe« das einzige, was Jordan Sorgen machte. Ihre kindliche Verehrung für ihn hatte sie ohne jeden Zweifel in unendliche Trauer gestürzt, als sie von seinem »Tod« erfuhr. Als er sie verließ, war sie dünn wie eine Weidengerte gewesen, jetzt war sie vermutlich abgezehrt und verhärmt. Gott, was für ein elendes Leben sie doch seit dem Tag geführt hatte, an dem sie ihm begegnet war.

Die Kutsche hielt vor dem Haus Upper Brook Street Nummer 3. Jordan stieg aus, blieb einen Moment stehen und sah an dem eleganten zweigeschossigen Gebäude empor. Es wirkte vertraut und doch so fremd.

Er griff zum Messing-Türklopfer, ließ ihn gegen das Holz zurückfallen und bereitete sich darauf vor, Higgins bei seinem Anblick in einen Freudentaumel ausbrechen zu sehen.

Die Tür schwang auf. »Sie wünschen?« Ein unbekanntes Gesicht blinzelte ihn durch starke Augengläser an.

»Wer sind Sie?« erkundigte sich Jordan verblüfft.

»Die gleiche Frage könnte ich Ihnen stellen, Sir?« gab Filbert würdevoll zurück und sah sich nach Penrose um, der wieder einmal nichts gehört hatte.

»Ich bin Jordan Townsende«, erwiderte Jordan brüsk in der sicheren Erkenntnis, daß es reine Zeitverschwendung wäre, diesem Mann erklären zu wollen, daß er und nicht Tony der Herzog von Hawthorne war. Er schob sich an dem Diener vorbei und betrat die Halle. »Schicken Sie mir Higgins.«

»Mister Higgins ist ausgegangen.«

Jordan hob die Brauen und wünschte sich, Higgins oder Ramsey wären da, um seine Großmutter auf sein unvermutetes Erscheinen vorzubereiten. Schnell lief er von Tür zu Tür, sah erst in den großen Salon, dann in den kleinen Salon. Sie waren mit Blumen gefüllt, aber menschenleer. Das ganze Erdgeschoß schien von Körben mit weißen Rosen überzuquellen. »Geben wir heute eine Gesellschaft?«

»Ja, Sir.«

»Es wird eine Wiedersehensfeier werden«, verkündete Jordan schmunzelnd, dann fragte er knapp: »Wo ist Ihre Herrin?«

»In der Kirche«, erwiderte Filbert und ließ den hochgewachsenen, tiefgebräunten Gentleman nicht aus den kurzsichtigen Augen.

»Und Ihr Herr?« fragte Jordan.

»Selbstverständlich ebenfalls in der Kirche.«

»Beten vermutlich für meine unsterbliche Seele«, witzelte Jordan. »Ist wenigstens Mathison da?« erkundigte er sich dann.

»Er ist es«, erwiderte Filbert und nahm verblüfft zur Kenntnis, daß dieses unbekannte Mitglied der Familie Townsende die Treppe hinaufeilte und Anordnungen über die Schulter rief, als würde ihm das Haus gehören. »Schicken Sie Mathison unverzüglich zu mir. Ich bin in der Goldenen Suite. Sagen Sie ihm, daß ich zu baden wünsche und rasiert werden möchte. Dann würde ich gern neue Kleidung anziehen. Vorzugsweise meine, falls die noch vorhanden ist. Wenn nicht, werde ich mich mit Tonys, seinen oder allen behelfen, die er stehlen kann.«

Jordan schritt schnell an der Suite vorbei, die inzwischen mit Sicherheit Tony bewohnte, und öffnete die Tür zum Gästezimmer. Das war zwar nicht ganz so luxuriös, kam ihm aber im Moment wie der schönste Raum vor, den er je gesehen hatte. Er riß sich den schlechtsitzenden Rock vom Körper, den ihm der Kapitän der *Falcon* geliehen hatte, warf ihn auf einen Stuhl und fing an, sich das Hemd aufzuknöpfen.

In diesem Augenblick kam Mathison wie ein aufgeregter Pinguin in das Zimmer geflattert. »Da scheint es ein Mißverständnis im Zusammenhang mit Ihrem Namen gegeben zu haben, Sir... Allmächtiger!« Der Kammerdiener blieb stehen wie vom Schlag gerührt und rang die Hände. »Allmächtiger, Euer Gnaden! Ogottogottogott!«

Jordan grinste. Das ähnelte schon eher dem Empfang, den er sich von seiner Heimkehr versprochen hatte. »Ich bin davon überzeugt, daß wir alle dem Allmächtigen für meine Rückkehr dankbar sind, Mathison. Doch jetzt wäre ich zunächst einmal fast annähernd so dankbar für ein Bad und einen Kleiderwechsel.«

»Selbstverständlich, Euer Gnaden. Sofort, Euer Gnaden. Und erlauben Sie mir die Feststellung, daß ich außerordentlich beglückt darüber bin, daß... Ogottogottogott!« entfuhr es Mathison erneut – diesmal vor Entsetzen.

Jordan, der es gewöhnt war, daß Mathison selbst unter den heikelsten Umständen stoische Ruhe bewahrte, erlebte zu seiner Verblüffung, daß sein Kammerdiener zur Tür hinausfegte, offenbar in der Suite verschwand und eine Minute später mit einem von Tonys Hemden und Jordans Reithosen nebst Stiefeln zurückkam. »Die habe ich gerade in der letzten Woche hinten im Schrank gefunden«, keuchte Mathison. »Schnell! Sie müssen sich beeilen«, ächzte er. »Die Kirche!« japste er verzweifelt. »Die Hochzeit!«

»Eine Hochzeit«, wiederholte Jordan. »Also deshalb sind alle in der Kirche.« Er machte Anstalten, die Breeches von sich zu weisen, die ihm Mathison zugeworfen hatte und auf ein Bad zu bestehen. »Wer heiratet denn?«

»Lord Anthony«, ächzte Mathison halb erstickt, hielt ihm das Hemd hin und versuchte, Jordans Arme gewaltsam in die Ärmel zu zwängen.

Jordan grinste und ignorierte das Hemd, das inzwischen wie eine Fahne um seinen Brustkorb flatterte. »Und wer ist die Glückliche?«

»Ihre Frau!«

Einen Moment lang war Jordan nicht in der Lage, die volle Bedeutung dieser beiden Worte in sich aufzunehmen. Er dachte vielmehr darüber nach, daß Tony sehr wahrscheinlich einen Ehevertrag als Herzog von Hawthorne unterzeichnet hatte und seiner Verlobten und deren Familie gegenüber Verpflichtungen eingegangen war, die er nun nicht einhalten konnte.

»Bigamie!« keuchte Mathison.

Jordans Kopf schoß herum, als wäre er körperlich getroffen. »Gehen Sie auf die Straße und halten Sie alles an, was sich bewegt«, ordnete er an und schlüpfte in die Hemdsärmel. »Wann und wo findet es statt?«

»In zwanzig Minuten in Saint Paul's.«

Jordan warf sich in eine Mietkutsche, die er einer empörten Matrone unter der Nase weggeschnappt hatte. »Saint Paul's Cathedral«, herrschte er den Kutscher an. »Und wenn wir in fünfzehn Minuten dort sind, können Sie sich mit dem, was ich Ihnen gebe, für den Rest Ihres Lebens zur Ruhe setzen.«

»Wird leider kaum möglich sein, Herr«, antwortete der Kutscher. »Da findet eine Hochzeit statt, die schon seit Stunden alle Straßen verstopft.«

Grimmig ergab sich Jordan in sein Schicksal und versuchte in den nächsten Minuten, das Chaos in seinem Kopf zu ordnen. Während seiner Gefangenschaft hatte er dann und wann die eher unwahrscheinliche Möglichkeit erwogen, daß Tony eine junge Lady kennenlernen und nach Ablauf der Trauerzeit heiraten könnte. Doch stets hatte er diesen Gedanken wieder abgetan. Sein Cousin hatte nicht mehr Neigung gezeigt als er selbst, sich zu binden.

Jordan hatte gleichfalls darüber nachgedacht, daß auch Alexandra jemanden kennenlernen und den Wunsch nach Heirat verspüren könnte – aber doch nicht so verdammt schnell!

Aber etwas hatte er sich nie vorgestellt, selbst in seinen schlimmsten Alpträumen nicht: daß sich Tony aus einem irregeleiteten Ehrgefühl heraus dazu veranlaßt sehen könnte, Jordans arme Witwe zu heiraten. Verdammt! dachte Jordan, als die Kuppel von St. Paul's endlich in Sicht kam. Was konnte Tony nur bewogen haben, etwas so Aberwitziges zu tun?

Mitleid, schoß es Jordan durch den Kopf. Mitleid hatte ihn dazu bewogen. Das gleiche Mitleid, das Jordan der kleinen Waise gegenüber empfand, die ihm das Leben gerettet hatte und mit riesigen, bewundernden Augen zu ihm blickte.

Mitleid hatte diese Fast-Katastrophe herbeigeführt, und Jordan blieb nichts anderes übrig, als diese Eheschließung unter allen Umständen zu verhindern, denn sonst würden sich Alexandra und Tony in aller

Öffentlichkeit des Vergehens der Bigamie schuldig machen.

Noch bevor die Mietkutsche zum Stehen kam, stürmte Jordan bereits die breite Treppe zur Kathedrale hinauf, noch immer von der Hoffnung beseelt, die Trauung hätte vielleicht noch nicht begonnen. Doch diese Hoffnung erstarb jäh, als er das Portal aufriß und Braut und Bräutigam vor dem Altar stehen sah.

Er schloß die mächtige Eichentür hinter sich und schritt den Mittelgang entlang. Rechts und links von ihm begannen ihn Gäste zu erkennen. Ein Raunen machte sich breit. Ein Raunen, das zu einem Brausen anschwoll. Alexandra hörte die Unruhe hinter sich und blickte unsicher zu Anthony, der sich jedoch ganz auf die feierlichen Worte des Erzbischofs konzentrierte: »So jemand unter euch ist, der von Gründen weiß, die gegen eine Ehe zwischen diesem Mann und dieser Frau sprechen, dann soll er jetzt das Wort erheben oder für immer schweigen...«

Für den Bruchteil einer Sekunde herrschte absolute Stille – die angespannte Stille, die stets dieser uralten Aufforderung folgt –, doch diesmal wurde sie von einer tiefen Baritonstimme durchbrochen: »Es gibt einen Grund...«

Tony fuhr herum, der Erzbischof riß den Mund auf, Alexandra erstarrte, und dreitausend Gäste riß es von ihren Sitzen. Vor dem Altar entglitt Melanie Camden das Rosenbouquet, Roddy Carstairs grinste breit, und Alexandra stand da, fest davon überzeugt, daß es ein Traum war, ein Traum sein mußte – denn sonst würde sie mit Sicherheit den Verstand verlieren.

»Auf welcher Grundlage erheben Sie Einwände gegen diese Eheschließung?« erkundigte sich der Erzbischof schließlich mürrisch.

»Auf Grundlage der Tatsache, daß die Braut bereits verheiratet ist«, erwiderte Jordan und klang fast erheitert. »Mit mir.«

Seine Stimme! Also war es kein Traum! Ein unbändiges Glücksgefühl stieg in Alexandra auf und löschte jede Erinnerung an seinen Verrat und Betrug aus. Langsam drehte sie sich um, befürchtete noch immer irgendeine grausame Täuschung, und sah ihn dann an. Es war Jordan! Er lebte. Sein Anblick ließ sie nahezu auf die Knie sinken. Er stand da, blickte sie an, ein leichtes Lächeln spielte um seine Lippen.

Tief erschüttert und unendlich glücklich streckte Alexandra im Geist die Hand aus, um sein geliebtes Gesicht zu berühren, sich zu vergewissern, daß er Wirklichkeit war. Sein Lächeln vertiefte sich, als könne er ihre Berührung spüren. Sein Blick wanderte über ihr Gesicht, nahm die Veränderung ihres Äußeren wahr, aber dann, aus keinem erkennbaren Grund, verhärtete sich seine Miene; er sah Tony scharf und beschuldigend an.

Die Herzoginwitwe verharrte reglos auf ihrem Platz in der ersten Bank, die rechte Hand an der Kehle, die Augen ungläubig auf Jordan gerichtet. In der allgemeinen Erstarrung schien sich lediglich Onkel Monty seine Aktivität bewahrt zu haben; vermutlich hinderte ihn die heimlich genossene Flasche Madeira daran, Jordans Profil zu erkennen. Er erinnerte sich jedoch lebhaft an die Ermahnungen der Herzogin im Hinblick auf die Würde dieser Hochzeit, und so hielt er es für seine Pflicht, den Störer zur Ordnung zu rufen. »Setzen Sie sich, Mann! Und rühren Sie sich nicht, bevor der Erzbischof die Zeremonie beendet – sonst bekommen Sie es mit der Herzogin zu tun!«

Seine Stimme brach den Bann, der jeden einzelnen in dem riesigen Kirchenschiff gefangengehalten hatte.

Der Erzbischof verkündete, daß die Trauung nicht fortgesetzt werden könne, und verließ die Apsis, Tony ergriff Alexandras bebende Hand und begann, mit ihr den Mittelgang entlangzuschreiten, Jordan trat zur Seite, um sie vorbeizulassen, die Herzogin erhob sich zögernd, den Blick noch immer auf Jordan gerichtet. In der festen Überzeugung, die Eheschließung sei erfolgreich beendet, folgte Onkel Monty seinen Anweisungen bis aufs Wort, bot der Herzoginwitwe galant den Arm, eskortierte sie im Schlepptau von Braut und Bräutigam mit stolzgeschwellter Brust den Mittelgang hinunter und lächelte den Gästen huldvoll zu, die sich inzwischen gleichfalls erhoben hatten und die Prozession mit mumifizierter Verblüffung verfolgten.

Vor dem Kirchenportal drückte Onkel Monty Alexandra einen geräuschvollen Schmatz auf die Wange, ergriff Tonys Hand und schüttelte sie kräftig, bis ihn Jordans harsche Stimme zusammenfahren ließ: »Die Hochzeit wurde abgesagt, Sie Narr! Machen Sie sich nützlich und bringen Sie meine Frau nach Hause.« Jordan bot seiner Großmutter den Arm und ging mit ihr auf die wartenden Kutschen zu. »Ich schlage vor, daß wir uns davonmachen, bevor die Meute da drinnen über uns herfällt«, rief er Tony über die Schulter zu. »Die Zeitungen bringen eine Schilderung meiner wundersamen Rückkehr. Dort können sie die Details lesen. Wir treffen uns bei mir, im Haus an der Upper Brook Street.«

»Keinerlei Chance, eine Mietkutsche zu bekommen, Hawthorne«, sagte Onkel Monty zu Tony und ergriff entschlossen die Initiative, da weder Tony noch Alexandra zu einer Regung fähig schienen. »Es ist keine in Sicht. Sie fahren mit uns.« Mit einer Hand packte er Tonys Arm, mit der anderen Alexandra, dann marschierte er mit ihnen auf Tonys Kutsche zu.

Jordan setzte seine Großmutter in ihre Equipage, rief dem Kutscher eine kurze Anordnung zu und kletterte dann neben sie. »Jordan…?« flüsterte sie endlich, als die Kutsche anfuhr. »Bist du es wirklich?«

Er legte liebevoll den Arm um sie und küßte sie zärtlich auf die Stirn. »Ja, liebste Grandmama.«

In einem seltenen Beweis ihrer Zuneigung legte sie die Hand gegen seine gebräunte Wange, zog sie dann aber heftig wieder fort und herrschte ihn unwillig an: »Wo bist du gewesen, Hawthorne? Wir hielten dich für tot! Die arme Alexandra ist vor Trauer fast vergangen, und Anthony…«

»Erspar dir die Lügen«, unterbrach Jordan kalt. »Tony wirkte alles andere als begeistert, mich wiederzusehen, und meine ›trauernde‹ Frau war eine strahlende Braut.«

Vor seinem inneren Auge sah Jordan die hinreißende Schönheit vor sich, die sich vor dem Altar ihm zugewandt hatte. Einen herrlichen, entsetzlichen Moment lang hatte er angenommen, in die falsche Hochzeit hineingeplatzt zu sein, oder daß sich Mathison mit der Identität von Tonys Braut geirrt hatte, denn er hatte sie nicht wiedererkannt. Jedenfalls nicht, bis sie ihn mit diesen unvergeßlichen blauen Augen ansah. Erst dann hatte er mit Sicherheit gewußt, daß sie es war. Genauso sicher, wie er wußte, daß Tony sie nicht aus Mitleid heiraten wollte. Diese atemberaubende Schönheit vor dem Altar hätte in jedem Mann alle möglichen Gefühle erregt – nur kein Mitleid.

»Bisher hatte ich angenommen, daß die Trauerzeit nach dem Tod eines engen Familienmitglieds ein Jahr beträgt«, setzte er bitter hinzu.

»So ist es, und wir haben uns auch daran gehalten!« verteidigte sich die Herzogin. »Wir haben erst im April wieder an gesellschaftlichen Ereignissen teilgenommen, als Alexandra ihr Debüt hatte, und ich...«

»Und wo hat meine ›trauernde‹ Frau diese traurige Zeit verbracht?« wollte er wissen.

»Auf Hawthorne natürlich, mit Anthony und mir.«

»Natürlich«, wiederholte Jordan sarkastisch. »Ich finde es schon ein wenig erstaunlich, daß sich Tony nicht mit meinen Titeln, meinen Ländereien und meinem Geld zufriedengegeben hat, daß er unbedingt auch noch meine Frau besitzen mußte...«

Plötzlich wurde der Herzogin bewußt, welchen Eindruck Jordan haben mußte. Sie wurde bleich. Gleichzeitig erkannte sie, daß es bei seiner augenblicklichen Stimmung ein großer Fehler wäre, ihm erkären zu wollen, daß Alexandras Attraktivität ihre Heirat bedingt hatte. »Du irrst dich, Hawthorne. Alexandra...«

»Alexandra«, unterbrach er sie rauh, »hat es offenbar sehr gefallen, Herzogin von Hawthorne zu sein. Und so tat sie das einzig Mögliche, sich diese Position auf Dauer zu sichern. Sie beschloß, den augenblicklichen Duke of Hawthorne zu heiraten.«

»Sie ist...«

»Eine intrigante Opportunistin?« erkundigte er sich mit ätzender Schärfe. Wut und Abscheu nahmen ihm fast den Atem. Während er im Kerker aus verzweifelter Sorge um Alexandra kaum in den Schlaf gekommen war, hatten sich Tony und Alexandra all seiner weltlichen Güter erfreut. Und im Laufe der Zeit hatten sie auch aneinander Gefallen gefunden.

Die Herzoginwitwe seufzte tief auf. »Ich weiß, wie schrecklich das alles auf dich wirken muß, Jordan«, sagte sie mit einem Hauch von Schuldbewußtsein in ihrer rauhen Stimme. »Aber ich kann auch erkennen, daß du im Augenblick keinen Erklärungen zugänglich zu sein scheinst. Ich wäre jedoch sehr froh, wenn du mir zumindest erklären könntest, was du eigentlich in all dieser Zeit gemacht hast.«

In der Kutsche hinter ihnen, in der Kutsche mit dem goldenen Wappen des Herzogs von Hawthorne, saß Alexandra reglos neben Onkel Monty und gegenüber von Tony, der schweigend aus dem Fenster starrte. In ihrem Kopf war ein Chaos, ihre Gedanken überschlugen sich. Jordan war am Leben und offenbar wohlauf, wenn auch sehr viel dünner, als sie ihn in Erinnerung hatte. War er absichtlich verschwunden, um dem bedauernswerten Kind zu entkommen, das er geheiratet hatte, und nur aus einem Grund zurückgekehrt: um sie daran zu hindern, eine Bigamistin zu werden? Das wilde Glücksgefühl darüber, daß er lebte, verwandelte sich in Verwirrung und Unsicherheit. Doch so sehr konnte er sie doch eigentlich nicht verabscheut haben!

Doch kaum hatte sie sich mit dieser Überlegung getröstet, durchzuckte sie eine andere Erkenntnis. Der Mann, dessen Wiederkehr sie gerade bejubelt hatte, war derselbe, der sie verachtet, der sie seiner Geliebten gegenüber verspottet hatte. Inzwischen wußte sie – und durfte das nie vergessen! –, daß Jordan prinzipienlos, untreu, herzlos und unmoralisch war. Und sie war mit ihm verheiratet!

Ihr gegenüber bewegte sich Tony auf seinem Sitz, und das erinnerte sie unvermittelt daran, daß nicht nur ihre Zukunft durch Jordans Rückkehr drastisch verändert wurde. »Es tut mir unendlich leid, Tony«, sagte sie hilflos. »Nur gut, daß deine Mutter bei deinem Bruder geblieben ist. Der Schock über Jordans Wiederkehr wäre mit Sicherheit zuviel für sie gewesen.«

Zu ihrer Überraschung begann Tony zu lächeln. »Der Herzog von Hawthorne zu sein, ist durchaus nicht so wunderbar, wie ich mir das einst vorgestellt habe. Wie ich dir schon vor Wochen sagte, bereitet selbst sagenhafter Reichtum kein großes Vergnügen, wenn man nicht die Zeit findet, ihn auch zu genießen. Mir ist jedoch gerade bewußt geworden, daß dir das Schicksal ein großes Geschenk gemacht hat.«

»Und das wäre?« wollte sie wissen und sah ihn an, als hätte er den Verstand verloren.

»Überlege doch mal«, erwiderte er und lachte laut auf. »Jordan kommt zurück, und seine Frau ist inzwischen eine der begehrenswertesten Frauen Englands! Sei ehrlich, ist das nicht genau das, wovon du immer geträumt hast?«

Mit grimmiger Genugtuung dachte Alexandra an den Schock, der auf Jordan wartete, wenn er herausfand, daß seine ungewollte, erbärmliche kleine Frau jetzt der absolute Mittelpunkt der Gesellschaft war. »Ich habe nicht die Absicht, mit ihm verheiratet zu bleiben«, sagte sie mit großer Entschiedenheit. »Sobald wie möglich werde ich ihm mitteilen, daß ich die Scheidung wünsche.«

Sofort wurde Tony ernst. »Das ist doch nicht dein Ernst. Hast du eine Vorstellung davon, welchen Skandal eine Scheidung verursachen würde? Und selbst wenn du geschieden wirst, was ich bezweifle, würde dich die Gesellschaft danach total isolieren.«

»Das macht mir nichts aus.«

»Ich weiß deine Rücksicht auf meine Gefühle zu schätzen, Alex, aber meinetwegen brauchst du nicht über eine Scheidung nachzudenken. Selbst wenn wir leidenschaftlich ineinander verliebt wären, was wir nicht sind, könnte das nichts ändern. Du bist nun einmal Jordans Frau.«

»Ist dir denn noch nicht der Gedanke gekommen,

daß er den Wunsch haben könnte, daran etwas zu ändern?«

»Nie im Leben«, erklärte Tony munter. »Ich schätze, im Moment hat er nur einen Wunsch: Mich zu fordern und Satisfaktion zu verlangen. Ist dir denn der mörderische Blick entgangen, den er mir in der Kirche zugeworfen hat? Keine Angst«, beschwichtigte er sie und lächelte über ihre besorgte Miene, »falls Hawk ein Duell wünscht, wähle ich Degen und schicke dich als Ersatz. Dein Blut kann er schlecht vergießen, und du hast eine größere Chance als ich, bei ihm einen Treffer zu landen.«

Alexandra hätte zu gern heftig darüber diskutiert, daß es Jordan sehr wahrscheinlich ziemlich gleichgültig war, daß Tony und sie heiraten wollten, aber Diskussionen erforderten klares, logisches Denken, und sie konnte den Nebel der Unwirklichkeit, der sie umgab, noch immer nicht abschütteln. »Laß mich diejenige sein, die mit Jordan über eine Scheidung spricht, Tony. Um des künftigen Familienfriedens willen muß er einsehen, daß das allein meine Entscheidung ist und mit dir nichts zu tun hat.«

Halb amüsiert, halb beunruhigt beugte sich Tony vor, legte ihr lachend die Hände auf die Schultern und schüttelte sie leicht. »Alex, hör mich an. Ich weiß, daß du einen Schock erlitten hast. Ich denke auch nicht, daß du Jordan bereits in dieser Woche oder vor Ablauf des Monats wieder in die Arme fallen solltest. Aber eine Scheidung hieße den Wunsch nach Vergeltung doch ein wenig zu weit treiben.«

»Er kann nicht die geringsten Einwände erheben«, erklärte Alexandra heftig. »Er hat sich nie etwas aus mir gemacht.«

Tony schüttelte den Kopf und bemühte sich, sein

Lächeln zu verbergen. »Wie wenig du doch über die Männer und ihren Stolz weißt, Alex. Und du kennst auch Jordan nicht, wenn du glaubst, er würde dich gehen lassen. Er...« Plötzlich begannen Tonys Augen zu glänzen, und er fiel laut lachend in die Polster zurück. »Jordan«, gluckste er, »verabscheute es, seine Spielzeuge zu teilen. Und er ließ nie eine Herausforderung aus!«

Onkel Monty blickte von einem zum anderen, griff in seinen Frack und zog eine kleine silberne Taschenflasche hervor. »Umstände wie diese«, verkündete er und setzte sie an die Lippen, »verlangen nach einem stärkenden Schluck.«

Für weitere Unterhaltungen blieb keine Zeit, denn die Kutsche hielt vor dem Haus an der Upper Brook Street.

Alexandra kam es vor, als säße sie nun schon eine Ewigkeit mit einem Champagnerglas in der Hand auf dem Sofa, aber noch immer wartete sie vergeblich darauf, daß Jordan sein Gespräch mit Tony über den momentanen Zustand der Hawthorne-Besitzungen abschloß und sich ihr zuwandte. Als er dieses Thema erschöpfend behandelt hatte, wandten sich Jordans Fragen der Situation seiner anderen Investitionen zu. Dann war auch dies ausführlich erörtert, und er begann sich nach lokalen Ereignissen zu erkundigen.

Offensichtlich hält er mich für unbedeutender als Lord Wedgeleys zweijährige Stute und Sir Markhams vielversprechendes Fohlen, dachte sie verbittert. Doch das durfte sie kaum überraschen, denn wie sie vor nicht langer Zeit zu ihrer tiefsten Beschämung erfahren hatte, war sie für Jordan Townsende nie etwas anderes als eine lästige Verpflichtung gewesen.

Als auch die banalsten Geschehnisse zur Sprache gekommen waren, breitete sich eine unbehagliche Stille im Raum aus, und Alexandra nahm an, daß endlich sie an der Reihe war. Doch als sie gerade dachte, Jordan würde sie um ein Gespräch unter vier Augen bitten, erhob er sich abrupt aus seinem Sessel neben dem Kamin und erklärte, sich zurückziehen zu wollen.

Klugheit riet ihr zu schweigen, aber Alexandra hätte keine weitere Stunde dieser qualvollen Spannung ertragen. »Ich glaube, es wäre da noch ein Thema zu besprechen, Euer Gnaden«, sagte sie mit bemüht ruhiger und gelassener Stimme.

Ohne auch nur einen Blick in ihre Richtung zu werfen, streckte Jordan den Arm aus und ergriff Tonys Hand. »Das Thema kann warten«, entgegnete er kühl. »Sobald ich einige wichtige Dinge erledigt habe, werden wir unter vier Augen miteinander sprechen.«

Die Unterstellung, sie sei nicht »wichtig«, war unüberhörbar, und Alexandra verspannte sich unter der absichtlichen Beleidigung. Sie war eine erwachsene junge Frau und kein leicht lenkbares, in ihn vernarrtes Kind mehr, das alles getan hätte, um ihm zu gefallen. »Bestimmt hat ein menschliches Wesen den gleichen Anspruch auf deine Zeit wie Sir Markhams Fohlen«, erklärte sie mühsam beherrscht. »Und ich würde es vorziehen, jetzt darüber zu sprechen, da wir alle zusammen sind.«

Jordans Kopf zuckte zu ihr herum, und der wilde Zorn in seinen Augen verschlug ihr den Atem. »Ich sagte ›unter vier Augen‹!« herrschte er sie an und hinterließ in ihr die beunruhigende Gewißheit, daß Jordan Townsende hinter seiner kühlen, gelassenen Fassade vor Wut kochte. Doch bevor sie ihre Bitte um seine Zeit zurückziehen konnte, was sie allen Ernstes erwog, erhob sich die Herzogin schnell und bedeutete Onkel Monty und Tony, zusammen mit ihr den Raum zu verlassen.

Die Tür fiel verhängnisvoll laut hinter ihnen ins Schloß, und zum ersten Mal seit fünfzehn Monaten war Alexandra mit ihrem Mann allein, erschreckend allein.

Aus den Augenwinkeln bemerkte sie, daß er zum Tisch trat und sich noch ein Glas Champagner eingoß, und sie nutzte sein Abgelenktsein dazu, ihn zum ersten Mal seit seiner Rückkehr richtig anzusehen. Was sie erblickte, ließ sie erbeben, und sie fragte sich verängstigt, wie sie so naiv oder vernarrt gewesen sein konnte, Jordan Townsende für »gütig« zu halten.

Jetzt, mit den Augen einer Erwachsenen, konnte sie in seinen harten, abweisenden Zügen keine Spur von Güte oder Sanftheit entdecken. Wie, fragte sie sich zutiefst erstaunt, hatte sie ihn nur jemals mit Michelangelos David vergleichen können?

Statt milder Schönheit prägte herrische Rücksichtslosigkeit Jordans gebräunte Züge, unnachgiebige Autorität die hohen Wangenknochen und die gerade Nase, kalte Entschlossenheit sein Kinn. Sie erzitterte innerlich vor dem kalten Zynismus, den sie in seinen Augen sah, dem ätzenden Spott, den sie in seiner Stimme hörte. Vor langer Zeit hatte sie gefunden, daß seine Augen so sanft waren wie der Himmel nach einem Sommerregen, aber nun erkannte sie, daß es Augen ohne jede Wärme und Mitgefühl waren, kalt und abweisend wie Gletscher. Oh, er sieht gut aus, räumte sie zögernd ein, sogar umwerfend gut, aber nur, wenn man sich zu dunklen, aggressiven, verworfen sinnlichen Männern hingezogen fühlte, was bei ihr mit Sicherheit nicht der Fall war.

Jordan setzte sich wieder in den Sessel neben den Kamin, trank sein Glas aus und stellte es hart auf den Kaminsims. »Ich warte«, erklärte er ungeduldig.

Erschreckt über seinen verächtlichen Ton sah ihn Alexandra an. »Ich... ich weiß«, stammelte sie und war wild entschlossen, ihm mit ruhiger Gelassenheit unwiderruflich zu erklären, daß sie nicht länger seiner Obhut unterworfen zu sein wünschte. Andererseits wollte sie auch nichts tun oder sagen, was ihm zu erkennen gab, wie verletzt, zornig und enttäuscht sie gewesen war, als sie die Wahrheit über seine Gefühle ihr gegenüber erfuhr, oder wie sie sich mit ihrer Trauer um Londons berüchtigtsten Schwerenöter zur Närrin gemacht hatte. Darüber hinaus wurde zunehmend deutlich, daß Jordan in seiner augenblicklichen Stimmung wohl kaum einsichtig auf das Thema Scheidung reagieren würde. »Ich weiß nicht recht, wie ich beginnen soll«, meinte sie zögernd.

»Wenn das so ist«, entgegnete er ironisch, und sein Blick glitt anzüglich über ihr Brautkleid, »gestatte mir, dir ein paar Vorschläge zu machen. Du könntest mir beispielsweise sagen, wie sehr ich dir gefehlt habe. Allerdings stünde das in gewissem Widerspruch zu der Robe, die du da trägst. Du hättest dir etwas anderes anziehen sollen. Es ist übrigens ganz ausnehmend hübsch.« Sein Ton wurde härter. »Habe ich es bezahlt?«

»Nein... das heißt, ich weiß nicht genau...«

»Mach dir keine Sorgen über das Kleid«, unterbrach er sie schneidend. »Laß uns mit deiner Scharade fortfahren. Da du dich wohl kaum in meine Arme werfen und Tränen der Freude über meine Rückkehr vergießen kannst, während du als Braut eines anderen kostümiert bist, mußt du dir schon etwas anderes einfallen lassen, um mich dir gegenüber geneigter zu stimmen und meine Vergebung zu erlangen.«

Unbändige Wut überwog Alexandras Ängste. »Deine was?« explodierte sie.

»Warum erzählst du mir nicht, wie untröstlich du warst, als du von meinem Dahinscheiden erfuhrst?« fuhr er ungerührt fort. »Das würde sich doch ganz hübsch anhören. Und wenn du dir dann auch noch zwei oder drei Tränen abringen und mir beteuern könntest, wie sehr du um mich getrauert, wie oft du geweint und Gebete für mein Seelenheil gesprochen...«

Das kam der Wahrheit so nahe, daß Alexandra vor Scham und Wut erbebte. »Hör auf!« rief sie zornig. »Ich werde nichts dergleichen tun! Darüber hinaus ist deine Vergebung das letzte, wonach es mich verlangt, du arroganter Heuchler!«

»Das war eben sehr unklug von dir, mein Schätzchen«, erklärte er mit seidenweicher Stimme und verließ seinen Sessel. »Zeiten wie diese verlangen nach zärtlichen Beteuerungen und Tränen, nicht nach Beleidigungen. Darüber hinaus sollte meine Haltung dir gegenüber deine vorrangige Sorge sein. Guterzogene Mädchen, die danach trachten, Herzoginnen zu werden, müssen sich jedem in Frage kommenden Herzog jederzeit empfehlen. Aber da du offenbar weder dein Kleid wechseln noch weinen kannst, warum erzählst du mir dann nicht einfach, wie sehr du mich vermißt hast?« fuhr er unerbittlich fort. »Du hast mich doch vermißt, oder? So sehr, möchte ich wetten, daß du Tony nur aus einem Grund heiraten wolltest: weil er mir ähnelt. So ist es doch, oder?« höhnte er.

»Warum verhältst du dich nur so?« begehrte sie verzweifelt auf.

Ohne darauf zu reagieren, kam er näher an sie heran und überragte sie wie eine dunkle, unheilverkündende Wolke. »In ein oder zwei Tagen werde ich dir mitteilen, was ich im Hinblick auf dich beschlossen habe.«

»Ich bin nicht deine Leibeigene!« brach es aus ihr heraus. »Du kannst nicht über mich verfügen wie über ein... ein Möbelstück!«

»Kann ich nicht? Laß es darauf ankommen!« spottete er.

Alexandra zermarterte sich den Kopf nach einer Möglichkeit, seinen irrationalen Zorn und das zu besänftigen, was nur ein verletztes Selbstgefühl sein konnte. »Ich kann verstehen, daß du zornig bist...«

»Wie einfühlsam von dir«, mokierte er sich.

»...ich sehe aber, daß es keinen Sinn hat, mit dir vernünftig reden zu wollen, solange du in dieser Stimmung...«

»Versuche es doch wenigstens«, forderte er sie heraus und kam noch näher.

Hastig trat Alexandra einen Schritt zurück. »Es wäre sinnlos. Du würdest ja doch nicht auf mich hören. ›Der Zorn löscht das Licht des Denkens aus‹...«

Das Zitat von Ingersoll traf Jordan völlig unvorbereitet und erinnerte ihn schmerzlich an das bezaubernde lockenhaarige Mädchen, das je nach Bedarf Buddha oder Johannes den Täufer zitieren konnte. Unglückseligerweise erboste es ihn nur noch mehr, denn dieses Mädchen war sie nicht mehr. Statt dessen hatte sie sich in eine intrigante kleine Opportunistin verwandelt. Hätte sie Tony heiraten wollen, weil sie ihn liebte, hätte sie ihm das inzwischen gesagt, das wußte er. Da sie das nicht getan hatte, wollte sie offenbar Herzogin von Hawthorne bleiben.

Und genau da liegt ihr Problem, dachte Jordan zynisch. Sie konnte sich ihm nicht in die Arme werfen und vor Freude weinen, nachdem er gerade ihre Hochzeit mit einem anderen Mann verhindert hatte. Ebensowenig konnte sie das Risiko eingehen, ihn ohne einen Versuch der Versöhnung aus dem Haus gehen zu lassen. Jedenfalls nicht, wenn sie die Absicht hatte, ihre Position in der Gesellschaft auch weiterhin zu behaupten.

In den letzten fünfzehn Monaten ist sie ehrgeizig geworden, erkannte er mit tiefer Verachtung. Und schön. Sogar atemberaubend schön. Sie war eine intrigante Opportunistin, aber trotz aller Beweise konnte er in ihren zornsprühenden Augen keine Spur von Arglist und Falschheit entdecken. Verärgert über sein inneres Widerstreben, sie als das zu sehen, was sie war, drehte er sich auf dem Absatz um und ging zur Tür.

In einem Wirbel widersprüchlicher Gefühle – Zorn, Erleichterung, Unruhe – sah Alexandra ihm nach. An der Schwelle drehte er sich noch einmal um, und sie verspannte sich sofort.

»Morgen ziehe ich hier ein. Bis dahin wirst du dich an ein paar Verhaltensregeln halten: Unter anderem wirst du Tony nirgendwohin begleiten.«

Sein Tonfall drohte schreckliche Konsequenzen an, und obwohl sich Alexandra im Augenblick nicht recht vorstellen konnte, wie die aussehen sollten, oder weshalb sie überhaupt das Haus verlassen sollte, um sich dem Klatsch auszusetzen, fühlte sie sich sofort eingeschüchtert.

»Du wirst überhaupt nicht aus dem Haus gehen. Habe ich mich verständlich genug ausgedrückt?«

Kapitel 19

Nachdem er fast eine Stunde lang im Salon des Stadthauses seiner Großmutter Roddy Carstairs Schilderungen gelauscht hatte, war Jordan weder überrascht noch verblüfft oder verärgert. Er tobte. Während er monatelang nachts aus Sorge um seine hilflose Frau nicht in den Schlaf gekommen war, hatte sie London auf den Kopf gestellt. Während er im Kerker schmachten mußte, hatte Alexandra ein Dutzend vielbeachteter Flirts hinter sich gebracht. Während er in Ketten lag, hatte »Alex« offenbar ein Jagdrennen in Gresham Green gewonnen und ein spielerisches Duell mit Lord Mayberry ausgefochten, wobei ihre knappsitzenden Breeches ihren Gegner angeblich so aus der Fassung brachten, daß der berühmte Fechter die Partie verlor. Sie hatte sich auf Jahrmärkten vergnügt und sich auf eine Art Geplänkel mit einem Vikar aus Southeby eingelassen, der – hätte Roddy schwören können – mindestens siebzig Jahre alt war. Und das war noch längst nicht alles!

Wenn man Carstairs glauben durfte, hatte Tony mindestens sechs Dutzend Anträge um ihre Hand erhalten. Ihre abgewiesenen Verehrer hatten sich zuerst um sie gerissen, dann gestritten, und schließlich war einer von ihnen tatsächlich auf die Idee verfallen, sie zu entführen. Irgendein junger Fant namens Sevely hatte ihr zu Ehren eine »Ode an Alex« veröffentlicht, und der alte Dilbeck seine neueste Rosenzüchtung »Glorious Alex« genannt...

Jordan lehnte sich in seinem Sessel zurück, streckte die langen Beine aus, hob das Brandyglas an die Lippen und lauschte weiter Carstairs Worten, während seine Züge nichts anderes als gelinde Erheiterung über die Possen seiner Frau verrieten.

Wie Jordan wußte, war das genau die Reaktion, die seine Freunde von ihm erwarteten, denn unter den Oberen Zehntausend bestand Einvernehmen darüber, daß Ehemänner und Ehefrauen die Freiheit hatten, zu tun, was ihnen beliebte – sofern sie Diskretion wahrten. Allerdings bestand unter Gentlemen auch Einvernehmen darüber, daß ein Mann von seinen engsten Freunden dann – so schonend wie möglich – in Kenntnis gesetzt wurde, wenn die Capricen seiner Frau drohten, die Grenze der Annehmbarkeit zu überschreiten und ihn in Verlegenheit zu bringen. Und das war wohl auch der Grund, vermutete Jordan, aus dem sich seine Freunde nicht energischer bemüht hatten, Carstairs zum Schweigen zu bringen.

Wäre Carstairs nicht gleichzeitig mit Jordans Freunden erschienen, hätte er ihn nie empfangen. Für Jordan war er lediglich ein flüchtiger Bekannter und ein schändliches Klatschmaul, aber die anderen drei Männer im Salon betrachtete er als Freunde. Und obwohl sie wiederholt versucht hatten, Carstairs von seinem Thema abzubringen, war aus ihren bemüht neutralen Mienen doch ersichtlich, daß der größte Teil von Carstairs Schilderungen zutraf.

Unsinnigerweise erregte ihn am meisten, daß sie sie »Alex« nannten.

Offenbar nannte sie alle Welt Alex. Die gesamte Gesellschaft schien samt und sonders mit seiner Frau auf intim freundschaftlichem Fuß zu stehen – besonders die männliche.

Jordan warf einen Blick auf den Diener, der neben der Tür stand, und deutete mit einem kaum merklichen Kopfschütteln an, daß die Gläser der Gäste nicht nachzufüllen waren. Dann wartete er ab, bis Carstairs Luft holen mußte, und log unverfroren: »Ich bin sicher, daß Sie uns jetzt entschuldigen werden, Carstairs. Aber ich habe mit diesen Gentlemen geschäftliche Dinge zu besprechen.«

Roddy nickte liebenswürdig und erhob sich, um zu gehen. Aber nicht, ohne zuvor noch einen Seitenhieb loszuwerden. »Ich bin froh, Sie wieder unter uns zu haben, Hawk. Auch wenn mir der arme Tony leid tut. Er ist genauso verrückt nach Alex wie Wilston, Gresham, Fites, Moresby und noch ein paar Dutzend andere...«

»Sie auch?« erkundigte sich Jordan kühl.

Roddy erhob gleichmütig die Brauen. »Selbstverständlich.«

Nachdem Carstairs verschwunden war, erhoben sich auch Lord Hastings und Lord Fairfax mit verlegenen Gesichtern. »Hast du eigentlich vor, beim Queen's Race im September deinen schwarzen Hengst zu reiten, Hawk?« erkundigte sich Lord Hastings auf der Suche nach einem unverfänglichen Thema, um die angespannte Atmosphäre zu entkrampfen.

»Auf jeden Fall werde ich daran teilnehmen«, erwiderte Jordan und bemühte sich zur gleichen Zeit, sich seine Verärgerung über Carstairs nicht anmerken zu lassen und sich das unbeschwerte Vergnügen in Erinnerung zu rufen, das die Teilnahme an dem wichtigsten Hindernisrennen des Jahres mit sich brachte.

»Ich wußte, daß du mitmachen würdest. Ich wette auf dich, falls du Satan reitest.«

»Nimmst du denn nicht teil?« fragte Jordan desinteressiert.

»Natürlich. Aber wenn du diesen schwarzen Teufel reitest, setze ich auf dich, nicht auf mich. Er ist das schnellste Roß, das mir je unter die Augen gekommen ist.«

Jordan runzelte verblüfft die Stirn. Als man ihn vor

mehr als einem Jahr gepreßt hatte, war Satan ein reizbarer, unberechenbarer Dreijähriger gewesen. »Du hast ihn laufen gesehen?«

»In der Tat! Habe voller Bewunderung gesehen, wie deine Frau ihn ritt...« Ein Blick in Jordans versteinertes Gesicht ließ Hastings entsetzt verstummen.

»Sie... äh... ist hervorragend mit ihm fertig geworden und hat ihn nicht zu hart rangenommen, Hawk«, beschwichtigte Fairfax hastig.

»Ich bin davon überzeugt, daß die Herzogin lediglich ein bißchen temperamentvoll ist, Hawk«, erklärte Hastings mit einer Stimme, in der die Lautstärke die Überzeugung überwog, und versetzte Jordan einen leichten Schlag auf die Schulter.

Lord Fairfax nickte eifrig. »Sie hat Temperament, das ist alles. Zieh die Zügel ein wenig an, und sie ist lammfromm.«

»Lammfromm!« echote Hastings prompt.

Vor der Tür blieben die beiden Männer unvermittelt auf der Freitreppe stehen und blickten sich skeptisch an. »Lammfromm?« wiederholte Hastings noch einmal die Worte seines Freundes. »Wenn Hawk die Zügel anzieht?«

Lord Fairfax lächelte fein. »Selbstverständlich. Aber zunächst muß er die Trense zwischen ihre Zähne bekommen, und dazu muß er ihr Fußfesseln anlegen. Sie wird sich wehren, wenn Hawk versucht, sie handzahm zu machen, denk an meine Worte. Hat mehr Feuer in sich als durchschnittliche Frauen – und, wie ich annehme, auch mehr Stolz.«

Hastings hob amüsiert die Brauen. »Du unterschätzt Hawks außerordentliche Wirkung auf Frauen. In ein paar Wochen frißt sie ihm aus der Hand. Und am Tag des Queen's Race wird sie ihm ihr Band an den Ärmel heften und ihn zum Sieg anspornen. Der junge Wilson und sein Freund Fairchild haben darauf bereits Wetten abgegeben. In Whites Büchern steht es bereits vier zu eins, daß Hawk ihr Band trägt.«

»Du täuschst dich, mein Freund. So leicht wird sie es Hawk nicht machen. Ganz und gar nicht.«

»Unsinn. Sie war von ihm doch wie besessen, als sie in die Stadt kam. Hast du vergessen, wie verrückt sie sich noch vor wenigen Wochen um ihn gemacht hat? Seit Hawk heute die Kirche betrat, sprechen alle über nichts anderes mehr.«

»Ich weiß und schätze, sie hat es auch nicht vergessen«, entgegnete Fairfax. »Ich kenne Hawks Herzogin, die Lady hat ihren Stolz. Und dieser Stolz wird sie davon abhalten, allzu bereitwillig wieder in seine Arme zu sinken.«

Hastings sah ihn herausfordernd an. »Ich verwette tausend Pfund darauf, daß sie beim Queen's Race Hawk ihr Band gibt.«

»Ich halte dagegen«, erklärte Fairfax ohne zu zögern. Und schon strebten sie White's zu, um sich bei Glücksspielen zu entspannen, und nicht, um diese besondere Wette abzugeben. Die behielten sie für sich – aus Respekt für ihren Freund.

Nachdem sich Fairfax und Hastings verabschiedet hatten, trat Jordan zum Tisch und füllte sein Glas auf. Der Zorn, den er so gut vor den anderen verborgen hatte, zeigte sich nun in seinen Augen und dem verspannten Kinn, als er seinen engsten Freund John Camden ansah. »Ich kann nur hoffen, daß du nicht geblieben bist, um mir eine weitere Indiskretion über Alexandra ganz vertraulich und unter vier Augen mitzuteilen.«

Lord Camden lachte laut auf. »Kaum. Als Carstairs von Alexandras Jagdrennen in Gresham Green und ihrem Duell mit Mayberry berichtete, erwähnte er auch den Namen Melanie. Ich glaube, er wies darauf hin, daß Melanie deine Frau in beiden Fällen lautstark angefeuert hat.«

Jordan hob sein Glas. »So?«

»Melanie«, erklärte John, »ist meine Frau.«

Das Glas in Jordans Hand blieb auf dem Weg zu seinen Lippen stecken. »Was?«

»Ich bin verheiratet.«

»Tatsächlich?« meinte Jordan mürrisch. »Warum?«

Lord Camden lächelte. »Offenbar konnte ich mich nicht beherrschen.«

»Wenn das so ist, sehe ich mich gezwungen, dir meine verspäteten Glückwünsche auszusprechen«, sagte Jordan, hob sein Glas zu einem spöttischen Toast, riß sich dann aber schnell zusammen. »Verzeih, John. Aber im Augenblick sehe ich in Hochzeiten keinen Grund zum Feiern. Ist deine Melanie jemand, den ich kenne? Bin ich ihr schon begegnet?«

»Das will ich doch nicht hoffen!« John lachte. »Sie hatte ihr Debüt kurz nachdem du verschwunden warst, und das war sehr gut so. Du hättest sie so unwiderstehlich gefunden, daß ich gezwungen gewesen wäre, dich zu fordern.«

»Dein Ruf war auch nicht viel besser als meiner.«

»Deine Qualitäten habe ich nie erreicht«, witzelte John in dem Bemühen, seinen Freund aufzuheitern. »Sobald ich ein begehrliches Auge auf eine ansprechende Miss warf, rief ihre Mama eine zusätzliche Anstandsdame zu Hilfe. Tatest du das gleiche, bekam jede Mama weit und breit Anfälle von maßlosem Schrecken und wilder Hoffnung. Aber natürlich hatte ich kein Herzogtum zu bieten, was ihre Ängste und ihren Eifer zum Teil erklärt.«

»Ich kann mich nicht erinnern, je mit einer tugendhaften Unschuld herumgetändelt zu haben«, meinte Jordan, setzte sich und starrte in sein Glas.

»Das hast du nicht. Aber da deine und meine Frau Freundinnen geworden sind, nehme ich an, daß sie einander ähnlich sind. Und wenn das so ist, mach dich auf ein stürmisches Leben gefaßt.«

»Warum?« erkundigte sich Jordan höflich.

»Weil du nie dahinterkommen wirst, was sie sich als nächstes in den Kopf setzt. Und wenn du dahinterkommst, jagt es dir eine Heidenangst ein. Heute hat mir Melanie erzählt, daß sie schwanger ist, und schon jetzt habe ich die größte Angst, daß sie das Kind nach der Geburt verlegen wird.«

»Ist sie vergeßlich?« fragte Jordan und bemühte sich erfolglos, Interesse an der Frau seines besten Freundes zu zeigen.

John hob die Schultern. »Muß sie wohl. Wie wäre es sonst zu erklären, daß sie nach meiner heutigen Rückkehr aus Schottland zu erwähnen vergaß, daß sie und die Frau meines besten Freundes – die ich bisher noch nicht kennengelernt habe – in etliche mißverständliche Ereignisse verwickelt waren?«

In der Erkenntnis, daß seine Aufmunterungsversuche kaum von Erfolg gekrönt waren, zögerte John kurz und fragte dann ernst: »Was hast du im Hinblick auf deine Frau vor?«

»Ich habe mehrere Möglichkeiten, und im Augenblick kommen sie mir alle sehr verlockend vor«, sagte Jordan. »Ich kann ihr den Hals umdrehen, sie hier hinter Schloß und Riegel setzen oder morgen nach Devon schicken und dort unter Verschluß halten.«

»Großer Gott, Hawk. Das kannst du nicht tun. Nach

allem, was heute in Saint Paul's geschehen ist, wird man denken...«

»Ich gebe keinen Pfifferling darauf, was man denkt«, unterbrach Jordan ihn, doch in diesem Fall entsprach das nicht ganz der Wahrheit, und beide Männer wußten es. Jordan erboste sich zunehmend über die Vorstellung, als ein Mann dem öffentlichen Gespött preisgegeben zu werden, dem seine Frau auf der Nase herumtanzte.

»Vermutlich ist es wirklich nur ihr Temperament«, bemerkte Lord Camden. »Melanie kennt sie gut und hat sie sehr gern.« Als er sich erhob, um zu gehen, sagte er: »Falls du morgen in Stimmung bist, kannst du ja ins White's kommen. Dort versammeln wir uns, um ein Glas auf meine Vaterschaft zu leeren.«

»Ich komme gern«, antwortete Jordan mit einem erzwungenen Lächeln.

Als sich die Tür hinter Lord Camden geschlossen hatte, starrte Jordan blicklos auf die Landschaft über dem Kamin und fragte sich, mit wie vielen Liebhabern Alexandra wohl ihr Lager geteilt hatte. Der Verlust der Unschuld, die Enttäuschung in ihrem Blick waren ihm nicht entgangen, als er am Nachmittag mit ihr allein gewesen war. Früher waren ihre wundervollen Augen offen, vertrauensvoll und sanft gewesen, wenn sie ihn anschaute. Jetzt war dort kalte Verachtung zu sehen.

Wut tobte in Jordan wie ein Waldbrand, als er über die Gründe nachdachte, die Alexandra dazu gebracht haben könnten, ihn mit so unverhüllter Feindseligkeit zu behandeln: Sie war enttäuscht darüber, daß er lebte! Das offene, vertrauensvolle Kind, das er geheiratet hatte, reagierte mit Zorn darauf, daß er nicht gestorben war! Das anmutige, bezaubernde junge Mädchen, mit dem er die Ehe geschlossen hatte, war zu einem kalten, berechnenden, schönen... Miststück geworden.

Er dachte an Scheidung, aber nur kurz. Abgesehen von dem Skandal, würde es Jahre dauern, bis sie endlich ausgesprochen war, und er brauchte einen Erben. Den Townsendes war offenbar nur eine kurze Lebensspanne beschieden, und auch wenn es Alexandra an Tugend und Sittsamkeit mangelte, wie sich jetzt herauszustellen schien, konnte sie ihm dennoch Kinder gebären – notfalls in strenger Isolation, um sicherzustellen, daß es wirklich seine Nachkömmlinge waren und nicht die von anderen Männern.

Jordan lehnte sich in seinem Sessel zurück, schloß die Augen und bemühte sich, tief durchzuatmen, um seine Wut unter Kontrolle zu bekommen. Als ihm das endlich gelungen war, machte er sich bewußt, daß er Alexandra aufgrund von Klatsch und Gerüchten verurteilte und über ihre Zukunft entschied. Er verdankte sein Leben dem unverdorbenen Mädchen, das er geheiratet hatte. Also war er ihm auch das Recht schuldig, sich zu verteidigen.

Morgen würde er sie mit den Dingen konfrontieren, die er von Carstairs gehört hatte, und ihr die Möglichkeit geben, sie zu widerlegen. Das war ihr gutes Recht – vorausgesetzt, sie war nicht so dumm, ihn zu belügen. Aber wenn sich herausstellen sollte, daß sie in der Tat eine intrigante Opportunistin oder ein wollüstiges kleines Biest war, dann würde er sie mit der Rücksichtslosigkeit zur Raison bringen, die sie verdiente.

Entweder würde sie sich seinem Willen unterwerfen, oder er würde sie brechen – jedenfalls würde sie lernen, sich wie eine gute, pflichtbewußte Ehefrau zu benehmen, entschied er mit kalter Entschlossenheit.

Kapitel 20

Alexandra erwachte vom Klang eiliger Schritte und gedämpfter Stimmen vor ihrer Schlafzimmertür. Verschlafen drehte sie sich auf den Rücken und blickte zur Uhr. Noch nicht einmal neun Uhr und damit viel zu früh für das Personal, in dieser Etage zu putzen, deren Bewohner in der Saison häufig bis elf schliefen, nachdem sie erst im Morgengrauen nach Hause gekommen waren.

Vermutlich bereiten sie schon jetzt alles für die Ankunft ihres illustren Herrn und Meisters vor, dachte sie mißmutig.

Sie zog ein lavendelfarbenes Morgenkleid an, öffnete neugierig die Tür und prallte sofort wieder zurück, als vier Diener an ihr vorbeimarschierten, die Arme voller Kartons und Schachteln, die die Namen der besten Londoner Schneider und Schuhmacher trugen.

Aus der Halle drangen nahezu pausenlos die Geräusche des Türklopfers und tiefe Männerstimmen herauf. Offenbar trafen unzählige Besucher ein, um »Hawk« ihre Aufwartung zu machen. Vor seiner Rückkehr hatte Alexandra und die Herzogin gleichfalls Besucher empfangen, aber doch nicht so viele und niemals zu einer so frühen Stunde.

Alexandra lief den Korridor entlang zur Galerie und spähte in die Halle hinunter, wo Higgins gerade die Tür öffnete, um drei Gentlemen einzulassen. Zwei weitere Ankömmlinge warteten bereits darauf, in einen Empfangssalon geführt zu werden, während um sie herum die Dienerschaft ihren Aufgaben beflissen und mit kaum verhüllter Aufregung nachging.

Nachdem Higgins mit den Gentlemen in Richtung Bibliothek verschwunden war, wandte sich Alexandra an eines der Zimmermädchen, das gerade die Treppe heraufgeeilt kam. »Lucy?«

Das Mädchen versank in einem schnellen Knicks. »Ja, Mylady?«

»Aus welchem Grund sind die Diener so früh so geschäftig?«

Das junge Mädchen richtete sich zu voller Größe auf und erklärte stolz: »Der Herzog von Hawthorne ist endlich wieder zu Hause!«

Alexandra griff haltsuchend zur Brüstung. »Er ist bereits eingezogen?«

»Ja, Mylady, das ist er.«

Alexandras entsetzter Blick überflog die Halle, wo in diesem Augenblick Jordan in maßgeschneiderten dunkelblauen Hosen und einem weißen am Hals offenstehenden Hemd erschien. In seiner Gesellschaft befand sich Prinzregent George in farbenfrohem Samt und Satin. »Es war ein schwarzer Tag für uns, an dem Sie verschwanden, Hawthorne«, sagte er und strahlte Jordan an. »Wir erwarten von Ihnen, in Zukunft besser auf sich zu achten. Ihre Familie hat bereits zu viele tragische Ereignisse getroffen. Darüber hinaus«, fuhr er fort, »wären wir sehr erfreut, wenn Sie sich endlich der Erzeugung eines Erben widmen würden.«

Jordan reagierte auf dieses königliche Dekret mit einem amüsierten Lächeln und sagte dann etwas, was den Prinzregenten schallend auflachen ließ.

Der Gast schlug Jordan auf die Schulter und entschuldigte sich für seinen unangekündigten Besuch, während Higgins herbeigeeilt kam, um ihm mit einem tiefen Bückling die Tür zu öffnen.

Als sie sich von dem Schock erholt hatte, den britischen Regenten unter dem selben Dach mit ihr und auf sehr vertrautem Fuß mit Jordan zu sehen, schritt Alexandra langsam die Treppe hinunter und dachte an ihr unausweichliches Gespräch mit Jordan.

»Guten Morgen, Higgins«, sagte sie freundlich, als sie die letzten Stufen erreicht hatte, und sah sich suchend um. »Wo sind denn Penrose und Filbert heute?«

»Nach seiner Ankunft hat Seine Gnaden sie in die Küche geschickt. Er war der Ansicht, daß sie... äh, nicht ganz... daß sie... äh...«

»Er wollte sie aus den Augen haben, ist es nicht so?« unterbrach Alexandra sein Gestammel spitz.

»So könnte man es nennen.«

Alexandra erstarrte. »Haben Sie Seiner Gnaden denn nicht gesagt, daß Penrose und Filbert meine Fr...« Sie brach ab und korrigierte sich schnell: »Diener sind?«

»Das erwähnte ich, ja.«

Mit fast übermenschlicher Energie kämpfte Alexandra gegen die Wut an, die in ihr aufstieg. Sie wußte selbst, daß die beiden Alten kaum in der Lage waren, den Prinzregenten und die Vielzahl der anderen Besucher zufriedenstellend zu empfangen. Aber sie vor den Augen der anderen Diener kurzerhand in die Küche zu schicken, anstatt ihnen andere weniger demütigende Aufgaben zu übertragen, war ebenso ungerecht wie unbarmherzig. Darüber hinaus war es ihrer Vermutung nach ein kindischer Racheakt.

»Würden Sie Seiner Gnaden bitte sagen, daß ich ihn sprechen möchte«, sagte sie. »So bald wie möglich.«

»Seine Gnaden wünscht Sie gleichfalls zu sehen. Um halb zwei in seinem Arbeitszimmer.«

Alexandra blickte auf dic Standuhr. Noch drei Stunden und fünfzehn Minuten bis zu der Konfrontation mit ihrem Mann. Sie mußte also noch drei Stunden und fünfzehn Minuten warten, bis sie ihm mitteilen konnte, daß die Heirat mit ihm ein Fehler gewesen war, und daß sie die feste Absicht hatte, diesen Fehler wiedergutzumachen. In der Zwischenzeit würde sie die Herzogin und Tony aufsuchen.

»Alex«, rief Tony von der anderen Seite des Korridors her, als sie gerade die Hand hob, um an die Tür der Herzogin zu klopfen. »Wie geht es dir heute morgen?« fragte er und kam schnell auf sie zu.

Alexandra lächelte ihn liebevoll an. »Sehr gut. Ich bin früh zu Bett gegangen und habe die ganze Nacht hervorragend geschlafen. Und du?«

»Ich habe kaum ein Auge zugemacht«, bekannte er schmunzelnd. »Hast du das schon gesehen?« Er reichte ihr die Zeitung.

Alexandra schüttelte den Kopf und überflog den ausführlichen Bericht über Jordans Entführung, Flucht und sein mutiges Einstehen für einen Mitgefangenen, einen Amerikaner, den er mehrmals unter Einsatz des eigenen Lebens gerettet hatte.

Die Tür zur Suite der Herzogin schwang auf, und zwei Diener mit schweren Truhen auf den Schultern traten heraus. Die Herzoginwitwe stand in der Mitte des Raumes und gab drei Zimmermädchen Anweisungen, die ihre Habseligkeiten in weiteren Truhen verstauten. Als sie Alexandra und Tony sah, entließ sie die Mädchen, sank in einen Sessel und strahlte die beiden jungen Leute an, die ihr gegenüber Platz nahmen.

»Warum lassen Sie packen?« erkundigte sich Alexandra ahnungsvoll.

»Anthony und ich ziehen in meine Stadtvilla«, erwiderte sie so selbstverständlich, als wundere sie sich über Alexandras Frage. »Schließlich ist dein Ehemann wieder da, so daß du keine Anstandsdame mehr brauchst.«

Bei den Worten »dein Ehemann« krampfte sich Alexandras Magen fühlbar zusammen.

»Du armes Kind«, erklärte die Herzogin, der Alexandras Angespanntheit nicht entgangen war. »Was du in deinem jungen Leben nicht schon alles erdulden mußtest. Aber die Ereignisse gestern waren mit Sicherheit der größte Schock für dich. In ganz London wird von nichts anderem mehr gesprochen. Ich bin jedoch davon überzeugt, daß wir in zwei oder drei Tagen unsere Aktivitäten wieder aufnehmen sollten, als wäre nichts geschehen. Die Gesellschaft wird selbstverständlich davon ausgehen, daß Anthony dich aus Pflichtgefühl gegenüber seinem ›dahingeschiedenen‹ Cousin heiraten wollte, und daß sich nun, da Jordan wieder da ist, alles zu aller Zufriedenheit gelöst hätte.«

Alexandra bezweifelte sehr, daß die Gesellschaft so denken würde, und gab ihrer Skepsis auch Ausdruck.

»Sie werden, liebes Kind«, entgegnete die Herzogin hoheitsvoll, »weil ich genau das einigen meiner Freunde erklärt habe, die mir gestern nachmittag Besuche abstatteten, während du geruht hast. Darüber hinaus hat Anthony im vergangenen Jahr unübersehbares Interesse an Sally Farnsworth bekundet, was der Annahme durchaus Glaubwürdigkeit verleiht, er hätte dich aus Pflichtgefühl heiraten wollen. Meine Freunde werden das in die richtigen Ohren flüstern, und du wirst überrascht sein, wie schnell es die Runde macht.«

»Wie können Sie da so sicher sein?« wollte Alexandra wissen.

Die Herzoginwitwe hob die Brauen und lächelte. »Weil meine Freunde viel zu verlieren haben, wenn sie sich nicht exakt so verhalten, wie ich es von ihnen erwarte. Nicht wen man kennt ist entscheidend, liebes Kind, was man über jemanden weiß, ist wichtig. Und ich weiß genug, um den meisten meiner Freunde das Leben sehr unbehaglich machen zu können.«

Tony lachte. »Du bist durch und durch skrupellos, Grandma.«

»Das stimmt«, räumte sie unverblümt ein. »Du scheinst noch immer zu zweifeln, Alexandra? Warum?«

»Zunächst einmal, weil Ihre Pläne voraussetzen, daß wir uns alle sofort wieder in die Öffentlichkeit begeben. Ihr anderer Enkelsohn hat mir gestern ausdrücklich untersagt, das Haus zu verlassen«, erklärte sie und wählte für Jordan eine bewußt unpersönliche Bezeichnung. »Eine Anordnung, die ich nicht zu befolgen gedenke«, fügte sie rebellisch hinzu.

Die Herzogin runzelte nachdenklich die Stirn. »Er war gestern wohl ein wenig durcheinander«, entgegnete sie nach kurzer Pause. »Dann müßte doch jedermann annehmen, du würdest dich deiner beabsichtigten Hochzeit mit Tony schämen. Nein, liebes Kind«, fügte sie dann wieder zuversichtlich hinzu. »Jordan hat mit Sicherheit nicht gründlich genug nachgedacht, als er das von dir verlangte. Wir werden morgen oder in zwei Tagen wieder unseren gesellschaftlichen Verpflichtungen nachgehen. Dagegen kann er keine Einwände haben. Ich werde mich bei ihm für dich verwenden.«

»Bitte nicht, Euer Gnaden«, entgegnete Alexandra leise. »Bitte tun Sie das nicht. Ich bin eine erwachsene Frau und benötige keinen Fürsprecher. Darüber hinaus habe ich keineswegs die Absicht, ihn über mich bestimmen zu lassen. Dazu hat er kein Recht.«

Die Herzogin quittierte diese pflichtvergessene, aufrührerische Erklärung mit einem mißfälligen Blick. »Was für ein Unsinn! Selbstverständlich hat ein Ehemann das Recht, die Aktivitäten seiner Frau zu beeinflussen. Und da wir gerade bei diesem Thema sind, würde ich dir gern ein paar Ratschläge im Hinblick auf dein künftiges Verhalten gegenüber deinem Mann geben, wenn du gestattest?«

»Selbstverständlich«, erwiderte Alexandra höflich, obwohl sich alles in ihr sträubte.

»Gut. Verständlicherweise warst du gestern erregt, als du ihn um ein unverzügliches Gespräch unter vier Augen gebeten hast, aber damit hast du ihn provoziert. Und das war sehr unklug. Du kennst ihn nicht so gut wie ich ihn kenne. Jordan kann sehr hart reagieren, wenn man seinen Zorn erregt. Und gestern war er offensichtlich bereits tief erzürnt über deine beabsichtigte Hochzeit mit Tony.«

Empört und verletzt nahm Alexandra zur Kenntnis, daß die alte Dame, die sie längst schätzen und lieben gelernt hatte, offenbar ausschließlich Jordans Partei ergriff. »Gestern hat er sich unentschuldbar grob verhalten«, entgegnete sie fest. »Und es täte mir leid, wenn Sie das enttäuscht, Euer Gnaden, aber ich kann nicht sagen, daß ich über meine Heirat mit ihm glücklich bin. Er hat Dinge getan, die ich zutiefst verabscheue, und sein Charakter... läßt zu wünschen übrig!«

Unerwartet überzog ein Lächeln das Gesicht der Herzogin. »Du kannst mich gar nicht enttäuschen, liebes Kind. Du bist die Enkeltochter, die ich mir immer gewünscht habe. Und ich würde nie behaupten, daß Jordans Verhalten gegenüber Frauen etwas ist, worauf man stolz sein könnte. Aber ich sollte es dir überlassen, das zu ändern. Und eines solltest du nie vergessen: Bekehrte Schürzenjäger werden oft die besten Ehemänner.«

»Wenn sie sich bekehren lassen«, wandte Alexandra bitter ein. »Und ich möchte nicht mit ihm verheiratet sein.«

»Natürlich nicht. Jedenfalls nicht im Augenblick. Aber dir bleibt keine andere Wahl, denn du bist bereits mit ihm verheiratet. Ich kann nicht verhehlen, daß ich mich insgeheim darauf freue, wie du ihn zur Raison bringen wirst.«

Alexandra starrte sie verblüfft an. Ihre Worte entsprachen genau dem, was bereits Tony und Melanie zu ihr gesagt hatten. »Ich kann nicht, und selbst wenn ich...«

»Du kannst und du wirst«, erklärte die Herzogin nachdrücklich, doch gleich darauf wurde ihre Miene wieder sanfter, als sie fortfuhr: »Du wirst es tun, Alexandra, und wenn auch nur, um es ihm heimzuzahlen. Du bist stolz und mutig genug.«

Alexandra wollte widersprechen, aber die Herzoginwitwe hatte sich bereits Tony zugewandt.

»Zweifellos wird Hawthorne von dir irgendeine Erklärung für deinen Wunsch nach einer Heirat mit Alexandra verlangen, Anthony. Wir sollten uns sehr genau überlegen, was du sagst.«

»Dazu ist es zu spät, liebste Grandmama. Hawk hat mich bereits heute früh um acht zu sich zitiert. Es war das erste, was er von mir wissen wollte.«

Erstmals wirkte die Herzogin wirklich besorgt. »Ich hoffe, du hast ihm gesagt, daß es sich als ›praktische‹ Lösung geradezu angeboten hat. Vielleicht hättest du ihm auch erklären können, der Entschluß wäre einer Laune entsprungen, oder...«

»Ich habe ihm nichts dergleichen gesagt«, entgegnete Tony und grinste fast diabolisch. »Ich habe ihm erklärt, ich hätte sie heiraten müssen, weil sich die erlesensten Junggesellen Londons ihretwegen zum Narren machten, sich um sie stritten und Entführungspläne ausheckten...«

Die Hand der Herzogin fuhr an ihre Kehle. »Das ist nicht dein Ernst!«

»Mein voller Ernst.«

»Großer Gott, warum?«

»Weil es die Wahrheit ist«, erwiderte Anthony schmunzelnd. »Und weil er es ohnehin bald genug erfahren hätte.«

»Dann wäre es immer noch Zeit genug gewesen.«

»Vielleicht, aber nicht annähernd so befriedigend.« Anthony grinste, und in diesem Moment hielt ihn Alexandra für den nettesten, liebenswertesten Mann unter der Sonne. »Weil er es dann von anderen erfahren hätte und mir seine Reaktion entgangen wäre«, fügte er hinzu.

»Und wie hat er reagiert?« erkundigte sich Alexandra fast wider Willen.

»Gar nicht«, erwiderte Tony schulterzuckend. »Aber so ist Hawk nun einmal. Zeigt doch nie, was er fühlt. Er ist doch für seine Beherrschung noch berüchtigter als für seine Flir...«

»Das reicht, Anthony«, verfügte die Herzogin, stand auf und klingelte nach ihrem Mädchen.

Auch Alexandra und Tony erhoben sich. »Wie wäre es mit einer kleinen Fechtpartie?« schlug er vor.

Alexandra nickte. Das würde ihr helfen, sich auf angenehme Weise die Zeit bis zu dem Gespräch mit Jordan zu vertreiben.

Kurz vor halb eins erschien Higgins mit einer Botschaft in Jordans Arbeitszimmer. Ein Gentleman aus der Bow Street fühlte sich nicht wohl und bedauerte, ihr vertrauliches Gespräch auf den folgenden Tag verschieben zu müssen.

Jordan blickte den Butler an und entschied, sein Treffen mit Alexandra vorzuziehen. »Wo ist Ihre Herrin, Higgins?«

»Im Ballsaal, Euer Gnaden. Sie liefert sich ein Degengefecht mit Lord Anthony.«

Unbemerkt von den beiden Fechtern öffnete Jordan die Tür zu dem riesigen Ballsaal im zweiten Geschoß. Er lehnte sich an die Wand und sah zu, wie sich die beiden behende über das Parkett bewegten, klirrend die Klingen kreuzten, parierten, voneinander abließen und erneut gegeneinander vordrangen. Wie gebannt hing sein Blick an der geschmeidigen Gestalt in Männer-Breeches, die verführerisch knapp ihre Hüften und Schenkel umschmiegten. Sehr schnell wurde ihm bewußt, daß sie nicht nur die talentierte Fechterin war, für die er sie seit langem hielt, sondern eine brillante Könnerin mit tadellosem Zeitgefühl, blitzschnellen Reflexen und verblüffend exakten Bewegungen.

Unvermittelt erklärte Alexandra die Partie für beendet. Atemlos lachend griff sie nach hinten, zog die Maske vom Gesicht und schüttelte den Kopf so heftig, daß ihr die mahagonifarbenen Locken wie ein Wasserfall über die Schultern fielen. »Du wirst langsam, Tony«, sagte sie, ihn neckend, löste den Brustschutz und ging in die Knie, um beides gegen die Wand zu lehnen. Anthony erwiderte etwas, und sie lächelte ihn über die Schulter hinweg an... Plötzlich sah Jordan ein bezauberndes, lockiges Mädchen vor sich, das auf einer Waldlichtung vor ihm zwischen bunten Blumen kniete, einen zappelnden Welpen im Arm hielt und mit unverhüllter Liebe in den Augen zu ihm aufblickte.

Mit nostalgischem Schmerz machte sich Jordan bewußt, daß es dieses Mädchen nicht mehr gab.

»Hawk«, rief Tony, der ihn endlich doch bemerkt hatte, »du glaubst doch hoffentlich nicht, daß es am Alter liegen könnte, daß ich angeblich langsamer werde?« Neben ihm fuhr Alexandra herum. Ihre Miene erstarrte.

»Das will ich nicht hoffen«, gab Jordan trocken zurück. »Immerhin bin ich älter als du.« Dann wandte er sich an Alexandra. »Da einer meiner Besucher abgesagt hat, dachte ich, wir könnten unsere Unterhaltung vielleicht jetzt schon beginnen.«

Im Gegensatz zum Vortag klang seine Stimme heute höflich, unpersönlich und sehr sachlich. Erleichtert, aber dennoch auf der Hut, blickte Alexandra an ihren Breeches hinab. »Ich würde mir zuvor lieber etwas anderes anziehen«, sagte sie in der irrigen Annahme, daß sich das knappsitzende Kleidungsstück während der Unterhaltung mit ihm für sie als nachteilig auswirken würde.

»Das ist nicht nötig.«

Da sie ihn nicht unnötig reizen wollte, indem sie über Banalitäten mit ihm stritt, begleitete Alexandra ihn schweigend hinunter in sein Arbeitszimmer und überdachte noch einmal, was sie vorbringen wollte.

Nachdem sich die Doppeltüren hinter ihnen geschlossen hatten, wartete Jordan, bis sie sich in einen der Sessel vor dem wuchtigen Eichenschreibtisch gesetzt hatte. Anstatt hinter dem Schreibtisch Platz zu nehmen, setzte er sich lässig auf die Kante, verschränkte die Arme vor der Brust und musterte sie leidenschaftslos, während er ein Bein so hin- und herschwang, daß es ihr Bein streifte.

Bis er endlich das Wort ergriff, schien eine Ewigkeit

zu vergehen. Als er es endlich tat, klang seine Stimme ruhig, aber autoritär. »Für dich und mich gab es zwei ›Anfänge‹. Der erste fand vor mehr als einem Jahr auf dem Landsitz meiner Großmutter statt, und der zweite gestern in diesem Haus. Heute ist unser dritter – und letzter – Anfang. In wenigen Minuten werde ich darüber entscheiden, welchen Verlauf unsere Zukunft nimmt. Doch bevor ich das tue, möchte ich zunächst erfahren, was du dazu zu sagen hast.« Damit griff er hinter sich, ergriff ein Schriftstück vom Schreibtisch und reichte es ihr.

Neugierig warf Alexandra einen Blick auf das Papier und schoß dann vor Wut fast von ihrem Sessel hoch. Jordan hatte eine Liste »fragwürdiger Taten« zusammengestellt – darunter ihre Fechtübungen mit Roddy, ihren Wettritt durch den Hyde Park, der Fast-Skandal, als Lord Marbly versucht hatte, sie ohne ihr Wissen nach Wilton zu entführen, sowie etliche andere Episoden, die vergleichsweise harmlos waren, sich aber, auf diese Weise aufgezählt, wie eklatante Verstöße lasen.

»Bevor ich über unsere Zukunft entscheide«, fuhr Jordan ungerührt fort, »halte ich es nur für gerecht, dir die Möglichkeit zu geben, die Punkte auf der Liste zu benennen, die nicht der Wahrheit entsprechen, sowie sich zu den anderen zu äußern, die zutreffend sind.«

Alexandra konnte ihren Zorn nicht mehr beherrschen. Ganz langsam stand sie auf und stemmte die Hände in die Hüften. Nicht einmal in ihren wildesten Träumen hätte sie vermutet, daß er die Stirn haben würde, ihr Verhalten zu kritisieren. Verglichen mit dem Leben, das er geführt hatte, war sie so rein wie frischgefallener Schnee.

»Du widerwärtiger, heuchlerischer, arroganter...!« brach es unkontrolliert aus ihr heraus. Dann riß sie sich zusammen, schob kühl das Kinn vor, sah ihm direkt in die faszinierenden Augen und erklärte mit perverser Befriedigung: »Ich bekenne mich jeder einzelnen dieser banalen, harmlosen und unverfänglichen Aktivitäten schuldig.«

Jordan betrachtete die zornige Schönheit, die mit blitzenden Augen und wutschnaubend vor ihm stand, und empfand widerwillige Bewunderung für ihre Aufrichtigkeit und den Mut, ihre Schuld zuzugeben.

Aber noch war Alexandra nicht fertig. »Wie kannst du es wagen, mich mit dieser Liste von Beschuldigungen zu konfrontieren und mir ein Ultimatum über meine Zukunft stellen!« tobte sie, machte blitzschnell auf dem Absatz kehrt und lief auf die Tür zu.

»Komm auf der Stelle zurück!« befahl Jordan.

Alexandra fuhr so schnell herum, daß ihr die langen dunklen Locken um den Kopf flogen. »Ich komme zurück!« rief sie verächtlich. »In spätestens zehn Minuten.«

Mit gerunzelter Stirn starrte Jordan die Tür an, die sehr hörbar hinter ihr ins Schloß gefallen war. Er hatte nicht erwartet, daß sie derart heftig auf die Liste reagierte. Wenn er es recht bedachte, war er sich gar nicht mehr so sicher, was er eigentlich damit zu erreichen hoffte – bis auf die Chance, an ihrer Reaktion einen Hinweis darauf zu bekommen, was sie getan hatte, als er fort war. Das einzige, was er wissen wollte, wissen mußte, war die Antwort auf die Frage, wer während seiner Abwesenheit ihr Lager geteilt hatte.

Er griff zu den Papieren auf seinem Schreibtisch und begann abwesend einen Schiffskontrakt zu lesen, während er auf ihre Rückkehr wartete.

Diese Liste, gestand er sich insgeheim ein, war keiner seiner besten Einfälle gewesen.

Diese Erkenntnis wurde wenige Minuten später bestätigt, als Alexandra kurz an die Tür klopfte und eintrat, ohne seine Aufforderung abzuwarten, um ihm ein Schriftstück auf den Schreibtisch zu legen. »Da du bereit warst, mir die Möglichkeit zur Rechtfertigung einzuräumen, nachdem du deine Beschuldigungen vorgebracht hast«, verkündete sie wütend, »bin ich bereit, ähnlich ›großmütig‹ zu verfahren, bevor ich dir mein Ultimatum für unsere Zukunft mitteile.«

Jordans erstaunter Blick flog von ihrem geröteten, bildschönen Gesicht zu dem Schriftstück. Er legte den Schiffsvertrag beiseite, nickte in Richtung auf den Sessel, auf dem sie vorhin gesessen hatte, und wartete, bis sie Platz genommen hatte. Dann nahm er ihr Papier zur Hand.

Es war eine Liste mit nur sechs Worten. Und acht Namen. Den Namen seiner ehemaligen Geliebten. Schweigend legte er die Liste beiseite und musterte sie mit gehobenen Brauen.

»Nun?« erkundigte sie sich schließlich. »Gibt es auf dieser Liste irgendwelche Fehler?«

»Einen Fehler«, stellte er mit aufreizender Gelassenheit fest, »und etliche Auslassungen.«

»Fehler?« fragte Alexandra nach, irritiert über die leise Erheiterung in seinen Augen.

»Maryanne Winthrop schreibt ihren Vornamen mit y, nicht mit i.«

»Vielen Dank für diese wichtige Information«, fauchte Alexandra. »Falls ich je die Absicht haben sollte, ihr zu dem Halsband, das du ihr geschenkt hast, wie jedermann sagt, das passende Diamantarmband zu schenken, kann ich ihren Namen auf der Begleitkarte wenigstens korrekt schreiben.«

Diesmal war sie sich ganz sicher, Belustigung in seinem Blick zu erkennen. Sie erhob sich hoheitsvoll. »Und nun, da du deine Schuld zugegeben hast, werde ich dir sagen, wie ich mir unsere Zukunft vorstelle.« Sie brach kurz ab, holte tief Atem und fügte fast triumphierend hinzu: »Ich werde mich um eine Annullierung unserer Ehe bemühen.«

Die Worte fuhren durch den Raum, brachen sich an den Wänden und hallten in der anschließenden Stille nach. In Jordans gelassenen Zügen regte sich kein Muskel. »Eine Annullierung«, wiederholte er schließlich und fuhr mit der Geduld eines Lehrers fort, der einer Schülerin die Absurdität ihrer gerade vorgebrachten Theorie plausibel machen möchte: »Hättest du die Güte, mir mitzuteilen, wie du das bewerkstelligen willst?«

Seine widerwärtige Gelassenheit weckte in Alexandra den dringenden Wunsch, ihn gegen das Schienbein zu treten. »Ich werde nichts dergleichen tun. Du wirst rechtzeitig erfahren, auf welche rechtlichen Argumente ich mich stütze – von denen, die derartige Dinge regeln.«

»Anwälte«, half Jordan bereitwillig aus. »›Derartige Dinge‹ werden gemeinhin von Anwälten ›geregelt‹.«

Ihre ohnmächtige Wut auf die Zurschaustellung seiner Überlegenheit wurde fast unerträglich, als er dann auch noch hinzufügte: »Ich könnte dir etliche ganz ausgezeichnete Anwälte empfehlen. Sie arbeiten für mich auf Honorarbasis.«

»War ich vor mehr als zwei Jahren wirklich eine solch leicht beeinflußbare Törin?« flüsterte sie mit hilflosen Tränen in der Stimme. »War ich so leicht lenkbar, daß du allen Ernstes annimmst, ich würde einen deiner Anwälte darum bitten, mir einen Rat zu geben?«

Jordans Brauen zogen sich zusammen, als ihm gleich mehrere Erkenntnisse auf einmal kamen. Erstens war Alexandra trotz ihrer hervorragenden Darstellung von Mut und Unerschrockenheit den Tränen nahe. Zweitens war aus dem tapferen, unschuldigen Mädchen, das er geheiratet hatte, eine umwerfende Frau von geradezu exotischer Schönheit geworden, bei der jedoch ein Hang zu leidenschaftlicher Rebellion unverkennbar war. Die dritte – und beunruhigendste – Erkenntnis bestand darin, daß er sich von ihr genauso angezogen fühlte wie nach ihrer Hochzeit. Nein, mehr. Sehr viel mehr.

»Ich wollte dir lediglich peinliche und absolut sinnlose Besuche bei irgendeinem unbekannten und möglicherweise indiskreten Anwalt ersparen«, entgegnete er ruhig.

»Es ist durchaus nicht sinnlos«, begehrte sie auf.

»Es ist«, beharrte er. »Die Ehe wurde vollzogen, oder hast du das schon vergessen?«

Die Erinnerung an die Nacht, in der sie nackt und bereitwillig in seinen Armen gelegen hatte, war mehr, als Alexandra ertragen konnte. »Ich bin nicht senil«, beschied sie ihn, und die Erheiterung in seinen Augen machte sie so wütend, daß sie ihm schließlich doch entgegenschleuderte, auf welcher Grundlage sie eine Annullierung ihrer Ehe erreichen wollte. »Unsere Ehe ist ungültig, weil ich dich nicht aus freiem Willen geheiratet habe.«

»Erzähle das einem Anwalt, und er wird in lautes Gelächter ausbrechen. Wenn eine Ehe nur deshalb ungültig ist, weil die Frau ihren Partner nicht aus eigenem Antrieb geheiratet hat, leben die meisten Ehepaare der Gesellschaft in Sünde.«

»Ich habe nicht nur ›nicht aus eigenem Antrieb‹ geheiratet«, entgegnete Alexandra spitz. »Ich wurde unter falschen Voraussetzungen zur Ehe überredet, verlockt und verführt.«

»Dann such dir einen Anwalt, dem du das erzählen kannst, aber nimm dein Riechsalz mit, weil du es mit Gewißheit zu Wiederbelebungsversuchen benötigst.«

Mit einem Mal war sich Alexandra erschreckend sicher, daß er recht hatte. In der letzten Viertelstunde hatte sie ihre ganze aufgestaute Empörung, ihren wilden Zorn gegen Jordan entladen – ohne auch nur die geringste Reaktion zu sehen –, und jetzt fühlte sie sich eigentümlich leer. Sie hob den Kopf und sah ihn an, als wäre er ein Fremder, ein unbekanntes menschliches Wesen, für das sie… nichts empfand. »Wenn ich keine Annullierung erreichen kann, werde ich mich um eine Scheidung bemühen.«

Jordans Blick wurde hart. Offensichtlich hatte Tony gelogen, als er von ihren »ausschließlich familiären« Gefühlen zueinander gesprochen hatte. »Ohne meine Einwilligung wirst du nie geschieden«, beschied er sie knapp. »Also kannst du deine Heiratspläne mit Tony vergessen.«

»Ich habe nicht die Absicht, Tony zu heiraten!« rief sie zornig. »Und ebensowenig habe ich die Absicht, deine Frau zu bleiben!«

Ihre heftige Reaktion verbesserte Jordans Stimmung erheblich. Jetzt musterte er sie fast gleichmütig. »Verzeih, wenn ich begriffsstutzig erscheine, aber es überrascht mich schon, daß du eine Annullierung unserer Ehe wünschst.«

»Zweifellos muß es dich überraschen, daß es tatsächlich eine Frau gibt, die dich nicht für unwiderstehlich hältst«, entgegnete sie bitter.

»Und deshalb willst du eine Annullierung? Weil du mich nicht für unwiderstehlich hältst?«

»Ich möchte eine Annullierung«, stellte Alexandra gelassen fest und sah ihm direkt in die Augen, »weil ich dich nicht mag.«

Unbegreiflicherweise begann er zu lächeln. »Du kennst mich nicht gut genug, um mich abzulehnen«, neckte er sie.

»Oh, ich kenne dich gut genug!« entgegnete sie düster. »Und ich weigere mich, weiterhin deine Frau zu sein.«

»Dir bleibt keine andere Wahl, Sweetheart.«

Der lockere, beiläufige Umgang mit dem Kosewort trieb ihr erneut die Zornesröte in die Wangen. Es war genau das, was man von einem berüchtigten Schwerenöter erwarten würde. Vermutlich nahm er nun an, sie würde ihm zu Füßen sinken. »Nenne mich nicht ›Sweetheart‹! Ich werde meine Freiheit von dir erringen – was es auch kostet. Und ich habe durchaus eine Wahl«, fügte sie mit einer spontanen Eingebung hinzu. »Ich kann nach Morsham zurückkehren und dort ein Cottage kaufen.«

»Und wie«, erkundigte er sich trocken, »willst du das bezahlen?«

»Aber... als wir heirateten, sagtest du, du hättest eine große Summe auf meinen Namen übertragen.«

»Die dir auch zur Verfügung steht, so lange ich mit der Art und Weise einverstanden bin, wie du das Geld ausgibst«, klärte er sie auf.

»Wie ungemein bequem für dich«, fauchte Alex verächtlich. »Du hast dir also selbst Geld geschenkt.«

So betrachtet war ihre Feststellung der Wahrheit so nahe, daß Jordan fast geschmunzelt hätte. Er sah ihr ins zornrote Gesicht und fragte sich, warum sie ihn von Anfang an immer wieder zum Lachen bringen konnte.

Er fragte sich auch, woher dieses überwältigende Bedürfnis kam, sie zu beruhigen und zu besitzen, ohne ihren Willen zu brechen. Während des vergangenen Jahres hatte sie sich ungeheuer verändert, war aber noch immer unendlich viel besser als jede andere Frau. »Diese ganze Diskussion über Gesetz und Recht erinnert mich daran, daß ich gewisse Rechte besitze, die ich seit mehr als einem Jahr nicht in Anspruch genommen habe«, sagte er abrupt und zog sie zwischen seine Knie.

»Hast du denn gar keinen Anstand...«, begehrte Alexandra heftig auf und wehrte sich ebenso energisch wie erfolglos. »Ich bin noch immer legal mit deinem Cousin verlobt.«

Sein Lachen war tief und wohlklingend. »Nun, das ist wenigstens ein überzeugendes Argument.«

»Ich will nicht, daß du mich küßt!« warnte sie zornbebend und setzte ihre Handflächen ein, um genügend Abstand von seinem Oberkörper zu gewinnen.

»Das ist bedauerlich«, stellte er leise fest und zog sie mühelos eng an sich, »weil ich herausfinden möchte, ob ich in dir noch immer dieses gewisse Gefühl der Wärme hervorrufen kann.«

»Du verschwendest deine Zeit!« schrie Alexandra auf und wandte den Kopf ab, tief beschämt von seiner Erinnerung an eine längstvergangene Zeit, in der sie von ihm so besessen gewesen war, daß sie ihm beichtete, wie sehr seine Küsse ihr Herz und ihren Körper erwärmten. Nach allem, was sie gehört hatte, ließen Jordan Townsendes Küsse bei der Hälfte der weiblichen Bevölkerung Englands die Körpertemperatur gefährlich ansteigen! »Ich war ein naives Kind. Jetzt bin ich eine erwachsene Frau, die von Männern geküßt wurde, die das ebensogut können wie du! Sogar besser!«

Jordan griff mit den Fingern seiner freien Hand in ihre Haare, zog scharf ihren Kopf zurück und starrte sie an. »Wie viele waren es?« herrschte er sie an. An seinem Kiefer zuckte ein Muskel.

»Dutzende! Hunderte!« flüsterte sie erstickt.

»In diesem Fall«, erklärte er bedrohlich leise, »müßtest du genügend gelernt haben, um mich in Flammen zu setzen!«

Bevor sie etwas antworten konnte, senkten sich seine Lippen besitzergreifend auf ihren Mund – zu einem Kuß, der in seiner Rücksichtslosigkeit etwas von Bestrafung hatte, der aber auch ein eigentümliches Versprechen enthielt. Ein Versprechen, daß dieser Kuß sanfter und gänzlich anders werden könnte, wenn sie nachgab...

Ein Geräusch hinter ihnen ließ Jordan seinen Griff kurz lockern und Alexandra herumfahren. Doch gleich darauf packte er sie fast noch fester als vorher, und beide blickten einen unendlich verlegenen Higgins an, der gerade drei Gentlemen in den Raum führen wollte, unter ihnen Lord Camden.

Der Butler und die drei Männer standen wie vom Donner gerührt. »Verzeihung, Euer Gnaden!« sprudelte Higgins hervor und verlor zum ersten Mal, seit ihn Alexandra kannte, die Fassung. »Ich hatte Sie so verstanden, daß ich den Earl sofort zu Ihnen führen soll, sobald er eintrifft...«

»Ich bin in einer Viertelstunde bei euch«, sagte Jordan zu seinen drei Freunden.

Die Tür schloß sich hinter ihnen, aber nicht, bevor Alexandra den amüsierten Ausdruck auf den Mienen der drei Männer bemerkt hatte. »Jetzt denken sie, daß du mich eine weitere Viertelstunde küssen wirst«, empörte sie sich. »Ich hoffe du bist befriedigt, du...«

»Befriedigt?« unterbrach er sie erheitert und betrachtete seine leidenschaftliche, unbekannte, höchst begehrenswerte junge Frau, die einst mit kindlicher Hingabe in den blauen Augen zu ihm aufgeblickt hatte. Von der Hingabe war nichts mehr zu sehen. Statt der naiven Range, die er geheiratet hatte, stand eine hinreißende, aber unberechenbare Schönheit vor ihm, und er empfand ein überwältigendes Bedürfnis, sie zu zähmen und dazu zu bringen, so auf ihn zu reagieren, wie sie das früher einmal getan hatte. »Befriedigt?« wiederholte er noch einmal. »Mit einem Kuß? Kaum.«

»So habe ich es nicht gemeint!« wehrte sich Alexandra verzweifelt. »Vor drei Tagen habe ich mit einem anderen Mann vor dem Altar gestanden. Kannst du dir nicht vorstellen, wie eigenartig es auf sie wirken muß, wenn sie sehen, daß du mich küßt?«

»Ich bezweifle, daß irgend etwas von dem, was wir tun, auf irgend jemanden ›eigenartig‹ wirkt«, entgegnete er mit einer Mischung aus Belustigung und Sarkasmus. »Zumindest nicht nach dem Schauspiel, das ich damit gegeben habe, daß ich deine Hochzeit verhinderte.«

Erstmals machte sie sich bewußt, wie komisch die Szene in St. Paul's auf die Gesellschaft gewirkt haben mußte – und wie peinlich für ihn –, und Alexandra empfand unwillkürlich fast so etwas wie Schadenfreude.

»Nun lach schon«, forderte er sie trocken auf. »Es war zum Schreien komisch.«

»Zum aktuellen Zeitpunkt nicht«, korrigierte Alexandra und unterdrückte tapfer ihr Lachen.

»Nein«, stimmte er zu, und ein atemberaubendes Lächeln überzog sein gebräuntes Gesicht. »Du hättest dein Gesicht sehen sollen. Du sahst aus, als stünde dir ein Gespenst gegenüber.« Einen kurzen Moment lang hatte sie überglücklich gewirkt, ganz so, als sähe sie jemanden, den sie sehr liebte, erinnerte er sich.

»Und du hast ausgesehen wie der personifizierte Zorn Gottes«, erklärte sie und war sich seines plötzlichen Charmes unbehaglich bewußt.

»Ich kam mir absurd und lächerlich vor.«

Zögernd stieg Bewunderung über seine Selbstironie in Alexandra auf, und eine kurze Weile ignorierte sie alles, was sie über ihn erfahren hatte. Die Zeit lief zurück, und er war wieder der lächelnde, hinreißende, fast beängstigend gutaussehende Mann, den sie geheiratet hatte. Sie blickte ihm in die offenen, faszinierenden grauen Augen, während ihr benommener Verstand endlich voll und ganz begriff, daß er tatsächlich lebte. Daß dies kein Traum war, der so enden würde, wie ihre früheren geendet hatten. Er lebte. Und er war unglaublicherweise ihr Mann. Zumindest im Moment.

Sie war so in ihre Gedanken verloren, daß es einen Moment dauerte, bis sie sich bewußt machte, daß er den Blick gesenkt hatte, daß seine Arme sie umfingen und an sich zogen.

»Nein! Ich...«

Er erstickte ihren Protest mit einem hungrigen, leidenschaftlichen Kuß. Vorübergehend der wütenden Empörung beraubt, die ihren Widerstand genährt hatte, verlor Alexandras Körper seine Starre, und der Warnruf ihrer Vernunft verlor sich in einem schockierenden Glücksgefühl, sich wieder in den starken Armen ihres Mannes zu befinden, den sie für tot gehalten hatte.

»Küß mich«, forderte Jordan rauh, und sein Atem schickte kleine erregende Schauer über ihre Haut. »Küß mich«, lockte er heiser. Seine Lippen setzten kleine, hastige Küsse auf ihren Hals, ihre Ohren. Seine

Hände glitten in ihre Haare, zwangen sie dazu, ihn anzusehen, und sein Blick forderte sie heraus. »Oder hast du es verlernt?«

Alex wäre lieber gestorben, als ihm einzugestehen, daß er der einzige Mann war, der in den vergangenen fünfzehn Monaten ihre Lippen berührt hatte.

»Nein«, hauchte sie. Sein Mund senkte sich wieder auf ihre Lippen. »Küß mich, Prinzessin«, flüsterte er heiser und küßte sie auf den Nacken, die Schläfen, die Wangen. »Ich möchte sehen, ob es noch immer so wunderbar ist, wie ich es in Erinnerung habe.«

Die Entdeckung, daß offenbar auch er ihre wenigen Küsse nicht vergessen hatte, war mehr, als Alexandra ertragen konnte. Mit einem leisen Aufstöhnen drängte sie ihm entgegen. Jordans Mund schloß sich leidenschaftlich über ihren Lippen, und diesmal öffneten sie sich bereitwillig unter seinem fordernden, aber zärtlichen Druck.

Wenig später tauchte sie aus einem Nebel von Verlangen und Lust auf. Ihre Hand lag noch immer um seinen Nacken, seine Haut darunter fühlte sich siedend heiß an. »Setz mich in Flammen«, hatte er sie herausgefordert...

Mit einem fast stolzen Gefühl stellte sie fest, daß sie offenbar genau das getan hatte, und ihre Lippen verzogen sich unbewußt zu einem provokanten Lächeln. Es entging Jordan nicht. Sein Kinn schob sich vor, er ließ die Arme sinken und trat einen Schritt von ihr fort.

»Mein Kompliment«, sagte er knapp, und Alexandra bemerkte, daß sich seine Stimmung abrupt veränderte. »Du hast im vergangenen Jahr eine Menge gelernt.«

Vor einem Jahr hat er dich für ein naives, mitleiderregendes Geschöpf gehalten, erinnerte sie ihr noch immer träger Verstand. »Vor einem Jahr hast du mich erschreckend naiv gefunden. Und jetzt beklagst du dich darüber, daß ich das nicht mehr bin. Es ist nicht leicht, dich zufriedenzustellen.«

Zu Alexandras Entsetzen leugnete er gar nicht, sie für naiv gehalten zu haben. »Darüber, wie du mich zufriedenstellen kannst, werden wir nach meiner Rückkehr von White's im Bett diskutieren. Inzwischen«, setzte er herrisch hinzu, »möchte ich einige Dinge klarstellen. Zunächst einmal kommt eine Annullierung nicht in Frage. Ebensowenig eine Scheidung. Auch keine Schein-Duelle, kein Herumparadieren in diesen Breeches, die du da trägst, Wettritte im Park oder öffentliche Auftritte mit einem anderen als mir. Habe ich mich unmißverständlich ausgedrückt?«

Unbändiger Zorn machte sich in Alexandra breit. »Für wen hältst du dich eigentlich?« fuhr sie ihn empört an. Er hatte sich kein bißchen geändert. Noch immer wollte er sie isolieren. Zweifellos hatte er noch immer die Absicht, sie irgendwo in Devon zu verstekken.

»Ich weiß, wer ich bin, Alexandra«, stellte er gelassen fest. »Allerdings weiß ich nicht, wer du bist. Jedenfalls nicht mehr.«

»Das kann ich mir gut vorstellen«, fauchte sie. »Du warst davon überzeugt, ein willfähriges Geschöpf zu heiraten, das dich anbetet und dir jeden Wunsch von den Augen abliest, nicht wahr?«

»In etwa«, gab er gereizt zu.

»Das bin ich nicht.«

»Du wirst es werden.«

Alexandra warf den Kopf zurück. »Sie irren, Euer Gnaden«, erklärte sie und schritt zur Tür.

»Ich heiße Jordan«, informierte er sie ungehalten.

Alexandra drehte sich nur andeutungsweise um.

»Das ist mir bewußt, Euer Gnaden«, erwiderte sie und strebte ungerührt weiter ihrem Ziel zu.

Erst in dem Moment, als ihre Hand den Türknauf berührte, durchschnitt seine Stimme die Stille. »Alexandra!«

Wider Willen zuckte sie erschreckt zusammen. »Ja?« sagte sie und warf einen Blick über die Schulter zurück.

»Überlege es dir genau, ob es ratsam ist, dich meinen Anordnungen zu widersetzen. Du würdest es bereuen.«

Trotz des kalten Schauers, den seine gefährlich leise Stimme ihr über den Rücken laufen ließ, reckte Alexandra entschlossen das Kinn. »Noch etwas, Euer Gnaden?«

»Nein. Schick Higgins zu mir, wenn du ihn siehst.«

Die Erwähnung des Butlers erinnerte Alex an die Situation von Penrose und Filbert. Sie fuhr herum und startete eine letzte Attacke. »Wenn du dich das nächste Mal für irgendwelche imaginären Vergehen meinerseits rächen willst, dann laß bitte meine Diener aus dem Spiel. Die beiden alten Männer, die du heute in die Küche verbannt hast, stehen mir sehr nahe. Penrose hat mich Angeln und Schwimmen gelehrt, und Filbert hat mit eigenen Händen ein Puppenhaus für mich angefertigt. Ich werde es nicht zulassen, daß sie von dir gedemütigt...«

»Sag Higgins«, unterbrach er sie kalt, »er soll sie dort einsetzen, wo es dir paßt. Solange es nicht in der Halle ist...«

Nachdem sich die Tür hinter Alexandra geschlossen hatte, starrte Jordan sehr nachdenklich vor sich hin.

Kapitel 21

Alexandra ging in das Frühstückszimmer und goß sich eine Tasse Tee ein, der dort um diese Zeit stets bereitstand. Jetzt, da sie einen Plan hatte, ging es ihr schon sehr viel besser. Sie würde den einzigen Wertgegenstand verkaufen, den sie besaß: die goldene Uhr ihres Großvaters. Es wäre zwar ein großer emotionaler Verlust, aber es mußte sein. Und das schnell, denn die Zeit, das hatte sie inzwischen erkannt, war Jordans Verbündeter und ihr Feind. Mit genügend Zeit würde er sie noch dazu bringen, in seinen Armen dahinzuschmelzen...

»Allmächtiger, Miss Alexandra, diesmal haben Sie sich aber schön in die Tinte gesetzt«, verkündete Filbert ebenso takt- wie formlos, als er mit Penrose nahe genug an den Tisch getreten war, um sie erkennen zu können. Mit tiefbesorgter Miene nahm er ihr gegenüber Platz, wie er es in Morsham stets gehalten hatte, als sie noch wie eine »Familie« zusammengelebt hatten. Penrose setzte sich neben ihn und spitzte angestrengt die Ohren, als Filbert fortfuhr: »Ich habe gehört, was der Herzog gestern unter vier Augen zu Ihnen gesagt hat, und ich habe es Penrose erzählt. Ihr Ehemann ist ein sehr harter Mensch, das ist nun mal klar, sonst hätte er Sie nicht so heruntergeputzt. Und was werden wir jetzt tun?« wollte er aufrichtig besorgt wissen.

Alexandra sah die beiden alten Männer an, die fast ihr ganzes Leben lang für sie gesorgt hatten, und lächelte schwach. Es hätte keinen Sinn, ihnen etwas vorlügen zu wollen. Sie mochten vielleicht schlecht sehen und schlecht hören, aber ihr Verstand und ihr sechster Sinn waren so scharf wie früher, als sie jeden ihrer

Tricks im voraus ahnten. »Ich denke, wir werden nach Morsham zurückkehren«, sagte sie und strich sich resigniert die Locken aus der Stirn.

»Morsham!« hauchte Penrose so andächtig, als hätte sie »Paradies« gesagt.

»Aber dazu brauche ich Geld, und ich habe nur das, was von meiner monatlichen Apanage noch übrig ist.«

»Geld!« schnaufte Filbert mißmutig. »Das hat Ihnen schon immer gefehlt, Miss Alexandra. Selbst als Ihr Papa noch lebte, verflucht sei sein...«

»Nicht«, entgegnete Alex ganz automatisch. »Es gehört sich nicht, schlecht über die Toten zu sprechen.«

»Meiner Ansicht nach«, mischte sich Penrose mit grenzenloser Verachtung ein, »ist es eine Schande, daß Sie Hawthornes Leben gerettet haben. Anstatt seinen Angreifer zu töten, hätten Sie ihn erschießen sollen.«

»Und danach«, zischte Filbert inbrünstig, »hätten Sie ihm einen Pfahl durchs Herz treiben sollen, damit dieser Vampir nicht von den Toten auferstehen und Ihr Leben ruinieren kann!«

Alexandra lachte erschauernd auf. Dann wandte sie sich an Penrose: »In der Nachttischschublade neben meinem Bett liegt die goldene Uhr meines Großvaters. Ich möchte, daß du mit ihr in die Bond Street gehst und dem Juwelier verkaufst, der das meiste dafür bietet.«

Penrose öffnete den Mund zum Protest, aber angesichts ihrer entschlossenen Miene nickte er nur zögernd.

»Mach es gleich, Penrose«, fügte sie gequält hinzu, »bevor ich es mir anders überlege.«

Nachdem Penrose gegangen war, griff Filbert über den Tisch und bedeckte ihre Finger mit seiner Hand, auf der die Adern blau hervortraten. »Penrose und ich haben in den letzten zwanzig Jahren ein bißchen zur Seite gelegt. Viel ist es nicht: siebzehn Pfund und zwei Shillings insgesamt.«

»Nein!« erklärte Alexandra energisch. »Das kommt überhaupt nicht in Frage. Ihr müßt eure...«

Higgins unverkennbar gemessene Schritte näherten sich dem Frühstückszimmer, und Filbert sprang verblüffend behende auf die Füße. »Higgins verfärbt sich jedesmal puterrot, wenn er sieht, daß wir freundschaftlich miteinander sprechen«, erklärte er, griff nach Alexandras Serviette und begann, unsichtbare Krümel vom Tischtuch zu wischen. Und diese geschäftige Szene behielt Higgins wohlwollend im Gedächtnis, als er den Raum betrat und ankündigte, Sir Roderick Carstairs wünsche Ihrer Gnaden seine Aufwartung zu machen.

Wenig später kam Roddy in den Raum gefedert, setzte sich an den Tisch, bedeutete Filbert mit einem hochmütigen Kopfnicken, ihm eine Tasse Tee einzuschenken, und begann mit einer ausführlichen Schilderung seines Besuches bei Hawk am vergangenen Abend.

Nach den ersten Sätzen erhob sich Alexandra halb aus ihrem Sessel und flüsterte fassungslos: »Also Sie haben ihm das alles erzählt? Sie?«

»Hören Sie auf, mich so anzusehen, als wäre ich gerade unter einem Felsen hervorgekrochen, Alex«, beschied sie Roddy nonchalant und goß sich Milch in den Tee. »Ich habe ihm das alles erzählt, damit er weiß, daß Sie der absolute Erfolg der Saison sind, und nicht ganz so selbstzufrieden reagiert, wenn er herausfindet – was er mit Sicherheit tun wird –, zu welcher Närrin Sie sich nach seinem Verschwinden gemacht haben. Melanie kam gestern abend mit dem gleichen Vorschlag zu mir, aber da war ich schon längst selbst bei Hawk gewesen.«

»Und er hat Ihnen sehr aufmerksam zugehört«, kommentierte Alexandra trocken. »Heute vormittag hat er mir eine Liste all meiner Sünden vorgelegt und verlangt, daß ich sie entweder gestehe oder glaubwürdig widerlege.«

Roddys Augen weiteten sich vor Entzücken. »Tatsächlich? Ich hatte schon gestern abend den Eindruck, daß es ihm unter die Haut geht, aber bei Hawk kann man sich nie ganz sicher sein. Haben Sie gestanden oder geleugnet?«

»Gestanden, selbstverständlich.« Zu unruhig, um noch eine Sekunde länger sitzen bleiben zu können, stand Alexandra mit einem entschuldigenden Blick auf, ging zu dem kleinen Sofa unter dem Fenster hinüber und schüttelte überflüssigerweise die gelben Seidenkissen auf.

Roddy betrachtete höchst interessiert ihr Profil. »Und vermute ich richtig, wenn ich von der Annahme ausgehe, daß zwischen dem wiedervereinigten Paar nicht alles eitel Sonnenschein ist?« Als Alexandra daraufhin abwesend den Kopf schüttelte, lächelte er zufrieden vor sich hin. »Es ist Ihnen doch hoffentlich bewußt, daß die Gesellschaft gespannt darauf wartet, ob Sie Hawks legendärem Charme erneut erliegen? Im Moment stehen die Wetten vier zu eins, daß Sie am Tag des Queen's Race wieder seine hingebungsvolle Gattin sind.«

Alexandra fuhr herum und wollte ihren Ohren nicht trauen. »Was?« fragte sie verärgert. »Wovon reden Sie eigentlich?«

»Von Wetten«, erwiderte Roddy lakonisch. »Sie stehen vier zu eins, daß Sie Hawk Ihr Band an den Ärmel heften und beim Queen's Race anfeuern.«

Sie war verblüfft, welche Abneigung man gegen Leute verspüren konnte, die man gerade erst begonnen hatte zu mögen. »Über so etwas werden Wetten abgeschlossen?« fragte sie ungläubig.

»Selbstverständlich. Am Tag des Queen's Race ist es Tradition, daß eine Lady ihre Zuneigung zu einem Gentleman dadurch zeigt, daß sie ein Band von ihrem Hut entfernt und an seinem Ärmel befestigt. Das ist eine der wenigen Zurschaustellungen von Gefühlen, gegen die wir von den Oberen Zehntausend nichts einzuwenden haben – meiner Ansicht nach vor allem deshalb, weil die Diskussionen darüber, wer schließlich wessen Band getragen hat, die langweiligen Winterabende kurzweiliger machen. Und im Augenblick steht es vier zu eins, daß Sie Ihr Band an Hawks Ärmel heften.«

Momentan von ihren größeren Problemen abgelenkt, blickte Alexandra Roddy mißtrauisch an. »Haben Sie schon eine Wette abgegeben?«

»Ich habe mich noch nicht endgültig entschieden. Ich hielt es für ratsamer, zunächst einmal hier vorbeizuschauen, um die Atmosphäre zu erkunden, bevor ich zu White's gehe.« Er betupfte sich mit einer Serviette sorgsam den Mund, stand auf, küßte ihr die Hand und meinte fast herausfordernd: »Nun, meine Werteste, wie wird es ausgehen? Werden Sie Ihre Zuneigung zu Ihrem Gatten dadurch zeigen, daß Sie ihn am siebten September mit Ihren Farben schmücken?«

»Natürlich nicht!« erklärte Alexandra und erschauerte innerlich bei der Vorstellung, sich zu einem öffentlichen Spektakel zu machen, indem sie ihre Zuneigung für einen Mann zeigte, der sich keinen Pfifferling um sie scherte.

»Sind Sie sich auch ganz sicher? Ich würde nur ungern tausend Pfund verlieren.«

»Das Geld ist Ihnen sicher«, erklärte Alexandra bitter, sank auf das geblümte Sofa und betrachtete angelegentlich ihre Hände. Er hatte fast die Tür erreicht, als sie aufsprang, als stünden die Polster unter ihr in Flammen. »Roddy, Sie sind wunderbar!« rief sie außer sich vor Freude. »Sie sind einfach brillant! Wäre ich nicht schon verheiratet, wäre ich versucht, Ihnen einen Antrag zu machen!«

Er quittierte ihren Überschwang mit geschmeichelter Wachsamkeit.

»Bitte, bitte... versprechen Sie, mir einen kleinen Gefallen zu tun?«

»Und der wäre?« erkundigte er sich und hob eine Braue.

Alexandra holte tief Luft und vermochte kaum zu fassen, daß eine Lösung ihres scheinbar unlösbaren Problems so nahe schien. »Könnten Sie unter Umständen auch für mich eine Wette abgeben?«

Sein komisch schockierter Gesichtsausdruck wurde fast unverzüglich erst durch eine Miene ahnungsvoller Erkenntnis und dann hämischer Vorfreude ersetzt. »Vermutlich wäre das möglich. Könnten Sie Ihre Wette bezahlen, falls Sie verlieren?«

»Ich kann gar nicht verlieren!« verkündete sie ausgelassen. »Wenn ich Sie richtig verstanden habe, brauche ich lediglich zu diesem Queen's Race zu gehen und mein Band nicht an Hawks Ärmel zu heften?«

»So ist es.«

Aufgeregt umklammerte Alexandra seine Hand und sah ihm nachdrücklich in die Augen. »Versprechen Sie mir, daß sie es tun werden, Roddy. Es ist noch wichtiger für mich, als Sie vielleicht glauben.«

Ein sardonisches Lächeln überzog sein Gesicht. »Selbstverständlich werde ich es tun«, erwiderte er und betrachtete sie mit neuem Wohlwollen und Respekt. »Ihren Mann und mich hat noch nie besondere Zuneigung verbunden, wie Sie vielleicht schon vermutet haben.« Auf ihren leicht erstaunten Blick seufzte er tief und übertrieben auf. »Wenn mir Ihr Mann den Gefallen getan hätte, weiterhin unter den ›Toten‹ zu weilen, und wenn Tony ohne männlichen Erben das Zeitliche gesegnet hätte, wären ich oder einer meiner Nachkommen der nächste Hawthorne. Sie kennen Tonys Bruder Bertie. Er ist ein schwächlicher Junge, der in seinen gesamten zwanzig Jahren dem Tod näher war als dem Leben. Wie ich hörte, soll es bei seiner Geburt zu Komplikationen gekommen sein.«

Alexandra schüttelte nachdenklich den Kopf. »Mir war bekannt, daß Sie mit uns verwandt sind..., mit den Townsendes meine ich. Aber ich hielt Sie für sehr entfernt verwandt, für einen Cousin vierten oder fünften Grades vielleicht.«

»So ist es auch. Aber mit Ausnahme von Jordans und Tonys Vätern hatten alle Townsende das verblüffende Mißgeschick, ausschließlich Töchter zu produzieren, und selbst von diesen nicht viele. Die männlichen Mitglieder unserer Familie scheinen sehr jung zu sterben, und wir sind nicht besonders erfolgreich, was die männlichen Nachkommen betrifft. Obwohl an diesbezüglichen Versuchen«, setzte er hinzu, offenbar mit der Absicht sie zu schockieren, »keinerlei Mangel herrscht.«

»Vermutlich zuviel Inzucht«, meinte Alexandra, über seine anzügliche Bemerkung hinweggehend. »Das ist auch bei Collies zu beobachten. Die Oberen Zehntausend brauchen dringend frisches Blut, sonst verlieren sie die Haare und beginnen sich hinter den Ohren zu kratzen.«

Roddy warf den Kopf zurück und lachte schallend. »Respektloses Geschöpf!« sagte er grinsend. »Sie haben es zwar schon ausgezeichnet gelernt, Ihr Schokkiertsein zu verbergen, aber mich können Sie nicht hinters Licht führen. Üben Sie also weiter.« Dann wurde er wieder ernst. »Doch zurück zum Geschäft. Welche Summe soll ich denn nun für Sie riskieren?«

Alexandra biß sich auf die Lippe. Schließlich wollte sie Fortuna, die ihr endlich hold zu sein schien, nicht durch allzu eklatante Habgier verprellen. »Zweitausend Pfund«, begann sie, wurde jedoch durch ein lautes Hüsteln von Filbert unterbrochen.

Mit lachenden Augen blickte Alex erst zu Filbert, dann zu Roddy und korrigierte schnell: »Zweitausendundsiebzehn Pfund...«

»Ähem«, machte Filbert noch einmal. »Ähem.«

»Zweitausendundsiebzehn Pfund und zwei Shillings«, vervollständigte Alexandra folgsam.

Roddy drehte sich langsam um und warf einen Blick auf den Diener, von dem er wußte, daß er seit Alexandras Kindertagen für sie sorgte. »Wie heißen Sie«, näselte er und musterte Filbert mit hoheitsvoller Belustigung.

»Filbert, Mylord.«

»Gehe ich recht in der Annahme, daß Sie der Besitzer der siebzehn Pfund und zwei Shillings sind?«

»Sehr wohl, Mylord. Ich und Penrose.«

»Und wer ist Penrose?«

»Der Vize-Butler«, erwidertc Filbert, doch dann schien es mit ihm durchzugehen, und er fügte verächtlich hinzu: »Zumindest war er es, bis Seine Gnaden heute früh hier hereinmarschierte und ihn degradierte.«

Roddy Miene nahm einen abwesenden Ausdruck an. »Wie überaus köstlich«, murmelte er, riß sich dann schnell zusammen und verneigte sich formvollendet vor Alexandra. »Ich gehe nicht davon aus, daß ich Sie heute abend auf dem Ball bei den Lindworthys sehen werde?«

Alexandra zögerte lediglich den Bruchteil einer Sekunde lang, bevor sie mit einem kleinen durchtriebenen Lächeln erklärte: »Da mein Mann bereits andere Verpflichtungen hat, sehe ich nicht ein, warum ich nicht kommen sollte.« Unglaublicherweise, wundersamerweise würde sie bald über genügend Geld verfügen, um ein Jahrzehnt lang bequem in Morsham leben zu können. Zum erstenmal in ihrem ganzen Leben empfand sie einen Vorgeschmack auf Unabhängigkeit, auf Freiheit. Es war ein herrliches Gefühl. Berauschender als Wein. Es stieg ihr zu Kopf, machte sie wagemutig. »Und Roddy«, strahlte sie ihn an, »falls Sie Lust haben, Ihre Fechtkünste gegen mich zu erproben, wäre morgen vormittag ein ganz ausgezeichneter Zeitpunkt. Bringen Sie mit, wen Sie wollen. Laden Sie die ganze Welt ein!«

Zum ersten Mal wirkte Roddy unbehaglich. »Selbst unser verehrter Tony, der Ihnen stets Ihren Willen läßt, wollte nichts davon hören, Sie gegen einen von uns fechten zu lassen. Es schickt sich nicht ganz, meine Teure, und Ihr Mann könnte ausgesprochen unangenehm werden, wenn er davon erfährt.«

»Verzeihen Sie, Roddy«, meinte sie zerknirscht. »Ich hatte nicht die Absicht, Sie in etwas hineinzuziehen, das Sie in Schwierigkeiten…«

»Ich denke an Sie, meine Schöne, nicht an mich. Ich gehe kein Risiko ein. Hawk würde mich nie fordern. Er und ich sind viel zu zivilisiert, um ein öffentliches

Schauspiel unverhüllter Unbeherrschtheit zu bieten, denn nichts anderes ist ein Duell. Andererseits bin ich recht sicher«, fügte er nonchalant hinzu, »daß er bald nach irgendeiner Möglichkeit suchen wird, mir das Gesicht zu verändern. Aber keine Angst, meine Fäuste wissen sich zu wehren. Im Gegensatz zu dem, was Sie vielleicht angenommen haben, steckt unter meiner eleganten Kleidung ein ganzer Kerl.« Er hauchte galant einen Kuß auf ihren Handrücken und meinte trocken: »Also werde ich heute abend bei den Lindworthys nach Ihnen Ausschau halten.«

Nachdem Roddy gegangen war, umschlang sich Alexandra mit den Armen, hob lachend den Kopf und rief: »Danke, danke, danke!« zu Gott, dem Schicksal und der stuckverzierten Decke hinauf. Roddy hatte den ersten Teil ihres Problems gelöst, indem er ihr den Weg gezeigt hatte, auf dem sie zu Geld kommen konnte. Und gerade war ihr auch die Lösung des zweiten Teils eingefallen: Jordan Townsende war, wie sie in den letzten beiden Tagen bemerkt hatte, ein Mann, der davon ausging, daß sich alle Welt seinen Wünschen fügte – auch seine Frau. Widerspruch oder gar Widerstand war er nicht gewöhnt.

Daher war Auflehnung logischerweise der Schlüssel zu ihrer Freiheit, fand Alexandra. Dringend erforderlich waren mehrere sofortige Maßnahmen des Widerstands: solche, die seine Gelassenheit erschütterten, seine Autorität verhöhnten und – am allerwichtigsten – ihm auf unübersehbare Weise deutlich machten, daß sein Leben ohne Alexandra sehr viel friedlicher und angenehmer verlaufen würde.

»Seiner Majestät«, meldete sich Filbert despektierlich, »wird es aber gar nicht gefallen, wenn Sie heute abend ausgehen.« Er runzelte besorgt die Brauen. »Ich habe zufällig gehört, wie er es Ihnen untersagt hat.«

Lachend umarmte Alexandra den fürsorglichen alten Mann. »Wenn es ihm nicht gefällt, daß ich ausgehe«, rief sie, »dann kann er mich ja nach Morsham zurückschicken! Oder in eine Scheidung einwilligen!«

Das Hochgefühl, das Alexandra seit Roddy Carstairs' Besuch erfaßt hatte, nahm sogar noch zu, als sie vor ihrem Ankleidetisch stand und einen kurzen Blick auf die Uhr auf dem Kaminsims warf. Vor anderthalb Stunden hatte Jordan die Suite betreten, die sich an ihre Räume anschloß, und seinem Kammerdiener erklärt, er würde am Abend zu White's gehen. Und vor fünfundzwanzig Minuten war er aufgebrochen.

White's war nicht sehr weit vom Anwesen der Lindworthys entfernt, und um nicht das Risiko einzugehen, ihm unter Umständen zu begegnen, hatte Alexandra ihren Aufbruch so lange hinausgezögert wie möglich.

Doch nun beschloß sie, daß diese Gefahr vorüber war. »Sehe ich passabel aus, Marie?« fragte sie und drehte sich nach der französischen Zofe um, die die Herzogin für sie eingestellt hatte.

»Ihr Anblick wird allen die Sprache verschlagen, Euer Gnaden«, erwiderte Marie lächelnd.

»Das wäre aber nicht mehr anregend«, entgegnete Alexandra scherzend und warf einen letzten Blick in den Spiegel. Ein tiefausgeschnittenes Mieder aus blaßgelbem Chiffon betonte ihre Brüste, und der duftige, transparente Stoff des Rocks fiel ihr wie Wolken auf die Füße. Diamanten funkelten an ihrem Hals und blitzten an ihren Ohrläppchen. Ihre schimmernden Haare waren in einem Chignon zusammengefaßt.

Die betont schlichte Frisur unterstrich raffiniert ihre

feingeschnittenen Züge und verlieh ihr trotz ihrer Jugend ein fast dramatisches Aussehen.

»Warten Sie nicht auf mich, Marie«, sagte Alexandra und griff nach ihrem perlenbestickten Ridikül. »Ich verbringe die Nacht bei einer Freundin.« Das entsprach zwar nicht ganz der Wahrheit, aber Alexandra war fest entschlossen, Jordan Townsende nie wieder zu gestatten, das Lager mit ihr zu teilen, und hatte – zumindest für heute – einen Plan, das zu verhindern.

White's war der exklusivste Privatclub in England und sah noch genauso aus wie vor mehr als einem Jahr, als er ihn zuletzt betreten hatte. Und doch kam es Jordan so vor, als wäre es heute irgendwie anders, als er die heiligen Hallen betrat.

Es war wie immer und doch seltsam anders: Bequeme Sessel umstanden niedrige Tische, so daß sich ein Gentleman zurücklehnen und entspannen konnte, während er mit einer einzigen Karte ein Vermögen gewann oder verlor. Das große Buch, in dem die Wetten eingetragen wurden – den Mitgliedern des White's so sakrosankt wie einem Methodisten die Bibel – lag an seinem angestammten Platz. Allerdings hatten sich heute abend sehr viel mehr Gentlemen eingefunden als üblich, stellte Jordan fest.

»Hawthorne!« rief eine Stimme überschwenglich. Zu überschwenglich, und die Gruppe der Männer vor dem Wettbuch fuhr kerzengerade in die Höhe, um sich dann hastig wieder über die Seiten zu beugen. »Schön, Sie wieder bei uns zu haben, Hawk«, sagte Lord Hurly und schüttelte Jordans Hand. »Prachtvoll, daß Sie wieder unter uns sind«, erklärte ein anderer, während sich seine Freunde begeistert um ihn scharten. Einc Spur zu begeistert, dachte Jordan…

»Trink erst einmal ein Glas«, empfahl Lord Camden grimmig, griff ein Glas Madeira vom Tablett eines vorbeikommenden Clubdieners und drückte es Jordan in die Hand.

Erstaunt über Camdens merkwürdiges Verhalten reichte Jordan dem Diener den Madeira zurück. »Ich hätte gern einen Whisky«, sagte er und wandte sich dann dem Wettbuch zu. »Auf welchen Unsinn verwetten die jungen Spunds denn neuerdings ihr Geld?« wollte er wissen. »Hoffentlich nicht mehr auf Schweinerennen.« Sofort verstellten ihm sechs Gäste den Weg, scharten sich im Halbkreis um das Buch und erklärten gleichzeitig hastig: »Sie müssen ja Schreckliches durchgemacht haben... Erzählen Sie uns... Wie geht's Lord Anthony? ... Wie ist das Befinden Ihrer Großmutter?«

»Meiner Großmutter geht es ausgezeichnet, Hurly«, erwiderte Jordan und bahnte sich seinen Weg zum Buch. »Und Tony gleichfalls.« Er stützte eine Hand auf eine Sessellehne, beugte sich leicht vor und schlug mit der anderen das Buch von hinten her auf, als würde er alte Zeitungen durchblättern, um sich auf den aktuellen Stand des Weltgeschehens zu bringen.

Vor acht Monaten, stellte Jordan amüsiert fest, hatte der junge Lord Thornton tausend Pfund darauf verwettet, daß es seinen Freund Earl Stanley zwei Monate später, am 20. Dezember, mit Magenbeschwerden aufs Krankenlager werfen würde. Am 19. Dezember hatte Thornton unter Einsatz von hundert Pfund darauf gewettet, daß sein Freund nie im Leben zwei Dutzend hartgekochte Eier auf einmal essen könne. Die Wette war zwar von Stanley gewonnen worden, aber am nächsten Tag hatte er tausend Pfund verloren. »Wie ich sehe, ist Stanley so einfältig wie eh und je«, meinte Jordan trocken.

Früher hätte diese Bemerkung seine Freunde veranlaßt, von ähnlich spaßigen Wetten zu berichten oder ihn an seine eigenen absurden Einsätze zu erinnern. Doch heute lächelten ihn die sechs Gentlemen nur unsicher an und hüllten sich in unbehagliches Schweigen.

Jordan blickte sie der Reihe nach verwundert an und wandte sich wieder dem Buch zu. Atemlose Stille senkte sich über den Club, selbst die Spieler legten ihre Karten beiseite. Einen Augenblick war sich Jordan sicher, hinter den Grund für die seltsam spannungsgeladene Atmosphäre gekommen zu sein: Seiten über Seiten enthielten unter den Monaten Mai und Juni Voraussagen darüber, welchem ihrer Verehrer – und davon gab es nicht wenige – Alexandra schließlich das Ja-Wort geben würde.

Verärgert, aber kaum überrascht, schlug Jordan eine Seite um und entdeckte die Vielzahl der Wetten, die bereits darüber abgegeben worden waren, ob ihm Alexandra am Tag des Queen's Race ihr Band an den Ärmel heften würde oder nicht.

Beim Überfliegen der Namen stellte er fest, daß die meisten von seinem Erfolg überzeugt zu sein schienen, doch unten auf der Seite befanden sich auch ein paar Namen, die da anders sahen. So hatte Carstairs beispielsweise heute darauf gewettet, daß ihm dieses Glück nicht beschieden war. Typisch.

Die nächste Vorhersage entschied gleichfalls zu seinen Ungunsten. Es war eine hohe, eigentümliche Summe – zweitausendundsiebzehn Pfund und zwei Shillings –, die zwar von Carstairs eingesetzt worden war, aber im Namen von...

Innerlich kochend vor Wut, aber äußerlich gelassen, wandte sich Jordan an seine Freunde. »Entschuldigen Sie mich, Gentlemen, aber mir ist gerade eingefallen, daß ich heute abend eine andere Verpflichtung habe.« Ohne ein weiteres Wort verließ er den Club.

Die sechs Männer starrten einander hilflos an. »Er geht zu Carstairs«, erklärte John Camden düster, und alle nickten.

Sie irrten sich.

»Nach Hause!« rief Jordan dem Kutscher zu, warf sich in die Polster und dachte über eine beeindruckende Vielzahl von Methoden nach, seiner empörend unbotmäßigen, unberechenbaren und eigensinnigen Frau eine dringend notwendige und unvergeßliche Lektion zu erteilen.

Nie zuvor in seinem Leben hatte er sich versucht gefühlt, eine Frau zu schlagen, aber jetzt konnte er sich nichts Verlockenderes vorstellen als die Aussicht, in Alexandras Zimmer zu stürmen, sie zu packen, übers Knie zu legen und zu versohlen, bis sie um Gnade wimmerte. Das wäre, beschloß er, die angemessene Bestrafung für ihren eminent kindischen Akt öffentlichen Widerstands!

Und danach, beschloß er gleichfalls, würde er sie auf das Bett schleudern und dem Zweck unterwerfen, zu dem Gott sie erschaffen hatte.

Und seine Stimmung war so, daß er durchaus dazu fähig gewesen wäre, beides auch zu tun – allerdings informierte ihn Higgins davon, daß Alexandra »nicht zu Hause« sei.

Noch eine Sekunde zuvor hätte Jordan schwören können, den absoluten Höhepunkt seiner Erbitterung längst erreicht zu haben. Es wäre ein Meineid gewesen. Die Tatsache, daß sich Alexandra ganz offen seinen Anordnungen widersetzt hatte, brachte sein Blut buchstäblich zum Kochen. »Holen Sie mir ihre Zofe«, sagte er mit einer Stimme zu Higgins, die diesen buchstäblich an die Wand drückte, bevor er eilends die Treppe hinaufhuschte.

Fünf Minuten später, um halb elf, war Jordan auf dem Weg zu den Lindworthys.

Dort verkündete zum gleichen Zeitpunkt der Butler die Ankunft »Ihrer Gnaden, der Duchess of Hawthorne«.

Ohne auf die Blicke zu achten, die sich ihr zuwandten, schritt Alexandra in der gewagtesten Robe, die sie je getragen hatte, die breite Treppe hinunter. Sie paßte perfekt zu ihrer Stimmung, und sie fühlte sich heute abend berauschend unabhängig und wagemutig.

Auf halbem Weg überblickte sie das Meer der Köpfe in dem dichtgefüllten Ballsaal und suchte nach Roddy, Melanie oder der Herzoginwitwe. Diese erspähte sie zuerst. Sie stand inmitten einiger Freunde, und Alexandra ging auf sie zu: ein strahlendes, hinreißendes Bild von Jugend und Haltung. Ihre Augen funkelten wie ihre Juwelen, als sie dann und wann innehielt, um Bekannte mit einem anmutigen Kopfnicken zu grüßen.

»Guten Abend, Euer Gnaden«, sagte Alexandra lächelnd und hauchte einen Kuß auf die Wange der Herzogin.

»Wie ich sehe, bist du in glänzender Stimmung, liebes Kind«, erwiderte die Herzoginwitwe und drückte strahlend Alexandras Hand. »Und ähnlich froh bin ich, daß Hawthorne meinem Rat von heute morgen gefolgt ist und seine absurde Anordnung bezüglich deines Ausgehens aufgehoben hat.«

Alexandra lächelte sie spitzbübisch an und erklärte mit einer unbeschwerten Handbewegung: »Nein, Ma'am, das hat er nicht.«

»Du meinst...«

»So ist es.«

»Oh.«

Da Alexandra die Absichten der Herzogin im Hinblick auf ihre ehelichen Pflichten längst kannte, war diese wenig begeisterte Reaktion auf ihr rebellisches Verhalten nicht dazu angetan, ihre überschwengliche Laune zu dämpfen. Sie war der festen Überzeugung, daß heute abend absolut nichts ihre Hochstimmung beeinträchtigen konnte. Bis dann eine Minute später Melanie höchst aufgeregt auf sie zukam. »Oh, Alex! Wie konntest du nur so etwas tun?« rief sie entsetzt, ohne auf die Herzogin zu achten. »Hier gibt es keinen einzigen Ehemann, der dir nicht am liebsten den Hals umdrehen würde! Auch meiner, wenn er es erfährt! Du bist entschieden zu weit gegangen. Das ist doch kein Spaß mehr! Du kannst doch nicht...«

»Wovon sprichst du überhaupt?« unterbrach Alexandra sie, doch angesichts der Panik ihrer Freundin begann ihr Herz bedenklich zu klopfen.

»Ich spreche von der Wette, die Roddy in deinem Namen bei White's abgegeben hat, Alexandra!«

»In meinem Namen...«, rief Alexandra in ungläubigem Erschrecken. »Großer Gott! Das kann er doch nicht getan haben!«

»Um was für eine Wette geht es eigentlich?« verlangte die Herzogin zu wissen.

»Er konnte und er hat! Und jeder hier weiß bereits davon.«

»Großer Gott«, wiederholte Alexandra tonlos.

»Was für eine Wette?« erkundigte sich die Herzogin mit unheildrohender Stimme.

Zu entsetzt und zornig, um der Herzoginwitwe antworten zu können, überließ Alexandra diese Aufgabe Melanie. Sie raffte abrupt die Röcke, machte auf dem

Absatz kehrt und suchte nach Roddy. Aber sie sah nur Dutzende feindseliger Männergesichter, die sie nicht aus den Augen ließen.

Schließlich entdeckte sie Roddy und fuhr mit Mordlust im Blick auf ihn los.

»Alexandra, meine Teuerste«, rief er ihr aufgeräumt entgegen. »Sie sehen ja bezaubernder aus denn...« Er griff nach ihrer Hand, aber sie entzog sie ihm und funkelte ihn wütend an.

»Wie konnten Sie mir das nur antun?« brach es erbittert aus ihr heraus. »Wie konnten Sie diese Wette in ein Club-Buch eintragen und mit meinem Namen versehen?«

Zum zweitenmal seit sie ihn kannte, verlor Roderick Carstairs vorübergehend die Kontrolle über seine Gesichtszüge. »Was meinen Sie damit?« wollte er mit leiser, indignierter Stimme wissen. »Ich habe lediglich etwas getan, um das Sie mich gebeten hatten. Sie wollten der Gesellschaft beweisen, daß Sie nicht die Absicht haben, Hawthorne zu Füßen zu sinken, und ich plazierte die Wette für Sie an dem dafür am besten geeigneten Ort. Und das war durchaus nicht so leicht«, fügte er gereizt hinzu. »Ausschließlich Mitglieder des White's dürfen dort Wetten abgeben, und aus diesem Grund mußte ich meinen Namen über Ihren setzen und für Sie bürgen...«

»Ich wollte, daß Sie diese Wette in Ihrem Namen abgeben, und nicht in meinem. Deshalb hatte ich Sie doch überhaupt darum gebeten!« rief Alexandra mit vor Entsetzen ganz rauher Stimme. »Mir ging es um eine verschwiegene, vertrauliche Gentleman-Wette!«

Roddys Brauen schossen in die Höhe. Verärgerung ersetzte seine selbstgerechte Empörung. »Machen Sie sich doch nicht lächerlich! Was hätten Sie von einer

›verschwiegenen, vertraulichen‹ Wette denn zu erhoffen?«

»Geld!« gestand Alexandra tiefbekümmert ein.

Roddys Unterkiefer klappte herab. »Geld?« wiederholte er fassungslos. »Sie haben wegen des Geldes gewettet?«

»Selbstverständlich. Weshalb sollte man sonst wohl Wetten abschließen?«

Carstairs sah sie an, als sei er sich nicht sicher, daß sie der Gattung menschliches Wesen angehörte. »Man wettet wegen des Vergnügens am Gewinnen«, belehrte er sie gönnerhaft. »Sie sind mit einem der reichsten Männer Europas verheiratet. Weshalb sollten Sie in Geldnöten sein?«

»Das kann ich Ihnen nicht erklären«, erwiderte sie leise. »Aber es täte mir leid, wenn ich Sie ungerechterweise beschuldigt haben sollte.«

Er akzeptierte ihre Entschuldigung mit einem Kopfnicken, trat einen Schritt vor, nahm zwei Gläser Champagner vom Tablett eines vorbeikommenden Dieners und reichte eins davon Alexandra. »Halten Sie es für vorstellbar, daß Hawk meine Wette vielleicht gar nicht entdeckt?« fragte Alexandra und war sich der Stille völlig unbewußt, die sich plötzlich über den riesigen Saal gebreitet hatte.

Roddy, dem nie etwas verborgen blieb, blickte zunächst in die schweigende Runde und dann – wie alle anderen – zur Galerie hinauf.

»Kaum«, erklärte er und lenkte ihren Blick mit einer blasierten Geste ebenfalls auf die Galerie, wo in diesem Augenblick der Butler der Lindworthy einen neuen Gast ankündigte...

»Seine Gnaden, der Herzog von Hawthorne...«

Ein Raunen durchlief den Saal. Alexandras Augen

richteten sich in Panik auf die hochgewachsene Gestalt in schlichtem Schwarz, die zielsicher die Treppe herabschritt. Die Treppe war kaum fünfzehn Meter von Alexandra entfernt, aber als Jordan die untersten Stufen erreicht hatte, drängte die Menge wie in einer riesigen Woge auf ihn zu, Begrüßungsrufe brandeten auf.

Er war fast einen halben Kopf größer als die anderen Ballgäste, und Alexandra sah, daß er mit einem leisen Lächeln auf die Begrüßungen reagierte, aber sein Blick überflog unablässig die Menge, suchte... Verschreckt trank Alexandra ihren Champagner und reichte ihr leeres Glas Roddy, der ihr großmütig sein eigenes hinhielt. »Trinken Sie«, meinte er trocken. »Sie werden es brauchen.«

Verschreckt wie ein Fuchs auf der Flucht sah sich Alexandra nach einem Ausweg um und hob abwesend Roddys Glas an die Lippen. In diesem Moment erspähte die Herzogin sie, die ihr einen beschwichtigenden Blick zuwarf und dann schnell auf Melanie einsprach. Einen Moment später bahnte sich Melanie ihren Weg durch die Menge, direkt auf Roddy und Alexandra zu.

»Die Herzogin meint«, sagte sie, sobald sie Alexandra erreicht hatte, »du sollst nicht ausgerechnet heute das erste Mal in deinem Leben etwas übertreiben. Und sie meint, du brauchst dir keine Sorgen zu machen, weil Hawthorne sehr wohl weiß, wie er sich zu verhalten hat, wenn er dich hier entdeckt.«

»Hat sie noch etwas gesagt?« fragte Alexandra, um Rückversicherung bemüht.

»Ja«, entgegnete Melanie und nickte heftig. »Sie forderte mich auf, an deiner Seite zu bleiben und dich keine Sekunde lang zu verlassen – ganz gleich, was auch geschieht!«

»Großer Gott!« entfuhr es Alexandra. »Sagte sie nicht, ich brauchte mir keine Sorgen zu machen?«

Roddy hob nonchalant die Schultern. »Vielleicht weiß Hawk noch gar nichts von Ihrer Wette. Also hören Sie auf, so verschreckt dreinzublicken.«

Rechts neben Jordan sagte jemand etwas zu ihm. Er wandte den Kopf, und sein Blick glitt suchend in Alexandras Richtung, vorbei an Melanie, vorbei an Roddy, vorbei an Alexandra... zuckte zurück und heftete sich auf ihr Gesicht wie zwei tödliche Pistolen.

»Ich glaube, er hat es gerade erfahren«, bemerkte Roddy.

Alexandra riß ihren Blick von Jordan los und suchte verzweifelt nach einem Unterschlupf, wo sie sich verbergen konnte. Das sicherste schien ihr zu sein, sich einfach mitten unter die siebenhundert Gäste zu begeben und dort zu bleiben, bis Jordan sie aus den Augen verloren hatte.

»Wollen wir uns nicht unter die Menge mischen, Werteste?« erkundigte sich Roddy, der offenbar auf den gleichen Einfall gekommen war.

Alexandra nickte, geringfügig erleichtert, aber ihr gemeinsamer Einfall verlor viel von seiner Anziehungskraft, als sie kurze Zeit später an Lord und Lady Moseby sowie Lord North vorbeikamen. »Ich habe von Ihrer Wette gehört, Alexandra«, erklärte Lady Moseby lachend und mit einem Hauch von Bewunderung in der Stimme.

Alexandras höfliches Lächeln erstarrte.

»Es... es war lediglich ein kleiner Scherz«, betonte Melanie, die sich getreulich an die Anweisungen der Herzoginwitwe hielt und nicht von Alexandras Seite wich.

»Ich frage mich, ob Hawk ihn besonders amüsant

findet«, grollte Lord North und bedachte Alex mit einem mißbilligenden Blick.

»Ich bestimmt nicht, das versichere ich Ihnen«, murrte Lord Moseby, ergriff den Arm seiner Frau und führte sie nach einem knappen Kopfnicken davon. Lord North folgte ihnen auf den Fersen.

»Was sagt man dazu?« zischte Roddy unterdrückt und blickte den Männern erbost nach. Nach längerem Grübeln wandte er sich wieder Alexandra zu und sah sie mit einer Mischung aus Zerknirschung, Verärgerung und Sarkasmus an. »Ich fürchte, ich habe Ihnen keinen guten Dienst erwiesen, als ich diese Wette bei White's plazierte«, räumte er ein. »Ich hatte natürlich mit ein paar mißbilligenden Bemerkungen von den prüderen meiner Geschlechtsgenossen über unsere kleine Wette gerechnet, aber ich habe bedauerlicherweise nicht in Betracht gezogen, daß Ihr offener Widerstand gegen Ihren Mann buchstäblich jeden Mann gegen Sie aufbringen könnte.«

Alexandra hörte ihm kaum zu. »Roddy«, sagte sie hastig, »es ist ganz reizend von Ihnen, an meiner Seite zu bleiben, aber Sie sind so groß, und...«

»Und ohne mich wären Sie weniger leicht zu entdekken?« mutmaßte Roddy. Alexandra nickte. »In diesem Fall werde ich Sie von meiner Gesellschaft befreien.« Mit einem kurzen Kopfnicken entfernte er sich schnell.

»Siehst du ihn?« fragte Alexandra fünf Minuten später ängstlich und wandte dem Ballsaal bewußt den Rücken zu.

»Nein«, entgegnete Melanie, nachdem sie einen verstohlenen Blick über die Menge geworfen hatte. »Er ist nicht mehr an der Treppe, und ich kann ihn nicht entdecken.«

»In diesem Fall werde ich jetzt gehen«, entschied

Alexandra schnell und drückte Melanie einen flüchtigen Kuß auf die Wange. »Es wird schon alles gutgehen, keine Sorge. Wir sehen uns morgen, wenn...«

»Das geht nicht«, unterbrach Melanie bekümmert. »John meint, die Londoner Luft sei meinem Zustand nicht bekömmlich. Er will mich morgen aufs Land bringen. Dort soll ich bis nach der Geburt des Kindes bleiben.«

Die Vorstellung, ihre nächste Zukunft ohne die vertraute Freundin überstehen zu müssen, erfüllte Alexandra mit Verzweiflung. »Ich werde dir schreiben«, versprach sie und fragte sich unwillkürlich, ob sie Melanie je wiedersehen würde. Unfähig, auch nur noch ein weiteres Wort über die Lippen zu bringen, raffte sie die Röcke und machte sich auf den Weg zur Treppe. Hinter ihr rief Melanie ihren Namen, aber im Lärm der Unterhaltung und des Gelächters erreichte ihr Warnruf Alexandra nicht.

Ohne innezuhalten stellte sie das leere Champagnerglas auf einem der Tische ab und mußte einen Schrekkensschrei unterdrücken, als eine Hand mit eisernem Griff ihren Arm umspannte und sie herumwirbelte. Gleichzeitig stellte sich Jordan so mit dem Rücken zum Saal, daß er sie vor den Blicken der Gäste schützte. Indem er eine Hand gegen die Wand stützte, erweckte er den Eindruck, als sei er in eine angeregte Unterhaltung mit einer Lady vertieft, während er sie gleichzeitig unentrinnbar gefangenhielt.

»Alexandra«, begann er mit gefährlich ruhiger Stimme, »in diesem Saal befinden sich annähernd vierhundert Ehemänner, von denen die meisten es für meine Pflicht halten, an dir ein Exempel zu statuieren, indem ich dich vor aller Augen davonzerre und nach Hause bringe, um zumindest etwas Verstand in dich hineinzuprügeln – worauf ich nicht versessen, wozu ich aber durchaus bereit bin.«

Zu ihrer namenlosen Verblüffung streckte er die Hand aus, nahm ein Glas von einem in der Nähe stehenden Tisch und reichte es ihr – eine perfekte Geste, um weiterhin eine harmlose Konversation vorzutäuschen. »Ungeachtet der Tatsache, daß deine Wette«, fuhr er dann in dem gleichen tödlichen Tonfall fort, »und eine flagrante Verletzung meiner Anordnungen eine öffentliche Vergeltung mehr als verdient hätten, werde ich dir zwei Möglichkeiten zur Wahl lassen. Ich rate dir, sie sehr sorgsam abzuwägen«, fügte er mit seidenweicher Stimme hinzu.

Zu ihrem namenlosen Entsetzen war ihre Furcht so groß, daß sich ihre Brust hob und senkte wie die eines verängstigten Vogels, und sie konnte nur nicken.

Ungerührt von ihrer offensichtichen Angst informierte er sie über die erste Möglichkeit: »Du kannst diesen Ball jetzt mit mir verlassen – ob gelassen und bereitwillig oder schreiend und tobend, ist mir gleichgültig. In beiden Fällen wird jeder in diesem Ballsaal wissen, warum ich dich hier heraushole.«

Er brach ab, und Alexandra mußte krampfhaft schlucken. »Und die zweite Möglichkeit?« erkundigte sie sich dann heiser.

»Um deinen Stolz nicht zu verletzen, bin ich bereit, mit dir jetzt das Tanzparkett zu betreten und so zu tun, als wäre deine Wette für uns nichts weiter als ein harmloser kleiner Scherz. Aber welche Wahl du auch triffst«, schloß er drohend, »eins sollte dir klar sein: Sobald wir zu Hause sind, werde ich mich nachdrücklich mit deinem Verhalten befassen.«

Sein letzter Satz und die unmißverständliche Androhung physischer Gewalt reichten aus, Alexandra mit allem einverstanden sein zu lassen – mit allem, was ihren Aufbruch hinauszögerte.

Irgendwo im Chaos ihrer Überlegungen tauchte der Gedanke auf, daß er sie mit weit mehr Rücksicht behandelte, als sie ihn, als sie in aller Öffentlichkeit gegen ihn gewettet hatte. Andererseits sah sie keinen Anlaß dazu, ihm besonders dankbar dafür zu sein, daß er ihr eine öffentliche Demütigung ersparen wollte – jedenfalls nicht, wenn er gleichzeitig körperliche Vergeltung androhte. »Ich würde es vorziehen zu tanzen«, erklärte sie ruhig.

Jordan blickte in ihr blasses, wunderschönes Gesicht und verdrängte die spontane Anwandlung von Bewunderung für ihren Mut. Er bot ihr höflich den Arm, und sie legte ihre zitternde Hand darauf.

In dem Augenblick, als Jordan zur Seite trat, bemerkte sie eine Unzahl zuckender Köpfe und erkannte, daß viele der Gäste ihr kleines Tête-à-tête beobachtet hatten. Mit äußerlich untadeliger Gelassenheit schritt sie an Jordans Arm durch die Menge, die sich vor ihnen teilte wie das Rote Meer vor Moses.

Ihre Haltung geriet jedoch bedenklich ins Wanken, als sie sich unvermittelt Elizabeth Grangerfield gegenübersah, deren sehr viel älterer Ehemann vor kurzem gestorben war. Der Schock, Jordans früherer Geliebten zu begegnen, ließ Alexandra fast auf die Knie sinken, während sich Jordan und Elizabeth höchst unbefangen begrüßten.

»Willkommen daheim«, sagte Elizabeth mit ihrer rauchigen Stimme.

»Vielen Dank«, entgegnete Jordan mit höflichem Lächeln und küßte galant ihre Hand.

Mit unendlicher Mühe bewahrte Alexandra die Beherrschung, aber als sie das Tanzparkett erreicht hatten, als Jordan seinen Arm um ihre Taille legte, funkelte sie ihn zornig an.

»Möchtest du vielleicht doch lieber gehen?« erkundigte er sich herausfordernd, während die Tänzer um sie herum unwillkürlich innehielten.

In ihrer Empörung entging ihr völlig, daß sie inzwischen zum Ziel zahlloser Blicke geworden waren. Sie legte sehr zögernd ihre Hand auf seinen Ärmel, aber ihre Miene verriet überdeutlich, daß sie die Berührung eher abstoßend fand.

Jordan riß sie in die Arme und gab sich den Klängen der Musik hin. »Wenn du noch einen Rest von Verstand hättest«, zischte er ihr mit drohendem Unterton zu, »oder wenn nicht versäumt worden wäre, dir Benehmen beizubringen, würdest du diesen Märtyrerblick ablegen und versuchen, mich ein bißchen anzulächeln.«

Am liebsten hätte ihm Alexandra ins arrogante Gesicht geschlagen. »Wie kannst du es wagen, mich über Benehmen und Anstand belehren zu wollen, nachdem du gerade in Anwesenheit deiner Frau deine Geliebte begrüßt hast?«

»Was hätte ich denn deiner Meinung nach tun sollen?« wollte er wissen. »Sie umrennen? Sie stand uns doch genau im Weg.«

»Du hättest mich in eure Unterhaltung einbeziehen können«, gab Alexandra zurück, viel zu erregt, um zu erkennen, daß sie das in weit größere Peinlichkeit gebracht hätte.

»Dich einbeziehen«, schnaubte Jordan. »Dich in die Unterhaltung mit einer Frau einbeziehen, die...« Im letzten Moment brach er ab, aber Alexandra vollendete den Satz für ihn. »Die dein Bett geteilt hat?« zischte sie wütend.

»Sie sind kaum in der Position, mir Vorhaltungen über gutes Benehmen machen zu können, Madam. Nach allem, was ich erfahren habe, war Ihr Verhalten in den letzten Wochen kaum das, was meiner Frau ansteht.«

»Mein Verhalten!« explodierte Alex. »Um mich so zu verhalten, wie es deiner Frau ansteht«, fügte sie mit beißender Ironie hinzu, »hätte ich doch jedes männliche Wesen verführen müssen, das meinen Weg kreuzte!«

Dieser Ausbruch verschlug Jordan so sehr die Sprache, daß er sich eine Sekunde lang versucht fühlte, sie bei den Schultern zu packen und zu schütteln, doch wurde ihm unvermittelt bewußt, daß sie eifersüchtig war. Diese Erkenntnis besänftigte ihn wieder ein wenig. Er hob den Kopf und stellte fest, daß die Hälfte der Tänzer das Parkett verlassen hatte, um die Kontroverse zwischen ihm und seiner Frau besser beobachten zu können, und daß der Rest sie ganz offen anstarrte.

Er riß den Blick von ihnen los, biß die Zähne zusammen und zischte Alexandra zu: »Lächle mich an, verdammt noch mal! Der ganze Ballsaal beobachtet uns.«

»Das werde ich mit Sicherheit nicht tun«, fauchte sie zurück, schaffte es aber immerhin, ihrer Miene einen Anschein von Gelassenheit zu geben. »Ich bin noch immer mit deinem Cousin verlobt.«

Dieses verblüffende Argument ließ Jordan um ein Haar laut auflachen. »Was für einen eigenartigen Ehrenkodex du doch dein eigen nennst, meine Liebe. Zufällig bist du im Moment mit mir verheiratet.«

»Wage es nicht, mich deine Liebe zu nennen«, begehrte Alexandra auf. »Zumindest könntest du dir die Mühe machen, Tonys Situation in Betracht zu ziehen.

Denk doch nur, wie demütigend der Eindruck für ihn sein muß, ich sei dir übergangslos in die Arme gesunken. Empfindest du denn gar keine Loyalität gegenüber deinem Cousin?«

»Das ist wirklich ein heikles moralisches Dilemma für mich«, stimmte er heuchlerisch zu, »aber in diesem Fall liegt meine Loyalität ausschließlich bei mir selbst.«

»Du bist abscheulich!«

Jordan blickte die temperamentvolle junge Schönheit in ihrer provokanten gelben Robe an, und plötzlich sah er sie so, wie sie ausgesehen hatte, als sie das letzte Mal Blaßgelb getragen hatte. Sie stand im Rosengarten seiner Großmutter, blickte zum Himmel hinauf und erklärte mit ihrer sanften, süßen Stimme: »Jede Jahreszeit enthält für mich das Versprechen, daß mir eines Tages etwas ganz Wundervolles geschehen wird...«

Sie hatte sich »etwas Wundervolles« erhofft, und alles, was sie bekommen hatte, waren eine viertägige Ehe, gefolgt von fünfzehnmonatiger Witwenschaft und einigen bitteren und sehr desillusionierenden Informationen über sein Leben vor ihrer Heirat.

Sein Zorn fiel abrupt in sich zusammen, und als er ihr in die herrlichen Augen sah, krampfte sich sein Magen bei der Vorstellung zusammen, er könnte sie mit nach Hause nehmen und zum Weinen bringen.

»Sag mir«, begann er fast zärtlich, »glaubst du immer noch, daß Dreck wie Parfum duftet?«

»Ob ich was glaube?« fragte sie zurück und runzelte verwirrt die Stirn. »Oh, jetzt erinnere ich mich. Nein, das glaube ich nicht mehr«, fügte sie schnell hinzu, weil er sie damals mitleiderregend gefunden hatte. »Ich bin jetzt erwachsen.«

»Das sehe ich«, erwiderte Jordan mit einer Mischung aus Zärtlichkeit und aufkommendem Verlangen.

Alexandra bemerkte, daß seine Züge weicher geworden waren, und wandte hastig den Blick ab, aber auch ihre Verärgerung hatte inzwischen nachgelassen. Ihr Gewissen erinnerte sie daran, daß ihre Wette und ihr Verhalten auf dem Tanzparkett – auf das er sie schließlich geführt hatte, um ihren Stolz nicht zu verletzen – unentschuldbar waren. Da sie nun nicht mehr absolut überzeugt davon war, unschuldig zu sein, schlug sie unsicher die Augen zu ihm auf.

»Frieden?« schlug er vor und lächelte sie fast träge an.

»Bis wir dieses Haus verlassen haben«, stimmte Alexandra sofort zu, und als sie sein Lächeln tastend erwiderte, hätte sie schwören können, daß sie in diesen unergründlichen grauen Augen fast so etwas wie Anerkennung entdeckte.

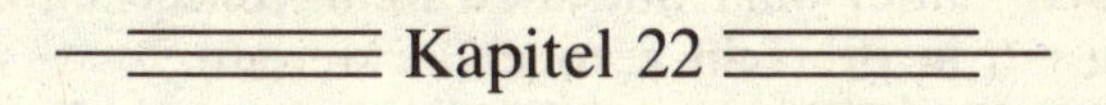

Kapitel 22

Fahles Mondlicht beschien die Häuser an der Upper Brooke Street, als Alexandra behutsam ihren Schlüssel in die Tür von Nummer 3 steckte. Sie schob die Tür verstohlen einen Spalt weit auf, lauschte einen Moment und atmete erleichtert auf. So wie erhofft, hatten sich Higgins und die anderen Diener längst zur Ruhe begeben.

Sie trat unsicher ein, zog leise die Tür hinter sich zu und schlich auf Zehenspitzen die Treppe hinauf. Vor der Tür zu ihrer Suite hielt sie inne und fragte sich, ob ihre Zofe entgegen ihren Wünschen auf ihre Heimkehr wartete. Sie beschloß, kein Risiko einzugehen, und eilte leise weiter. Am Ende des Korridors führte eine schmale Treppe ins Obergeschoß. Alexandra schlich die Stufen hinauf, durchquerte einen weiteren Flur und öffnete die Tür zum letzten Raum, der früher einmal von einer Gouvernante bewohnt worden war, und schlüpfte hinein.

Unwillkürlich über ihre eigene Genialität lächelnd, zog sie die Handschuhe aus und warf sie auf einen Gegenstand, der sich dann als Kommode entpuppte, als sich ihre Augen an die Dunkelheit gewöhnt hatten. Sie hatte ihr Wort nicht gebrochen. Sie war direkt nach Hause gefahren, genau wie sie es Jordan versprochen hatte.

Allerdings würde ihr Mann sie, wenn er ihr Zimmer betrat, um sie seiner wie auch immer gearteten Bestrafung zu unterwerfen, dort nicht vorfinden.

Ein kalter Schauer überlief sie zwar bei der Vorstellung, wie wütend Jordan werden würde, aber die Alternative, sich freiwillig in das zu fügen, was er ihr zugedacht hatte, war einfach zu wenig verlockend, um auch nur in Betracht gezogen zu werden.

Morgen würde sie das Geld nehmen, das Penrose für die goldene Uhr ihres Großvaters bekommen hatte, und sobald Jordan aus dem Haus gegangen war, zusammen mit ihren beiden verläßlichen alten Freunden London verlassen.

Alexandra zog ihre Robe aus, legte sich auf das schmale, unbezogene Bett und schloß die Augen. Als sie über Jordans Verhalten am heutigen Abend nachdachte, überkam sie Verwirrung und Resignation. Wie war es nur möglich, daß er einerseits so wütend auf sie war, aber gleichzeitig bemüht, ihr eine öffentliche Demütigung zu ersparen? Sie würde ihn wohl nie verstehen können.

Lord Camden traf genau in dem Moment auf dem Ball ein, als Jordan ihn verlassen wollte – nur um zu entdecken, daß Melanie bereits aufgebrochen war. Er versagte sich jedes Anzeichen von Überraschung, als sich Jordan plötzlich daran erinnerte, seine eigene Kutsche bereits nach Hause geschickt zu haben, weil er ursprünglich die Absicht gehabt hatte, mit Alexandra zusammen heimzufahren, und bot ihm statt dessen seine Equipage an.

Kurze Zeit später hielt die Kutsche vor dem Haus Nummer 3, und Jordan stieg aus. Mit den Gedanken bei Alexandra, die oben in ihrer Suite auf ihn wartete, schenkte Jordan dem Reiter keine Beachtung, der mit tief ins Gesicht gezogenem Hut im Schatten eines Hauses auf der anderen Straßenseite wartete, auch wenn irgend etwas in seinem Kopf vage etwas registrierte. Als würde er die Gefahr ahnen, drehte er sich auf der zweiten Stufe noch einmal um, um sich von John Camden zu verabschieden, aber sein Blick flog genau in dem Moment zu der schlanken Gestalt hinüber, als diese den Arm hob.

Geistesgegenwärtig ließ sich Jordan fallen, als die Pistole abgefeuert wurde, sprang dann aber wieder auf und machte sich an die nutzlose Verfolgung des Attentäters, der bereits in wildem Galopp davonpreschte und sich schnell zwischen den Kutschen auf der Upper Brook Street verlor – denselben Kutschen, die John Camden davon abhielten, seinerseits die Verfolgung aufzunehmen.

Edward Fawkes, ein stämmiger Gentleman, dessen Spezialität darin bestand, delikate Angelegenheiten für eine Anzahl auserwählter Klienten zu regeln, die den Gang zu den Behörden scheuten, blickte auf seine Uhr. Es war fast ein Uhr morgens, und er saß dem Duke of Hawthorne gegenüber, der sich gestern seiner Dienste versichert hatte, um zwei Anschläge auf das Leben Seiner Gnaden zu untersuchen.

»Meine Frau und ich werden heute vormittag nach Hawthorne aufbrechen«, erklärte der Herzog. »Auf dem Land kann sich ein Attentäter nicht so leicht verbergen wie in der Stadt. Wenn es lediglich um mein Leben ginge, würde ich hierbleiben. Aber falls mein Cousin tatsächlich hinter den Anschlägen steht, kann er nicht riskieren, daß wir einen Erben bekommen, daher befindet sich auch meine Frau in Gefahr.«

Fawkes nickte. »Auf dem Lande können meine Männer Fremde in der Umgebung von Hawthorne oder im Dorf leicht entdecken. Wir können sie im Auge behalten.«

»Ihre vordringliche Aufgabe besteht darin, mein Leben zu schützen«, beschied ihn der Duke. »Sobald wir alle auf Hawthorne sind, werde ich mir einen Plan ausdenken, der denjenigen, der für das alles verantwortlich ist, aus seiner Deckung lockt. Sorgen Sie dafür, daß vier Ihrer Männer meine Kutsche begleiten. Zusammen mit meinen eigenen Leuten verfügen wir dann über eine Eskorte von zwölf Reitern.«

»Halten Sie es für vorstellbar, daß der unbekannte Schütze ihr Cousin gewesen sein könnte?« erkundigte sich Edward Fawkes. »Sie sagten, er wäre weder im White's noch auf dem Ball gewesen.«

Jordan rieb sich erschöpft den Nacken. »Er war es nicht. Der Reiter war sehr viel kleiner als mein Cousin. Darüber hinaus bin ich keineswegs davon überzeugt, daß er wirklich hinter allem steckt.«

»Die beiden häufigsten Motive für einen Mord sind Rache und persönlicher Nutzen«, meinte Fawkes zögernd. »Ihr Cousin hätte von Ihrem Tod viel zu gewinnen. Jetzt sogar noch mehr als zuvor.«

Jordan brauchte nicht zu fragen, was der Mann damit meinte. Er wußte es. Alexandra. Alexandra? Erbleichend erinnerte er sich an die vage bekannte, schlanke Gestalt, die vor wenigen Stunden auf ihn geschossen hatte. Es hätte eine Frau gewesen sein können...

»Ist Ihnen etwas eingefallen?« fragte Fawkes schnell.

»Nein«, entgegnete Jordan knapp und stand auf. Die Idee, daß Alexandra ihn zu töten versuchen könnte, war lächerlich. Absurd. Dennoch mußte er an die Worte denken, die sie ihm entgegengeschleudert hatte: »Ich werde mich von dir befreien, was es auch kostet...«

»Nur noch eine Frage, Euer Gnaden«, sagte Fawkes und erhob sich gleichfalls. »Könnte es sich bei der Person, die heute auf Sie geschossen hat, unter Umständen um den Mann handeln, den Sie vor mehr als einem Jahr in der Nähe von Morsham für tot auf der Straße zurückließen? Sie berichteten, er wäre von kleiner Statur gewesen.«

Jordan war fast benommen vor Erleichterung. »Das ist nicht auszuschließen. Wie ich schon sagte: Sein Gesicht konnte ich heute abend nicht erkennen.«

Nachdem Fawkes gegangen war, stieg Jordan die Treppe zu seinen Räumen hinauf, schickte seinen verschlafenen Kammerdiener ins Bett und zog sich langsam das Hemd aus. Zwei Türen weiter schlief Alexandra. Bei der Vorstellung, sie jetzt mit einem Kuß zu wecken, hob sich seine Stimmung beträchtlich.

Er öffnete die Verbindungstür, durchquerte ihr Ankleidezimmer und betrat ihr Schlafgemach. Mondlicht sickerte durch die Fenster und warf einen silbernen Schein auf die unberührte Satinbettdecke.

Alexandra war nicht nach Hause gekommen.

Er lief in sein Zimmer zurück und zog an der Klingelschnur.

Dreißig Minuten später stand das gesamte Hauspersonal in seinem Arbeitszimmer und beantwortete seine Fragen. Mit einer bemerkenswerten Ausnahme: Penrose. Auch er schien verschwunden.

Nach intensiver Befragung wußte Jordan, daß sein Kutscher gesehen hatte, wie Alexandra die Treppe hinaufgestiegen war. An der Tür hatte sie sich zu ihm umgedreht und ihn mit einer Handbewegung fortgeschickt – eine beispiellose Geste, wie der Kutscher bestätigte.

»Sie können wieder zu Bett gehen«, erklärte er allen einunddreißig Leuten, aber ein alter Mann mit Augengläsern, den Jordan als Alexandras Diener identifizierte, blieb mit halb besorgter, halb zorniger Miene zurück.

Jordan trat an einen Tisch, goß sich den Rest des Portweins aus einer Karaffe in ein Glas und forderte Filbert mit einem flüchtigen Seitenblick auf, eine neue Flasche zu holen. Er nahm einen tiefen Schluck, sank in einen Sessel, streckte die Beine aus und bemühte sich, seine Unruhe unter Kontrolle zu bekommen. Irgendwie konnte er nicht glauben, daß Alexandra ein Leid geschehen war. Darüber, daß ihre Abwesenheit sie mit dem Anschlag auf ihn in Verbindung bringen könnte, wollte er gar nicht erst nachdenken.

Je deutlicher er sich das unerklärlich strahlende Lächeln in Erinnerung rief, mit dem sie ihm versprochen hatte, direkt nach Hause zu fahren, desto überzeugter wurde er, daß sie irgendwoanders Unterschlupf gesucht, nachdem sie den Kutscher davon überzeugt hatte, sie würde tatsächlich das Haus betreten. Nach seinen Drohungen, ihr gegenüber tätlich zu werden, war das nicht allzu verwunderlich. Wahrscheinlich hat sie bei Grandmama Obdach gefunden, dachte Jordan, als der Port seine Nerven zu besänftigen begann.

»Bringen Sie mir die Flasche«, rief er Filbert mürrisch zu, als der wieder über die Schwelle trat. »Und sagen Sie mir eins«, fuhr er fort und wandte sich damit erstmals in seinem Leben mit einer persönlichen Frage an einen Bediensteten. »War sie schon immer so – Ihre Herrin?«

Der alte Diener versteifte sich sichtlich. »Miss Alex...« begann Filbert, aber Jordan unterbrach ihn sofort. »Sie werden meine Frau gefälligst ansprechen, wie es sich gehört«, zischte er kalt. »Sie ist die Herzogin von Hawthorne!«

»Und damit hat sie wahrlich in den Glückstopf gegriffen!« fauchte der alte Mann erbost.

»Was wollen Sie damit sagen?« Jordan war so verblüfft über den Temperamentsausbruch eines einfachen Dieners, daß er ganz anders reagierte, als von einem Mann in seiner Position und von seinem Charakter vielleicht zu erwarten gewesen wäre.

»Ich habe mich deutlich genug ausgedrückt«, verkündete Filbert und knallte die Flasche auf den Tisch. »Die Herzogin von Hawthorne zu sein, hat ihr nichts als Herzeleid gebracht! Sie sind doch so schlimm wie ihr Pa gewesen ist... Nein, Sie sind sogar noch schlimmer! Er hat ihr nur das Herz gebrochen, aber Sie haben ihr erst das Herz gebrochen und wollen nun auch noch ihren Willen brechen!«

Er war bereits wieder auf halbem Weg zur Tür, als Jordans Stimme wie ein Donnerschlag durch den Raum hallte: »Kommen Sie sofort zurück!«

Filbert gehorchte, ballte aber die altersgichtigen Hände zu Fäusten und funkelte den Mann wütend an, der Miss Alexandras Leben vom ersten Tag an zur Hölle gemacht hatte.

»Zum Teufel, wovon reden Sie eigentlich?«

Filberts Kiefer zuckte bedenklich. »Falls Sie glauben, ich würde Ihnen Sachen erzählen, die Sie dann gegen Miss Alex verwenden können, irren Sie sich gründlich, Euer Hochnäsigkeit!«

Jordan öffnete den Mund, um dem unverschämten Mann zu sagen, er solle seine Sachen packen und verschwinden, aber zunächst wollte er eine Erklärung für die unglaublichen Bemerkungen des Dieners. »Falls Sie etwas vorzubringen haben, das meine Einstellung zu Ihrer Herrin günstig beeinflussen könnte, sollten Sie klug genug sein, das auch zu tun«, erwiderte er beherrscht. Der Diener wirkte ausgesprochen widerspenstig. »Wenn ich sie in meiner augenblicklichen Stimmung in die Hände bekomme«, warnte Jordan nachdrücklich, »wird sie sich wünschen, mich nie gesehen zu haben.«

Der alte Mann erbleichte, schluckte, schwieg aber beharrlich. In der Erkenntnis, daß Filbert durch Einschüchterung nie zum Reden gebracht werden konnte, goß Jordan Portwein in ein zweites Glas, streckte es dem Diener entgegen – eine Geste, die ein Schlag ins Gesicht der Gesellschaft war – und sagte: »Hören Sie, da ich Ihre Herrin offenbar Ihrer Ansicht nach – unbeabsichtigt – gekränkt habe, sollten Sie vielleicht ein Glas mit mir trinken und mir von ihrem Vater erzählen. Was hat er getan?«

Filberts mißtrauischer Blick wanderte vom Gesicht des Herzogs zu dem Glas in seiner ausgestreckten Hand. Sehr zögernd griff er danach. »Hätten Sie etwas dagegen, daß ich mich setze?«

»Keineswegs«, entgegnete Jordan ungerührt.

»Ihr Vater war der größte Lump, den Gottes Erde je getragen hat«, begann Filbert und pausierte erst einmal wieder, um einen stärkenden Schluck zu sich zu nehmen. »Allmächtiger!« ächzte er und schüttelte sich. »Was ist denn das?«

»Portwein. Eine Sorte, die ausschließlich für mich gekeltert wird.«

»Vermutlich will den sonst niemand haben«, erklärte Filbert unbeeindruckt. »Widerliches Gebräu.«

»Diese Ansicht wird von den meisten Leuten geteilt. Ich scheine der einzige zu sein, der es mag. Also... Was hat ihr Vater ihr angetan?«

»Sie haben nicht zufällig Bier zur Hand?«

»Ich fürchte nicht.«

»Und wie ist es mit Whisky?« erkundigte sich Filbert hoffnungsvoll.

»Sicher. In dem Kabinett dort drüben. Bedienen Sie sich.«

Es bedurfte sechs Gläser Whisky und dauerte zwei Stunden, dem widerwilligen Diener die ganze Geschichte zu entringen. Zu dem Zeitpunkt, als Filbert endlich zum Ende kam, hing Jordan, der irgendwann ebenfalls zum Whisky übergegangen war, mit halb offenem Hemd in seinem Sessel und bemühte sich um einen klaren Kopf.

»Und dann, vielleicht sechs oder sieben Wochen nach dem Tod ihres Vaters«, beendete Filbert seine

Erzählung, »kam eines Tages diese feine Kutsche mit dieser schönen Frau und ihrer hübschen blonden Tochter vorgefahren. Ich war dabei, als Miss Alex die Tür öffnete, und dann behauptete diese Lady, die natürlich keine echte Lady war, keck wie ein Lämmerschwanz, sie sei Lawrences Frau und das Mädchen in ihrer Begleitung seine Tochter!«

Jordans Kopf fuhr herum. »Er war ein Bigamist?«

»Das kann man wohl sagen. Und Sie hätten das Gezänk zwischen den beiden Mistresses Lawrence erleben sollen. Miss Alex sah das blonde Mädchen nur an und sagte in ihrer liebevollen Art: ›Du bist sehr hübsch‹. Aber das blonde Ding reckte nur hochmütig die Nase in die Luft. Dann entdeckte das blonde Ding das herzförmige Amulett, das Miss Alex wie einen Augapfel hütete und immer trug, seit sie es von ihrem Vater zum Geburtstag bekommen hatte. Das blonde Ding fragte Miss Alex, ob das ein Geschenk ihres Vaters wäre. Und als Miss Alex ja sagte, zeigte diese Kröte doch tatsächlich auf eine Goldkette mit Herzamulett, die ihr um den Hals hing, und erklärte rotzfrech: ›Mir hat er ein wertvolles goldenes Amulett geschenkt. Deines ist nur aus Blech!‹«

Filbert brach ab, trank einen Schluck Whisky und leckte sich die Lippen. »Miss Alex sagte kein einziges Wort. Sie reckte nur das Kinn – wie immer, wenn sie sich bemüht, tapfer zu sein. Aber in ihren Augen war ein Schmerz, der einem erwachsenen Mann die Tränen in die Augen getrieben hätte. Ich jedenfalls bin in mein Zimmer gegangen und habe geheult wie ein kleines Kind«, gestand Filbert heiser.

»Und was ist dann geschehen?« fragte Jordan und kämpfte gegen ein merkwürdiges Gefühl in seiner Kehle an.

»Am nächsten Morgen erschien Miss Alex zum Frühstück. Sie lächelte und scherzte wie immer. Aber zum ersten Mal trug sie das Amulett nicht. Sie hat es nie wieder getragen.«

»Und Sie glauben, ich sei wie ihr Vater?« empörte sich Jordan.

»Sind Sie es denn nicht?« fragte Filbert verächtlich zurück. »Sie brechen ihr immer wieder das Herz und überlassen den Rest dann Penrose und mir.«

»Was meinen Sie damit?« wollte Jordan wissen und goß sich unbeholfen ein großzügiges Quantum Whisky nach. Filbert streckte ihm sein leeres Glas entgegen, und Jordan folgte der Aufforderung.

»Damit meine ich ihre verzweifelten Tränen, die sie geweint hat, als sie Sie für tot hielt. Eines Tages treffe ich sie dabei an, wie sie das Bild von Ihnen betrachtet, das in dem großen Haus hängt. Sie hat Stunden davor zugebracht, und als ich sie erneut davor stehen sah, dachte ich bei mir: Sie ist so dünn, daß man glatt durch sie hindurchsehen kann. Sie zeigte auf Sie und sagte zu mir mit dieser zittrigen Stimme, die sie immer hat, wenn sie nicht weinen will: ›War er nicht wunderschön, Filbert?‹« Filberts abfälliges Schnaufen war ein sehr beredter Ausdruck seiner persönlichen Ansicht über Jordans Aussehen.

Erfreut über die erstaunliche Neuigkeit, daß Alexandra offenbar genug für ihn empfunden hatte, um ihn zu betrauern, ignorierte Jordan die Kritik an seinem Äußeren. »Fahren Sie fort«, sagte er.

Filberts Augen hinter den dicken Gläsern wurden ganz schmal. »Sie haben Miss Alex dazu gebracht, sich in Sie zu verlieben. Aber als sie dann nach London kam, mußte sie feststellen, daß sie nie die Absicht hatten, sie wie eine richtige Ehefrau zu behandeln, daß Sie sie lediglich aus Mitleid geheiratet hatten! Sie wollten sie nach Devon schicken – genau wie ihr Vater ihre Mutter weggeschickt hatte!«

»Sie weiß über Devon Bescheid?« erkundigte sich Jordan verdutzt.

»Sie weiß alles über Sie. Lord Anthony hat ihr schließlich die Wahrheit erzählt, weil alle Ihre feinen Londoner Freunde hinter vorgehaltener Hand über Miss Alex lachten, weil sie Sie liebte. Die kannten Ihre Gefühle zu ihr, denn Sie haben sich Ihrer Mätresse gegenüber deutlich genug geäußert, und die hat es weitererzählt. Sie haben Miss Alex gedemütigt und immer wieder zum Weinen gebracht. Aber jetzt können Sie ihr nicht mehr weh tun. Jetzt weiß sie, wie verlogen Sie sind!«

Filbert kam mühsam auf die Beine, stellte sein Glas ab, richtete sich zu voller Größe auf und erklärte mit großer Würde: »Ich habe es ihr gesagt, und nun sage ich es auch Ihnen: Sie hätte Sie an dem Abend sterben lassen sollen, an dem Sie sie traf!«

Jordan sah dem alten Mann nach, der den Raum verließ, ohne daß ihm etwas von den verblüffenden Mengen Alkohol anzumerken gewesen wäre, die er konsumiert hatte.

Blicklos starrte er in sein leeres Glas, während sich in seinem benebelten Kopf langsam die Gründe für Alexandras völlig veränderte Haltung ihm gegenüber herauskristallisierten. Filberts kurze, aber tief beeindruckende Schilderung einer erschreckend dünnen Alexandra vor seinem Portrait auf Hawthorne drehte ihm fast das Herz um. Vor seinem inneren Auge sah er seine junge Frau, die mit dem Herzen auf den Lippen nach London kam und dort auf die kalte Verachtung traf, die Elise offensichtlich durch die Wiederholung seiner gedankenlosen Bemerkungen ausgelöst hatte.

Er lehnte den Kopf zurück und schloß die Augen, während ihn große Erleichterung und tiefes Bedauern durchpulsten. Alexandra hatte etwas für ihn empfunden! Seine Vorstellung von dem bezaubernden, natürlichen Mädchen, das ihn geliebt hatte, hatte nicht getrogen, und darüber war er plötzlich glücklich. Er bereute unendlich, sie unzählige Male verletzt zu haben, aber er zweifelte keine Sekunde daran, daß der Schaden wiedergutzumachen war. Aber er gab sich auch nicht der Hoffnung hin, daß Erklärungen nutzen könnten. Taten, nicht Worte waren seine Chance, ihr Vertrauen wiederzugewinnen und dazu zu bringen, ihn erneut zu lieben.

Ein leichtes Lächeln lag um seine Lippen, als er seine Strategie entwarf.

Das Lächeln verging ihm, als gegen neun Uhr ein Diener mit der Nachricht von der Herzoginwitwe zurückkehrte, daß Alexandra die Nacht nicht bei ihr verbracht hatte. Er lächelte auch nicht, als eine halbe Stunde später die Herzogin persönlich in sein Arbeitszimmer gestürmt kam, um ihm unverblümt zu erklären, daß er ganz allein für Alexandras Flucht verantwortlich sei, und ihm eine Standpauke über seine mangelnde Sensibilität, seine Überheblichkeit und seinen fehlenden Menschenverstand zu halten.

Angetan mit ihrem blaßgelben Ballkleid, fuhr sich Alexandra mit den Fingern durch die vom Schlaf zerzausten Haare, öffnete die Tür des Gouvernantenzimmers, spähte den Flur entlang und lief dann schnell die Treppe hinunter zu ihrer eigenen Suite.

Behutsam öffnete sie die Tür zu ihrem Ankleidezimmer und trat ein. Bis auf ein Reisekleid war es leer. Erstaunt blickte sich Alexandra um und stellte fest, daß auch alle ihre Toilettenartikel vom Ankleidetisch geräumt waren. Mit dem eigenartigen Gefühl, im falschen Raum zu sein, drehte sie sich langsam um. In diesem Moment öffnete sich die Tür, und ihre Zofe stieß einen erstickten Schrei aus.

Bevor Alexandra sie davon abhalten konnte, machte die Zofe auf dem Absatz kehrt und lief den Korridor entlang zur Galerie. »Ihre Gnaden ist wieder da!« rief sie über die Brüstung hinweg Higgins unten in der Halle zu.

Damit wäre mein Traum ausgeträumt, mit Filbert und Penrose das Haus verlassen zu können, ohne zuvor Jordan zu begegnen, dachte Alexandra mit einem Anflug von Furcht. Sie hatte zwar nicht fest damit gerechnet, einer Konfrontation zu entgehen, aber es zumindest zu hoffen gewagt. »Marie«, rief sie der Zofe nach, die bereits die Treppe hinabeilte, um die frohe Botschaft weiter zu verbreiten. »Wo ist der Herzog? Ich möchte ihm meine Anwesenheit selbst mitteilen.«

»Im Arbeitszimmer, Euer Gnaden.«

In der festen Überzeugung, daß Jordan seinen ganzen Zorn auf sie entladen würde, sobald er ihrer ansichtig wurde, betrat Alexandra das Arbeitszimmer und schloß sorgsam die Tür hinter sich. »Ich nehme an, du willst mich sprechen?«

Jordan fuhr herum. Unbändiger Zorn und namenlose Erleichterung wetteiferten in ihm, als er sie vor sich sah, erholt und frisch vom Schlaf, während er kein Auge zugetan hatte.

»Wo zum Teufel bist du gewesen?« wollte er wissen und kam schnell auf sie zu. »Erinnere mich daran, dich nie wieder beim Wort zu nehmen«, fügte er ätzend ironisch hinzu.

Alexandra widerstand dem Impuls, vor ihm zurückzuweichen. »Ich habe mein Wort gehalten, Mylord. Ich kam direkt nach Hause und begab mich sofort zu Bett.«

»Lüg mich nicht an!« An seiner Wange begann ein Muskel zu zucken.

»Ich habe im Gouvernantenzimmer geschlafen«, klärte sie ihn höflich auf. »Schließlich hattest du mir nicht befohlen, in meinem Bett zu schlafen.«

Schiere Mordlust machte sich in Jordan breit, wurde aber fast sofort von dem Verlangen ersetzt, sie in die Arme zu reißen und mit ihr gemeinsam über ihre List schallend zu lachen. Dann fiel ihm ein, daß sie die ganze Nacht unter dem Dach seelenruhig geschlafen hatte, während er qualvolle Stunden der Ungewißheit verbracht und einen Whisky nach dem anderen in sich hineingeschüttet hatte. »Sag mir nur eins«, fragte er gereizt, »warst du das eigentlich schon immer?«

»Was?«

»Eine Unruhestifterin.«

»Was meinst du damit?«

»Das will ich dir sagen«, begann er, ging einen weiteren Schritt auf sie zu, und diesmal trat sie sichernd zurück. »In den letzten zwölf Stunden habe ich meine Freunde im White's rüde vor den Kopf gestoßen. Ich wurde vor aller Augen in einem Ballsaal in einen Streit verwickelt, Ein Diener hat mich übel geschimpft und absichtlich unter den Tisch getrunken. Ich mußte eine Lektion meiner Großmutter über mich ergehen lassen, die sich zum ersten Mal in ihrem Leben so weit vergaß, daß sie regelrecht schrie!

Weißt du eigentlich«, schloß er düster, während Alex große Mühe hatte, ein leises Lächeln zu unterdrükken, »daß ich ein verhältnismäßig ruhiges, geordnetes Leben geführt habe, bevor ich dir begegnet bin? Doch seither brauche ich mich nur kurz umzudrehen, und schon...«

Er brach ab, denn Higgins kam mit fliegenden Rockschößen in den Raum geeilt. »Euer Gnaden«, keuchte er, »draußen steht ein Constable, der darauf beharrt, Sie oder Ihre Gnaden persönlich zu sprechen.«

Mit einem Blick, der sie nachdrücklich aufforderte, sich nicht von der Stelle zu rühren, verließ Jordan schnell das Arbeitszimmer. Zwei Minuten später war er wieder da, mit einem unbeschreiblichen Ausdruck der Verblüffung auf dem gebräunten Gesicht.

»Ist... ist irgend etwas geschehen?« fragte sie, da er offensichtlich keine Worte fand.

»Eigentlich nichts Besonderes«, meinte er endlich. »Wenn man bedenkt, daß derartige Ereignisse im Zusammenleben mit dir an der Tagesordnung zu sein scheinen.«

»Aber irgend etwas ist doch offenbar geschehen«, beharrte sie.

»Dein getreuer alter Butler wurde gerade im Gewahrsam eines Constable nach Hause gebracht.«

»Penrose?« entfuhr es Alex entsetzt.

»Genau der.«

»Aber... aber was hat er denn getan?«

»Er wurde gestern in der Bond Street dabei ertappt, als er meine Uhr verkaufen wollte.« Damit hob er die Hand und zeigte ihr die goldene Taschenuhr ihres Großvaters.

»Bigamieversuch, Diebstahl und Beteiligung am

Glücksspiel«, zählte Jordan sarkastisch auf. »Was sind deine nächsten Pläne? Eine kleine Erpressung vielleicht?«

»Das ist nicht deine Uhr.« Alexandras Augen hingen an der Uhr, ihrer einzigen Hoffnung auf Unabhängigkeit und Freiheit. »Gib sie mir bitte. Sie gehört mir.«

Jordans Brauen zogen sich erstaunt zusammen, doch dann streckte er ihr langsam die Hand entgegen. »Ich stand unter dem Eindruck, sie von dir als Geschenk erhalten zu haben.«

»Das geschah unter falschen Voraussetzungen«, erklärte sie gereizt. »Mein Großvater war... ein warmherziger, fürsorglicher, liebevoller Mann. Seine Uhr sollte ein Mann erhalten, der ihm ähnlich ist.«

»Ich verstehe«, erwiderte Jordan ruhig und gab ihr die Uhr.

»Vielen Dank«, sagte Alexandra und hatte das seltsame Gefühl, ihn tatsächlich verletzt zu haben. Aber da er kein Herz besaß, mußte sie wohl sein Selbstgefühl verletzt haben. »Wo ist Penrose? Ich werde die Angelegenheit sofort aufklären.«

»Wenn er sich an meine Instruktionen hält, befindet er sich in seinem Zimmer«, antwortete Jordan trocken, »und denkt über das achte Gebot nach.«

»Das ist alles?« Überrascht sah ihn Alexandra an. »Du hast ihn lediglich auf sein Zimmer geschickt?«

»Ich hätte wohl kaum zulassen können, daß mein Fast-Schwiegervater in den Kerker geworfen wird, oder?«

Höchst verwirrt über sein seltsames Verhalten betrachtete ihn Alex prüfend. »Eigentlich hätte ich das von dir erwartet.«

»Weil du mich nicht kennst, Alexandra«, verkündete er in einem Ton, den Alex nicht anders als versöhnlich bezeichnen konnte. »Aber nun würde ich doch zu gern wissen, warum Penrose die Uhr deines Großvaters verkaufen wollte.«

Alexandra zögerte, dann entschied sie, daß Schweigen die beste Antwort war.

»Die offensichtliche Erklärung besteht darin, daß du an Geld kommen wolltest«, fuhr Jordan sachlich fort. »Und dafür gibt es meiner Meinung nach nur zwei Gründe. Entweder wolltest du weitere skandalöse Wetten gegen mich abgeben, was ich dir jedoch untersagt habe. Offengestanden bezweifle ich, daß du das getan hast.« Er hob abwehrend die Hand, weil sie bereits den Mund geöffnet hatte, um gegen die Unterstellung zu protestieren, sie unterwerfe sich untertänig seinen Anordnungen. »Meine Gründe, diese Möglichkeit auszuschließen, haben nichts damit zu tun, daß ich dir das verboten habe. Ich bin vielmehr der Meinung, daß du einfach nicht genügend Zeit dazu hattest, dich mir erneut zu widersetzen.«

Sein Lächeln kam so unvermittelt und war so ansteckend, daß Alex mit dem Drang kämpfen mußte, zurückzulächeln.

»Und daher«, schloß er, »gehe ich davon aus, daß dein Grund vielmehr der ist, den du mir schon vor zwei Tagen genannt hast: Du willst mich verlassen, um allein und selbständig zu leben. Ist es das?«

Er klang so verständnisvoll, daß Alex ihre ursprüngliche Absicht revidierte und nickte.

»Wenn das so ist, würde ich dir gern eine Lösung vorschlagen, die auch deinem Hang zum Glücksspiel entgegenkommen müßte. Darf ich?« erkundigte er sich und deutete höflich auf einen Sessel vor seinem Schreibtisch.

»Ja«, sagte Alexandra knapp und wachsam. Sie setzte sich.

»Ich werde dir genug Geld zur Verfügung stellen, daß du für den Rest deines Lebens sorgenfrei leben kannst – wenn du nach drei Monaten noch immer den Wunsch hast, mich zu verlassen.«

»Ich... ich verstehe nicht ganz«, stammelte Alexandra und forschte in seinem gebräunten Gesicht nach einer Erklärung.

»Es ist ganz einfach. Du mußt bereit sein, dich drei Monate lang wie eine liebende, treue und fügsame Ehefrau zu verhalten. Während dieser Zeit bemühe ich mich, mich dir so... annehmbar zu machen, daß du nicht länger den Wunsch verspürst, dich von mir zu trennen. Falls mir das nicht gelingt, steht es dir frei, mich zu verlassen.«

»Nein!« brach es aus Alexandra heraus. Die Vorstellung, Jordan könnte sie absichtlich umgarnen und verführen, war mehr, als sie ertragen konnte. Und die Bedeutung der Worte ›liebende Frau‹ trieb ihr die Röte in die Wangen.

»Hast du etwa Angst, meinem Charme zu erliegen?«

»Mit Sicherheit nicht«, log sie unverfroren.

»Warum gehst du dann nicht auf meinen Vorschlag ein? Ich wette ein Vermögen darauf, daß ich dich dazu bringen kann, mich nicht verlassen zu wollen. Offensichtlich hast du doch Angst zu verlieren, sonst würdest du nicht so zögern. Aber wenn ich es recht überlege, sind drei Monate viel zu kurz. Sechs Monate wären wesentlich angemessener...«

»Drei Monate sind mehr als genug!« rief Alexandra.

»Abgemacht«, verkündete er prompt. »Bleiben wir also bei drei Monaten.«

Kapitel 23

Am nächsten Morgen erwachte Alexandra spät und mußte sich erst in Erinnerung rufen, daß sie inzwischen wieder auf Hawthorne war. Sie ließ sich von Marie die Haare bürsten, bis sie glänzten, um dann mit ihrer Zofe darüber zu diskutieren, ob sie ihr lavendel- oder rosenfarbenes Morgenkleid anziehen sollte.

Dann ging sie hinunter, um nachdenklich ein Frühstück einzunehmen, während Penrose und Filbert ihr jeden Wunsch von den Augen ablasen und sich dann und wann besorgte Blicke zuwarfen.

In der weisen Erkenntnis, daß die kommenden drei Monate schneller vergehen würden, wenn sie sich beschäftigte, beschloß sie, sobald wie möglich mit ihren Besuchen bei den Pächtern zu beginnen und auch die Studien wieder aufzunehmen, die sie mit ihrer Abreise nach London abgebrochen hatte.

Nach dem Frühstück lief sie zu den Reitställen hinüber, spielte kurz mit Henry, der die abwechslungsreiche Atmosphäre der Ställe der gedämpften Ruhe im Haus vorzog. Erst spät am Nachmittag kehrte sie zurück. Erfrischt und entspannt von der Freiheit, ihren Einspänner über die gewundenen Wege zu lenken, die Jordans Besitz durchschnitten, trieb Alexandra ihr Pferd in einem leichten Trab am Haus vorbei direkt auf die Ställe zu.

Breit lächelnd kam Smarth angelaufen, um ihr die Zügel abzunehmen. »Seine Gnaden wartet bereits seit mehr als einer Stunde auf Sie«, erklärte er in dem offensichtlichen Bemühen, die eheliche Harmonie zwischen ihr und ihrem Mann zu fördern. »Läuft so unruhig auf und ab, als könne er es gar nicht abwarten, Sie wiederzusehen.«

Überrascht und beschämend erfreut lächelte Alexandra Jordan an, als er aus einem der Ställe geschlendert kam. Doch angesichts seiner finsteren Miene schwand ihr Lächeln sehr schnell.

»Wage es ja nicht noch einmal, das Haus zu verlassen, ohne jemandem genau zu sagen, wohin du willst und wann du zurückkommst«, herrschte er sie an, griff sie nicht allzu sanft um die Taille und hob sie von der Kutsche. »Weiterhin wirst du das Gelände nie wieder ohne die Begleitung eines Reitburschen verlassen. Olsen«, damit deutete er auf einen Riesen von Mann, »ist dein persönlicher Bursche.«

Sein Zorn schien so ungerechtfertigt, seine Anordnungen unsinnig und sein Verhalten so konträr zu seiner Zärtlichkeit letzte Nacht, daß ihn Alexandra einen Moment lang nur verblüfft anstarrte. Dann spürte sie, wie Zorn in ihr hochkochte, während sich Smarth hastig entfernte.

»Bist du fertig?« fauchte Alexandra in der festen Absicht, ihn einfach stehenzulassen und sich ins Haus zu begeben.

»Nein. Da wäre noch etwas. Wage ja nie wieder, dich nachts, wenn ich schlafe, aus meinem Bett zu schleichen wie eine Hure, die es zu den Kaianlagen zieht.«

»Wie kannst du es wagen!« explodierte Alexandra und holte spontan mit der Hand aus.

Jordan fing die Hand ein und umspannte sie mit eisernem Griff. Seine Augen wirkten wie Gletscherseen, und einen Moment lang war sich Alexandra sicher, daß er sie schlagen würde. Doch dann ließ er ihre Hand abrupt fallen, drehte sich um und ging auf das Haus zu.

»Nun, Mylady«, meinte Smarth beruhigend, der unvermittelt wieder an ihrer Seite auftauchte. »Der Herr muß einen schlechten Tag haben, denn in einer solchen Stimmung habe ich ihn mein Lebtag noch nicht gesehen.« Trotz seiner besänftigenden Worte blickte Smarth Jordans breitem Rücken verwirrt und beunruhigt nach.

Schweigend wandte sich Alexandra um und sah ihren alten Vertrauten an, während der fortfuhr: »Bis heute wußte ich nicht einmal, daß er so etwas wie Temperament überhaupt besitzt – jedenfalls keine Launen. Ich habe ihn auf sein erstes Pony gesetzt, ich kenne ihn, seit er ein kleiner Junge war, und es gab keinen mutigeren, besseren...«

»Bitte!« entfuhr es Alex, die keine weiteren Lobpreisungen mehr ertragen konnte, die sie früher so gern gehört hatte. »Keine Lügen mehr! Sie können ihn mir nicht als guten, edlen Menschen schildern, während ich mit eigenen Augen sehen kann, daß er ein... ein bösartiges, herzloses Monstrum ist!«

»Nein, Mylady, das ist er nicht. Ich kenne ihn seit seinen Kindertagen, so wie ich auch seinen Vater gekannt habe...«

»Ich bin davon überzeugt, daß sein Vater ein Monstrum war!« rief Alexandra, viel zu erregt, um auf die Bedeutung ihrer Worte zu achten. »Zweifellos waren sie einander sehr ähnlich!«

»Nein, Mylady. Sie irren sich. Sie irren sich mehr, als sich je ein Mensch geirrt hat, wenn Sie das denken. Warum sagen Sie so etwas?«

Erstaunt über die Vehemenz seiner Verteidigung beherrschte sich Alexandra und brachte ein leichtes Lächeln zustande. »Mein Großvater sagte stets, wenn man wissen wolle, wie sich ein Mann entwickelt, brauche man sich nur dessen Vater anzusehen.«

»Zumindest was Jordan und seinen Vater betrifft, hat sich Ihr Großvater gründlich geirrt«, entgegnete Smarth.

Es durchzuckte Alexandra, daß sich Smarth als wertvolle Informationsquelle im Hinblick auf Jordan erweisen könnte, wenn sie ihn dazu brachte, die ungeschminkte Wahrheit zu sagen. Sie rief sich zwar in Erinnerung, daß sie über ihren Ehemann auf Zeit gar nichts erfahren wollte, doch da sagte sie bereits: »Da es mir nicht erlaubt ist, mich ohne Begleitung irgendwohin zu begeben – würde es Ihnen etwas ausmachen, mit mir hinüber zur Koppel zu gehen, damit ich den Fohlen zusehen kann?«

Smarth verneinte, und als sie sich wenig später gegen den Holzzaun lehnten, sagte er abrupt: »Sie hätten diese Wette gegen ihn nicht abgeben dürfen, Mylady, wenn Sie mir diese Bemerkung gestatten.«

»Wie haben Sie davon erfahren?«

»Alle Welt weiß davon. John Coachman hat es von Lord Hacksons Reitknecht – am selben Tag, an dem Ihre Wette bei White's eingeschrieben wurde.«

»Ich verstehe.«

»Es war ein großer Fehler, jedermann wissen zu lassen, daß Sie nichts für ihn empfinden. Nicht einmal die Mutter des Herrn hätte sich so etwas...« Errötend brach Smarth ab und blickte verlegen auf seine Füße.

»Es war nicht meine Absicht, daß es sich herumspricht«, entgegnete Alexandra und fuhr dann wie beiläufig fort: »Da wir gerade von der Mutter meines Mannes sprechen – wie war sie eigentlich?«

Verlegen trat Smarth von einem Bein auf das andere. »Sehr schön, natürlich. Sie liebte Gesellschaften, veranstaltete hier dauernd welche, buchstäblich pausenlos.«

»Das hört sich so an, als wäre sie sehr unbeschwert und zugänglich gewesen.«

»Sie war ganz und gar nicht wie Sie!« explodierte Smarth. Verblüfft sah ihn Alex an, ebenso überrascht über seine Heftigkeit wie über die Tatsache, daß er so positiv von ihr dachte. »Sie hat an niemanden unter ihrem Rang auch nur einen Gedanken verschwendet und ausschließlich an sich selbst gedacht.«

»Was meinen Sie damit?«

»Ich muß wieder an die Arbeit, Mylady«, entgegnete Smarth unbehaglich. »Wenn Sie etwas Gutes über Seine Gnaden hören wollen, können Sie jederzeit wiederkommen. Dann erzähle ich es Ihnen.«

Kurz vor neun Uhr, der vorgesehenen Dinnerzeit, verließ Alexandra ihr Zimmer und schritt in einer pfirsichfarbenen Robe und mit auf die Schultern fallenden Locken langsam die Treppe hinunter. Jetzt, da sie Jordan erstmals seit ihrer heftigen Auseinandersetzung gegenübertreten würde, machte ihre Neugierde auf seine Vergangenheit wieder ihrer ursprünglichen Empörung Platz.

Als sie dem Eßzimmer zustrebte, trat Higgins einen Schritt vor und öffnete statt dessen die Türen zum Salon. »Seine Gnaden«, informierte sie der Butler, »trinkt stets ein Glas Sherry im Salon, bevor er sich zu Tisch setzt.«

Bei Alexandras Eintritt blickte Jordan auf, trat an die Kredenz und goß ein Glas Sherry für sie ein. Sie beobachtete seine gewandten Bewegungen und versuchte zu ignorieren, wie unbeschreiblich gut er in seinem weinroten Rock und den grauen Hosen aussah. In den Falten seines Halstuchs funkelte ein einzelner Rubin und kontrastierte wundervoll mit seiner bronzebraunen Haut. Wortlos hielt er ihr das Sherryglas hin.

Seiner Stimmung höchst ungewiß, trat Alexandra einen Schritt vor und nahm ihm das Glas aus der Hand. Seine ersten Worte weckten in ihr das heftige Verlangen, ihm den Sherry ins Gesicht zu schütten. »Es ist meine Gewohnheit«, belehrte er sie wie eine begriffsstutzige Schülerin, »um halb neun im Salon einen Sherry zu nehmen und um neun Uhr zu Abend zu essen. Ich würde mich freuen, wenn du mir künftig hier pünktlich um halb neun Gesellschaft leisten würdest, Alexandra.«

Alexandras Augen sprühten Funken, aber es gelang ihr, die Stimme gelassen klingen zu lassen. »Du hast mir bereits gesagt, wo ich schlafen soll, wohin ich gehen darf, wer mich dabei zu begleiten hat und wann ich zu essen habe. Hättest du nun vielleicht die Güte mir zu sagen, wann ich atmen darf?«

Jordans Brauen zogen sich zusammen, dann warf er den Kopf zurück und seufzte tief auf. Er massierte sich die Nackenmuskeln, als wären sie verspannt. »Alexandra«, begann er dann gleichzeitig bekümmert und erregt, »ich wollte mich eigentlich dafür entschuldigen, wie ich dich bei den Ställen behandelt habe. Aber du hattest dich um eine Stunde verspätet, und ich habe mir Sorgen gemacht. Ich hatte nicht die Absicht, dich zu maßregeln oder zu tadeln. Schließlich bin ich kein Ungeheuer...« Er brach ab, weil Higgins mit einer Nachricht auf einem Silbertablett an der Tür erschien und diskret hüstelte.

Von seiner Entschuldigung nur wenig besänftigt, setzte sich Alexandra in einen Sessel und blickte sich in dem riesigen Salon mit seinen schweren Barockmöbeln um. Bedrückende Pracht, dachte sie und tadelte sich selbst. Jordans Geringschätzung seines Hauses schien auf sie abzufärben.

Mit dem Brief in der Hand setzte sich Jordan ihr gegenüber und erbrach das Siegel. »Von Tony«, informierte er sie, während seine Miene sehr schnell von Neugierde über Ungläubigkeit zu unverhohlener Verärgerung wechselte. »Es sieht so aus, als hätte er beschlossen, mitten in der Saison London zu verlassen, um sich keine fünf Kilometer von hier in seinem Haus niederzulassen.«

Die Tatsache, daß ihr guter Freund künftig so leicht erreichbar sein würde, erfüllte Alexandra mit Freude. »Ich hatte vor, seiner Mutter und seinem Bruder morgen einen Besuch abzustatten…«

»Ich untersage dir, dorthin zu fahren«, unterbrach Jordan kühl. »Ich werde Tony schreiben, daß wir in den nächsten Wochen absolut ungestört sein möchten.« Als sie ihn daraufhin ausgesprochen rebellisch ansah, fügte er noch kälter hinzu: »Hast du mich verstanden, Alexandra? Ich habe dir verboten, sie aufzusuchen!«

Ganz langsam erhob sich Alexandra. Auch er stand auf. »Weißt du was?« begann sie und sah ihn an, als gehöre er in eine Nervenheilanstalt. »Ich glaube, du bist nicht ganz bei Verstand.«

Unbegreiflicherweise begann er zu lächeln. »Daran zweifle ich nicht einmal«, meinte er, da er ihr nicht sagen konnte, daß Tonys Rückkehr in das Herzogtum praktisch Fawkes' Verdacht bestätigte. »Aber ich erwarte dennoch, daß du meine Anordnungen befolgst«, fügte er hinzu.

Alexandra öffnete den Mund, um ihm zu erklären, daß sie sich keinen Pfifferling um seine Anordnungen scherte, aber er legte ihr lächelnd einen Finger auf die

Lippen. »Die Wette, Alexandra. Du hast versprochen, eine fügsame Frau zu sein. Du willst doch nicht schon ganz am Anfang verlieren, oder?«

Alexandra bedachte ihn mit einem Blick unendlicher Verachtung. »Ich stehe nicht in Gefahr, die Wette zu verlieren, Mylord. Denn die haben bereits Sie verloren.« Mit ihrem Glas trat sie vor den Kamin und gab vor, eine Vase aus dem vierzehnten Jahrhundert zu betrachten.

»Was soll das heißen?« fragte Jordan und trat leise hinter sie.

Behutsam zeichnete Alexandra mit der Fingerspitze die Konturen der kostbaren Vase nach. »Deine Aufgabe bestand darin, dich mir so annehmbar zu machen, daß ich den Wunsch verspüre, bei dir zu bleiben.«

»Und?«

»Und«, verkündete sie mit einem scharfen Blick über die Schulter hinweg, »du hast versagt.«

Sie rechnete fest damit, daß er ihre Bemerkung mit einem arroganten Schulterzucken abtat. Doch statt dessen legte er ihr die Hände auf die Schultern und drehte sie zu sich herum. »In diesem Fall«, sagte er und blickte sie mit einem aufrichtigen Lächeln an, »muß ich mich wohl noch härter bemühen, oder?«

Von der Mischung aus tiefem Ernst und Zärtlichkeit in seinem Blick gefesselt, ließ sich Alexandra von ihm küssen, ließ sich von seinen Armen umfangen und eng an sich ziehen. Sein Kuß war leidenschaftlich und ausdauernd, er kostete ihre Lippen, als würde er jede einzelne Sekunde wirklich genießen.

Als er Minuten später seine Arme sinken ließ, sah sie ihn sprachlos an. Wie ist es nur möglich, daß er in einem Moment so unbeschreiblich zärtlich und im nächsten so kalt, abweisend und feindselig sein kann?

fragte sie sich. »Ich wünschte wirklich, ich könnte dich verstehen«, sagte sie leise.

»Was verstehst du denn nicht an mir?« fragte Jordan, obwohl er die Antwort kannte.

»Ich würde gern den tatsächlichen Grund dafür erfahren, warum du mich bei den Ställen so heruntergeputzt hast.«

»Diesen Grund habe ich dir genannt«, antwortete er zu ihrer Überraschung. »Allerdings erst zum Schluß.«

»Und was war es?«

»Mein Stolz war verletzt, daß du mich mitten in der Nacht verlassen hast«, gab er zu.

»Nur weil dein Stolz verletzt war«, fuhr sie ihn an, »hast du mich eine Hu…, hast du mich mit einem Schimpfnamen bedacht?«

»Selbstverständlich«, erwiderte er todernst. »Du kannst doch wohl kaum von einem erwachsenen, intelligenten Mann, der in zwei Ländern blutige Schlachten geschlagen hat, erwarten, daß er den Mut aufbringt, einer Frau in die Augen zu blicken und sie ganz einfach zu fragen, warum sie nicht die ganze Nacht mit ihm verbringen will.«

»Und warum nicht?« erkundigte sie sich und lachte dann laut auf, als sie erkannte, daß er sich über sich selbst lustig machte.

»Männliche Würde«, räumte er mit einem schiefen Lächeln ein. »Wir sind wohl beide zu vielem fähig, um unsere Würde zu schützen, fürchte ich.«

»Ich bin dir sehr dankbar, daß du mir die Wahrheit gesagt hast«, meinte Alexandra leise.

»Deshalb hatte ich den Streit mit dir überhaupt angefangen. Doch ich muß zugestehen, daß mich etwas in diesem Haus immer in schlechte Stimmung versetzt.«

»Aber du bist hier aufgewachsen!«

»Und deshalb«, erwiderte er beiläufig, nahm ihren Arm und führte sie ins Speisezimmer, »kann ich es vermutlich nicht ausstehen.«

»Was willst du damit sagen?« sprudelte sie hervor.

Lächelnd schüttelte Jordan den Kopf. »Vor langer Zeit hast du mich im Rosengarten meiner Großmutter gebeten, dir meine Gefühle und Gedanken anzuvertrauen. Das konnte ich damals nicht und kann es auch heute noch nicht. Aber ich arbeite daran«, scherzte er. »Irgendwann werde ich deine Fragen beantworten.«

Jordan hatte versprochen, sich energischer darum zu bemühen, für sie »annehmbar zu werden«, und während des Dinners verfolgte er sein Ziel so intensiv, daß Alexandra fast benommen reagierte. Zwei Stunden lang bezauberte er sie mit der ganzen Macht seines Charmes, zeigte ihr sein strahlendes Lächeln und unterhielt sie mit skandalösen oder amüsanten Geschichten über Londoner Bekannte.

Und danach gingen sie zu Bett und liebten sich mit einer Leidenschaft, die ihr fast die Sinne raubte. Dann hielt er sie die ganze Nacht lang eng an sein Herz gedrückt.

Mit einem Korb ofenfrischen Gebäcks bestieg Alexandra am folgenden Morgen ihre Kutsche und war fest entschlossen, trotz Jordans Verbot Tony einen Besuch abzustatten. Sie redete sich ein, daß ausschließlich Neugierde auf Jordans Eltern sie zu dieser Fahrt bewog, wußte aber im tiefsten Inneren längst, daß das nicht ganz stimmte. Sie war gefährlich nahe daran, ihr Herz an den faszinierenden Mann zu verlieren, den sie geheiratet hatte, und empfand ein brennendes Verlangen, ihn besser zu verstehen. Und Tony war der einzige, der ihr vielleicht die Antworten geben konnte, nach denen sie suchte.

Nachdem sie Olsen mitgeteilt hatte, daß sie seine Begleitung für eine Visite bei den Wilkinsons nicht brauchte, machte sich Alexandra auf den Weg zum kleinen Cottage der Pächterfamilie. Nach kurzem Aufenthalt dort verabschiedete sie sich wieder und lenkte ihr Pferd in die Richtung von Tonys Anwesen – und hatte nicht die geringste Ahnung, daß Olsen ihr unauffällig folgte.

»Alexandra!« rief Tony hocherfreut und kam mit ausgestreckten Armen über die Freitreppe auf sie zu. »Vor einer Stunde habe ich Jordans Brief erhalten und nahm an, daß er dich für die nächsten Wochen ausschließlich für sich haben möchte.«

»Er weiß nicht, daß ich hier bin«, erwiderte Alex und umarmte ihn. »Schwörst du, meinen Besuch nicht zu verraten?«

»Selbstverständlich. Ich gebe dir mein Wort«, versicherte er mit ernstem Lächeln. »Aber nun komm herein, um meine Mutter und Bertie zu begrüßen. Sie sind sicher entzückt, dich zu sehen. Auch sie werden kein Sterbenswörtchen über deinen Besuch verlauten lassen«, fügte er angesichts ihres Zögerns hinzu.

Sie legte ihre Hand auf seinen Arm und schritt neben ihm die Treppe hinauf. »Ich nehme an, du hast London wegen der Klatschgeschichten über uns verlassen«, meinte sie fast entschuldigend.

»Zum Teil, aber auch, weil ich aus der Nähe mitbekommen wollte, wie es mit euch weitergeht. Und dann gibt es da noch einen anderen Grund«, fügte er mit eigentümlichem Lächeln hinzu. »Sally Farnsworth hat mich gestern in London besucht.«

»Und?« stieß Alexandra atemlos hervor und erforschte sein gutaussehendes Gesicht.

»Sie hat mir praktisch einen Antrag gemacht«, entgegnete Tony fast kläglich.

Alexandra lachte hell auf. »Und?« fragte sie noch einmal.

»Ich ziehe es in Erwägung«, scherzte er. »Aber im Ernst: Sie wird mir in der nächsten Woche einen Besuch abstatten. Ich möchte, daß sie mit eigenen Augen sieht, was ich ihr zu bieten habe. Schließlich bin ich kein Herzog mehr. Aber erwähne davon bitte nichts meiner Mutter gegenüber. Ich möchte ihr die Neuigkeit von Sallys Besuch schonend beibringen. Sie schätzt Sally nicht besonders – wegen der Ereignisse in der Vergangenheit.«

Alexandra stimmte sofort zu, und sie betraten das Haus.

»Wie schön, Sie zu sehen, liebes Kind«, rief Lady Townsende, als Tony Alex in den behaglichen kleinen Salon führte, in dem sie sich mit Tonys jüngerem Bruder Bertie aufhielt. »Welch ein Schock war es doch, daß unser lieber Jordan buchstäblich von den Toten zurückgekehrt ist.«

Alexandra erwiderte die Begrüßung und bemerkte mit Sorge, wie blaß und abgezehrt Tonys weißhaarige Mutter aussah. Offenbar hatte Jordans Rückkehr ihre angegriffene Gesundheit weiterhin strapaziert.

Lady Townsende blickte erwartungsvoll zur Tür. »Jordan ist nicht mitgekommen?« fragte sie dann, unübersehbar enttäuscht.

»Nein, ich... Tut mir leid, er...«

»Vermutlich arbeitet er so besessen wie immer«, meinte Bertie lächelnd und erhob sich unbeholfen, wobei er sich schwer auf seinen Stock stützte.

»Er ist in der Tat sehr beschäftigt«, erklärte Alexandra, dankbar für die Entschuldigung, die Bertie geliefert hatte. Er war geringfügig größer als Tony und hatte mittelblonde Haare und braune Augen. Obwohl auch er den typischen Townsende-Charme besaß, hatten die ständigen Schmerzen seines bei der Geburt geschädigten Beins doch ihren Tribut gefordert. Die scharfen Falten um seinen Mund verliehen seinen Zügen eine Strenge, die so gar nicht zu seinem heiteren Naturell paßten.

»Eigentlich wollte er, daß Alexandra mit ihrem Besuch bei uns wartet, bis er sie begleiten kann«, erklärte Tony schnell seiner Mutter und seinem Bruder. »Ich habe ihr versprochen, nichts von ihrer heutigen Visite zu sagen...«

»Und wie geht es ihm?« fragte Lady Townsende.

Nachdem Alexandra ausführlich von Jordans Entführung und Gefangenschaft berichtet hatte, stand Tony auf und lud Alexandra ein, ihn auf einem kurzen Spaziergang zu begleiten.

»Ich sehe dir an, daß dich irgend etwas bedrückt«, begann er, als sie über den kurzgeschnittenen Rasen vor dem Hauptportal den Gärten zustrebten. »Was ist es?«

»Ich bin mir nicht sicher«, erwiderte Alexandra zögernd. »Von dem Moment an, als Hawthorne in Sicht kam, wirkte Jordan seltsam verändert. Gestern abend erklärte er, daß ihn der Besitz in ›schlechte Stimmung‹ versetze, und als ich ihn fragte, warum, wollte er es mir nicht sagen. Und gestern machte Smarth sehr sonderbare Bemerkungen über Jordans Eltern...« Sie blieb abrupt stehen und sah Tony direkt in die Augen. »Wie waren seine Eltern? Wie ist seine Kindheit verlaufen?«

Tony lächelte noch immer, aber es war ein unbehagliches Lächeln. »Diese Fragen solltest du Jordan stellen.«

»Er würde sie mir nicht beantworten. Als ich ihn gestern fragte, warum er Hawthorne nicht mag, erwiderte er, er sei nicht gewöhnt, seine Gefühle und Gedanken auszudrücken, werde sich aber bemühen, das zu ändern. Er versprach, mir meine Fragen eines Tages zu beantworten.«

»Großer Gott«, rief Tony erstaunt. »Das hat Jordan gesagt? Dann muß er für dich mehr empfinden, als ich je angenommen hätte.«

»Aber so lange kann ich nicht warten«, erklärte Alexandra, da Tony keine Lust zu haben schien, das Thema zu vertiefen. »Es ist zu einer Art Rätsel geworden, das ich lösen muß.«

»Weil du ihn liebst?«

»Weil ich unentschuldbar neugierig bin«, wich Alexandra aus, aber als Tony mit ihrer Antwort nicht zufrieden zu sein schien, seufzte sie tief auf. »Also gut. Ich fürchte, mich in einen Fremden zu verlieben, der mir kaum eine Chance gibt, ihn kennenzulernen.«

Tony zögerte einen Moment. »Was willst du wissen?« fragte er dann.

»Zunächst einmal möchte ich erfahren, was auf Hawthorne geschah, als er dort aufwuchs. Wie war seine Kindheit?«

»In Familien des Hochadels«, begann Tony langsam, »ist es Tradition, dem ›Erben‹ besondere Aufmerksamkeit zuzuwenden. In Jordans Fall wirkte sich das noch stärker aus, weil er das einzige Kind war. Während ich auf Bäume klettern und mich im Schmutz wälzen durfte, wurde Jordan unablässig an seine Position erinnert. Er hatte ernst, strebsam, ordentlich, sauber und pünktlich zu sein. In einer Beziehung waren sich seine Eltern absolut einig: in der Überlegenheit ihrer Stellung. Im Gegensatz zu den Söhnen anderer Aristokraten, die mit gleichaltrigen Kindern spielen durften, wuchs Jordan in totaler Isolation auf.«

Tony hielt kurz inne, blickte versonnen zu den Baumkronen hinauf und seufzte. »Manchmal habe ich mich gefragt, wie er seine Einsamkeit überhaupt ertrug.«

»Aber deine Gesellschaft haben Jordans Eltern doch sicher nicht als unakzeptabel betrachtet?«

»Nein, aber ich besuchte ihn selten auf Hawthorne, nur dann, wenn meine Tante und mein Onkel abwesend waren. In ihrer Anwesenheit konnte ich die erdrückende Atmosphäre dort nicht ertragen. Abgesehen davon machte mein Onkel meinen Eltern und mir unmißverständlich klar, daß meine Anwesenheit auf Hawthorne nicht erwünscht war. Sie sagten, ich würde Jordan von seinen Studien ablenken... Sobald er einmal das Haus verlassen durfte, kam er zu uns, denn er betete meine Mutter an und war gern bei uns.« Mit einem kleinen, traurigen Lächeln fuhr Tony fort: »Als er acht Jahre alt war, wollte er sein Erbe gegen meine Familie eintauschen. Er bot mir an, der Marquess zu sein, wenn ich zu ihm nach Hawthorne zog.«

»Aber seine Eltern«, sagte Alex leise. »Erzähl mir mehr von ihnen, persönliche Dinge.«

Sie sah ihn so flehend an, daß Tony liebevoll den Arm um ihre Schultern legte. »Wenn du es genau wissen willst, war Jordans Mutter eine Schönheit, deren Amouren Tagesgespräch waren. Meinen Onkel schien es nicht zu kümmern. Er hielt Frauen offenbar für schwache, amoralische Geschöpfe, die ihre Leidenschaften nicht zügeln können. Dabei war er genauso wahllos in seinen Liebschaften wie sie. Aber wenn es um Jordan ging, zeigte er sich unnachgiebig streng. Er ließ Jordan nicht eine Sekunde lang vergessen, daß er ein Townsende und der nächste Herzog von Hawthorne war. Und je mehr sich Jordan bemühte, seinen Maßstäben gerecht zu werden, desto höher schraubte er seine Anforderungen.«

Wieder seufzte Tony tief auf. »Sobald er im Unterricht versagte, mußte ihn sein Lehrer mit dem Rohrstock züchtigen. Sobald er auch nur eine Minute zu früh oder zu spät zum Dinner erschien, durfte er bis zum nächsten Abend nichts essen. Im Alter von acht oder neun Jahren war er bereits ein besserer Reiter als viele Erwachsene, aber bei einem Jagdrennen verweigerte Jordans Pferd einen Sprung. Diesen Tag werde ich nie vergessen. Keiner der Reiter hatte es gewagt, über die Hecke mit dem dahinterliegenden Bach hinwegzusetzen, aber mein Onkel ritt heran und verspottete Jordan wegen seiner ›Feigheit‹. Dann zwang er ihn dazu, die Hecke zu überspringen.«

»Und ich«, sagte Alexandra mit erstickter Stimme, »habe alle Kinder für glücklicher gehalten, die mit ihrem Vater zusammenleben durften, als mich. Hat... hat er es geschafft?«

»Dreimal«, erwiderte Tony trocken. »Beim vierten Mal stolperte sein Pferd, und beim Sturz brach Jordan sich den Arm.«

Alexandra wurde ganz bleich, aber Tony war so in Erinnerungen verloren, daß er es nicht bemerkte. »Jordan hat natürlich nicht geweint. Er durfte nicht weinen. Mein Onkel hielt Tränen für absolut unmännlich.«

»Kein Wunder, daß Jordan über seine Kindheit nicht sprechen will.« Tief berührt und nachdenklich hob Alexandra den Kopf und blinzelte in die hochstehende Sonne. »O weh«, entfuhr es ihr. »Ich fürchte, ich kann nicht länger bleiben. Ich habe gesagt, ich würde nur eine Stunde ausbleiben, und die ist längst überschritten.«

»Und was würde geschehen, wenn du länger ausbliebest?« erkundigte sich Tony lächelnd, wirkte aber besorgt.

»Man könnte es bemerken.«

»Und?«

»Ich würde meine Wette mit Jordan verlieren.«

»Welche Wette?«

»Ach, einfach nur eine kleine, unbedeutende Wette«, wich sie aus, als Tony ihr die Hand reichte, um ihr auf den Einspänner zu helfen.

Gedankenverloren rollte Alexandra an dem Diener vorbei, der aus dem Haus geeilt kam, um ihr die Zügel abzunehmen, und fuhr direkt zu den Ställen weiter. Tonys Schilderungen über Jordans Kindheit auf Hawthorne erfüllten sie mit einem fast schmerzhaften Mitgefühl. Jetzt verstand sie vieles von dem, das sie verwirrt, verletzt oder verärgert hatte.

Sie war sogar so abwesend, daß sie kein Wort zu Smarth sagte, als er angelaufen kam, um ihr von der Kutsche zu helfen. Statt dessen sah sie ihn an, als wäre er gar nicht da, wandte sich um und lief auf das Haus zu.

»Mylady!« rief Smarth tief verletzt in der Annahme, seine Herrin sei über ihn erzürnt, weil er sich geweigert hatte, mit ihr über seinen Herrn zu sprechen.

Alexandra drehte sich um und blickte ihn an, sah vor ihrem inneren Auge aber nur einen kleinen Jungen, dem nie gestattet worden war, ein kleiner Junge zu sein.

»Bitte, Mylady«, rief Smarth unglücklich, »sehen Sie mich doch nicht so an, als hätte ich Sie über die Maßen verletzt.« Dann nickte er zu den Fohlen hinüber und fügte mit gesenkter Stimme hinzu: »Wenn Sie mit mir zur Koppel kommen, erzähle ich Ihnen, was Sie wissen wollen.«

Es kostete Alexandra einige Mühe, sich auf den Mann zu konzentrieren, aber sie nickte und folgte seinem Vorschlag.

»Gibbons und ich haben miteinander gesprochen«, begann er und starrte auf die grasenden Pferde, »und sind zu dem Entschluß gekommen, daß Sie ein Recht darauf haben zu erfahren, warum der Herr so wurde wie er ist. Ich höre so einiges von dem, was sich zwischen Ihnen abspielt. Und daraus könnten Sie den Eindruck gewinnen, er sei hart wie Stein. Aber das ist er nicht.«

Alexandra wollte Smarth gerade sagen, sie würde sein Vertrauen nie mißbrauchen, aber seine nächsten Worte empfand sie wie einen Schlag gegen den Kopf.

»Wir haben aber auch noch aus einem anderen Grund beschlossen, es Ihnen zu sagen. Wir haben gehört, daß Sie gar nicht für immer bei ihm auf Hawthorne bleiben wollen, sondern nur drei Monate.«

»Wie um alles in der Welt...«, entfuhr es Alexandra.

»Dienerwissen, Mylady«, unterbrach Smarth sie mit fast stolzer Miene. »Das Personal von Hawthorne ist das bestinformierte in ganz England. Wir erfahren innerhalb von zwanzig Minuten praktisch alles, was passiert. Es sei denn, Mister Higgins oder Mistress Brimley sind die einzigen, die etwas erfahren. Deren Lippen sind so verschlossen wie Jungf... Sie erzählen niemandem etwas«, verbesserte er sich und wurde puterrot.

»Das muß überaus ärgerlich für Sie sein«, bemerkte Alexandra trocken, während Smarth noch tiefer errötete.

Er trat von einem Fuß auf den anderen, schob die Hände in die Tasche, zog sie wieder heraus und sah sie an wie ein Häufchen Elend. »Sie wollten, daß ich Ihnen von den Eltern Seiner Gnaden erzähle, und Gibbons und ich haben beschlossen, daß wir uns Ihrer Aufforderung nicht widersetzen können. Darüber hinaus haben Sie ein Recht darauf, es zu erfahren.« Und dann erzählte ihr Smarth mit leiser, verlegener Stimme im Grunde die gleichen Geschichten, die sie bereits von Tony erfahren hatte.

»Und da Sie nun wissen, wie es hier in der Vergangenheit gewesen ist, hoffen Gibbons und ich darauf, daß Sie bleiben und ein wenig Lachen in dieses Haus bringen, so wie Sie es taten, als Sie das erste Mal hier waren. Echtes Lachen«, fuhr Smarth erläuternd hinzu, »das aus dem Herzen kommt. Der Herr hat es auf Hawthorne nie erleben dürfen, dabei würde es ihm unendlich guttun – besonders, wenn Sie mit ihm lachen.«

Die Dinge, die Alexandra an diesem Tag erfahren hatte, wirbelten in ihrem Kopf durcheinander wie die Steinchen in einem Kaleidoskop, veränderten die Form, nahmen neue Dimensionen an – auch dann noch, als Jordan neben ihr längst eingeschlafen war.

Am Horizont wurde es bereits langsam hell, aber sie lag noch immer wach, sah zur Decke empor und zögerte, ihr Verhalten gegenüber Jordan so zu verändern, daß sie wieder verletzbar wurde. Bis jetzt hatte sie es – aus Erfahrung schmerzlich klug geworden – bewußt vermieden und jedes Gefühl daher sorgsam beherrscht.

Sie drehte sich auf die Seite. Sofort umfing Jordan sie und zog sie wieder an sich heran und verbarg sein Gesicht in ihren Haaren. Er hob eine Hand, umfaßte ihre Brust, und schickte mit dieser schläfrigen Zärtlichkeit einen Schauer des Verlangens durch ihren ganzen Körper.

Ich will ihn, machte sich Alexandra mit einem unhörbaren Seufzer bewußt. Trotz allem, was er gewesen ist – ein gewissenloser Schürzenjäger, ein herzloser Schwerenöter und ein widerwilliger Ehemann –, will ich ihn. Endlich war sie bereit, sich das einzugestehen, weil sie nun wußte, daß er mehr war als ein arroganter, oberflächlicher Aristokrat.

Sie wollte seine Liebe, sein Vertrauen, seine Kinder. Sie wollte Hawthorne zu einem Ort machen, an dem Harmonie herrschte und Lachen widerhallte. Sie wollte die ganze Welt für ihn zu einem herrlichen Ort machen.

Tony, die Herzoginwitwe und selbst Melanie waren überzeugt davon, daß sie Jordan dazu bringen konnte, sie zu lieben. Aber das würde ihr nicht gelingen, wenn sie es gar nicht versuchte.

Aber sie hatte keine Ahnung, wie sie es ertragen sollte, falls sie scheiterte.

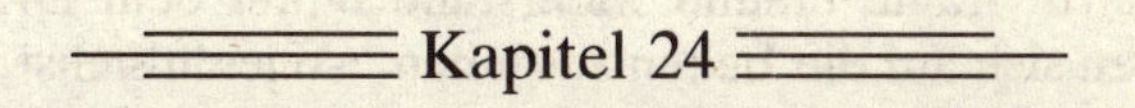

Kapitel 24

»Mylord?« flüsterte sie wenige Stunden später.

Jordan öffnete verschlafen ein Auge und erblickte seine frische und muntere Frau, die sich zu ihm aufs Bett setzte. »Guten Morgen«, murmelte er und musterte anerkennend den tiefen Ausschnitt ihres Morgenrocks. »Wie spät ist es?« wollte er wissen, blickte zu den Fenstern hinüber und bemerkte, daß es gerade erst hell geworden sein konnte.

»Sechs Uhr«, erwiderte sie unbekümmert.

»Du beliebst zu scherzen!« Entsetzt über die frühe Stunde, schloß er prompt wieder die Augen, erkundigte sich aber vorsichtshalber: »Ist jemand krank?«

»Nein.«

»Gestorben?«

»Nein.«

»Krankheit oder Tod sind die einzigen Gründe, so früh am Morgen geweckt zu werden. Komm wieder ins Bett.«

Alexandra schüttelte lächelnd den Kopf. »Nein.«

Trotz seiner geschlossenen Augen und seiner schläfrigen Benommenheit war Jordan das ungewöhnlich strahlende Gesicht seiner Frau nicht entgangen. Ebensowenig wie die Tatsache, daß sich ihre Hüfte an seine Schenkel drückte. Normalerweise zeigte sich Alexandra mit ihrem Lächeln ebenso zurückhaltend wie mit Berührungen – es sei denn, er liebte sie.

Neugierde für den Grund dieses ungewöhnlichen, aber höchst erfreulichen Verhaltens ließ ihn die Lider öffnen. Mit ihren auf die Schultern fallenden Locken und der frischen, klaren Haut sah sie hinreißend aus. Sie sah auch so aus, als hätte sie etwas im Sinn. »Nun?« fragte er und widerstand tapfer dem Drang, sie zu sich auf die Laken zu ziehen. »Wie du siehst, bin ich wach.«

»Ausgezeichnet«, sagte sie und verbarg ihre Unsicherheit hinter einem zwingenden Lächeln, »weil ich heute morgen etwas Besonderes vorhabe.«

»Zu dieser unchristlichen Stunde?« fragte Jordan entsetzt. »Was gäbe es da schon anderes zu tun, als sich auf die Straße zu schleichen, einen ahnungslosen Reisenden zu überfallen und ihm die Börse zu stehlen? Um diese Zeit sind nur Diebe und Diener unterwegs.«

»Wir brauchen ja noch nicht gleich aufzubrechen.« Alexandra zauderte und bereitete sich innerlich auf seine Weigerung vor. »Aber wenn du dich erinnerst, hast du mir versprochen, dich für mich ›annehmbarer‹ zu machen…«

»Also was würdest du gern tun?« erkundigte sich Jordan seufzend.

»Rate doch mal.«

»Würdest du gern ins Dorf fahren, um dir einen neuen Hut auszusuchen?« mutmaßte er wenig begeistert.

Sie schüttelte so heftig den Kopf, daß ihr die Locken wild um die Schultern flogen.

»Möchtest du ausreiten, um die Sonne über den Hügeln aufgehen zu sehen und diesen Anblick in einer Skizze festzuhalten?«

»Ich kann keinen geraden Strich ziehen«, gestand Alexandra ein. Dann nahm sie allen Mut zusammen und erklärte: »Ich möchte angeln gehen!«

»Angeln?« echote Jordan und starrte sie an, als hätte sie den Verstand verloren. »Du willst um diese frühe Morgenstunde angeln gehen?« Er drückte den Kopf tiefer in die Kissen und schloß die Augen – offenbar fest entschlossen, ihren Wunsch keineswegs zu erfüllen. »Aber nicht bevor wir einen Bissen zu uns genommen haben, der uns vor dem Verhungern bewahrt.«

»Du brauchst dir auch nicht die Mühe zu machen, es mir beizubringen«, schmeichelte sie. »Ich weiß bereits, wie man angelt.«

Er öffnete die Augen. »Was bringt dich auf die Idee, ich könnte angeln?«

»Wenn du es nicht kannst, bringe ich es dir bei.«

»Vielen Dank, aber das schaffe ich schon noch allein«, verkündete er schroff und sah sie intensiv an.

»Gut.« Alexandra war so erleichtert, daß sich ihre Worte fast überschlugen. »Ich auch. Ich kann alles selbst tun… Ich kann meinen eigenen Wurm auf meinen eigenen Haken spießen…«

Seine Lippen verzogen sich zu einem Lächeln. »Ausgezeichnet, dann kannst du auch meinen Haken versorgen. Ich weigere mich nämlich, hilflose Würmer zu dieser unwirtlichen Stunde aufzustören und zu foltern.«

Lachend stand Alexandra auf und strich sich den seidenen Morgenrock glatt. »Dann kümmere ich mich jetzt um die Vorbereitungen«, erklärte sie und lief zur Tür.

Jordan sah ihr nach, bewunderte den Schwung ihrer Hüften und bekämpfte das Verlangen, sie zurückzurufen, um die nächste Stunde der lustvollen – und sehr ehrenwerten – Aufgabe zu widmen, seinem Erben auf die Welt zu verhelfen. Er wollte nicht angeln gehen und konnte sich nicht erklären, warum sie so erpicht darauf war. Aber er vermutete, daß es einen Grund dafür gab, und er war begierig, den herauszufinden.

Nachdem sie ihre Pferde an einen Baum gebunden hatten, lief er neben ihr auf das grasbewachsene Ufer des kleinen Flusses zu, wo unter einer mächtigen Eiche eine blaue Decke ausgebreitet war. »Was ist denn das?« fragte er und deutete auf zwei große Körbe neben der Decke.

»Frühstück«, entgegnete Alexandra lachend. »Und wie es aussieht, auch gleich Mittag- und Abendessen. In der Küche hat man offenbar nicht viel Zutrauen zu deinen Fähigkeiten, dir dein Essen selbst zu fangen.«

»Jedenfalls bleibt mir nicht mehr als eine Stunde, das zu versuchen.«

Enttäuscht sah ihn Alexandra an. »Nur eine Stunde?«

»Ich muß heute tausend Dinge erledigen«, erwiderte er, kniete sich neben sie und wählte eine von den Angelruten aus, die Diener zuvor zum Ufer gebracht hatten. »Ich bin ein vielbeschäftigter Mann, Alexandra«, fügte er fast abwesend hinzu und prüfte die Flexibilität der Rute.

»Du bist aber auch ein sehr reicher Mann«, entgegnete sie und überprüfte ihre Rute. »Warum mußt du dann so schwer arbeiten?«

Er dachte einen Moment lang nach. »Damit ich ein sehr reicher Mann bleibe«, antwortete er und lachte auf.

»Wenn er auf Kosten der Lebensfreude geht, ist der Preis des Reichtums zu hoch«, verkündete sie und sah ihn an.

Jordan zermarterte sich das Hirn nach der Quelle des Zitats. »Wer hat das gesagt?« fragte er schließlich.

»Ich.« Sie lachte.

Jordan versah kopfschüttelnd seinen Haken mit einem Köder, trat ans Ufer, setzte sich neben einen umgestürzten Baum, dessen Äste weit ins Wasser ragten, und warf die Leine aus.

»Das ist nicht gerade der günstigste Platz, um die großen Fische zu fangen«, erklärte seine Frau überlegen, als sie neben ihm auftauchte. »Würdest du bitte einen Augenblick meine Angel halten?«

»Hast du nicht gesagt, du könntest alles allein machen?« zog er sie auf und bemerkte, daß sie ihre Reitstiefel und Strümpfe ausgezogen hatte. Blitzschnell schürzte Alexandra die Röcke, ließ kurz schlanke Waden, schmale Knöchel, zierliche nackte Füße sehen und kletterte mit der geschmeidigen Anmut einer Gazelle auf die über das Wasser ragenden Äste des umgestürzten Baumes. »Vielen Dank«, sagte sie und streckte die Hand nach ihrer Angelrute aus.

Er reichte sie ihr und war überzeugt, sie würde sich setzen, aber zu seiner höchsten Beunruhigung balancierte sie auf dem Ast weit über den wild dahinschießenden Fluß hinaus. »Komm zurück!« rief er scharf. »Du könntest ins Wasser fallen.«

»Ich kann schwimmen wie ein Fisch«, rief sie ihm lachend über die Schulter hinweg zu und ließ sich endlich nieder: eine barfüßige Herzogin, die ihre wohlgeformten Beine baumeln ließ, während die Sonne in ihren Haaren funkelte. »Ich habe schon als kleines Mädchen geangelt«, klärte sie ihn auf und warf ihre Leine mit kühnem Schwung in den Fluß.

Jordan nickte. »Penrose hat es dir beigebracht.« Er hat es ihr gut beigebracht, dachte Jordan mit verhaltenem Lächeln und erinnerte sich, wie beherzt sie vorhin in den Korb mit den Würmern gegriffen und einen davon auf ihren Haken gespießt hatte.

Offensichtlich liefen ihre Gedanken in ähnliche Richtungen, denn einen Augenblick später lächelte sie ihn von ihrem Außenposten her an und bemerkte: »Es freut mich, daß du nicht zimperlich im Hinblick auf Würmer bist.«

»Ich bin nie zimperlich«, protestierte er ernst. »Ich verabscheue nur das Geräusch, das sie von sich geben, wenn man sie aufspießt. Normalerweise töten wir sie, bevor wir sie als Köder benutzen. Das ist barmherziger, findest du nicht auch?«

»Es ist absolut nichts zu hören!« rief sie empört,

aber er wirkte so überzeugend, daß sie schwankend wurde.

»Nur Leute mit hochentwickeltem Gehör können es vernehmen, aber es ist da«, erklärte Jordan mit todernstem Gesicht.

»Penrose hat mir gesagt, daß es ihnen nicht weh tut«, meinte sie unsicher.

»Penrose ist taub wie eine Nuß. Er kann sie gar nicht schreien hören.«

Mit unsäglich schuldbewußter Miene betrachtete Alexandra nachdenklich die Angelrute in ihrer Hand. Um sein Lachen zu verbergen, wandte Jordan schnell den Kopf ab, konnte aber nicht verhindern, daß seine Schultern zuckten. Einen Augenblick später rieselten Zweige und Blätter auf ihn herab. »Du Ungeheuer!« rief sie übermütig.

»Meine liebe törichte Frau.« Er grinste impertinent und schüttelte die Blätter und Zweige ab. »An deiner Stelle würde ich mich angesichts deines riskanten Sitzplatzes hoch über dem Wasser mit mehr Respekt behandeln.« Er streckte seinen Arm aus und tätschelte nachdrücklich den Ast, auf dem sie hockte.

Seine respektlose Frau hob die Brauen. »Mein lieber törichter Mann«, gab sie zurück, »mich von meinem Ast zu holen, wäre ein ernster Fehler, denn dann wirst du pudelnaß.«

»Warum ich?«

»Weil ich nicht schwimmen kann«, gab sie im Brustton der Aufrichtigkeit zurück.

Erbleichend sprang Jordan auf die Füße. »Rühr dich keinen Zentimeter vom Fleck«, befahl er scharf. »Ich habe zwar keine Ahnung, wie tief das Wasser unter dir ist, aber auf jeden Fall tief genug, um dich ertrinken zu lassen, und ausreichend trübe, daß ich nicht erkennen kann, wo du bist. Verhalte dich absolut ruhig, bis ich dich erreicht habe.«

Blitzschnell sprang er auf den Baumstamm und lief vorsichtig auf sie zu, bis sie sich in seiner Reichweite befand. »Alexandra«, begann er mit leiser, beruhigender Stimme, »wenn ich noch näher komme, könnte dieser Ast brechen oder sich so weit biegen, daß du ins Wasser stürzt. Hab keine Angst. Streck den Arm aus und ergreif meine Hand.«

Zum ersten Mal protestiert sie nicht, stellte Jordan erleichtert fest. Statt dessen hob sie den linken Arm und griff nach einem Ast über sich, um das Gleichgewicht nicht zu verlieren. Dann streckte sie den rechten Arm aus und umfaßte Jordans Handgelenk. »Und nun steh ganz vorsichtig auf und komm auf mich zu.«

»Das werde ich lieber nicht tun«, erwiderte sie. Erstaunt blickte er in ihr lachendes Gesicht, während sie den Griff um sein Handgelenk verstärkte und drohend hinzufügte: »Ich würde lieber schwimmen, du nicht?«

»Wage es ja nicht«, warnte Jordan. In seiner bedenklichen Haltung – aus der Taille heraus nach vorn gebeugt und eine Hand praktisch gefesselt – war er total ihrer Gnade ausgeliefert.

»Wenn du nicht schwimmen kannst, werde ich dich retten«, bot sie großzügig an.

»Alexandra«, drohte er leise, »falls du mich in das eiskalte Wasser wirfst, wirst du um dein Leben schwimmen müssen. Und das so schnell wie möglich.«

»Ja, Mylord«, erklärte sie folgsam und ließ sein Handgelenk los.

Langsam richtete sich Jordan auf und sah sie mit einer Mischung aus Verärgerung und Belustigung an. »Du bist das unberechenbarste...« Weiter kam er nicht, denn er brach in schallendes Gelächter aus.

»Vielen Dank.« Sie strahlte ihn an. »Berechenbarkeit kann auf die Dauer sehr langweilig werden, findest du nicht auch?« rief sie ihm nach, als er den Baumstamm verließ und tief aufatmend ins Gras sank.

»Woher soll ich das wissen?« erkundigte er sich grimmig. »Seit ich dich kenne, hat es für mich keine berechenbare Sekunde mehr gegeben.«

Aus der Stunde wurden Stunden. Und so war es bereits Nachmittag, als sie zurückritten. Vor den Ställen legte Alexandra ihre Hände auf Jordans breite Schultern und sah ihm tief in die Augen, als er sie aus dem Sattel heben wollte.

»Vielen Dank für einen herrlichen Tag«, sagte sie, als er sie sehr langsam auf den Boden stellte.

»Keine Ursache«, erwiderte er, und seine Arme verharrten unnötig lange um ihre Taille.

»Würdest du es gern wiederholen?« erkundigte sie sich und meinte ihre Angelversuche.

Jordan lachte tief und sinnlich auf. »Gern«, sagte er und dachte an ihre leidenschaftlichen Umarmungen am Fluß. »Immer wieder und jederzeit.«

Alexandras Wangen färbten sich rosenrot, aber in ihren Augen saß ein winziges Funkeln. »Ich meinte, ob du gern wieder einmal mit mir angeln gehen möchtest.«

»Wirst du mich beim nächsten Mal den größten Fisch fangen lassen?«

»Auf keinen Fall«, entgegnete sie. »Aber unter Umständen bin ich bereit, für den Fall als deine Zeugin zu fungieren, daß du allen von dem Wal erzählen möchtest, den du gefangen hast, aber wieder entkommen ließest...«

Lachend nahm Jordan Alexandras Arm, um sie ins Haus zu führen.

»Setzen Sie sich, Fawkes. In wenigen Minuten stehe ich zu Ihrer Verfügung«, sagte Jordan wenige Stunden später und blickte nicht von dem Brief seines Londoner Agenten auf, den er gerade las.

Unbeeindruckt von der Unhöflichkeit seines Klienten, die er korrekterweise dem Unwillen des Herzogs darüber zuschrieb, seine Dienste überhaupt in Anspruch nehmen zu müssen, nahm Fawkes, der während seines Aufenthalts auf Hawthorne als Assistenz-Verwalter ausgegeben wurde, vor dem massiven Schreibtisch Platz.

Ein paar Minuten später ließ Jordan den Brief sinken und lehnte sich auf seinem Sessel zurück. »Nun, was gibt es?«

»Euer Gnaden«, begann Fawkes aufgeräumt, »als Sie mir vor zwei Tagen Lord Anthonys Brief gaben, sagten Sie mir da nicht, Sie hätten Ihrer Frau untersagt, ihn aufzusuchen?«

»So ist es.«

»Und es ist sicher, daß sie Sie nicht falsch verstanden haben könnte?«

»Absolut sicher.«

Der Detektiv räusperte sich verlegen. »Nun, gestern vormittag erschien Ihre Gnaden bei den Ställen und verlangte nach einem Einspänner. Sie erklärte meinem Mann – Olsen –, da sie lediglich ein Cottage auf dem Gelände von Hawthorne aufsuchen wolle, benötige sie seine Begleitung nicht. Aber gemäß unserer Absprache folgte Olsen Ihrer Frau unauffällig, damit er sie notfalls schützen konnte, ohne von ihr bemerkt zu werden.«

Fawkes machte eine kurze Pause und fuhr dann bedeutungsvoll fort: »Nachdem sie einem Ihrer Pächter einen kurzen Besuch abgestattet hatte, begab sich Ihre Frau unverzüglich zum Haus Lord Anthonys. Und angesichts dessen, was sich dort ereignet hat, finde ich diese Visite beunruhigend, möglicherweise sogar verdächtig.«

Jordans dunkle Brauen zogen sich zusammen. »Ich sehe keinen Anlaß für Sie, darüber beunruhigt zu sein«, erklärte er distanziert. »Sie hat sich über meine Anordnungen hinweggesetzt, aber das ist mein Problem – nicht Ihres. Es ist kein Anlaß, Sie zu verdächtigen, seine...« Er brachte das Wort nicht heraus.

»Seine Komplizin zu sein?« beendete Fawkes gelassen den Satz. »Vielleicht nicht – zumindest jetzt noch nicht. Meine Männer, die Lord Anthonys Anwesen daraufhin überwachen, ob sich dort verdächtige Besucher zeigen, haben mir berichtet, daß sich Lord Anthonys Mutter und sein Bruder im Haus befunden haben. Ich kann Ihnen jedoch nicht verhehlen, daß sich Ihre Gnaden nur sehr kurz bei ihnen aufgehalten hat. Nach etwa einer Viertelstunde verließen Lord Anthony und Ihre Frau gemeinsam das Haus und begaben sich in die Gärten, die vom Haus aus nicht eingesehen werden können. Dort vertieften sie sich in eine Unterhaltung, von der Olsen zwar nichts verstehen konnte, die seinem Eindruck nach jedoch sehr intensiv gewesen sein muß – ihren Mienen und ihrem ganzen Verhalten nach zu urteilen.«

Der Blick des Detektivs verlagerte sich von Jordans undurchsichtigem Gesichtsausdruck zu einem Punkt an der Wand. »Sie haben einander im Garten umarmt und geküßt. Zweimal.«

Schmerz, Mißtrauen und Verdacht durchzuckten Jordan wie glühendheiße Nadeln, als er sich Alexandra in Tonys Armen vorstellte... seine Lippen auf ihrem Mund... seine Hände...

»Aber nicht übermäßig lange«, beendete Fawkes die spannungsgeladene Stille.

Jordan schloß die Augen und holte tief Luft. Als er das Wort ergriff, klang seine Stimme kühl, gelassen und unerschütterlich überzeugt. »Meine Frau und mein Cousin sind durch Heirat miteinander verwandt. Darüber hinaus sind sie Freunde. Da sie weder weiß, daß mein Cousin mehrerer Anschläge auf mein Leben verdächtigt wird, noch ahnt, daß auch ihr Leben gefährdet sein könnte, hat sie meine Anordnung, ihn nicht zu besuchen, als so ungerecht und unsinnig empfunden, daß sie sich darüber hinwegsetzte.«

»Ihre Frau setzt sich in flagranter Weise über Ihre Wünsche hinweg, aber Sie finden das nicht... äh, verdächtig? Oder zumindest seltsam?«

»Ich finde es empörend, nicht ›verdächtig‹«, entgegnete Jordan mit beißender Ironie. »Und es ist alles andere als ›seltsam‹. Seit sie ein Kind war, hat meine Frau stets nur das getan, was ihr gefiel. Das ist eine höchst unerfreuliche Angewohnheit, die ich ihr abzugewöhnen gedenke, aber sie macht sie noch längst nicht zur Komplizin eines Attentäters.«

In der Erkenntnis, daß es keinen Sinn hatte, das Thema weiter zu verfolgen, nickte Fawkes höflich und stand zögernd auf. Er drehte sich um, um den Raum zu verlassen, aber die eisige Stimme seines Auftraggebers ließ ihn innehalten.

»Und weisen Sie Ihre Männer an, künftig die Augen abzuwenden, wenn meine Frau und ich das Haus verlassen, Fawkes. Sie sollen einem möglichen Attentäter auf die Spur kommen, nicht uns nachspionieren.«

»Sie... haben Ihnen d... doch nicht nachspioniert«, stotterte Fawkes gekränkt.

Jordan nickte knapp. »Bei unserer Heimkehr entdeckte ich zwei von Ihren Männern im Unterholz. Sie beobachteten meine Frau, und keineswegs einen möglichen Schurken. Ziehen Sie sie ab.«

»Das muß ein Mißverständnis sein, Euer Gnaden. Meine Leute sind gutausgebildete, zuverlässige...«

»Ziehen Sie sie ab!«

»Sehr wohl, Euer Gnaden.« Fawkes machte eine tiefe Verbeugung.

»Und darüber hinaus möchte ich keine weiteren Ihrer grundlosen Verdächtigungen gegen meine Frau mehr hören. Schließlich bezahle ich Sie gut genug, um gute Arbeit verlangen zu können: Ergebnisse, Beweise, keine Mutmaßungen!«

»Wir werden unser Bestes versuchen, Euer Gnaden«, versicherte Fawkes, verbeugte sich noch einmal und ging.

Nachdem sich die Tür hinter ihm geschlossen hatte, fiel die Maske absoluter Gewißheit von Jordan ab. Er schob die Hände in die Taschen, lehnte den Kopf gegen die Lehne, schloß die Augen und versuchte, die Worte zu verdrängen, die sich unablässig in sein Hirn bohrten. »...beunruhigend, wenn nicht sogar verdächtig... Sie haben einander umarmt und geküßt. Zweimal...«

Ein energischer innerer Ruf brachte die Worte des Detektivs endlich zum Verstummen. Die bezaubernde junge Frau, die heute mit ihm gelacht und gescherzt und sich später leidenschaftlich an ihn geklammert hatte, war nicht insgeheim auf Liebesabenteuer mit Tony aus, sagte er sich zornig. Eine derartige Vorstellung war absurd! Obszön!

Er weigerte sich, es zu glauben.

Weil er nicht ertrug, es zu glauben.

Ein gequälter Seufzer entrang sich ihm, als er sich endlich der Wahrheit stellte. In dem Moment, als sie in sein Leben geprescht war, hatte ihm Alexandra das Herz gestohlen. Als Mädchen hatte sie ihn amüsiert und verzaubert. Als Frau begeisterte, erboste und faszinierte sie ihn. Aber ganz gleich, was sie auch tat: Ihr Lächeln erwärmte ihn, ihre Berührung erhitzte sein Blut, und ihr klangvolles Lachen berauschte ihn.

Selbst jetzt, von Eifersucht gepeinigt und von Zweifeln geplagt, mußte er lächeln, wenn er daran dachte, wie sie heute auf diesem Ast über dem Wasser gehockt hatte – mit Sonnengefunkel in den Haaren, die langen, schlanken Beine seinen Blicken preisgegeben.

Im Ballkleid war sie elegant und anmutig wie eine Göttin. In seinem Bett war sie unbewußt provokant wie die raffinierteste Verführerin. Und auf einer Dekke am Fluß, die nackten Beine angezogen und den Wind in den Haaren, war sie noch immer jeden Zoll eine Herzogin.

Eine barfüßige Herzogin. Meine barfüßige Herzogin, dachte Jordan. Mir vor Gott und den Menschen angetraut.

Entschlossen griff Jordan zur Feder, um sich wieder in seine Arbeit zu vertiefen und jeden anderen Gedanken zu vergessen. Aber zum ersten Mal in seinem Leben gelang es ihm nicht ganz.

Und er konnte auch nicht völlig vergessen, daß Alexandra ihn gestern belogen hatte, was das Ziel ihrer Ausfahrt betraf.

Kapitel 25

Sonnenlicht strömte durch das hohe Fenster des strengen, nüchternen Raumes, in dem Jordan einst seine Lektionen unter der Androhung des Rohrstocks gelernt hatte. Alexandra steckte eine widerspenstige Locke in den Chignon zurück und suchte in den niedrigen Buchregalen, die eine ganze Wand einnahmen, weiter nach Bänden, mit deren Hilfe sie den Kindern, die sich bald im Cottage des Wildhüters einfinden würden, die Anfangsgründe des Lesens beibringen konnte.

Mit Hochachtung und Bewunderung erkannte sie die Breite und Tiefe des Wissens, das Jordan besitzen mußte. Da gab es dicke Lederbände mit den Werken von Plato, Sokrates, Plutarch und vielen anderen weniger bekannten Philosophen. Ganze Regalreihen befaßten sich mit Architektur, europäischer Geschichte sowie den Leistungen der europäischen Herrscher. Einige Bücher waren auf englisch verfaßt, andere in Latein, Griechisch und Französisch. Besonders schien sich Jordan für Mathematik interessiert zu haben, denn sie entdeckte eine verwirrende Vielfalt von Bänden zu diesem Thema, deren Titel so kompliziert waren, daß Alexandra nur ansatzweise verstand, worum es in ihnen ging. Es gab Bücher über Geographie, Entdeckungen, alte Kulturen. Jedes Thema, das ihr Großvater ihr gegenüber irgendwann einmal erwähnt hatte, schien hier in beeindruckender Vielfalt vertreten zu sein.

Schließlich kam Alex zum letzten Regal, und dort, auf dem untersten Brett, lagen die Fibeln, nach denen sie gesucht hatte. Sie bückte sich, wählte zwei Bände aus und ging über die Holzdielen langsam wieder auf die Tür zu. Alexandra empfand auch jetzt wieder diese

Mischung aus Mitgefühl und Niedergeschlagenheit, die sie bei ihrem ersten Besuch in diesem abweisenden Raum verspürt hatte.

Wie hatte er die einsamen Jahre hier oben in diesem Zimmer ertragen können? fragte sie sich. Ich selbst habe in einem heiteren Raum oder draußen in der Sonne lernen dürfen, erinnerte sie sich – unterrichtet von einem liebevollen Großvater, der Freude dabei empfand, mir sein Wissen weiterzugeben...

Sie blieb an dem Pult stehen, das dem des Lehrers gegenüberstand, blickte auf die Initialen und berührte sie zärtlich mit den Fingerspitzen: J.A.M.T.

Als sie diese Buchstaben zum ersten Mal sah, hatte sie Jordan für tot gehalten. Sie erinnerte sich an die Verzweiflung und Trauer, die sie damals empfunden hatte. Doch jetzt, in diesem Moment, befand er sich unten in seinem Arbeitszimmer: lebendig und vital. Statt auf dem Meeresgrund zu liegen, saß Jordan an seinem Schreibtisch, in einem schneeweißen Hemd, das seine breiten Schultern betonte, und beigefarbenen Breeches an den muskulösen Beinen.

Er lebte, war gesund und bei ihr – genau, wie sie es sich damals erträumt hatte. Gott hat meine Gebete beantwortet, wurde sie sich plötzlich bewußt, und diese Erkenntnis erfüllte sie mit tiefer Freude und Dankbarkeit. Er hatte ihr Jordan wiedergegeben und half ihr nun sogar dabei, diesen liebevollen, herrischen, zärtlichen, klugen und mitunter zynischen Mann zu verstehen, den sie liebte.

Gedankenverloren öffnete Alexandra die Tür, als plötzlich irgend etwas zu Boden fiel. Sie drehte sich um und entdeckte einen Rohrstock, der offenbar am Türrahmen gelehnt hatte. Angewidert hob sie ihn auf und warf krachend hinter sich die Tür ins Schloß. Als sie gleich darauf im Flur einem Diener begegnete, warf sie ihm den Stock zu und rief: »Verbrennen Sie das.«

Vom Fenster des Arbeitszimmers aus sah Jordan, wie Alexandra mit einigen Büchern im Arm auf die Ställe zuging. Ein nahezu übermächtiger Wunsch, sie zurückzurufen und den Tag mit ihr zu verbringen, stieg in ihm auf. Sie fehlte ihm schon jetzt.

Zwei Stunden später nahm Adams, Jordans Schreiber, der mit einer Feder in Bereitschaft saß, um den Rest des Briefes an Sir George Bently zu Papier zu bringen, einigermaßen verstört wahr, daß Seine Gnaden mitten im Diktat verstummt war und versonnen zum Fenster hinausblickte.

Verunsichert über die ungewöhnliche Konzentrationsschwäche des Herzogs räusperte sich Adams.

Jordan riß seine Aufmerksamkeit von einer Herde Schäfchenwolken am ansonsten strahlendblauen Himmel los, richtete sich schuldbewußt auf und blickte den Schreiber an. »Wo war ich?«

»Bei dem Brief an Sir George«, erwiderte Adams. »Sie wollten gerade Anweisungen für die Verwendung der Gewinne aus der letzten Fahrt von *The Citadel* geben.«

»Ja, natürlich«, sagte Jordan und sah wieder zum Fenster hinaus. Eine der Wolken veränderte sich und nahm die Form einer riesigen Möwe an. »Schreiben Sie ihm, er soll die *Sea Gull*... äh, *The Valkyrie* für das unverzügliche Auslaufen vorbereiten lassen.«

»*The Valkyrie,* Euer Gnaden?« fragte Adams verdutzt nach.

Nur zögernd löste sich der Blick des Herzogs vom Fenster. »Hatte ich das nicht gerade gesagt?«

»Nun ja, sicher. Aber im Absatz davor fordern Sie Sir George auf, *The Four Winds* vorzubereiten.«

Verblüfft bemerkte Adams, daß ein Ausdruck höchster Verlegenheit das Gesicht seines Herrn überzog, bevor er seine Dokumente aus der Hand legte und knapp sagte: »Das wäre es für heute, Adams. Wir fahren morgen nachmittag fort wie gewohnt.«

Noch während sich Adams insgeheim fragte, welch dringende Verpflichtung den Herzog dazu veranlaßte, zum zweiten Mal in acht Jahren ihr nachmittägliches Ritual abzubrechen – das erste Mal hatte sich am Tag der Bestattung des Onkels des Herzogs ereignet –, fügte der gelassen hinzu: »Nein, morgen nachmittag geht es auch nicht.«

Adams blieb stehen und starrte seinen Herrn an wie vom Donner gerührt.

»Ich habe für den Nachmittag eine Verabredung«, erklärte der Herzog kühl. »Zu einem Ausflug.«

Ich habe einfach zu lange hinter dem Schreibtisch gesessen, daher diese Rastlosigkeit, sagte sich Jordan, verließ das Haus und lief auf die Ställe zu. Aber als Smarth herbeigeeilt kam und fragte, ob er ein Pferd für ihn satteln solle, änderte Jordan seine Meinung und begann auf das Cottage am Rand des Waldes zuzuschlendern, in dem Alexandra Unterricht gab, wie sie gesagt hatte.

Wenige Minuten später drang Gesang an sein Ohr, und als er die beiden Holzstufen zum Cottage hinaufging, erkannte er lächelnd, daß Alexandra keine »Zeit verschwendete«, wie er zunächst angenommen hatte, sondern ihren Schülern das Alphabet mit Hilfe eines Liedes beibrachte. Er schob die Hände in die Taschen, lehnte sich gegen den Türrahmen und hörte zu.

Auf dem Boden hockten aber nicht nur Kinder jeden Alters, sondern auch etliche Erwachsene. Nach einigem Grübeln erkannte er Frauen seiner Pächter und einen alten Mann, den Großvater seines Verwalters. Er hatte aber keine Ahnung, wer die anderen waren und aus welchen Familien die Kinder kamen.

Aber sie erkannten ihn. Schon bald wurde das begeisterte Singen immer leiser und verlegener, um schließlich ganz zu verstummen. »Schon genug für heute?« erkundigte sich Alexandra lächelnd, die ihn noch gar nicht bemerkt hatte. »Wenn das so ist, sage ich euch jetzt einen Satz, über den ihr nachdenken solltet, bis wir uns am Freitag wiedersehen. ›Alle Menschen sind gleich geboren‹«, zitierte sie, während sie sich mit dem Rücken zu ihm auf die Tür zubewegte, um sich von ihren Schülern zu verabschieden. »Nicht die Herkunft zeichnet einen Menschen aus, sondern seine Tugenden.« Ihre linke Schulter stieß gegen Jordan, und sie wirbelte herum.

»Was erzählst du ihnen denn da«, neckte Jordan leise und ignorierte die Kinder und Erwachsenen, die hastig aufstanden und ihn ehrfurchtsvoll anstarrten. »Mit Zitaten wie diesen öffnest du der Anarchie Tür und Tor.«

Jordan trat einen Schritt zur Seite, und die Kinder verließen eiligst das Cottage.

»Sie haben kein einziges Wort zu dir gesagt«, stellte Alexandra verwundert fest und sah ihren freundlichen und aufgeschlossenen Schülern nach, die mit gesenkten Köpfen wie gehetzt verschwanden.

»Weil ich auch kein Wort zu ihnen gesagt habe«, erwiderte Jordan ungerührt.

»Und warum hast du es nicht getan?« fragte Alexandra und spürte, daß ihre Freude über sein unerwartetes Auftauchen durch ihre Verunsicherung einiges von ihrem Glanz verlor.

»Im Gegensatz zu vielen anderen Landbesitzern haben meine Vorfahren keinen persönlichen Umgang mit ihren Pächtern gepflogen«, erwiderte Jordan gleichgültig.

Ungebeten tauchte die Vision eines kleinen, einsamen Jungen vor ihr auf, dem streng verboten war, sich mit irgend jemandem anzufreunden. Sie hakte sich schnell bei ihm ein und lächelte ihn zärtlich an. »Ich bin überrascht, dich zu sehen. Was führt dich denn hierher?«

Du hast mir gefehlt, dachte er, aber er log: »Ich konnte meine Arbeiten früher beenden.« Langsam schlenderte er mit ihr zum Haupthaus zurück und zu dem Pavillon am Ende des kleinen Sees. »Hier habe ich mich früher am liebsten aufgehalten«, sagte er, lehnte sich mit der Schulter gegen eine der weißen Säulen und blickte abwesend über den See und den angrenzenden Wald. »Wenn man all die Stunden zusammenzählt, die ich hier als Junge zugebracht habe, müssen es Jahre sein.«

Tiefbeglückt darüber, daß ihr gutaussehender, rätselhafter Mann endlich ein wenig aus sich herausging, lächelte ihn Alexandra an. »Es war auch mein Lieblingsplatz während meines ersten Aufenthalts auf Hawthorne. Was hast du getan, als du hier warst?« fragte sie und erinnerte sich an die herrlichen, aber damals so hoffnungslosen Träume, denen sie sich in den bunten Polstern des Pavillons hingegeben hatte.

»Gelernt«, erwiderte er knapp. »Das Schulzimmer hat mir nicht besonders gefallen. Der Lehrer übrigens auch nicht.«

Jordan entging die mitfühlende Zärtlichkeit in ihren blauen Augen nicht, obwohl ihm der Grund unbekannt war. »Und womit hast du dir hier die Zeit vertrieben?« wollte er wissen.

Alexandra hob unbehaglich die Schultern. »Meistens mit Tagträumen.«

»Was hast du geträumt?«

»Nichts Besonderes.« Einer weiteren Antwort wurde sie enthoben, denn Jordan blickte plötzlich mit gerunzelter Stirn zu einer Waldlichtung hinüber. »Was ist denn das?« fragte er. Dann ging er langsam zu der Stelle und las mit ungläubigem Staunen die Worte, die auf einem keilförmigen Marmorgrabstein standen:

Jordan Addison Matthew Townsende
12th Duke of Hawthorne
* June 27th, 1786
† April 16th, 1814

Dann drehte er sich zu Alexandra um und fragte mit fast angewidertem Gesichtsausdruck: »Anthony hat mich hier draußen im Wald versteckt? Habe ich seiner Meinung nach keinen Platz auf dem Familienfriedhof verdient?«

Alexandra mußte über seine unvermutet komische Reaktion lachen. »Dort gibt es natürlich auch ein Monument für dich. Aber ich... Wir dachten, es wäre ein sehr hübscher Platz für einen Gedenkstein.« Sie wartete auf eine Bemerkung von ihm darüber, daß die kleine Lichtung erweitert und mit Blumen bepflanzt worden war. Als sie ausblieb, fügte sie leichthin hinzu: »Fällt dir denn sonst hier nichts auf?«

Jordan sah sich um. »Nein. Ist denn irgend etwas verändert?«

Sie verdrehte entrüstet die Augen. »Wie kannst du nur die vielen schönen Blumen übersehen?«

»Blumen«, wiederholte er desinteressiert. »Ja, jetzt sehe ich sie«, fügte er hinzu und wandte sich zum Gehen.

»Wirklich?« neckte ihn Alex, aber nicht ohne gewissen Ernst. »Sage mir, ohne dich umzudrehen, welche Farben sie haben.«

Jordan warf ihr einen prüfenden Blick zu, nahm ihren Arm und begann auf das Haus zuzugehen. »Gelb?« fragte er einen Moment später.

»Rosa und weiß.«

»Ich war nahe dran«, witzelte er.

Auf dem Weg zum Haus fiel ihm zum ersten Mal auf, daß die Rosen in ihren gepflegten Beeten nach Farben geordnet waren und nicht wild durcheinander blühten, und daß ihn die rosafarbenen an ihre Lippen erinnerten. Peinlich berührt von den sentimentalen Gefühlen, die sie in ihm wachrief, warf Jordan einen Blick auf ihren gesenkten Kopf, aber sein nächster Gedanke war noch weitaus sentimentaler: Bis zu seinem Geburtstag waren es noch fünf Tage hin, und er fragte sich, ob ihr das aufgefallen war, als sie die Daten auf dem Gedenkstein betrachtet hatten.

Vor seinem inneren Auge tauchte eine strahlende Alexandra auf, die ihn weckte, ihm Glück zum Geburtstag wünschte… Und plötzlich sehnte er sich danach, daß sie sich an das Datum erinnerte, daß sie ihm mit irgendeiner kleinen Geste bewies, daß er wichtig für sie war. »Ich werde alt«, merkte er zusammenhanglos an.

»Hmm«, machte Alexandra abwesend, denn sie dachte gerade über einen Einfall nach, der so faszinierend, so wundervoll war, daß sie darauf brannte, ihn so bald wie möglich in die Tat umzusetzen.

Ein wenig enttäuscht kam Jordan zu der Erkenntnis, daß sie sein Geburtstagsdatum entweder nicht kannte oder es sie nicht besonders interessierte. Doch wenn er sie durch Anspielungen darauf hinwies, würde er den Eindruck eines Liebeskranken erwecken, der um Zeichen der Zuneigung seiner Angebeteten buhlte.

Sobald sie die Halle betreten hatten, wollte Jordan seinen Verwalter zu sich zitieren, aber Alexandras Stimme hielt ihn zurück. »Mylord«, rief sie.

»Jordan!« korrigierte er knapp.

»Jordan«, wiederholte sie und sah ihm auf eine Weise in die Augen, daß er sie am liebsten in die Arme genommen hätte. »Bleibt es bei unserem kleinen Ausflug morgen nachmittag?« Und als er nickte, fuhr sie fort: »Mistress Little, die Frau des Wildhüters, hat gerade einen kleinen Jungen zur Welt gebracht. Ich muß ihr ein Geschenk bringen. Und dann habe ich noch andere Verpflichtungen zu erledigen. Können wir uns nicht direkt am Ufer treffen?«

»Selbstverständlich.«

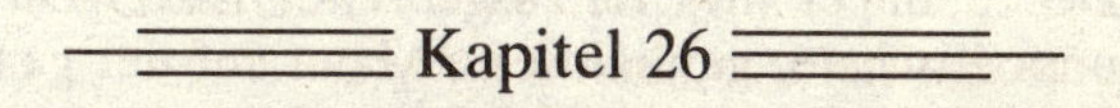

Kapitel 26

Zufrieden mit dem Verlauf der Vorbereitungen, die sie am Vormittag getroffen hatte, ritt Alexandra zum Fluß und saß ab. Jordan stand am Ufer und blickte offenbar gedankenverloren über das Wasser. Sie empfand keinerlei Gewissensbisse über ihren heimlichen Besuch bei Tony, denn sie vertraute fest darauf, daß Jordan keine Einwände mehr haben würde, wenn er den Grund dafür herausfand.

Unhörbar, denn das Gras dämpfte jeden ihrer Schritte, lief sie auf ihn zu. Irgendwie hatte sie den Eindruck, daß nach ihrem gestrigen Besuch im Pavillon seine Haltung ihr gegenüber distanzierter geworden war, und die Unsicherheit darüber, wie sie sich verhalten sollte, ließ sie stehenbleiben. Doch dann warf sie alle Bedenken von sich. Sie liebte ihn und war entschlossen, auch ihn Lieben und Lachen zu lehren.

Und so schlich sie sich weiter an ihn heran, reckte sich auf die Zehenspitzen und legte ihm die Hände über die Augen. Offenbar hatte er sie aber doch gehört, denn er zuckte mit keinem Muskel. »Du kommst spät«, meinte er.

»Schnell«, sagte sie, »sag mir, welche Farben die Blumen am anderen Ufer haben, die du gerade betrachtet hast.«

»Gelb«, sagte er prompt.

»Weiß«, entgegnete sie und ließ die Hände sinken.

»Wenn ich auf Gelb beharre«, erwiderte er trocken und wandte ihr das Gesicht zu, »behalte ich recht – spätestens im Herbst.«

Seufzend schüttelte Alexandra den Kopf und lief zu der Decke, die er am Ufer ausgebreitet hatte. »Du bist der unpoetischste, gefühlloseste Mann auf der ganzen Welt«, rief sie ihm über die Schulter hinweg zu.

»Findest du?« fragte er, war mit zwei Sätzen bei ihr und zog sie an sich. Sein Atem hob die Locken an ihrer Schläfe. »Findest du mich wirklich gefühlskalt, Alexandra?«

Alexandra schluckte. Die sexuelle Anziehungskraft, die von Jordans kraftvollem, männlichen Körper ausging, war nahezu übermächtig. »Vielleicht nicht unbedingt... kalt«, erwiderte sie scherzend, befreite sich schnell aus seiner Umarmung und überspielte ihr Verlangen nach ihm damit, daß sie sich an den Körben mit Brot, kaltem Braten und Wein zu schaffen machte.

»Bist du so hungrig?« erkundigte er sich lachend und setzte sich neben sie.

»Dem Hungertod nahe«, log Alexandra, die spürte, daß er sie jeden Moment küssen würde, und zuvor ihre

Gefühle unter Kontrolle bekommen wollte. Es war eine Sache, mit ihm bis an die Schwelle zur Verfänglichkeit zu scherzen, das war verzeihlich. Nicht verzeihlich war jedoch, ihm zu zeigen, wie bereitwillig sie ihm in die Arme sank, sobald er Anstalten machte, sie zu küssen.

Aber als sie sich vorbeugte, um die weißen Leinenservietten auszubreiten, hob Jordan die Hand und strich ihr eine Haarsträhne aus der Stirn. »Du hast herrliche Haare«, murmelte er mit einer Samtstimme, die ihr einen Wonneschauer über den Rücken jagte. »In der Sonne schimmern sie wie Honig, und deine Haut ist so sanft wie ein Pfirsich.«

»Offenbar bin ich nicht die einzige, die Hunger hat.« Alexandra suchte ihr Heil in einem Scherz.

Lächelnd begannen seine Finger kleine Kreise auf ihre Wange und ihren Hals zu zeichnen. »Hat denn keiner meiner Pächter dir eine Erfrischung angeboten?«

»Mistress Scottsworth hat es getan, aber ihre Schwester, Mistress Tilberry, war in der Küche, daher habe ich abgelehnt.« Alexandra rümpfte in der Erinnerung an die scharfzüngige Frau die Nase, die ihre Schwiegertochter erbarmungslos herunterputzte – selbst in Alexandras Anwesenheit.

»Und was hatte Mistress Tilberry in Mistress Scottsworths Küche zu suchen?« fragte er, während sich sein Mund gefährlich ihren Lippen näherte.

»Sie schwang einen Holzlöffel über einem Topf und murmelte Zauberformeln«, witzelte Alexandra mit zittriger Stimme.

»Murmelte Zauber...«, Jordan lachte schallend auf, griff nach ihren Schultern, warf sie erschreckend behende auf den Rücken und beugte sich über sie.

»Wenn es hier eine Hexe gibt, dann bist du das!« stellte er fest und lachte leise.

Gebannt von seinen hellen Augen, sehnte sich Alexandra nach seinem Kuß, verabscheute aber gleichzeitig, daß er sie jederzeit so leicht erobern konnte. Sie wandte den Kopf schnell zur Seite, so daß seine Lippen nur ihre Wange streiften. Völlig unbeeindruckt ließ Jordan seine Lippen aufreizend sinnlich über ihre Wange zu ihrem Ohrläppchen wandern – und Alexandras ganzer Körper verspannte sich in automatischer Reaktion. »Ich... ich habe Hunger«, protestierte sie hilflos.

»Ich auch«, flüsterte er anzüglich, und ihr Herz begann wie wahnsinnig zu klopfen. Er hob den Kopf und blickte ihr in die verlangenden blauen Augen. »Umarme mich.«

»Wie wäre es nach dem Essen? Wenn ich ein bißchen kräftiger bin?« wagte Alexandra den Widerspruch.

Hingerissen sah sie zu, wie seine Lippen ein einziges Wort formten: »Jetzt.«

Sie holte erschauernd Luft, streckte die Arme aus und umfing seine breiten Schultern und zog ihn an sich, um dann – erschreckt über das Verlangen, das sie durchschoß – innezuhalten.

»Jetzt«, wiederholte Jordan heiser. Seine Lippen waren nur noch Millimeter von ihren entfernt.

»Mö... möchtest du nicht erst ein Glas Wein trinken?«

»Jetzt!«

Mit einem unhörbaren Stöhnen verzweifelter Ergebenheit verschränkte Alexandra die Hände in seinem Nacken und bot ihm ihre Lippen. Zunächst war der Kuß eine sanfte, tastende Begrüßung zwischen zwei

Liebenden, doch je länger er dauerte, desto heftiger drängten sie sich aneinander, wollten mehr. Jordans Zunge öffnete ihre Lippen, drängte sich kurz hinein, zog sich zurück, um erneut einzutauchen, während das Verlangen über ihnen zusammenschlug.

Seine Hände öffneten ihr Kleid und streiften es von ihren Schultern, während sie ungeduldig versuchte, sein Hemd aufzuknöpfen.

Als sie schließlich nackt nebeneinander lagen, durchtoste wildes Verlangen Alexandra. »Ich kann nicht genug von dir bekommen«, flüsterte Jordan heiser und sah sie unverwandt an, während seine Hand das Dreieck zwischen ihren Schenkeln suchte und fand. Seine zärtlichen Finger liebkosten sie neckend, drangen in sie ein, entzogen sich ihr, bis sich Alexandra lustvoll wand, aber noch immer hörte er nicht auf. Heiße, konvulsivische Wellen durchpulsten ihren Körper, schließlich stöhnte sie laut auf, ließ ihre Hände zitternd über seine Arme wandern, umklammerte seine Schultern und derückte sich an ihn. Seine Finger wurden nachdrücklicher, und ein weiteres Aufstöhnen entrang sich Alexandras Brust. »Ich weiß, Liebling«, flüsterte er. »Ich will dich auch.«

Er hatte geplant, sie zu einem sie alles vergessen lassenden Höhepunkt zu führen, bevor er sich mit ihr vereinigte, aber seine Frau ließ ihn nicht dazu kommen. Sie löste ihre Lippen von seinem Mund und flüsterte bebend: »Es ist so einsam, ohne dich tief in mir...«

Mit einem unterdrückten Schrei gab ihr Jordan, wonach es sie beide verlangte. Noch immer auf der Seite liegend, zog er sie an sich und drang mit einem einzigen Stoß in sie ein.

Ich liebe dich, dachte er mit jedem Stoß. Ich liebe dich, schrie sein Herz mit jedem Schlag. Ich liebe dich, rief sein Innerstes, als ihn Alexandras spasmische Zukkungen fest umschlossen. Ich liebe dich! Diese Worte erfüllten sein ganzes Sein, als er ein letztes Mal in sie hineinstieß und sein Leben, seine Zukunft und alle Enttäuschungen seiner Vergangenheit ihr und ihrer Zärtlichkeit übergab.

Als es vorüber war, hielt er sie in den Armen und empfand ein nahezu unerträgliches Glück, als er zu den weißen Wolken hinaufblickte, die über den lavendelblauen Himmel zogen. Jede von ihnen hatte nun für ihn eine Bedeutung und einen Sinn. Sein ganzes Leben hatte nun Bedeutung und Sinn.

Als Alexandra eine Ewigkeit später wieder in die Wirklichkeit zurückkehrte, hob sie mühsam den Kopf, sah ihn an und bemerkte das wissende Lächeln in den grauen Augen, das winzige, befriedigte Lächeln um seine Lippen. Sie hatte sich benommen wie eine leichtfertige Dirne, und das am hellichten Tag! Unvermittelt überwältigt von seiner Fähigkeit, mit ihr jederzeit machen zu können, was er wollte, zog sie sich zurück und klagte leise: »Ich habe Hunger.«

»Wenn ich ein bißchen kräftiger bin«, neckte er.

»Auf etwas Eßbares!« sagte sie empört.

»Schade«, erwiderte er, rollte aber gehorsam zur Seite und wandte ihr höflich den Rücken zu, während sie sich wieder anzogen. »Du hast Gras in den Haaren«, bemerkte er ein wenig später und zog ihr ein paar Halme aus den mahagonifarbenen Locken.

Anstatt ihm mit einer kecken Bemerkung oder zumindest einem Lächeln zu antworten, biß sich Alexandra nur auf die Lippen und wandte den Blick ab.

Endlich verstand Jordan ihre unausgesprochene Bitte, ein paar Minuten allein sein zu können. Er schlenderte zum Fluß hinunter. Die Blumen am anderen

Ufer, erkannte er plötzlich mit verblüffender Klarheit, waren in der Tat weiß – ein strahlender weißer Teppich vor einem dunkelgrünen Hintergrund.

Als er zurückkehrte, hob Alexandra eine Kristallkaraffe hoch. »Möchtest du ein Glas Wein?« erkundigte sie sich mit der gemessenen Höflichkeit sehr verlegener Menschen. »Es ist dein Lieblingswein.«

Jordan ging vor ihr in die Hocke, nahm ihr die Karaffe aus der Hand und sah ihr tief in die Augen. »Alex«, begann er sanft. »An dem, was hier zwischen uns geschah, ist absolut nichts Unrechtes oder Beschämendes.«

Alexandra schluckte und sah sich unbehaglich um. »Aber es ist heller Tag.«

»Ich habe in den Ställen Bescheid gesagt, daß wir heute nachmittag hier nicht gestört zu werden wünschen.«

Tiefe Röte überzog ihre Wangen. »Zweifellos weiß jeder, warum.«

Er setzte sich neben sie, legte den Arm um ihre Schultern und grinste sie unverfroren an. »Zweifellos wissen sie es«, stimmte er ohne jede Verlegenheit zu. »Schließlich werden auf diese Weise Erben gemacht.«

Zu Jordans Überraschung überflog ein entgeisterter Ausdruck Alexandras Gesicht. Dann verbarg sie ihr Gesicht an seiner Brust, während ihre Schultern vor Lachen zuckten. »Was ist? Habe ich etwas Komisches gesagt?« wollte er wissen und senkte das Kinn, um sie anzusehen.

»Nein, ich... ich mußte daran denken, was mir Mary Ellen vor langer Zeit darüber erzählt hat, wie Babys gemacht werden. Es war so absurd, daß ich ihr nicht geglaubt habe.«

»Was hat sie dir denn erzählt?« fragte Jordan.

Sie hob ihr lachendes Gesicht. »Die Wahrheit!« prustete sie los.

Dann lachten sie beide so laut, daß die Vögel erschreckt von den Ästen der Bäume über ihnen aufstoben.

»Möchtest du ein Glas Portwein?« fragte Alexandra, als sie ihr Essen beendet hatten.

Jordan griff hinter sich und hob das Glas aus dem Gras auf, das er unabsichtlich umgestoßen hatte. »Nein«, sagte er mit einem trägen Lächeln, »aber es gefällt mir, wenn du mich so umsorgst.«

»Ich tue es gern«, gestand Alexandra leise, fast scheu ein.

Als sie später nach Hause fuhren, während Alexandras Pferd neben der Kutsche herlief, mußte sie immer wieder an ihre leidenschaftlichen Umarmungen denken und an die Atmosphäre ruhiger Zärtlichkeit danach. »Berühre mich«, hatte er zu ihr gesagt. »Ich liebe es, wenn du mich berührst.« Wollte Jordan damit andeuten, sie sollte ihn auch dann berühren, wenn sie sich nicht liebten – so, wie einige Ladys der Gesellschaft mitunter ihre Hand auf den Ärmel ihrer Männer legten, wenn sie mit ihnen sprachen? Die Vorstellung, ihn ganz spontan und freiwillig zu berühren, hatte etwas Verlockendes, und doch überkam sie das unangenehme Gefühl, es könnte als kindisch oder besitzergreifend ausgelegt werden.

Sie warf ihm einen verstohlenen Seitenblick zu und fragte sich, was er wohl tun würde, wenn sie – ganz beiläufig – den Kopf an seine Schulter lehnte. Sie könnte sich jederzeit damit herausreden, eingeschlafen zu sein, entschied sie. Als sie mit ihren Überlegungen so weit gekommen war, beschloß sie, es darauf ankommen zu lassen. Mit wildklopfendem Herzen schloß

Alexandra halb die Augen und lehnte den Kopf ganz leicht gegen seine Schulter. Es war das erste Mal, daß sie ihn absichtlich berührte, und an der Art, wie er sofort den Kopf wandte und sie ansah, erkannte sie, daß ihn diese Geste überraschte. Was er davon hielt, wußte sie jedoch nicht.

»Müde?« fragte er.

Alexandra wollte schon ja sagen, um das Gesicht zu wahren, doch in diesem Moment hob Jordan den Arm und legte ihn um ihre Schultern. »Nein«, sagte sie.

An der leichten Verspannung seines Körpers merkte sie, daß er ihre indirekte Bitte, ihm nahe zu sein, sehr wohl registriert hatte, und sie fragte sich mit klopfendem Herzen, was er als nächstes tun würde.

Sie brauchte nicht lange zu warten. Jordans Hand löste sich von ihrer Schulter, liebkoste ihre Wange, und als sie sich daraufhin noch enger an ihn schmiegte, strich er ihr zärtlich über die Haare.

Als sie wieder erwachte, waren sie bereits vor den Ställen vorgefahren, und Jordan hob sie liebevoll aus der Kutsche. Ohne auf die neugierigen Blicke der Stallburschen zu achten, setzte er sie auf den Boden und grinste sie an. »Habe ich dich erschöpft, Liebling?« erkundigte er sich und lachte zufrieden auf, als sie errötete.

Arm in Arm gingen sie auf das Haus zu, während hinter ihnen ein Stallbursche ohrenbetäubend falsch zu summen begann, ein anderer pfiff und Smarth ein leicht anstößiges Liedchen anstimmte, das Jordan sofort erkannte. Er blieb abrupt stehen und drehte sich um. Unter seinem durchdringenden Blick brach das Pfeifen, Summen und Singen sofort ab. Smarth begann das Kutschpferd auszuschirren, und ein Stallbursche beschäftigte sich emsig mit einem Reisigbesen.

»Stimmt etwas nicht?« fragte Alexandra.

»Ich muß sie zu gut bezahlen«, witzelte Jordan mit verblüffter Miene. »Sie sind entschieden zu munter.«

»Wenigstens scheinst du langsam zu bemerken, daß Musik in der Luft liegt«, erklärte seine Frau mit einem geradezu respektlosen Lächeln.

»Naseweis«, tadelte er, aber sein Grinsen schwand, als er in ihr schönes Gesicht blickte. Ich liebe dich, dachte er.

Die Worte dröhnten durch seinen Kopf, sprengten ihn fast mit ihrem Verlangen, ausgesprochen zu werden. Sie will sie hören, machte er sich instinktiv bewußt, als ihm ihre Augen in die Seele blickten.

Ich werde sie ihr heute abend sagen, entschied er. Sobald sie im Bett waren, würde er ihr die drei Worte sagen, die er nie zuvor ausgesprochen hatte. Er würde sie von ihrer Wette entbinden und in aller Form darum bitten, bei ihm zu bleiben. Sie wollte bei ihm bleiben, das wußte er. Sie liebte ihn so, wie ihn das bezaubernde, unbeschwerte, offene Mädchen geliebt hatte.

»Was denkst du?« fragte sie leise.

»Das erzähle ich dir heute abend«, versprach er. Er legte ihr den Arm um die Taille, zog sie eng an sich und schlenderte weiter mit ihr auf das Haus zu: Zwei Liebende, die nach einem beseligenden Tag glücklich, befriedigt und ohne Hast heimkehrten.

Als sie an dem Rosenbogen vorbeikamen, der den Eingang zu den Gärten bildete, schüttelte Jordan lächelnd darüber den Kopf, daß er erstmals in seinem Leben bemerkte, daß die Rosen, die diesen Bogen bildeten, rot waren.

Kapitel 27

Da er keinerlei Lust verspürte, sich von ihr zu trennen, begleitete Jordan Alexandra hinauf in ihre Suite. »Hat dir unser Nachmittag gefallen, Prinzessin?« fragte er.

Das Kosewort ließ ihre Augen leuchten wie zwei Aquamarine. »Unendlich.«

Er küßte sie, und ging dann fast widerstrebend auf die Verbindungstür zu. Als er an ihrem Ankleidetisch vorbeikam, sah er dort die Uhr ihres Großvaters in einer Samtschatulle liegen. Er blieb stehen und betrachtete den Chronometer an seiner schweren Goldkette. »Besitzt du eigentlich ein Bild von deinem Großvater?« erkundigte er sich und nahm die Uhr in die Hand.

»Nein. Die Uhr ist für mich eine Erinnerung an ihn.«

»Es ist ein ungewöhnlich edles Stück«, bemerkte er.

»Er war ein ungewöhnlich edler Mann«, erwiderte sie, während ein geheimnisvolles Lächeln ihre Lippen umspielte.

Nachdenklich betrachtete Jordan die Uhr in seiner Hand. Vor einem Jahr, erinnerte er sich, hatte er sie entgegengenommen wie ein Pflichtgeschenk. Jetzt wünschte er sie sich mehr, als er sich irgend etwas in seinem Leben gewünscht hatte. Er wünschte sich, daß Alexandra sie ihm wiedergab. Er wünschte sich, daß sie ihn wieder so ansah, wie sie ihn früher einmal angesehen hatte – mit Liebe und Bewunderung in den Augen –, und daß sie ihm die Uhr schenkte, die sie einem Mann vorbehielt, der ihrer »wert« war.

»Sie war das Geschenk eines schottischen Earl, der

die philosophischen Kenntnisse meines Großvaters bewundert hat«, erklärte sie leise.

Jordan legte die Uhr zurück und wandte sich ab. Es würde vielleicht noch einige Zeit dauern, bis er ihr Vertrauen gewann, aber irgendwann würde sie ihn der Uhr für würdig befinden. Und vielleicht gab sie sie ihm ja auch schon zu seinem Geburtstag, überlegte er, innerlich lächelnd. Vorausgesetzt natürlich, sie wußte überhaupt, daß er in vier Tagen Geburtstag hatte. »Es ist in der Tat ein sehr schönes Stück«, betonte er noch einmal und fügte hinzu: »Die Zeit vergeht wirklich wie im Fluge. Bevor man es sich versieht, ist bereits wieder ein Jahr vorüber.«

Jordan beugte sich näher an den Spiegel und überprüfte seine Rasur. Da er in wenigen Minuten Alexandra im Salon gegenübertreten würde, lächelte er im Spiegel seinem Kammerdiener zu und fragte: »Nun, Mathison, was meinen Sie... Wird mein Gesicht der Lady den Appetit verschlagen?«

Mathison, der geduldig den schwarzen Abendrock in die Höhe hielt, war so verblüfft über die Leutseligkeit seines Herrn, daß er sich zweimal räuspern mußte. »Ich würde mir die Bemerkung gestatten, daß Ihre Gnaden, selbst von erlesenem Aussehen, von Ihrem Anblick heute abend nicht anders als entzückt sein kann«, stammelte er schließlich.

Jordan dachte daran, daß die »erlesene« Lady vor nicht allzu langer Zeit auf einem Ast gehockt und die Angelrute ins Wasser gehalten hatte, und mußte grinsen. »Sagen Sie, Mathison«, fragte Jordan, als er in seinen schwarzen Rock fuhr, »von welcher Farbe sind eigentlich die Rosen am Garteneingang?«

»Rosen, Euer Gnaden?« stotterte Mathison fassungslos. »Welche Rosen?«

»Ihnen fehlt eine Frau«, stellte Jordan fest und schlug dem Kammerdiener fast brüderlich auf die Schulter. »Sie sind ja noch schlimmer als ich es war. Ich wußte doch wenigstens, daß da Rosen…« Er brach ab, weil Higgins ungewöhnlich heftig gegen die Tür hämmerte.

»Euer Gnaden! Euer Gnaden!«

Jordan schob Mathison zur Seite, eilte zur Tür und riß sie auf. »Was zum Teufel haben Sie, Higgins?«

»Es geht um Nordstrom, Euer Gnaden«, keuchte Higgins so erregt, daß er tatsächlich an Jordans Ärmel zupfte, um ihn in den Korridor zu ziehen und die Tür zu schließen, bevor er unzusammenhängend losplapperte: »Ich benachrichtigte Mister Fawkes sofort, wie Sie mir aufgetragen hatten, für den Fall, daß sich etwas Unvorhergesehenes ereignen sollte. Mister Fawkes möchte Sie unverzüglich in Ihrem Arbeitszimmer sprechen. Unverzüglich. Er hat mir befohlen, mit niemandem darüber zu sprechen, daher wissen nur Jean in der Küche und ich von dem furchtbaren Ereignis, das…«

»Beruhigen Sie sich!« rief Jordan und eilte bereits zur Treppe.

»Was hat das alles zu bedeuten, Fawkes?« wollte Jordan wissen, als er hinter seinem Schreibtisch saß und darauf wartete, daß auch der Detektiv Platz nahm.

»Bevor ich mit meinem Bericht beginne«, begann Fawkes vorsichtig, »muß ich Ihnen eine Frage stellen, Euer Gnaden. Wer hantierte mit der Portweinkaraffe, nachdem Sie heute nachmittag das Haus verlassen hatten?«

»Mit der Portweinkaraffe?« fragte Jordan zurück, verblüfft darüber, daß es nun um Wein und nicht um einen Diener zu gehen schien. »Meine Frau. Sie hat mir ein Glas eingegossen.«

Ein eigentümlicher, fast bedauernder Ausdruck überflog das Gesicht des Detektivs, doch bei seiner nächsten Frage war er bereits verschwunden. »Haben Sie davon getrunken?«

»Nein«, antwortete Jordan. »Das Glas fiel um, und sein Inhalt ergoß sich auf den Rasen.«

»Ich verstehe. Und Ihre Frau hat natürlich auch nichts davon getrunken?«

»Nein«, entgegnete Jordan knapp. »Ich scheine der einzige zu sein, dessen Magen dieses Zeug verträgt.«

»Haben Sie nach dem Verlassen des Hauses und vor der Ankunft am Fluß die Körbe mit dem Essen und dem Wein zu irgendeinem Zeitpunkt unbeaufsichtigt gelassen? Bei den Ställen vielleicht? Vor einem Cottage?«

»Nein«, antwortete Jordan ungeduldig. Er wollte zu Alexandra, und dieses Gespräch verzögerte die Erfüllung seines Wunsches. »Worum geht es eigentlich? Ich dachte, Sie wollten mit mir über einen Diener namens Nordstrom sprechen?«

»Nordstrom ist tot«, entgegnete Fawkes. Seine Stimme klang ausdruckslos. »Vergiftet. Nachdem mich Higgins geholt hatte, sah ich mir den Mann an und war mir sicher, daß Gift die Todesursache war, und der hiesige Arzt, ein Doktor Danvers, hat es gerade bestätigt.«

»Vergiftet«, wiederholte Jordan fassungslos. »Wie um alles in der Welt konnte es zu einem so tragischen Unglücksfall kommen?«

»Das einzige ›Unglück‹ daran ist die Person des

Opfers. Das Gift war für Sie bestimmt. Ich hatte eigentlich ausgeschlossen, daß der Attentäter versuchen würde, Sie aus dem Umkreis Ihres eigenen Hauses heraus zu ermorden. Und so fühle ich mich in gewisser Weise für den Tod des Dieners verantwortlich«, schloß Fawkes.

Merkwürdigerweise war Jordans erster Gedanke die Erkenntis, daß er Fawkes wohl doch richtig eingeschätzt hatte. Der Mann schien wirklich bemüht, sein Leben zu schützen, und nicht darauf aus, vor allem Geld zu verdienen. Erst dann machte er sich bewußt, daß Fawkes andeutete, jemand aus seinem eigenen Haushalt hätte versucht, ihn zu töten. Aber diese Vorstellung war so abstoßend, daß er sie weit von sich wies. »Was bringt Sie eigentlich darauf, aus einem sicherlich erklärbaren Unglücksfall einen geplanten Anschlag auf mein Leben zu machen?« fragte er verärgert.

»Das Gift befand sich in der Karaffe mit Ihrem Lieblingsport, den Sie zu Ihrem Ausflug mitgenommen hatten. Nach Ihrer Rückkehr wurden die Körbe hier wieder von einem Küchenmädchen namens Jean ausgepackt. Zu diesem Zeitpunkt hielt sich Higgins zufällig in der Küche auf und entdeckte einige Grashalme an der Karaffe. In der Annahme, auch der Wein in der Karaffe könnte verunreinigt sein, kam er zu dem Schluß, sein Genuß sei Ihnen nicht mehr zuzumuten. Ich gehe davon aus«, schweifte Fawkes leicht vom eigentlichen Thema ab, »daß auch auf Hawthorne der in der Gesellschaft allgemein geübte Brauch gepflegt wird, Weinreste in Karaffen oder anderen Gefäßen dem Butler zu geben?«

»So ist es«, bestätigte Jordan. Seine Ungeduld war intensiver Aufmerksamkeit gewichen.

Fawkes nickte. »Das wurde mir zwar schon gesagt, aber ich wollte es mir von Ihnen bestätigen lassen. Demnach gehörte der Wein in der Karaffe Higgins. Da dem dieser besondere Portwein jedoch nicht zusagte, schenkte er ihn Nordstrom, der gestern Großvater geworden war. Nordstrom nahm die Karaffe heute gegen vier Uhr mit in sein Zimmer. Gegen sieben wurde er tot aufgefunden. Sein Körper war noch warm, die Karaffe halb geleert.«

Fawkes brach kurz ab, um tief Luft zu holen. »Das Spülmädchen erklärte mir, daß Nordstrom höchstpersönlich heute vormittag den Wein in dic Karaffe gegossen und verkostet hatte, bevor er sie in den Korb stellte. Higgins sagte, Sie hätten es sehr eilig gehabt und wären Nordstrom auf dem Fuße gefolgt, als dieser dann die Körbe zur Kutsche trug. Trifft das zu?«

»Ein Stallbursche hielt die Zügel des Kutschpferdes. Einen Diener habe ich nicht bemerkt.«

»Der Stallbursche kann den Wein nicht vergiftet haben«, erklärte Fawkes im Brustton der Überzeugung. »Er ist einer meiner Leute. Ich habe Higgins in Betracht gezogen, aber...«

»Higgins!« entfuhr es Jordan. Die Vorstellung war so absurd, daß er um ein Haar laut aufgelacht hätte.

»Ja, aber Higgins war es auch nicht«, versicherte Fawkes, der Jordans Ungläubigkeit irrtümlich für Mißtrauen hielt. »Higgins hat kein Motiv. Abgesehen davon ist er gar nicht dazu fähig, einen Mord zu begehen. Der Mann war nach der Entdeckung von Nordstroms Leiche buchstäblich außer sich und führte sich noch hysterischer auf als das Spülmädchen. Wir mußten ihm Hirschhornsalz verabreichen.«

»Und wer hat den Wein in der Karaffe nun vergiftet?« fragte Jordan völlig ahnungslos, daß seine Welt kurz davor stand, in Trümmer zu gehen.

»Da wir alle Möglichkeiten ausgeschlossen haben, daß das Gift vor dem Ausflug in die Karaffe gelangte«, erwiderte Fawkes leise, »besteht die einzig logische Erklärung darin, daß der Port während des Ausflugs vergiftet wurde.«

»Das ist völlig absurd«, erklärte Jordan. »Am Fluß waren nur zwei Menschen – meine Frau und ich.«

Fawkes wandte den Blick ab, bevor er antwortete. »Genau. Und da Sie es wohl kaum getan haben dürften, bleibt nur noch – Ihre Frau.«

Jordans Faust donnerte auf die Schreibtischplatte. Langsam und am ganzen Körper zitternd, stand er auf. »Verschwinden Sie!« zischte er gefährlich leise. »Und nehmen Sie die Schwachköpfe mit, die für Sie arbeiten. Wenn Sie nicht in fünfzehn Minuten meinen Besitz verlassen haben, werfe ich Sie höchstpersönlich hinaus. Und falls ich erfahre, daß Sie auch nur ein Wort von Ihren grundlosen Verleumdungen gegen meine Frau verlauten lassen, ermorde ich Sie mit meinen eigenen Händen – so wahr mir Gott helfe!«

Aber Fawkes war noch nicht fertig. Er erhob sich zögernd, war aber klug genug, sich auf Armeslänge von seinem Auftraggeber entfernt zu halten. »Ich bedauere sagen zu müssen, daß es sich keineswegs um ›grundlose Verleumdungen‹ handelt«, erklärte er bekümmert.

Ein Gefühl unsäglicher Furcht durchfuhr Jordan, als er sich daran erinnerte, wie Alexandra die Karaffe hob und ihn fragte, ob er ein Glas Wein trinken wolle…

»Ihre Frau hat Ihrem Cousin heute vormittag einen weiteren heimlichen Besuch abgestattet.«

Als wolle er leugnen, was sein Verstand widerwillig zu vermuten begann, schüttelte Jordan heftig den Kopf, während Schock, Schmerz und Wut jede einzelne Faser seines Körpers ergriffen.

»Ihre Frau und Ihr Cousin waren bei Ihrer Rückkehr verlobt«, fuhr Fawkes ganz ruhig fort. »Ist es Ihnen nicht eigenartig vorgekommen, daß Ihr Cousin so bereitwillig wieder auf sie zu verzichten schien?«

Der Herzog wandte langsam den Kopf und sah Fawkes an. Schmerz und Wut standen in seinen Augen. Er schwieg. Wortlos trat er an einen Tisch, auf dem eine Karaffe Brandy auf einem silbernen Tablett stand, nahm den Stöpsel ab, füllte ein Glas bis zum Rand und trank es mit zwei Schlucken aus.

»Gestatten Sie mir, Ihnen meine Vermutungen mitzuteilen und zu begründen?« fragte Fawkes hinter ihm leise.

Jordan nickte leicht mit dem Kopf, drehte sich aber nicht um.

»Da Ihr Cousin Lord Townsende von Ihrem Tod am meisten zu gewinnen hat, ist er schon theoretisch der Hauptverdächtige – selbst ohne die zusätzlichen Beweise, die auf ihn deuten.«

»Welche ›Beweise‹?«

»Dazu werde ich gleich kommen. Aber lassen Sie mich Ihnen zunächst sagen, daß es die Banditen, die Ihnen vor einem Jahr in der Nähe von Morsham auflauerten, meiner Überzeugung nach nicht auf Ihre Börse abgesehen hatten. Das war der erste Anschlag auf Ihr Leben. Der zweite ereignete sich in den Docks von Portsmouth, als man Sie entführte. Bis dahin lagen Lord Townsendes Beweggründe in dem Wunsch, sich Ihres Besitzes und Ihres Titels zu bemächtigen. Aber inzwischen hat er noch ein zusätzliches Motiv.«

Fawkes machte eine Pause, aber der Herzog verharrte schweigend, und so fuhr er fort: »Dieses zusätzliche Motiv besteht in dem Verlangen nach Ihrer Frau. Und da sie ihn heimlich aufsucht, erscheint mir die Annahme nicht abwegig, daß auch sie ihn heiraten möchte – was ihr aber nicht möglich ist, solange Sie leben. Und das bedeutet, daß Lord Townsende nun eine Komplizin hat: Ihre Frau.«

Fawkes atmete tief durch und sagte dann: »Ich muß jetzt ganz offen sein, auch wenn es Sie verletzt, Euer Gnaden. Schließlich geht es darum, Ihr Leben zu schützen...«

Als der hochgewachsene Mann noch immer schwieg, deutete der Detektiv das als zögerndes Einverständnis: »Also gut. Wie meine Leute aus der Dienerschaft wissen, hat Ihre Frau in jener Nacht, als in London auf Sie geschossen wurde, allen großen Schrecken damit eingejagt, daß sie erst am folgenden Morgen nach Hause zurückgekehrt ist. Wissen Sie, wo sie sich aufgehalten hat?«

Jordan goß sich noch ein Glas Brandy ein und leerte es, bevor er antwortete. »Sie sagte, sie hätte in einem Dienstbotenzimmer unter dem Dach geschlafen.«

»Halten Sie es für vorstellbar, daß derjenige, der an diesem Abend auf Sie geschossen hat, eine Frau gewesen sein könnte, Euer Gnaden?«

»Meine Frau ist eine exzellente Schützin«, entgegnete der Herzog sarkastisch. »Wenn Sie versucht hätte, mich zu erschießen, wäre es ihr auch gelungen.«

»Es war dunkel, und sie saß auf einem Pferderükken«, murmelte Fawkes wie zu sich selbst. »Vielleicht hat sich das Pferd gerade in dem Moment bewegt, als sie schoß. Ich glaube jedoch nicht, daß sie es selbst getan hat. Es wäre zu riskant gewesen. In der Vergangenheit wurden Fremde damit beauftragt, Sie zu töten, doch nun versuchen sie es offenbar auf eigene Faust. Und das setzt Sie einer weit größeren Gefahr aus und gestaltet meine Aufgabe zehnmal so schwierig. Deswegen möchte ich Sie bitten, nichts davon verlauten zu lassen, daß Nordstrom an Gift gestorben ist. Lassen Sie Ihre Frau und Lord Townsende in dem Glauben, Sie wüßten nichts von ihren Plänen. Ich habe Doktor Danvers gebeten, Herzversagen als Todesursache anzugeben, und bei meinen Recherchen beim Küchenpersonal der Karaffe keinerlei Bedeutung beigemessen. So ist kaum anzunehmen, daß dort irgend etwas vermutet wird. Wenn wir so verfahren und unser Hauptaugenmerk künftig auf Ihre Frau und Ihren Cousin richten, müßten wir eigentlich von ihrem nächsten Anschlag rechtzeitig erfahren und sie auf frischer Tat ertappen können. Da ich denke, sie werden es vermutlich wieder mit Gift versuchen, sollten Sie bei allen Nahrungsmitteln und Getränken vorsichtig sein, die Ihnen Ihre Frau gibt. Darüber hinaus können wir nur abwarten und wachsam sein...«

Fawkes schwieg, wartete auf irgendeine Reaktion, aber der Herzog blieb stumm. Zögernd verbeugte er sich schließlich vor dessen Rücken und sagte sehr leise: »Es tut mir aufrichtig leid, Euer Gnaden.«

Als Jordan den Salon betrat, wirbelte Alexandra in ihrer Robe aus grüner Seide herum. Doch als sie sein versteinertes Gesicht sah, schwand ihr strahlendes Lächeln. »Ist... ist irgend etwas nicht in Ordnung, Jordan?«

»Nicht in Ordnung?« wiederholte er zynisch und musterte fast beleidigend ihre Brüste, ihre Taille, ihre

Hüften, bevor er ihr in die Augen blickte. »Mir fällt nichts auf«, meinte er verletzend gleichgültig.

Alexandras Mund wurde ganz trocken, ihr Herz begann heftig zu schlagen, als sie spürte, daß sich Jordan von ihr zurückgezogen zu haben schien, daß die Nähe, die Zärtlichkeit, die Heiterkeit zwischen ihnen nicht mehr existierte. Mit zunehmender Panik versuchte sie das zu retten, was noch vor wenigen Stunden greifbar nahe gewesen war. Jordan hatte gesagt, er ließe sich gern von ihr umsorgen, und so griff sie nach einer Karaffe mit Sherry, füllte ein Glas und hielt es ihm mit einem kleinen, zittrigen Lächeln entgegen. »Möchtest du einen Sherry?«

Seine Augen bohrten sich so brennend in sie, daß sie unwillkürlich einen Schritt zurückwich. Ohne den Blick von ihr zu wenden, nahm er das Glas entgegen. »Vielen Dank«, sagte er, und an seiner Wange begann ein Muskel zu zucken. Eine Sekunde später zerbrach der zarte Stiel des Glases unerklärlicherweise zwischen seinen Fingern.

Alexandra stieß einen leisen Schreckensruf aus und sah sich nach etwas um, womit sie den Sherry von dem prachtvollen Aubussaon-Teppich tupfen konnte, bevor er dort Flecken hinterließ.

»Laß das«, zischte Jordan, ergriff sie beim Ellbogen und riß sie unsanft zu sich herum. »Es ist unerheblich.«

»Es ist unerheblich?« wiederholte Alexandra verwirrt. »Aber...«

»Alles ist unerheblich«, sagte erleise und völlig emotionslos.

»Aber...«

»Wollen wir nicht essen gehen, meine Liebe?«

Alexandra nickte und versuchte ihre unerklärliche

Angst zu verdrängen. Die Worte ›meine Liebe‹ hatten geklungen wie ein Schimpfwort. »Nein, warte!« sprudelte sie dann hervor und fügte fast schüchtern hinzu: »Ich möchte dir etwas geben.«

Gift? fragte sich Jordan, während er sie schweigend beobachtete.

»Das hier«, sagte sie und streckte ihm die Hand entgegen.

Auf ihrer Handfläche lag die goldene Taschenuhr ihres Großvaters.

»Ich... ich möchte, daß du sie bekommst«, sagte Alexandra leise, sah ihn mit leuchtenden Augen an und befürchtete einen entsetzlichen Moment lang, er würde die Uhr zurückweisen. Aber er nahm sie und steckte sie nachlässig in seine Rocktasche. »Danke«, murmelte er gleichgültig. »Wenn sie pünktlich geht, kommen wir eine halbe Stunde zu spät zum Essen.«

Alexandra war so verletzt und verwirrt, als hätte er sie geschlagen. Wie eine Marionette legte sie die Hand auf seinen Arm und ließ sich von ihm ins Speisezimmer führen.

Während des Dinners versuchte sie sich vergeblich einzureden, daß sie sich sein total verändertes Wesen nur einbildete.

Und als er sich danach von ihr verabschiedete und keinen Zweifel daran ließ, daß er allein zu schlafen wünsche, lag sie stundenlang wach und fragte sich, womit sie seine plötzliche Abneigung hervorgerufen haben könnte.

Als er auch am folgenden Tag nur das Notwendigste mit ihr sprach, schluckte sie schließlich ihren Stolz hinunter und fragte ihn scheu, was sie falsch gemacht hätte.

Er blickte von seinem Schreibtisch auf und musterte

sie gereizt, als sie wie eine Bittstellerin, die Hände hinter dem Rücken gefaltet, vor ihm stand. »Falsch?« wiederholte er so kalt wie ein Fremder. »Du hast nichts falsch gemacht – es sei denn deine Zeitwahl. Wie du siehst, sind Adams und ich beschäftigt. Also, wenn du nichts dagegen hast...«

Damit war sie entlassen.

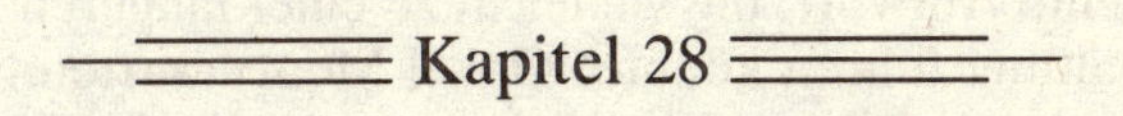

Kapitel 28

Alexandra blickte auf den Stickrahmen in ihrem Schoß und sah ihn nicht. Seit drei Tagen und Nächten verhielt sich Jordan ihr gegenüber wie ein Fremder, war ein kalter, abweisender Mann, der sie mit kühler Gleichgültigkeit oder sogar Verachtung betrachtete, wenn er sie überhaupt einmal ansah. Es kam ihr vor, als hätte ein anderer von ihm Besitz ergriffen – einer, den sie nicht kannte, einer, der sie mitunter so unverhohlen abfällig musterte, daß eisige Schauer sie überliefen.

Nicht einmal Onkel Montys unerwartete Ankunft wirkte sich positiv auf die düstere Atmosphäre auf Hawthorne aus. Wie er ihr verschwörerisch in seinem Gästezimmer erklärte, während er dem Zimmermädchen wohlgefällig nachblickte, war er zu Alexandras Unterstützung erschienen, als er mit einiger Verspätung in London erfahren hatte, daß »Hawthorne aussah wie der Zorn Gottes«, nachdem er im White's auf ihre Wette gestoßen war.

Aber alle Versuche Onkel Montys, Jordan in ein freundliches Gespräch zu verwickeln, stießen nur auf bemüht höfliche, extrem knappe Entgegnungen. Und

Alexandras Bemühungen, so zu tun, als sei alles ganz normal, konnten niemandem vortäuschen, sie seien ein glückliches Paar. Der gesamte Haushalt – von Higgins bis Henry – war sich der gespannten Atmosphäre fast schmerzlich bewußt.

Jetzt durchzuckte Onkel Montys Stimme die lastende Stille des Raumes wie ein Donnerschlag. »Wir haben tatsächlich prächtiges Wetter, würde ich sagen, Hawthorne.« Er hob die weißen Brauen und hoffte auf eine Antwort, die vielleicht zu einer längeren Unterhaltung führen könnte. Onkel Monty wartete.

Jordan hob kurz den Blick von dem Buch, in dem er gerade las. »In der Tat.«

»Und keine Aussicht auf Regen«, fuhr Onkel Monty beharrlich fort.

»So ist es«, stimmte Jordan mit unbewegter Miene zu.

Onkel Montys vom Madeira gerötete Wangen plusterten sich nervös auf. »Auch ziemlich warm. Hervorragendes Wetter fürs Getreide.«

»Ist das so?« erwiderte Jordan in einem Ton, der eindeutig besagte, er wünsche keine weitere Konversation.

»Ja, ich denke schon«, meinte Onkel Monty, lehnte sich tiefer in seinen Sessel und warf Alexandra einen resignierten Blick zu.

»Weißt du, wie spät es ist?« fragte Alexandra, die den dringenden Wunsch verspürte, sich zurückzuziehen.

Jordan blickte flüchtig auf. »Nein.«

»Sie sollten sich eine Uhr zulegen, Hawthorne«, schlug Onkel Monty so begeistert vor, als sei er der Erfinder des Chronometers. »So ein Ding hält einen stets auf dem neuesten Stand der Zeit!«

Tief gekränkt darüber, daß Jordan die Uhr ihres Großvaters so wenig schätzte, wandte Alexandra hastig den Blick ab.

»Es ist elf Uhr«, erklärte Onkel Monty, nachdem er seine Taschenuhr befragt hatte. »Ich trage stets eine bei mir. So weiß ich immer, wie spät es ist. Prachtvolle Erfindungen, diese Uhren«, begeisterte er sich. »Man kann sich nur wundern, wie sie eigentlich funktionieren, nicht wahr?«

Jordan schlug sein Buch zu. »Ja«, meinte er, »das kann man.«

Da es ihm nicht gelungen war, den Herzog in eine Unterhaltung über Uhren im allgemeinen und besonderen zu verwickeln, warf Onkel Monty Alexandra erneut einen hilflosen Blick zu. Doch Zuspruch und Anerkennung wurde ihm von anderer Seite zuteil. Henry, der inzwischen riesige Englische Schäferhund, war zwar äußerst nachlässig, wenn es darum ging, die Menschen seiner Umgebung zu schützen, hielt es aber für seine unabdingbare Pflicht, sie mit Beweisen seiner Zuneigung zu überschütten und zu trösten, wenn sie dessen bedurften. Als er Sir Montagues verzweifelte Miene bemerkte, erhob er sich langsam von seinem Platz vor dem Kamin, trottete auf Onkel Monty zu und leckte ihm ausgiebig die Hand. »Um Himmels willen!« schrie Onkel Monty entsetzt, sprang in die Höhe und wischte sich die Hand an seinen Beinkleidern ab. »Dieses Tier hat eine Zunge wie ein nasser Besen!«

Henry bedachte ihn mit einem tiefbeleidigten Blick und trottete zum Kamin zurück.

»Wenn ihr nichts dagegen habt, ziehe ich mich jetzt zurück«, sagte Alexandra, die die Atmosphäre keine Minute länger ertragen konnte.

»Ist beim Obstgarten alles vorbereitet, Filbert?« erkundigte sich Alexandra am Nachmittag des folgenden Tages, als der auf ihr Klingeln hin in ihrer Suite erschien.

»Ja«, entgegnete der alte Diener mürrisch. »Aber wenn Sie mich fragen, hat er keine Geburtstagsfeier verdient. So, wie er Sie behandelt hat, verdient er eher einen Tritt in den Allerwertesten.«

Alexandra strich sich eine Locke aus der Stirn und verfolgte das Thema nicht weiter. Die Idee, Jordan mit einer Feier zu Ehren seines Geburtstages zu überraschen, war ihr an dem Tag gekommen, an dem sie mit ihm im Pavillon gewesen war – dem wundervollsten Tag einer offensichtlich nur sehr kurzen Phase des Glücks.

In den letzten Tagen, in denen Jordan sie unbegreiflicherweise so abweisend kalt und verächtlich behandelt hatte, waren ihre Wangen blaß geworden, und sie hatte das Gefühl, ständig in Tränen ausbrechen zu müssen. Aber jetzt, da sich die Stunde ihrer Überraschung näherte, konnte sie eine leise Hoffnung doch nicht ganz unterdrücken. Wenn er sah, was sie mit Tonys und Melanies Hilfe vorbereitet hatte, würde er vielleicht wieder der Mann werden, der er gewesen war, oder ihr erklären, was ihn bedrückte.

»Alle beschweren sich darüber, wie er Sie behandelt«, fuhr Filbert zornig fort. »Er spricht kaum mit Ihnen, vergräbt sich nur Tag und Nacht in seinem Arbeitszimmer und...«

»Filbert, bitte!« rief sie gequält. »Verdirb mir nicht den Tag mit derartigen Reden!«

Leicht zerknirscht, aber dennoch fest entschlossen, seiner Meinung über den Mann Ausdruck zu geben, der für die tiefen Schatten unter Alexandras Augen verantwortlich war, fuhr Filbert fort: »Das brauche ich gar nicht erst zu tun. Dafür hat er längst gesorgt. Ich bin überrascht, daß er überhaupt zugestimmt hat, mit Ihnen zu den Obstgärten zu fahren, weil Sie ihm dort etwas zeigen wollen.«

»Das war ich auch«, stimmte Alexandra mit einem flüchtigen Lächeln zu. Als sie Jordan am Vormittag in seinem Arbeitszimmer aufsuchte, wo er mit Fawkes, dem neuen Hilfsverwalter, zusammensaß, hatte sie fest damit gerechnet, daß er ihre Bitte abschlagen würde. Und zunächst hatte Jordan auch gezögert, dann aber kurz den Verwalter angeblickt und zugestimmt.

»Es ist alles bereit«, versicherte Fawkes Jordan in seiner Suite. »Meine Männer bewachen die gesamte Strecke und halten sich im Obstgarten versteckt. Sie halten sich bereits seit drei Stunden dort auf und sind angewiesen, auch dort zu bleiben, bis sich der Attentäter oder die Attentäter zeigen. Da sie ihre Standorte nicht verlassen können, ohne gesehen zu werden, weiß ich auch nicht, was dort vor sich geht. Der Himmel mag wissen, warum Ihr Cousin sich für den Obstgarten entschieden hat und nicht für ein Cottage oder einen anderen weniger einsichtigen Ort.«

»Ich vermag es noch immer nicht zu glauben«, knurrte Jordan. Er zog sich ein frisches Hemd an und hielt abrupt inne. Welch absurde Vorstellung, sich ein sauberes Hemd anzuziehen, damit er auch attraktiv aussah, wenn ihn seine Frau in eine tödliche Falle lockte.

»Sie können und sollten es aber glauben«, erwiderte Fawkes mit der Sicherheit eines im Kampf gegen das Böse gestählten Recken. »Und es ist eine Falle. Das habe ich am Verhalten Ihrer Frau erkannt, als sie

Sie bat, heute nachmittag mit Ihnen auszufahren. Sie war nervös, und sie log. Das habe ich in ihren Augen gesehen. Augen können nicht lügen.«

Jordan musterte den Detektiv bitter und dachte daran, wie unschuldig ihm Alexandras Augen einst erschienen waren. »Das ist ein Mythos«, erklärte er verächtlich. »Ein Mythos, an den auch ich geglaubt habe.«

»Lord Townsendes Nachricht, die wir vor einer Stunde abgefangen haben, ist kein Mythos«, erinnerte ihn Fawkes gelassen. »Sie sind sich so sicher, daß sie unvorsichtig werden.«

Jordans Gesicht versteinerte. Wie befohlen, hatte Higgins Tonys Botschaft erst zu ihm gebracht, bevor er sie zu Alexandra hinauftrug. Ihre Worte hatten sich unauslöschlich in sein Gedächtnis eingegraben: »Alles ist vorbereitet. Du brauchst ihn nur noch dorthin zu bringen.«

Vor einer Stunde war er fast zusammengebrochen, aber nun empfand er – nichts. Jetzt wollte er die Angelegenheit nur noch hinter sich bringen, damit er endlich damit beginnen konnte, Alexandra irgendwie zu vergessen.

In der vergangenen Nacht hatte er gegen den unsinnigen Drang angekämpft, zu ihr zu gehen, sie in die Arme zu nehmen, ihr Geld zu geben und zur Flucht zu raten. Denn unabhängig davon, ob es ihr und Tony heute gelang, ihn zu töten, hatte Fawkes bereits genug Beweise gesammelt, die sie und Tony für den Rest ihres Lebens hinter Gitter bringen würden. Die Vorstellung, daß Alexandra ihre Tage in Lumpen gekleidet in einem finsteren, rattenverseuchten Keller beenden würde, war mehr, als Jordan ertragen konnte – selbst jetzt, wo er sich darauf vorbereitete, auf ihre tödlichen Pläne einzugehen.

Sie wartete auf ihn in der Halle: frisch und unschuldig wie der Frühling in einem blauen Musselinkleid mit cremefarbenen Tressen an Saum und Ärmeln. Als sie ihn kommen hörte, drehte sie sich um und blickte ihm freudig lächelnd entgegen. Sie lächelt, dachte er mit einem Anfall nahezu unkontrollierbarer Wut, weil sie sicher ist, sich meiner bald für immer zu entledigen.

»Bereit zum Aufbruch?« fragte sie strahlend.

Er nickte wortlos, und sie gingen zur Kutsche hinaus, die bereits auf sie wartete.

Unter den Wimpern hervor warf Alexandra einen verstohlenen Blick auf Jordans Profil, als die Kutsche die Straße entlang schaukelte, die sie zu einer blumenübersäten Wiese bringen würde, die an die Obstgärten grenzte. Trotz der äußerlich gelassenen Haltung, mit der er die Zügel hielt, schweifte sein Blick unablässig durch die Bäume an der Straße, als halte er nach etwas Ausschau, als warte er auf irgend etwas.

»Was zum...?« entfuhr es Jordan unendlich verblüfft, als die Kutsche um die letzten Bäume bog und die offene Wiese vor ihnen lag: Bunte Fahnen wehten im Wind, seine Pächter und ihre Kinder hatten sich im Sonntagsstaat aufgereiht und lachten ihm entgegen. Links von sich erblickte er Tony mit seiner Mutter, seinem Bruder und der Herzoginwitwe. Melanie und John Camden waren ebenso erschienen wie Roddy Carstairs und ein halbes Dutzend weiterer Bekannter aus London. Als er den Blick nach rechts wandte, sah er am Ende der Wiese ein Podium mit Sitzgelegenheiten. Ein Baldachin bot Schutz vor der Sonne. Fahnen auf dem Baldachin zeigten das Wappen der Hawthornes – einen Adler mit ausgebreiteten Schwingen.

Die Kutsche rollte mitten auf die Wiese, und sofort verkündeten vier Trompeter die Ankunft des Herzogs, gefolgt von lauten Hochrufen aus der versammelten Menge.

Jordan zügelte die Pferde und wandte sich abrupt an Alexandra. »Was hat das zu bedeuten?« wollte er wissen.

In ihren Augen standen Liebe, Unsicherheit und Hoffnung. »Herzliche Glückwünsche zum Geburtstag«, sagte sie leise. Auf ihren Lippen stand ein zitterndes Lächeln.

Jordan starrte sie nur an und brachte kein Wort heraus. »Es ist eine Geburtstagsfeier, wie wir sie in Morsham feierten, wenn auch sehr viel aufwendiger, als bei uns zu Hause«, sagte sie. Und als er sie noch immer wortlos ansah, fügte sie eifrig hinzu: »Es ist eine Mischung aus Turnier und Jahrmarkt – gerade richtig, um den Geburtstag eines Herzogs zu feiern. Und um dir zu helfen, deine Pächter ein wenig besser kennenzulernen.«

Gereizt und verunsichert ließ Jordan den Blick über die Menge schweifen. Kann diese sorgfältig vorbereitete Szenerie tatsächlich die Kulisse eines finsteren Mordplanes sein? fragte er sich. War seine Frau ein Engel oder ein Teufel? Bevor der Tag zu Ende ging, würde er es wissen. Er wandte sich um und half ihr von der Kutsche herunter. »Und wie soll ich mich nun verhalten?«

»Nun, sehen wir mal«, antwortete sie heiter und bemühte sich, ihn nicht merken zu lassen, wie töricht sie sich fühlte, und wie verletzt. »Siehst du das Vieh in den Pferchen?«

Jordan blickte zu dem halben Dutzend Gehegen, die überall auf der Wiese verstreut waren. »Ja.«

»Die Tiere gehören deinen Pächtern, und du wirst in jedem Pferch das beste Tier auswählen und seinem Besitzer einen der Preise überreichen, die ich im Dorf gekauft habe. Da drüben, zwischen den Seilen werden Turnierkämpfe ausgefochten, und dort – bei der Zielscheibe – findet ein Bogenschießen statt, und...«

»Ich denke, ich habe begriffen«, unterbrach Jordan unfreundlich.

»Es wäre sehr schön, wenn du dich an einem der Wettbewerbe beteiligen würdest«, fügte Alexandra zögernd hinzu, da sie sich keineswegs sicher war, ob es ihrem Mann gefiel, sich unter seine Pächter zu mischen.

»Gut«, verkündete er, führte sie zu einem der Sessel auf dem Podium und entfernte sich.

Nachdem er seine Freunde aus London begrüßt hatte, versorgten Jordan und Lord Camden sich mit Bier, dem die Pächter bereits eifrig zusprachen, und schlenderten über das Festgelände, um zuzusehen, wie sich der vierzehnjährige Sohn des Verwalters als Amateurringer bewährte.

»Na, meine Teuerste«, fragte Roddy Carstairs und lehnte sich zu ihr, »ist er bereits in heftiger Liebe zu Ihnen entbrannt? Werde ich unsere Wette gewinnen?«

»Benehmen Sie sich, Roddy«, tadelte Melanie von ihrem Platz an Alexandras Seite.

»Wagen Sie es ja nicht, in meiner Gegenwart diese schockierende Wette zu erwähnen«, fauchte die Herzoginwitwe.

Begierig darauf, Jordan ein wenig näher zu sein, verließ Alexandra zusammen mit Melanie das Podium. »Nicht, daß ich unerfreut wäre, ihn zu sehen, aber warum ist Roddy hier? Und die andere Meute?«

»Die anderen sind aus dem gleichen Grund hier, der Roddy hergetrieben hat«, lächelte Melanie. »Unsere räumliche Nähe zu Hawthorne macht uns plötzlich sehr beliebt bei Leuten, die früher nie einen Fuß aufs Land gesetzt hätten. Gestern sind sie alle bei uns aufgetaucht – offenbar fest entschlossen, sich einen Überblick darüber zu verschaffen, wie die Dinge zwischen dir und dem Herzog stehen. Ich habe dich sehr vermißt«, fügte sie spontan hinzu, umarmte Alexandra kurz, schob sie dann von sich und sah ihr ernst in die Augen. »Bist du glücklich mit ihm?«

»Ich... Ja«, log Alexandra.

»Ich wußte es!« jubelte Melanie und drückte Alexandras Hand so begeistert, daß diese es nicht über sich brachte, der Freundin zu erzählen, daß sie die unberechenbaren Stimmungsschwankungen ihres Mannes in tiefe Verzweiflung stürzten.

Unterdessen holte sich Jordan ein weiteres Glas Bier, lehnte sich nachdenklich gegen einen Baumstamm und sah zu Alexandra hinüber, deren Blick über die Menge schweifte. Sie hielt nach ihm Ausschau, wußte er. Sie ließ ihn die ganze Zeit nicht aus den Augen. Tony ebenfalls nicht. Und beide wirkten seltsam verblüfft, ja verunsichert – ganz so, als hätten sie erwartet, daß er auf die Feier zu seinem Geburtstag erfreuter reagierte.

Sein Blick kehrte zu Alexandra zurück, und er sah, daß sie über etwas lachte, was seine Großmutter gesagt hatte. Er konnte ihr klingendes Lachen fast hören. Seine Frau. Eine Mörderin? »Ich glaube es nicht!« murmelte er vor sich hin. Das Mädchen, das diese Feier vorbereitet hatte, konnte nicht auch seinen Mord geplant haben. Das Mädchen, das ihn nachts in den Armen gehalten und geneckt hatte, als sie am Fluß angelten, das ihm die Uhr seines Großvaters geschenkt hatte, konnte ihm nicht nach dem Leben trachten.

»Euer Gnaden?« hörte Jordan Fawkes' drängende Stimme, als er sich aufrichtete, um zum Schießwettbewerb hinüberzugehen, der sich inzwischen mehr komisch als ernsthaft gestaltete, da die Konkurrenten das Ziel mit ausgesprochen bierseligen Augen anvisierten. »Ich muß darauf bestehen, daß Sie unverzüglich aufbrechen«, flüsterte er.

»Machen Sie sich nicht lächerlich«, zischte Jordan, der von Fawkes und dessen Theorien nicht mehr allzuviel hielt. »Was die Nachricht meines Cousins zu bedeuten hatte, ist doch jetzt mehr als offensichtlich. Sie haben diese Feier gemeinsam vorbereitet. Und deshalb haben sie sich auch zweimal heimlich getroffen.«

»Es ist nicht der richtige Zeitpunkt, um darüber zu debattieren«, entgegnete Fawkes gereizt. »In wenigen Minuten wird es dunkel, und meine Männer sind keine Eulen. Sie können in der Dunkelheit nicht sehen. Ich habe sie bereits vorausgeschickt, damit sie die Strecke zum Haus überwachen.«

»Da es bereits zu spät ist, um das Haus bei Tageslicht zu erreichen, kann es auch nichts schaden, wenn ich noch eine Weile bleibe.«

»Wenn Sie nicht sofort aufbrechen, übernehme ich keine Verantwortung, falls Ihnen etwas zustößt«, erklärte Fawkes steif, bevor er auf dem Absatz kehrtmachte und verschwand.

»Nun sieh dir das an«, gluckste Melanie und zeigte dorthin, wo Tony und ihr Mann gerade versuchten, zwei widerwillige Schafe über eine vorgezeichnete Ziellinie zu treiben. »Vielleicht sollte ich sie darüber aufklären, was von Männern ihrer gesellschaftlichen Stellung erwartet wird... Aber dafür bin ich selbst viel zu neugierig, wer von beiden gewinnt«, fügte sie augenzwinkernd hinzu.

Alexandra nickte abwesend. Ihr Blick flog über die Gesichter der Feiernden und blieb plötzlich an beunruhigend vertrauten Gesichtern hängen. Unvermittelt fühlte sie sich an den Abend erinnert, an dem sie Jordan kennengelernt hatte.

»Euer Gnaden«, wandte sie sich an die Herzogin. »Wer ist eigentlich dieser stämmige Mann dort drüben? Der in dem schwarzen Hemd mit dem roten Tuch um den Hals?«

Die Herzogin folgte ihrem Blick und hob die Schultern. »Ich habe nicht die geringste Ahnung, wer er ist«, entgegnete sie würdevoll. »Heute habe ich mehr Pächter zu Gesicht bekommen als in den dreißig Jahren, die ich nun schon auf Hawthorne weile. Nicht, daß ich etwa deine Feier für einen schlechten Einfall hielte«, fügte sie eine Spur zögernd hinzu. »Die Zeiten haben sich inzwischen auch in England geändert, und selbst wenn ich die Notwendigkeit bedauere, mit jenen freundschaftlich zu verkehren, die uns dienen, ist es für einen Grundbesitzer doch ratsam, mit seinen Pächtern auf gutem Fuß zu stehen. Man hört, daß einige von ihnen mehr und mehr verlangen und höchst unangenehm werden...«

Nervös blickte sich Alexandra um, suchte nach dem Mann mit dem schwarzen Hemd, konnte ihn aber nirgendwo entdecken. Unbewußt hielt sie dann Ausschau nach allen, die ihr nahestanden, um sich davon zu überzeugen, daß ihnen keine Gefahr drohte. Denn Gefahr war es, die sie plötzlich verspürte. Unheimliche, unmittelbare Gefahr. Sie suchte nach Tony, konnte ihn aber nicht sehen. Sie suchte nach Jordan und stellte fest, daß er sie vom Waldrand her beobachtete, nickte und sein Glas zu einem stummen Gruß hob.

Das zärtliche, tastende Lächeln, mit dem sie reagierte, ließ ihn vor Ungewißheit und Bedauern erbeben. Dann erstarrte er. »Auf Ihren Kopf ist eine Pistole gerichtet, Mylord«, sagte eine vage bekannte Stimme direkt hinter ihm. »Und eine weitere zielt auf Ihre Frau da drüben. Sobald Sie einen Muckser von sich geben, drückt mein Freund ab. Und jetzt kommen Sie. Langsam, immer dem Klang meiner Stimme nach, direkt in den Wald.«

Langsam ließ Jordan den Bierkrug sinken. Erleichterung, nicht Furcht, durchpulste ihn, als er den Anordnungen folgte. Er war auf die Begegnung mit seinem unbekannten Mörder seit langem vorbereitet – wartete sogar darauf. Keinen Augenblick glaubte er, daß Alexandra in Gefahr wäre. Das war lediglich ein Vorwand, um ihn gefügig zu machen.

Zwei Schritte brachten ihn in das Dunkel des dichten Waldes, nach dem dritten Schritt entdeckte er das tödliche Glänzen einer Pistole. »Wohin gehen wir?« fragte er den Schatten, der die Waffe hielt.

»Zu einem nicht allzu weit entfernten kleinen Cottage. Und nun los, mir voran. Setzen Sie sich in Bewegung.«

Jordans Finger krampften sich um seinen Bierkrug. »Und was soll ich mit dem machen?« erkundigte er sich scheinbar ergeben und hob die rechte Hand.

Der Mann blickte nur eine Sekunde lang auf das Objekt in seiner Hand, doch das reichte Jordan. Er schüttete dem Banditen den Rest des Inhalts in die Augen und hieb ihm den schweren Krug krachend über den Schädel, so daß der Mann hilflos zu Boden sank. Jordan bückte sich, hob die Waffe des Schurken auf und riß ihn hoch. »Lauf los, du Lump! Wir werden den kleinen Spaziergang machen, von dem du gesprochen hast!«

Nachdem er ihm noch einen aufmunternden Stoß versetzt hatte, griff Jordan in seiner Tasche nach der kleinen Pistole, die er seit seiner Rückkehr nach England stets bei sich trug. Er fand sie nicht. Offenbar war sie ihm entglitten, als er sich über den Banditen gebeugt hatte. Jordan verstärkte seinen Griff um ihren Ersatz und schob seinen Gefangenen weiter den Pfad entlang.

Fünf Minuten später tauchten die Umrisse eines alten Holzfäller-Cottages vor Jordan auf. »Wie viele warten da drinnen auf mich?«

»Keine Menschenseele«, versicherte der Mann mürrisch, holte dann aber entsetzt Luft, als er das kalte Metall einer Mündung an seiner Schläfe fühlte. »Einer oder zwei. Keine Ahnung«, fügte er hastig hinzu.

»Sobald wir an der Tür sind, wirst du sagen, daß du mich gefangen hast und daß sie Licht machen sollen. Sagst du auch nur ein Wort mehr, ist es um dich geschehen!« zischte Jordan und drückte zur Bekräftigung seiner Drohung den Lauf noch fester gegen die Schläfe des zu Tode verängstigten Banditen.

»Ich habe ihn!« rief der wenig später und stieß mit dem Fuß gegen die Tür. Mit leisem Quietschen schwang sie auf. »Macht Licht«, setzte er folgsam hinzu. »Es ist dunkel wie im Vorhof der Hölle!« Entschlossen hieb ihm Jordan die Pistole über den Kopf. Der Mann brach bewußtlos zusammen.

Da war ein Geräusch, als würde Zunder entflammt,

ein Schatten bewegte sich zu einer Laterne, Licht flammte auf...

Und das Gesicht, das ihm im Schein der Laterne entgegenstarrte, ließ Jordan fast auf die Knie sinken.

»Jordan!« rief seine Tante entgeistert. Ihr Blick zuckte in eine Ecke neben der Tür. Instinktiv fuhr Jordan herum, sah den zweiten, von seiner Tante angeheuerten Attentäter, zielte und traf. Der Mann griff sich an die Brust und brach zusammen, während seiner anderen Hand die Waffe entglitt.

Jordan sah die Frau an, die er mehr als seine Mutter geliebt hatte. »Warum?« fragte er ausdruckslos.

Seine ruhige Gelassenheit schien seine Tante vollends aus der Fassung zu bringen. »Wa... warum wir dich tö... töten wollen?« stammelte sie.

Das Wort »wir« und die Sicherheit, mit der seine Tante davon auszugehen schien, daß sie mit ihren Mordplänen noch immer Erfolg haben würden, ließ Jordan zusammenzucken, während heißer Zorn in ihm aufwallte. Offenbar wartete sie darauf, daß sein Cousin und vermutlich auch seine Frau hier erschienen, um seinem Leben doch noch ein Ende zu setzen.

»Euer Gnaden«, begann Alexandra höchst beunruhigt, »haben Sie Jordan gesehen? Ihn oder den Mann mit dem roten Halstuch?«

»Großer Gott, Alexandra«, sagte die Herzoginwitwe leicht verärgert, »warum bist du so unerträglich nervös und fragst dauernd nach irgendwelchen Leuten? Hawthorne ist irgendwo in der Nähe, da kannst du ganz beruhigt sein. Vor einer Minute sah ich ihn noch da hinten einen Krug mit diesem entsetzlichen Gebräu trinken. Was hast du denn jetzt wieder vor?« setzte sie gereizt hinzu, als Alexandra entschlossen die Röcke raffte.

»Nach meinem Mann Ausschau zu halten«, gestand Alexandra mit einem kläglichen Lächeln. »Vermutlich befürchte ich, er könnte verschwinden, wie er vor einem Jahr verschwunden ist. Unsinnig, ich weiß.«

»Dann empfindest du also etwas für ihn, Kind, nicht wahr?« meinte die Herzogin liebevoll, und Alexandra nickte.

»Eine ganz wundervolle Geburtstagsfeier, Alexandra«, rief John Camden, der ihr Arm in Arm mit Melanie entgegenkam. »Bei keiner der eleganten Veranstaltungen in London habe ich mich je so wohl gefühlt.«

»Vielen Dank. Habt ihr meinen Mann irgendwo gesehen? Oder Tony?«

»In der letzten Viertelstunde nicht. Soll ich nach ihnen suchen?«

»Ja, bitte«, entgegnete Alexandra. »Offenbar regt mich Jordans Geburtstag so auf, daß ich mir die eigenartigsten Dinge einbilde. Vorhin glaubte ich doch tatsächlich, da hinten zwischen den Bäumen einen verdächtigen Mann zu bemerken. Und nun ist Jordan verschwunden.«

John Camden lächelte sie beruhigend an. »Vor wenigen Minuten waren wir noch alle zusammen«, meinte er begütigend. »Ich werde ihn bald finden und zu dir bringen.«

Alexandra dankte ihm und eilte weiter, an dem Tisch vorbei, an dem das Bier ausgeschenkt wurde, und dann weiter in Richtung Wald. Als sie ihn erreicht hatte, blieb sie stehen, sah sich um und sagte sich, daß sie übernervös reagierte und keinen Grund hatte, so unruhig zu sein. Die Laute des Waldes übertönten das Gelächter der Feiernden, die Klänge der

Fiedeln und Geigen, und vermittelten ihr das Gefühl, daß sie inmitten einer Leere stand, die nur Geräusche, aber kein Leben enthielt.

»Jordan?« rief sie laut, erhielt aber keine Antwort. Beunruhigt runzelte sie die Stirn, biß sich auf die Lippe und wollte sich gerade auf den Rückweg machen, als sie vor sich auf dem Waldboden einen Krug liegen sah.

»O mein Gott!« hauchte sie, bückte sich, hob den Krug auf und drehte ihn um. Ein paar Tropfen Bier rannen heraus. Verzweifelt blickte sich Alexandra um, dachte – hoffte! –, daß Jordan irgendwo in der Nähe lag und seinen Rausch ausschlief, wie gelegentlich Onkel Monty, wenn er zuviel Wein getrunken hatte. In diesem Moment entdeckte sie eine kleine glänzende Pistole neben dem Pfad.

Sie hob auch sie auf und schoß mit einem unterdrückten Schrei herum, als sie beim Hochkommen mit einem Körper zusammenstieß. »Tony! Gott sei Dank, du bist es!«

Tony packte sie hart bei den Schultern. »Was ist denn nur los? Camden sagte, Jordan sei verschwunden, und du hättest einen Verdächtigen zwischen den Bäumen gesehen.«

»Geh zurück zur Wiese, wo es nicht ganz so dunkel ist!« befahl Tony, riß ihr die Pistole aus der Hand und rannte den Pfad hinunter weiter in den Wald hinein.

Alexandra lief wie benommen der Wiese entgegen und stolperte in ihrer Hast, Hilfe zu holen, über Wurzeln und Steine. Als sie im Freien stand, sah sie sich wie gehetzt um, konnte aber weder John Camden noch Roddy entdecken. Entschlossen rannte sie auf einen Pächter zu, der sich mit seiner Pistole nach dem Schießwettbewerb mit einem Schluck Bier entspannen wollte. Der Mann sah sie kommen, zog hastig die Kappe vom Kopf und verbeugte sich. »Euer Gnaden...«, murmelte er untertänig.

»Geben Sie mir Ihre Waffe!« rief Alexandra atemlos und riß ihm die Pistole aus der Hand, ohne auf seine Antwort zu warten. »Ist sie auch geladen?« rief sie ihm über die Schulter hinweg fragend zu.

Mit keuchendem Atem lauschte Tony an der Tür des Holzfäller-Cottages. Als er keinerlei Geräusche hörte, schob er sie vorsichtig auf und erstarrte. Seine Mutter saß auf einem Stuhl. Neben ihr, an einem Tisch, Jordan. In seiner Hand hielt Jordan eine Pistole.

Und die zielte direkt auf Tonys Herz.

»W... was geht hier eigentlich vor sich?« keuchte Tony.

Tonys Erscheinen zerstörte den Rest von Hoffnung in Jordan, daß Alexandra und sein Cousin doch nichts mit den Anschlägen auf sein Leben zu tun hatten. »Willkommen zu meiner Feier, Tony. Ich glaube, wir erwarten noch einen weiteren Gast, oder? Meine Frau, nicht wahr?« höhnte er mit erschreckend gelassener Stimme, doch dann wurde sein Ton scharf. »Ich sehe da eine Ausbeulung in deiner Tasche, die zweifellos von einer Waffe herrührt. Zieh deinen Rock aus und wirf ihn auf den Boden.«

»Jordan...«

»Tu es!« zischte Jordan. Tony gehorchte.

»Setz dich.« Jordan deutete mit der Waffe auf einen Stuhl neben dem Fenster. »Wenn du dich auch nur einen Zentimeter bewegst, bringe ich dich um.«

»Du bist verrückt!« flüsterte Anthony. »Du mußt den Verstand verloren haben. Jordan. Sag mir doch endlich, was hier eigentlich vor sich geht.«

»Halt den Mund!« fauchte Jordan und beugte lauschend den Kopf vor, als sich behutsame Schritte dem Cottage zu nähern schienen.

Die Tür öffnete sich langsam einen Spalt. Ein paar mahagonifarbene Locken schoben sich herein, ein bekanntes Gesicht, dann wurden zwei blaue Augen so groß wie Untertassen, als sie die Pistole in seiner Hand erblickten.

»Nur nicht so schüchtern, Darling«, sagte Jordan gefährlich leise. »Komm doch herein. Wir warten schon auf dich.«

Mit einem tiefen Seufzer der Erleichterung schob Alexandra die Tür ganz weit auf, starrte kurz auf den toten Banditen, lief dann auf Jordan zu und umarmte ihn, während ihr die Tränen über die Wangen liefen. »Ich wußte, daß er es war. Ich wußte es! Ich...«

Sie stieß einen überraschten Schmerzensschrei aus, als Jordan in ihre Haare griff und ihren Kopf nach hinten riß. »Selbstverständlich wußtest du, daß er es war, du mörderische kleine Schlampe!« Dann schleuderte er sie so heftig von sich, daß sie zu Boden stürzte und mit der Hüfte schmerzhaft auf der Pistole in ihrer Hand landete.

Einen Augenblick lang starrte sie ihn mit schreckgeweiteten Augen an, während sie vergebens versuchte, die Vorgänge zu begreifen. »Jordan, warum tust du das?« fragte sie schließlich.

»Ich verlange Antworten, keine Fragen«, zischte er. »Was habt ihr sonst noch in meinem Haus vergiftet?«

Tony hob den Blick von der Waffe in Jordans Hand zu dessen Gesicht. »Du bist von Sinnen, Jordan.«

»Es macht mir nichts aus, dich zu töten«, meinte Jordan nachdenklich und hob die Waffe, als hätte er vor, seinen Worten die Tat folgen zu lassen.

»Nicht!« schrie seine Tante auf und warf hastige Blicke zur Tür. »Tu Tony nichts an! Er kann deine Fragen nicht beantworten, weil er von dem Gift gar nichts weiß!«

»Und meine Frau weiß vermutlich auch nichts davon«, entgegnete Jordan ironisch. »Stimmt's, Darling?« erkundigte er sich und richtete die Pistole auf Alexandra.

Ungläubigkeit und Zorn trieben Alexandra langsam auf die Füße. »Du glaubst, wir hätten versucht, dich zu vergiften?« flüsterte sie entgeistert.

»Ich weiß, daß es so ist«, korrigierte er und genoß die Pein, die er in ihren Augen sah.

»In diesem Fall«, erscholl Bertie Townsendes Stimme von der Tür her, »irrst du dich.« Er richtete eine Pistole direkt auf Jordans Kopf. »Wie meine hysterische Mutter ohnehin jede Sekunde gestehen würde, bin ich derjenige gewesen, der die bedauerlicherweise erfolglosen Versuche unternommen hat, dich loszuwerden. Tony ist für Mord nicht geschaffen. Und da ich zwar nicht gut auf den Beinen, aber flink im Kopf bin, habe ich die Anschläge geplant. Du siehst überrascht aus, Cousin. Du scheinst wie alle anderen zu glauben, daß ein Krüppel keine nennenswerte Bedrohung darstellt, oder? Laß die Waffe fallen, Jordan. Ich muß dich zwar ohnehin töten, aber wenn du sie nicht fallen läßt, müßte ich zunächst deine bezaubernde Frau umbringen, während du dabei zusiehst.«

Jordan ließ die Waffe fallen, doch plötzlich tauchte Alexandra dicht neben ihm auf. »Geh weg!« zischte er, aber sie drückte ihm fest die Hand – und steckte ihm dabei die Pistole zu.

»Du wirst auch mich töten müssen«, erklärte Tony ruhig, stand auf und ging zu Jordan.

»Es wird mir nichts anderes übrigbleiben«, stimmte sein Bruder zu, ohne zu zögern. »Aber ich hatte es ohnehin vor.«

»Bertie!« schrie seine Mutter. »Nein! Das haben wir nicht geplant...«

Alexandras Blick flog zu dem Mann auf dem Boden, der langsam zu sich kam. Sie sah, wie er die Hand nach Tonys Rock mit der Pistole ausstreckte, während hinter ihm ein weiterer Mann in der Tür erschien und langsam eine Waffe hob. »Jordan!« rief sie, und weil sie keinen anderen Weg sah, um Jordan vor seinen drei Angreifern zu schützen, warf sich Alexandra genau in dem Moment vor ihren Mann, als sich zwei Pistolen entluden.

Jordan riß sie automatisch an sich, während Bertie Townsende – von Fawkes von der Schwelle aus erschossen –, zusammenbrach, während der Bandit auf dem Boden zur Seite rollte und eine Armwunde betastete, die ihm Jordan beigebracht hatte. Alles ging so blitzschnell, daß Jordan erst mit Verzögerung bemerkte, wie Alexandra in seinen Armen immer schwerer wurde. Er hob zärtlich ihr Kinn und wollte gerade anmerken, jetzt, da alles vorüber wäre, brauchte sie auch nicht mehr ohnmächtig zu werden, als sein Herz einen Schlag aussetzte. Ihr Kopf rollte schlaff hin und her, aus einer Wunde an ihrer Schläfe rann Blut. »Hol einen Arzt!« rief er Tony zu und ließ sie behutsam auf den Boden sinken.

»O mein Gott!« flüsterte er. »O mein Gott!« Er hatte in der Schlacht zahllose Männer sterben gesehen. Er kannte die Anzeichen tödlicher Verletzungen, und obwohl sein Verstand wußte, daß sie nicht überleben würde, hob Jordan sie auf die Arme und lief mit ihr keuchend den Pfad zur Festwiese hinunter, während sein Herz nur einen Refrain hämmerte: Stirb nicht! Bitte, stirb nicht!

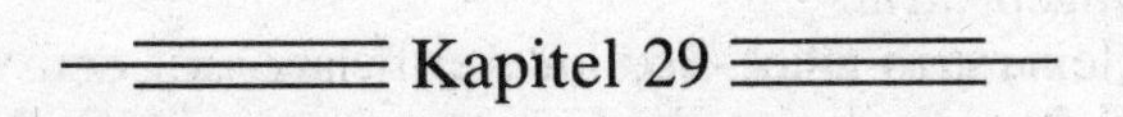

Kapitel 29

Der hilflose Ausdruck in Dr. Danvers' Gesicht, als er Alexandras Suite verließ und behutsam die Tür hinter sich schloß, ließ Jordan vor Qual laut aufstöhnen.

»Es tut mir leid«, sagte Dr. Danvers leise zu den in der Halle Wartenden. »Es gibt nichts, was ich zu ihrer Rettung tun könnte.«

Die Herzoginwitwe drückte ein Taschentuch an die Lippen und schluchzte in Tonys Armen auf, während Melanie in der Umarmung ihres Mannes Trost suchte. John Camden legte eine Hand auf Jordans Schulter, dann führte er seine weinende Frau zu Roddy Carstairs, der unten im Salon wartete.

»Sie können jetzt zu ihr hinein, um sich von ihr zu verabschieden«, wandte sich Dr. Danvers an Jordan. »Aber sie wird Sie nicht hören. Sie liegt in tiefem Koma. In wenigen Minuten – höchstens Stunden – wird sie ganz ruhig einschlafen.« Als er die Qual auf dem Gesicht des Herzogs bemerkte, fügte er tröstend hinzu: »Sie hat keine Schmerzen, Jordan. Das kann ich Ihnen versichern.«

In Jordans Augen brannten Tränen, als er nach einem haßerfüllten Blick auf den unschuldigen Arzt schnell Alexandras Zimmer betrat.

Kerzen brannten neben ihrem Himmelbett. Sie lag erschreckend weiß und reglos in den Kissen, ihr Atem ging so flach, daß er kaum zu vernehmen war.

Jordan schluckte hart, setzte sich in einem Sessel

neben ihr Bett und betrachtete ihr geliebtes Gesicht, als wolle er sich jede Einzelheit für die Ewigkeit einprägen... Was für eine samtweiche Haut sie hat, dachte er, welch unglaublich lange Wimpern... Sie atmet nicht mehr!

»Nein, stirb nicht!« stöhnte er heiser auf, griff verzweifelt nach ihrer schlaffen Hand und fühlte ihren Puls. »Stirb nicht!« Er spürte ein Puckern – unendlich schwach, aber dennoch spürbar –, und plötzlich begann er mit ihr zu reden, als wolle er nie wieder aufhören. »Verlaß mich nicht, Alex«, flehte er. »Großer Gott, verlaß mich nicht! Es gibt tausend Dinge, die ich dir sagen, tausend Dinge, die ich dir zeigen muß. Aber das kann ich nicht, wenn du fortgehst. Alex, Darling, bitte! Du darfst mich nicht verlassen. Hör mir zu«, fuhr er drängend fort, seltsam überzeugt davon, daß sie am Leben bleiben würde, wenn sie wußte, wieviel sie ihm bedeutete. »Laß dir erzählen, wie mein Leben war, bevor du in dieser Ritterrüstung auf mich zugestürmt kamst. Mein Leben war leer. Farblos. Und dann kamst du, und ich hatte plötzlich das Gefühl, nie zuvor gelebt zu haben. Mit dir und durch dich sah ich Dinge, die ich zuvor nie bemerkt hatte. Das glaubst du nicht, Liebling? Ich kann es dir beweisen.« Und mit tränenerstickter Stimme zählte er auf: »Die Blumen auf der Wiese sind blau. Die am Fluß weiß, und die Rosen am Bogen zum Garten sind blutrot.«

Er hob ihre Hand und legte sie sanft gegen seine Wange. »Und das ist längst noch nicht alles, was ich bemerkt habe. Mir ist aufgefallen, daß die Lichtung in der Nähe des Pavillons, auf der mein Gedenkstein steht, genauso aussieht wie die Lichtung, auf der du vor einem Jahr mit Henry auf den Armen die Blumen gepflückt hast. Oh, und dann gibt es noch etwas, was ich dir unbedingt sagen muß, Liebling – ich liebe dich, Alexandra!«

Die Tränen wurden so drängend, daß er nur noch heiser flüstern konnte. »Ich liebe dich, und wenn du stirbst, kann ich es dir nicht mehr sagen.«

In seiner Verzweiflung drückte Jordan ihre Hand fester und suchte Zuflucht in hilflosen Drohungen. »Wage es ja nicht, mich allein zu lassen, Alexandra! Wenn du es tust, setze ich Penrose trotz seiner Taubheit vor die Tür. Ich schwöre, daß ich es tun werde. Und ohne Empfehlungsschreiben, hörst du? Und dann werfe ich Filbert gleich hinterher. Ich mache Elizabeth Grangerfield wieder zu meiner Geliebten. Sie brennt geradezu darauf, deine Nachfolgerin als Herzogin von Hawthorne zu werden…«

Aus Minuten wurden Stunden, aus Drohungen wurden Bitten, dann wieder Drohungen und schließlich Erpressungsversuche. »Denk an meine unsterbliche Seele, Darling. Sie ist schwarz und verdorben. Ohne dich, die mich auf den richtigen Weg bringt, werde ich zweifellos wieder in meine alten Gewohnheiten verfallen.«

Er redete, wartete, lauschte, hielt ihre leblose Hand, als könnte er ihr etwas von seiner eigenen Lebenskraft und Stärke übertragen. Doch dann brach die hoffnungsvolle Entschlossenheit, mit der er stundenlang unablässig auf sie eingeredet hatte, unversehens in sich zusammen. Er nahm ihren schlaffen Körper in die Arme, legte seine Wange an ihre und überließ sich seinen Tränen. »Oh, Alex«, schluchzte er auf und wiegte sie in den Armen wie ein kleines Kind. »Wie soll ich ohne dich weiterleben? Nimm mich mit dir«, flüsterte er. Da glaubte er etwas zu spüren: einen leichten Hauch an seiner Wange.

Mit angehaltenem Atem hob Jordan den Kopf und forschte intensiv in ihren Zügen, während er sie sanft in die Kissen zurückgleiten ließ. »Alex?« fragte er drängend und beugte sich dicht über sie. Gerade als er dachte, er sei einer Einbildung erlegen, öffnete sie mühsam die Lippen.

»Du willst etwas sagen, Darling?« fragte er und beugte sich noch näher zu ihr. »Sag doch etwas! Bitte, Liebling!«

Alexandras Wimpern flatterten, sie schluckte, und als sie endlich sprach, waren ihre Worte so leise, daß er sie nicht verstand. »Was, Darling?«

Wieder hauchte sie etwas, und diesmal konnte Jordan sie verstehen. Er starrte auf ihre Hände, die seine Finger plötzlich erstaunlich energisch umfaßten, dann begann er schallend zu lachen. Er lachte so laut und so unbeherrscht, daß seine Großmutter, der Arzt und Tony in den Raum gestürzt kamen und überzeugt waren, seine Trauer um Alexandra hätte Jordans Verstand verwirrt.

»Tony«, rief Jordan, hielt Alexandras Hand und strahlte sie an. »Alex ist fest davon überzeugt«, sagte er, und erneut begannen seine Schultern vor Lachen zu zucken, »daß Elizabeth Grangerfield zu große Füße hat.«

Alexandra wandte den Kopf ab und sah, daß Jordan durch die Verbindungstür ihr Zimmer betrat. Zwei Tage war es nun her, seit sie verletzt worden war, zwei Tage und zwei Nächte lang hatte sie mit kurzen Unterbrechungen geschlafen, aber jedesmal, wenn sie erwachte, hatte Jordan mit tiefbesorgtem Gesicht neben ihr gesessen.

Jetzt, da sie wieder voll bei Bewußtsein war, sehnte sie sich danach, daß er wieder mit diesem unendlich zärtlichen, liebevollen Ton auf sie einredete wie an den vergangenen Tagen, als er annahm, sie würde sterben. Aber bedauerlicherweise war seine Miene jetzt so gelassen und ausdruckslos, daß sich Alexandra unwillkürlich frage, ob sie sich alles nur eingebildet hatte.

»Wie fühlst du dich?« fragte er, und seine Stimme verriet nicht mehr als höfliches Interesse, als er an ihr Bett trat.

»Sehr gut, vielen Dank«, erwiderte sie gleichermaßen höflich. »Nur ein wenig erschöpft, das ist alles.«

»Ich könnte mir vorstellen, daß du einige Fragen hast. Über das, was sich vor zwei Tagen ereignet hat...«

Lieber wäre es Alexandra gewesen, er hätte sie in die Arme genommen und ihr gesagt, wie sehr er sie liebe. »Ja, selbstverständlich«, antwortete sie angesichts seiner rätselhaften Stimmung gehorsam.

»Ich werde mich so kurz wie möglich fassen«, begann Jordan. »Vor anderthalb Jahren ertappte Bertie eines der Küchenmädchen dabei, wie es Geld aus seiner Börse stahl. Sie gestand, das Geld ihren Brüdern geben zu wollen, die gleich hinter dem Haus im Wald darauf warteten. Zu diesem Zeitpunkt hatten Bertie und seine Mutter zwar schon Pläne gemacht, mich zu ermorden, wußten aber niemanden, der ihnen dabei helfen könnte. Anstatt das Mädchen, es heißt Jean, wegen des Diebstahls zur Rechenschaft zu ziehen, ließ er sich von ihm ein Schuldgeständnis unterschreiben und bezahlte die Brüder dafür, einen Anschlag auf mich zu verüben – in jener Nacht in Morsham, als du unverhofft zu meiner Rettung erschienen bist. Das

Attentat schlug zwar fehl, aber einem der Brüder – der, auf den ich geschossen hatte – gelang die Flucht, während ich dich zu diesem Gasthaus brachte.«

Jordan hielt kurz inne und sah sie nachdenklich an, bevor er fortfuhr: »Vier Tage nach unserer Heirat versuchte es Bertie erneut, aber anstatt mich zu töten, nahmen die beiden Männer, die er angeheuert hatte, zwar sein Geld, überstellten mich dann aber den Pressern, um noch einmal kassieren zu können. Wie meine Tante richtig bemerkte«, fügte Jordan sarkastisch hinzu, »ist es nicht leicht, für wenig Geld gute Leute zu bekommen.«

Er schob die Hände in die Taschen und setzte seine Schilderung fort. »Als ich aus dem Reich der Toten wiederkehrte, erinnerte sich Bertie daran, daß er noch immer das Schuldgeständnis dieses Küchenmädchens besaß. Damit erpreßte er den Bruder des Mädchens, erneut einen Mordanschlag gegen mich zu verüben. Diesmal schoß er in der Upper Brook Street auf mich. In jener Nacht, die du im Gouvernantenzimmer zugebracht hast.«

Alexandra sah ihn überrascht an. »Du hast mir nie erzählt, daß an diesem Abend jemand auf dich geschossen hat.«

»Ich wollte dich nicht beunruhigen«, erwiderte Jordan und schüttelte dann widerwillig den Kopf. »Nein, das stimmt nicht. Irgendwo in meinem Hinterkopf hatte ich die Idee, daß du der Schütze gewesen sein könntest. Und du hattest an diesem Abend sehr deutlich gemacht, daß du dich unter allen Umständen von mir trennen wolltest.«

Alexandra wandte den Kopf, aber nicht rechtzeitig genug, als daß Jordan die bittere Anklage in ihren Augen nicht bemerkt hätte. Er schob die Hände noch tiefer in die Taschen und fuhr fort: »Vor drei Tagen starb ein Diener namens Nordstrom an dem Portwein, den wir zu unserem Ausflug mitgenommen hatten – dem Port, den du mir wiederholt angeboten hattest.«

Sie wandte sich ihm wieder zu, und er fuhr im Ton harter Selbstbezichtigung fort: »Fawkes ist kein Hilfsverwalter. Er ist ein Detektiv, der seit unserer Ankunft seine Männer überall hier auf Hawthorne postiert hat. Er untersuchte den Zwischenfall mit dem Wein, und alles sah danach aus, als wärst du die einzige, die ihn möglicherweise vergiftet haben könnte.«

»Ich?« fragte sie entsetzt. »Wie konntest du so etwas nur annehmen?«

»Fawkes' Zeugin war ein Spülmädchen, das in den letzten anderthalb Jahren dann und wann in der Küche aushalf, wenn wir sie brauchten. Ihr Name ist Jean. Sie vergiftete den Wein – auf Berties Anordnung. Ich glaube, was danach geschah, weißt du bereits.«

Alexandra schluckte krampfhaft. »Aufgrund derartig fadenscheiniger ›Beweise‹ hast du mich also des Mordes verdächtigt und beschuldigt? Nur weil ich ungefähr so groß bin wie jemand, der in der Upper Brook Street auf dich geschossen hat, und weil ein Spülmädchen behauptete, ich müßte diejenige sein, die deinen Port vergiftet hat?«

Ihre Worte ließen Jordan innerlich zusammenzukken. »Aufgrund dieser Dinge sowie auf der Tatsache, daß dir Olsen – einer von Fawkes' Männern – zweimal zu Tony gefolgt ist. Ich wußte, daß du dich heimlich mit ihm triffst, und zusammen mit dem anderen ließ das den Verdacht gegen dich gerechtfertigt erscheinen.«

»Ich verstehe«, sagte sie traurig.

Aber sie verstand ganz und gar nicht, und Jordan wußte es. Oder sie versteht nur allzu gut, dachte er trostlos. Zweifellos verstand sie sehr deutlich, daß er mit seinem Versprechen gescheitert war, ihr zu vertrauen, und daß er die Liebe, die sie ihm entgegenbrachte, wiederholt zurückgewiesen hatte. Gleichfalls weiß sie, dachte er bitter, daß sie zweimal ihr Leben für mich aufs Spiel gesetzt hatte, und daß ihr Lohn dafür Härte, Unverständnis und Mißtrauen gewesen ist.

Jordan blickte in ihr schönes, blasses Gesicht und war sich sehr wohl bewußt, daß er ihre ganze Verachtung und ihren Haß verdient hatte. Jetzt, da sie seine Herzlosigkeit in ihrem ganzen Ausmaß kannte, erwartete er fast, daß sie ihn aus ihrem Leben verbannte.

Und als sie es nicht tat, fühlte er sich verpflichtet, ihr all das zu sagen, was sie ihm vorhalten sollte. »Ich weiß, daß mein Verhalten dir gegenüber unverzeihlich ist«, begann er spröde, und seine Stimme erfüllte Alexandra mit leiser Angst. »Selbstverständlich erwarte ich nicht von dir, daß du mit mir verheiratet bleibst. Sobald es dir gut genug geht, um Hawthorne verlassen zu können, erhältst du von mir einen Scheck über eine halbe Million Pfund. Falls du mehr benötigst...«

Er brach ab und räusperte sich. »Falls du jemals irgend etwas brauchst«, fuhr er mit rauher Stimme fort, »mußt du es nur sagen. Alles was ich habe, wird stets dir gehören.«

Alexandra hörte mit einer Mischung aus Zärtlichkeit, Zorn und Ungläubigkeit zu. Sie wollte gerade etwas erwidern, als er sich erneut räusperte und hinzufügte: »Da ist noch etwas, was ich dir sagen möchte... Bevor wir London verließen, erzählte mir Filbert, was du empfunden hast, als du dachtest, ich sei tot; und wie in London alle die Vorstellungen, die du von mir hattest, zerstört wurden. Das meiste, was du über mich erfahren hast, entspricht der Wahrheit. Ich möchte dir aber sagen, daß ich an jenem Abend nicht mit Elise Grandeaux geschlafen habe, als ich sie in London aufsuchte.«

Jordan sah sie an und prägte sich unbewußt jeden Zug ihres Gesichts ein, damit er sich in den leeren Jahren, die vor ihm lagen, an jede Einzelheit erinnern konnte. Schweigend blickte er sie an und wußte, daß sie all die Hoffnung und Träume repräsentierte, die er jemals gehabt hatte. Alexandra war Güte, Zärtlichkeit und Vertrauen. Und Liebe. Sie war wie die Blumen, die auf den Wiesen blühten.

Er holte tief Atem und zwang sich dazu, das zu beenden, wozu er gekommen war, um dann aus ihrem Leben zu verschwinden. »Filbert erzählte mir auch von deinem Vater und von dem, was nach seinem Tod geschah. Ich kann das Leid nicht auslöschen, das er dir zugefügt hat, aber ich möchte dir das hier geben...«

Jordan streckte die Hand aus, und Alexandra sah eine flache, samtbeschlagene Schachtel. Mit bebenden Fingern nahm sie sie entgegen und öffnete sie.

Vor ihr auf weißem Satin lag an einer feinen Goldkette der größte Rubin, den sie jemals gesehen hatte. Er war geschliffen wie ein Herz. Und neben dem Rubin lag ein wundervoll funkelnder Diamant. Der Diamant hatte die Form einer Träne.

Alexandra biß sich auf die Lippe, um ihr Kinn am Zittern zu hindern, und sah ihm in die Augen. »Ich glaube«, flüsterte sie und versuchte zu lächeln, »ich werde den Rubin am Tag des Queen's Race tragen. Damit, wenn ich mein Band an deinen Ärmel hefte...«

Aufstöhnend zog Jordan sie in die Arme.

»Und jetzt, da du alles andere gesagt hast«, flüsterte sie, als er etliche Minuten später von ihren Lippen abließ, »meinst du nicht, daß du möglicherweise auch ›Ich liebe dich‹ sagen könntest? Darauf warte ich nun schon, seit du deine Rede begonnen hast, und...«

»Ich liebe dich«, sagte er leidenschaftlich. »Ich liebe dich«, flüsterte er zärtlich und verbarg das Gesicht in ihren Haaren. »Ich liebe dich«, stöhnte er und küßte sie auf die Lippen. »Ich liebe dich, ich liebe dich, ich liebe dich...«

Band 16137

Susan Skramstad

Lilly, Lulu, Tosca & Co

Äußerst amüsante Midlife-Crisis-Survival-Story

Anfang Vierzig ist eine Frau in den besten Jahren, sagt man. Reiner Hohn, denkt Lilly, die verhinderte Sängerin. In der Mitte hat der lange, ruhige Fluß des Lebens nur noch Stromschnellen. Die Kinder machen sich selbständig, die Ehe ist in der Krise, die beste Freundin hat sich liften lassen und einen neuen Liebhaber, und sogar die alten Eltern spielen verrückt...
Ein Aha-Roman für viele Frauen, lebendig, unprätentiös, mit trockenem Witz erzählt – so, wie's ist.